OFFER

TONI COPPERS

OFFER

Coauteur
ANNICK LAMBERT

BORGERHOFF
& LAMBERIGTS

Dankwoord

Het is een cliché te zeggen dat je een boek nooit alleen schrijft, maar het is waar. Ik krijg ideeën cadeau van goede vrienden en familie en als schrijver ben ik dankbaar voor de lezers die hun verhalen met me delen. Ze dagen mijn eigen fantasie uit en geven me inspiratie, toch het mooiste geschenk dat je een auteur kunt geven.

Bijzondere dank dan ook aan mijn lieve vriendin Layla El Mourabit. Dankzij haar dook ik onder in het woud en zocht er naar de mysteries die zich daar schuilhouden. Dank aan *garde forestier* Maxim Malempré die met veel warmte zijn kennis en liefde voor het woud met me deelde. De Waalse gastvrijheid werd door hem alle eer aangedaan en ik denk met veel plezier terug aan onze unieke wandelingen en picknicks in het diepst van het Woud van Anlier.

Dank aan psychiater Céline Cousaert, erkend psychotherapeut in de cognitieve gedragstherapie en medisch diensthoofd in het AZ Jan Palfijn in Gent, om me inzichten te geven in de donkere krochten van het menselijke brein.

Dank aan Griet Vervinckt voor haar uitstekende tekstrevisie.

Opgedragen aan Doenja De Schepper en Bert Blancke,
voor de vriendschap en het warme nest dat La Plume heet.

'And into the forest I go, to lose my mind and find my soul.'

— John Muir

1

De wolf is in de buurt.

Het duidelijkste teken dat Alex heeft gekregen, komt van de grote zwarte raaf die aan de noordkant van het rotsmassief, bij het hoge groepje struiken aan de rand van het bos, opgewonden rondcirkelt. Met rauwe, rollende *kroa kroa's* probeert de vogel de aandacht van de wolf te trekken.

De wolf laat zich niet zien, maar Alex weet dat hij er is.

Er zijn de voorbije dagen nog andere tekenen geweest. Grote pootafdrukken in de opgedroogde modder, ovaal en met scherpe contouren van de nagels. Sporen die honderden meters lang in een rechte lijn naar de rotsen en het bos lopen. Honden dribbelen heen en weer en snuffelen in het rond, maar wolven lopen rechtdoor, doelbewust, gedecideerd.

Witgele uitwerpselen liggen goed zichtbaar op een heuveltje een paar honderd meter van zijn huidige schuilplaats. Ze zien eruit als vuile kalk door de botresten van de prooi die hij heeft verschalkt. Een ree? Een jonge gems? Alex heeft nog geen prooiresten gevonden, maar dat zegt niets.

Het is een groot mannetje van een jaar of vier, een krachtpatser, op het toppunt van zijn kunnen, en hij is nieuw in het gebied, op zoek naar een partner en een territorium.

Alex legt de verrekijker naast zich in het gras en wrijft met twee vingers over zijn gesloten oogleden. Het zonlicht was fel vandaag, zijn ogen branden van het urenlange turen. De dag loopt naar zijn einde.

Alex Berger bevindt zich al meerdere weken in de Italiaanse Apennijnen, in nationaal park Gran Sasso, op uitnodiging van een goeie kennis, Marc Daniels. Die maakte fortuin als architect van sjeiks en andere rijken in Dubai, voor wie hij jarenlang stadspaleizen en *beach houses* mocht ontwerpen. Daniels is een man van uitersten: grote luxe in zijn penthouse aan de Vindictivelaan in Oostende, maar alleen de absolute basics hier in het Italiaanse gebergte. Hij bezit een buitenhuis in Santo Stefano di Sessanio, midden in de natuur, hoog in de bergen van Gran Sasso, op meer dan 1200 meter. Eigenlijk is 'huis' een veel te grootse term. Het is een refuge, een oude, simpele herdershut met stallen die de architect heeft laten opknappen en verstevigen en die hij daarna heel spaarzaam heeft ingericht. Een houtkachel waarop je kunt koken, een houten tafel met melkkrukjes, een uitgezakte leren sofa waarin je kunt wegzinken met een goed boek. Lezen is overigens het enige dat je er 's avonds kunt doen, want er is geen internet of telefoonverbinding. Vanuit het dorpje naar het huis is het een kwartier lopen over een bergpad. De inkopen moeten met een rugzak gebeuren en het is een steile klim.

Alex Berger was ooit een gedreven commissaris bij de moordbrigade, maar dat leven ligt ondertussen al ver achter hem. De voorbije jaren knoopte hij de eindjes aan elkaar met freelance opdrachten als privédetective. Een doodlopend straatje, dat beseft hij al enige tijd. Het ligt hem niet, hij is er niet geschikt voor. Wat hij dan wel moet doen om zijn brood te verdienen weet hij niet, maar dat er dringend iets moet veranderen is ook voor hem zonneklaar. Alex' professionele leven staat al een hele tijd stil. Hij heeft geen noemenswaardige opdrachten en geen vooruitzichten en daarom kwam hij hier naartoe, om te bezinnen. Hij heeft nood aan rust in die malle kop van hem, zoals zijn vriend Eric, de boekhandelaar, het formuleert. Eric gaf hem een stapeltje boeken mee: *Een heel leven* van Robert Seethaler, *De buitenjongen* van Cognetti en iets over een hond van Sander Kollaard. Twee boeken over het leven in de bergen en eentje over de zoektocht naar simpel geluk. Eric heeft altijd bijbedoelingen met zijn leesvoer.

Alex woont nu al een week of drie in de bergen, in totale afzondering, en vult zijn dagen met lezen, nadenken en urenlange trektochten. Het is begin november. De nachten zijn koud, overdag wordt het nauwelijks twaalf, dertien graden bij een strakblauwe hemel.

Op vraag van een lokale natuurvereniging die door Daniels wordt gesponsord, houdt Alex een dagboek bij van de dieren die hij ziet of waar hij sporen van heeft gevonden. In het begin wist hij nergens van, hij kon nog geen kippenpoot van een arendsklauw onderscheiden. Maar al snel betrapte hij zichzelf erop dat zijn speurdersinstinct werd getriggerd door die simpele vriendendienst. Ondertussen leerde hij zijn zintuigen goed te gebruiken en te speuren naar geuren of afgebroken takken, naar haren en uitwerpselen en naar pootafdrukken, 's ochtends in de nog vochtige aarde op de paadjes. Voor zijn eigen plezier klimt hij graag 's middags, maar voor de dieren trekt hij iedere ochtend bij het eerste licht of laat op de dag naar buiten, op zoek naar sporen van de bruine beer en, vooral, van de wolf. Ze zijn zeldzaam in deze streek en de solitaire jager staat hoog op het lijstje van de natuurvereniging.

Vandaag volgde Alex een raaf, een uit de kluiten gewassen exemplaar met een vleugelspanwijdte van ruim een meter die nu vreemde capriolen maakt boven een groepje struiken tegen de rotsen. Waar raven zijn, zijn wolven: het is een oud gezegde in het dorp. Als een raaf vanuit de lucht een gewond dier ziet, gaat hij op zoek naar de wolf. Hij probeert diens aandacht te trekken en hem naar de juiste plek te leiden. Als de wolf klaar is met eten, zijn de restjes voor de raaf.

Maar de wolf vertoont zich vandaag niet.

Alex zet de verrekijker opnieuw voor zijn ogen en speurt de omgeving af. Hij zit tegen de wind in, veilig voor de scherpe neus en spitse oren van de wolf.

Hij is zo geconcentreerd in zijn zoektocht dat hij de tijd uit het oog verliest, tot hij een goed uur later een paar keer na elkaar rilt van de kou die uit de grond opstijgt en beseft dat het laat is, te laat. Hij vloekt, hij is veel te lang op deze plek gebleven. Alex springt recht, grabbelt zijn spullen bij elkaar en vertrekt. Hij haast zich terug in de richting van de ondergaande zon, de richting waar de refuge staat. Het duister valt snel hier in de bergen en in het donker je weg terugvinden staat gelijk aan zelfmoord, met alle ravijnen en steile hellingen waar hij langs moet. Het duister kruipt vanachter de boomtoppen en begint het landschap op te vullen. Het wordt steeds kouder.

Alex begint te rennen. Hij struikelt tot twee keer toe over stenen die links en rechts van het smalle pad liggen terwijl hij de omgeving scant en zoekt naar aanwijzingen, naar bekende uitzichten, naar vreemd gevormde rotsen die hij in het uitdovende licht nog zou kunnen herkennen. Hij onderdrukt een opkomend gevoel van paniek. Het bergmassief rondom hem heeft opeens alle aantrekkelijkheid verloren en hij voelt zich op een vreemde manier bedreigd.

Het wordt nu echt donker.

Hij speurt koortsachtig naar het juiste pad, naar de weg die naar zijn hut leidt.

2

Als Jean-Philippe Lamotte maar één reden zou mogen geven voor zijn eindeloze liefde voor het Woud van Anlier, dan is het de stilte. Om precies te zijn: de stilte van de vroege ochtend, wanneer de wereld nog geen lawaai maakt en de mensen nog niet door elkaar krioelen als rode mieren in een dennenbos. Deze prachtige, koude ochtend in de herfst, met de nevel die als bruidssluiers tussen de bomen hangt, maakt de *garde forestier* extra gelukkig.

Als men hem vraagt wat hij nu precies voor de kost doet, zegt hij met een enigmatisch glimlachje dat hij woudhelper is. Hij houdt van het woord. Vroeger, toen zijn carrière pas begonnen was, weidde Jean-Philippe graag uit over de vele taken die een *garde forestier* als gerechtelijk inspecteur allemaal op zich moet nemen. Hij is een stukje politieman en een stukje boswachter, hij zorgt voor de ordehandhaving voor zover nodig en hij regelt de afspraken voor de bosbouw en de jacht. Allemaal juist en allemaal belangrijk, zeker toen, in de ogen van een ijverige, pasbenoemde inspecteur in dit stuk van het immense Forêt d'Anlier.

Sinds vele jaren echter zegt Lamotte simpelweg dat hij woudhelper is. Voor een man die zielsveel van het bos en de dieren houdt, is het een passende omschrijving.

Jean-Philippe Lamotte heeft een kwartier geleden zijn mosgroene Land Rover laten staan en loopt tevreden hummend door een oud stuk van het woud. Hij heeft hier een maand geleden bomen gemarkeerd omdat er marters in wonen. Hij wil checken hoe het hen vergaat.

Als hij langs een hoopje kleren loopt, realiseert hij zich eerst niet eens wat hij precies ziet. Een wit hemdje, helemaal gescheurd. Een gebreid, zonnebloemgeel vestje. Een jeans. Pas als hij registreert dat er ook nog een slipje en twee zwarte laarzen bij de kleren liggen, beseft Jean-Philippe waar hij precies naar kijkt. In een reflex laat hij de draagriem van zijn jachtgeweer van zijn schouder glijden en grijpt het wapen stevig vast. Als hij voorzichtig voorbij een struik loopt en het tafereel voor zich ziet, slaat zijn hart enkele tellen over.

Maanden later zal de *garde forestier*'s nachts nog schreeuwend en bezweet wakker worden door wat hij hier op deze herfstochtend voor ogen krijgt.

Het naakte lijk van een meisje, liggend op een boomstronk in het midden van het woud, haar armen en benen om de stam gedrapeerd.

3

Als Alex terugkeert van zijn middagwandeling, staat de jongste zoon van de boer hem op te wachten. Hij is twaalf, een schriele jongen met een verlegen blik.
'Er is telefoon voor u.'
'Sta je hier al lang?'
'Een kwartiertje.'
De boerderij ligt lager in het dal en beschikt, in tegenstelling tot Alex' refuge, wel over een vaste telefoonlijn.
Hij volgt de jongen langs het smalle, kronkelende pad dat door de jaren heen is uitgesleten door de hoeven van talloze schapen. De boerenzoon dartelt naar beneden en Alex heeft moeite om zijn tempo bij te houden. Hij loopt trager dan gewoonlijk: in zijn paniek om voor het vallen van de nacht in de refuge te geraken, heeft hij gisterenavond zijn enkel lichtjes verstuikt.
Hij sjokt tot aan de oude woning waar de boer vanop een grote stapel in zwarte wikkelfolie verpakte hooibalen naar hem wuift en hem iets toeroept wat Alex niet verstaat, door de keuken naar de hal waar een wit, modern ogend telefoontoestel op een tafeltje staat, met de hoorn ernaast.
Het is Marc, denkt Alex, of iemand die Marc en hem goed kent, want alleen de architect weet hoe hij Alex kan bereiken. Door die gedachte meent hij al te weten wie het is.
'Dag Sara,' zegt hij.
Ze reageert niet eens verbaasd.
'Ik heb je hulp nodig,' antwoordt ze zonder enige inleiding.
Sara Cavani, hoofdinspecteur bij de Brusselse recherche maar de laatste jaren vooral actief bij de Belgische afdeling

van Interpol, is Alex' beste vriendin. Zijn enige vriendin om precies te zijn. Hij is nooit het soort man geweest dat zich makkelijk openstelt voor anderen, mannen noch vrouwen, en omgekeerd mist hij de sociale vaardigheden om anderen voor zich in te nemen of ervoor te zorgen dat ze tenminste enige interesse in hem betonen. Toen Camille nog leefde was het anders, toen kon hij schuilen achter haar. Ze had empathie en humor voor twee. Camille kon met een wildvreemde een praatje slaan bij het diepvriesvak in de supermarkt en oprechte interesse tonen terwijl Alex erbij stond als een ijspegel en nooit wist wat te zeggen.

Toen Camille nog leefde, was alles gewoon anders.

De afgelopen jaren was Sara niet alleen zijn beste vriendin, maar af en toe ook wat meer. Als de huidhonger en de eenzaamheid voor beiden te groot werden, sliepen ze samen. Dat is nu voorbij. Sara heeft sinds kort een vriend en het lijkt serieus.

'Het is hier alle hens aan dek,' zegt Sara. 'We zijn op routinedagen al onderbezet, maar nu…'

Alex zwijgt. Hij kijkt naar een jonge pup die op de keukenvloer met een balletje speelt en daarbij de gekste tuimelingen maakt en hij denkt: 'hier', daarmee bedoelt ze dus 'daar', de stad, Brussel, en meteen vult zijn hoofd zich met hinderlijke geluiden van drukte en verkeer en de geur van uitlaatgassen. Er is vannacht een onweer over de bergen getrokken en vanochtend, bij zonsopgang, heeft het kort maar fel geregend. Alex is meteen na het opstaan tot aan een richel gelopen en heeft minutenlang alleen maar om zich heen gekeken en de bijna zoete aardgeur opgesnoven van dikke regendruppels op droge grond.

'Ben je er nog?' vraagt Sara.

'Ja. Je zei dat je mijn hulp nodig had.'

'De dochter van een hoge pief bij de Europese Commissie is vermoord. Caroline Bingenheim, een Luxemburgse. Ze is in het Woud van Anlier gevonden. En ze is niet de eerste, Alex:

vijf jaar geleden werd daar ook al een jonge vrouw vermoord, een meisje nog eigenlijk. De omstandigheden waren identiek, maar de MO verschilt lichtjes. Tussen die eerste moord en deze zijn nog eens twee jonge vrouwen vermist in datzelfde woud en nooit meer teruggezien. Ik word verondersteld een taskforce te leiden, maar ik heb nog niet eens een team. Wil je helpen?'

'Ik zoek naar een grote wolf, Sara. En ook wel naar een bruine beer. Ik heb eergisteren een pootafdruk en wat uitwerpselen gezien, ik denk dat ik eindelijk weet waar ik hem kan vinden.'

'De beer of de wolf?' Ze wacht niet op zijn antwoord, zegt: 'Het is een los baantje, Alex. Adviseur bij Interpol, het betaalt niet slecht en bovendien is alles beter dan wat je vandaag verdient, toch?'

Wat zo goed als niets is, dat weet ook Sara. Het enige dat van Alex wordt gevraagd als privédetective, of zo voelt het alleszins aan, is dat hij mensen moet betrappen, hetzij op hun werk, met hun handen in de kassa, hetzij in een hotelkamer in de armen van hun minnaar of minnares, en in beide gevallen weigert hij zijn medewerking.

'Je mag daar niet te lang in je eentje blijven, Alex,' zegt ze opeens veel zachter. 'Een beetje afzondering is goed, maar ik wil niet dat je eenzaam wordt.'

Ik ben hier niet eenzaam, wil hij haar antwoorden, ik heb de stilte en de bergen en al die dieren om me heen. Geen mensen, maar dat vindt hij niet erg. De mens is het enige zoogdier waar Alex steeds moeilijker mee overweg kan.

'Kom je dan?' vraagt ze.

'Waar ligt dat woud?'

'Onder Bastogne. Zowat de hele zuidoostelijke punt van België, tot aan de Luxemburgse grens. Ik ben er een jaar geleden op weekend geweest, het is er erg mooi.' Ze zucht. 'Het is niet normaal, Alex. Als je de foto's van de plaats delict ziet, denk je aan het decor van een of andere horrorfilm.'

'Vertel.'

'Ze lag volledig naakt uitgestald op een boomstronk in het midden van het bos, op een plek waar wandelaars niet mogen komen. Al haar kleren lagen wat verder op een stapeltje. Ze is 's ochtends gevonden door de boswachter, een grote meevaller voor de patholoog-anatoom want ze was na één nacht al aangevreten door de vossen.'

'Is ze misbruikt?'

Als Alex zichzelf de vraag hoort stellen, weet hij dat zijn beslissing genomen is. Ook Sara heeft dat begrepen. Ze probeert de opluchting uit haar stem te weren.

'Ja. En gewurgd. Net als die andere jonge vrouw, Laura Keyzer, vijf jaar geleden, maar die heeft de dader om een of andere reden na de moord opnieuw aangekleed. Wat er met die twee vermiste meisjes is gebeurd weten we niet, maar ik vrees het ergste. Zoals ik al zei, het is een erg groot bos.'

Alex reageert niet.

'Zie ik je dan morgen?' vraagt Sara.

'Overmorgen,' antwoordt Alex. 'Ik heb hier geen auto, Sara, ik ben met de trein gekomen. De buurman brengt me wel naar het station.'

'Prima, dan heb je veel tijd onderweg. Er is een reeks podcasts die je moet horen,' zegt ze. '"De verdwenen meisjes van Anlier", een project van twee Gentse studenten. Hun podcast heet "Het mysterie", ze doen het al een tijdje en ze zijn populair, maar het groeit hun een beetje boven het hoofd heb ik de indruk, zeker nu met hun nieuwe reeks over de verdwenen meisjes.'

'Ik heb hier geen internet en geen gsm-verbinding,' zegt Alex.

En geen zin, wil hij eraan toevoegen, maar hij zwijgt.

'Dan kun je enkele afleveringen downloaden zodra je in de trein zit,' antwoordt Sara gevat. 'Ik stuur je via mail ook nog wat foto's en stukken uit het dossier. Zie het als een voorbereiding op je nieuwe opdracht. Ik denk dat je zelfs je reiskosten kunt declareren, mijn budget is nogal ruim. Dat is zowat het enige voordeel als je met de Europese Commissie te maken hebt.'

De deur naar de binnenplaats en het erf staat open. Het is een zonnige dag, het licht buiten is helder en fel en hij hoort gelach en diepe mannenstemmen.

'En Alex?'

'Ja.'

'Dank je,' zegt Sara.

4

Terwijl de trein door het zuiden van Toscane dendert, kijkt Alex naar het landschap dat voor hem wordt uitgerold. Rijen cipressen die krom staan van de wind, vergezichten in geel en groen en bruin, dorpjes onder een scherm van oranje dakpannen. Een flits van groepjes mensen op een perron. Daarna, hogerop in Italië, de rust van enorme weiden met grazende koeien, afgewisseld met de opvallende lelijkheid van voorsteden en autosnelwegen die zich als spaghettislierten door elkaar slingeren.

Hij drinkt van een flesje mineraalwater en denkt aan zijn vriend Eric, de uitbater van boekhandel Kafka in Oostende, de stad waar Alex twee jaar geleden is gestrand. Op de vlucht voor herinneringen, voor de drukte en het lawaai van de grote stad, maar vooral voor zichzelf, beseft hij ondertussen. Als hij aan Eric denkt, gaan zijn gedachten automatisch ook naar Sara. Ze hebben een sterke band met elkaar. Alle drie hebben ze een persoonlijk drama meegemaakt dat zo diep heeft gesneden dat ze het nooit helemaal verwerkt hebben. In het begin waren ze verenigd in rauw verdriet, drie gekneusde zielen die geen woorden hadden om te vertellen hoe ze zich voelden en alleen maar troost vonden in de stilte bij elkaar. Naarmate de tijd verstreek en het gemis stukje bij beetje een plaats kreeg, had de vriendschap hen ondertussen met elkaar verbonden. Vandaag vertrouwen ze elkaar blindelings.

Alex legt zijn telefoon op het uitgeklapte treintafeltje en pakt zijn oortjes. Hij heeft gedaan wat Sara hem vroeg en de eerste aflevering van de podcast 'De verdwenen meisjes van Anlier' op zijn telefoon gedownload. Die dateert van drie maanden geleden.

De podcastmakers heten Ada Fonteyn en Sam Hennes en ze kennen elkaar goed, zo te horen. Alex schat hen midden twintig. Ze zijn geen koppel, vertellen ze zelf, maar wel boezemvrienden. Het duurt een tijdje voor ze bij het onderwerp aanbelanden: in de eerste tien minuten heten ze elkaar en de luisteraars uitgebreid welkom terwijl ze ondertussen een fles, glazen en een doos koekjes doorgeven. Sara heeft hem gewezen op de populariteit van de podcast en daarom verwachtte Alex onbewust een zakelijk, professioneel gemaakt verhaal, maar wat hij hier hoort, klinkt eerder als het relaas van twee vrienden die in de kroeg of thuis in de tuin zitten en vertellen over wat ze ontdekt hebben. Vreemd genoeg zorgt die losse, ongedwongen sfeer er net voor dat hij aandachtig luistert: de beide studenten brengen hun verhaal alsof het over een vriendin van hen gaat en die betrokkenheid werkt.

'*Right*, zullen we eraan beginnen?' zegt Ada. 'De eerste aflevering over een nieuw mysterie vandaag, namelijk een nooit opgehelderde moord en twee mysterieuze verdwijningen.'

'En alle drie vonden ze plaats in het Woud van Anlier,' vult Sam aan, 'een van de weinige echte wouden die we nog hebben, diep in de Ardennen.'

Alex kijkt ondertussen uit het raam. Hij ziet lege weiden en akkers voorbij zoeven terwijl de podcastmakers eerst de streek en het Woud van Anlier situeren. Ze gebruiken jongerentaal, ze vertellen met veel schwung en om de haverklap valt er bij een van beiden wel een Engels woord of uitdrukking, maar hij is wel meteen mee met hun verhaal.

Uiteindelijk staat Ada stil bij de eerste moord, die op de zeventienjarige Laura Keyzer.

'Op zaterdag 25 juni 2017 om veertien uur is Laura vanuit het vakantiehuis van het gezin in het dorpje Suxy vertrokken om te gaan hardlopen. Dat was niet ongewoon, Laura was heel sportief. In Leuven, waar het gezin Keyzer woonde, was ze aangesloten bij een atletiekclub. Voor Laura begon de zomervakantie: ze moest alleen nog haar rapport ophalen en haar echte leven kon beginnen. Maar het liep allemaal zo verschrikkelijk anders.'

Haar vriend Sam neemt over.

'Het gezin Keyzer – vader Hans, moeder Hannelore en Laura – had al jaren een vakantiehuis in het dorp en ze gingen er bijna elk weekend heen. Laura was een sportieve boekenwurm, het eerder brave type dat liever met haar ouders door de bossen wandelde dan uit te gaan.' Sam grinnikt. 'Maar zoals de meeste brave meisjes had ze ook wel haar geheimen. Wat Laura niet aan haar ouders vertelde, was dat ze niet zomaar ging joggen. Ze had een date met haar vijfentwintigjarige vriend, de jonge gemeentewerker Carlo Simons, bij het stuwmeer ten zuiden van Suxy. Laura en Carlo kenden elkaar al lang: Carlo's moeder, een alleenstaande vrouw met twee kinderen, had er destijds ook een vakantiehuis. Carlo werd trouwens niet alleen op Laura verliefd maar ook op het dorp, hij ging er als volwassen man ook wonen. Hij betrekt een huis net buiten het dorp en werkt voor de groendienst van de gemeente, wat daar in de Ardennen wil zeggen dat hij zowat de hele dag in de bossen rondloopt.'

'Ja,' valt Ada in, 'toen ik dat tijdens de voorbereiding voor het programma las, had ik al zoiets van: *girl*… Ik bedoel, hij…'

Sam onderbreekt haar.

'Effe wachten, laat ons eerst het verhaal situeren en dan over de rest vertellen, goed?'

'*Check*. De auto van Carlo stond dicht bij het stuwmeer geparkeerd en volgens zijn verklaring wachtte hij op Laura,' gaat Ada verder. 'Het is een traject van net geen vijf kilometer, de aardeweg loopt voornamelijk door het woud. Laura zou echter nooit aan het stuwmeer arriveren. Twee uur na haar vertrek, dus rond vier uur 's middags, begon Carlo te vermoeden dat er iets mis was.'

'Want je moet weten, en dat is belangrijk als we aan de aflevering over het onderzoek komen…'
'Ah, juist, geen telefoon!'
'Je moet weten dat er in dat dorp en in de bossen eromheen geen gsm-ontvangst is, dus Carlo kon Laura niet bereiken en haar ouders konden dat ook niet. Carlo werd ongerust. Hij is sowieso al een onzekere jongen en met zijn…' Ada aarzelt. 'Vertel ik al iets over Carlo's aandoening of hoe je dat ook noemt?'
'Nee, stresskip, je wil te snel vooruit!'
Ada gniffelt. '*Anyway*, Carlo verklaarde later, in zijn eerste schriftelijke verhoor, dat hij uiteindelijk om halfvijf naar huis is gereden en daar heeft gewacht tot Laura langs zou komen. Hij wist dat haar ouders vierkant tegen hun relatie waren: Hans Keyzer had al gedreigd om stappen te ondernemen omdat Laura nog net minderjarig was, dus *no way* dat hij even langs het weekendhuis van Laura zou kunnen rijden om uit te vissen waarom ze niet was komen opdagen.'
'Om zes uur gingen Hans en Hannelore met de auto op zoek naar hun dochter. Ze parkeerden aan het pad dat Laura meestal nam voor haar loopsessies en stapten vanaf daar het hele traject. Om acht uur heeft vader Hans de politie gebeld. Drie dagen later werd haar lichaam door een wandelaar diep in het woud gevonden.'
'En wat hij ziet als hij haar vindt,' zegt Sam, 'dat is echt *stuff* voor een horrorfilm. Vreselijk.'
'Maar dat vertellen we jullie in de aflevering over het politieonderzoek,' komt Ada tussen. 'Vandaag concentreren we ons op Laura en haar ouders, want dat is, goh, jongens toch…'
'Ja, hé? Echt erg…'
'Haar vader, Hans Keyzer, vindt dat de politie veel te traag werkt en begint zelf naar de moordenaar van Laura te zoeken. Dat wordt echt een obsessie voor hem.'

'Maar haar mama, Hannelore, gaat er helemaal aan onderdoor, die krijgt de dood van haar dochter niet verwerkt.'

'Tja, hoe zou je zelf zijn...?'

Als het over moordzaken gaat is Alex politiejargon gewoon en hij fronst af en toe de wenkbrauwen bij de speculaties van de podcastmakers. Maar hij moet ook toegeven dat ze het verhaal heel toegankelijk brengen. Bij beide makers hoort hij een onmiskenbaar Gents accent in hun taal, maar het is wellicht net die spontaniteit die voor hun succes zorgt. Als ex-commissaris weet Alex beter dan wie ook hoe mensen kicken op moordverhalen. Toen Camille vroeger dinertjes voor vrienden organiseerde, moest hij vaker dan hem lief was het bezoek ontgoochelen dat alles wou weten over een bloederige case die volop in de belangstelling stond.

Alex luistert naar de rest van de podcast terwijl hij een notitieboekje en een bruine papieren zak uit zijn reistas haalt. De buurman heeft hem niet alleen naar de trein gebracht, maar ook proviand voor de reis meegegeven. Terwijl hij van het zelfgebakken brood en de boerderijkaas eet en afwezig naar buiten staart, noteert hij af en toe een naam of een zin.

'In de volgende aflevering voeren we de hoofdrolspelers op,' zegt Ada Fonteyn. 'Waren er meteen verdachten? Reken maar van *yes*.'

5

De recherche van Neufchâteau betrekt een imposant gebouw net buiten het centrum. Het lijkt op een mengeling van een voornaam internaat en een stuk industrieel erfgoed en het ziet er oud uit, maar het grootste stuk ervan is nep. Nieuwe oudbouw, zoals Sara het smalend noemt, met gevels die zielloze kopieën van het verleden zijn. Sara heeft een hekel aan valse romantiek, of het nu over mensen of stenen gaat.

Ze is samen met Alex uitgenodigd bij het plaatselijke rechercheteam dat het moordonderzoek naar Caroline Bingenheim voert. Als ze stipt om elf uur naar binnen lopen, staren zeven paar ogen hen wantrouwig aan. Vanuit een kantoortje in de hoek komt een roodharige vrouw van begin veertig hen met uitgestoken hand tegemoet.

'Hoofdinspecteur Cavani, welkom in Neufchâteau. Ik ben commissaris Roos Collignon.'

Ze is duidelijk Franstalig, maar haar Nederlands is zo goed als perfect.

'Dank u, commissaris.' Sara wijst naar Alex. 'Dit is de consultant over wie ik u aan de telefoon al sprak. Alex Berger.'

Collignon schudt hem de hand en zegt: 'Aangename kennismaking, beiden. Het is de eerste keer dat we hier Interpol over de vloer krijgen.'

Ze heeft een open gezichtsuitdrukking met hoge, gebogen wenkbrauwen, waardoor het lijkt alsof ze voortdurend verwonderd is door wat anderen vertellen en het leven haar op ieder moment weer kan verbazen.

Ze kijkt Alex vriendelijk aan.

'Wat doet een consultant bij Interpol zoal, meneer Berger?'
'Geen idee,' mompelt Alex.
Hij voelt zich slecht op zijn gemak hier en wil snel weg. Hij zou het liefst in de refuge in de bergen zitten met een boek en een glas wijn, in de stilte. En vooral zonder andere mensen. Hij voelt hoe Sara naast hem verstart en doet een poging om zichzelf te corrigeren.
'Ik probeer hier en daar een beetje te helpen, commissaris. Het is een tijdelijke functie.'
Roos Collignon reageert niet. In plaats daarvan loopt ze naar de grote glazen wand op wieltjes die vooraan in de recherchekamer staat. Pal in het midden van de wand hangt bovenaan een foto van Caroline Bingenheim, met ernaast, in drukletters, haar naam. Rechts daarvan prijkt een foto van Laura Keyzer en hangen ook foto's van de beide vermiste meisjes, Anaïs Vinckier en Marit Hofman.
Collignon wijst Sara en Alex naar de vergadertafel waar twee lege stoelen staan en richt zich in het Frans tot haar collega's.
'Hoofdinspecteur Cavani en meneer Berger zijn hier om ons te helpen. We zullen dankbaar gebruik kunnen maken van hun netwerk en hun expertise.'
Haar stem klinkt zakelijk, niet onvriendelijk maar evenmin hartelijk. De dag voordien heeft ze Sara aan de telefoon al in bedekte termen laten verstaan dat de meerderheid van haar team niet gediend is van pottenkijkers en nog minder nood heeft aan 'bemoeizucht uit Brussel'.
Ook Alex registreert de koele sfeer in het kantoor. Hij scant de gezichten en herkent moeiteloos de types uit zijn eigen verleden bij de recherche: de laconieke flauwe grapjas, de verveelde 'vertel-mij-wat'-speurder, de harde macho met de obligate leren jekker over de rugleuning van zijn stoel. Ondanks de aanwezigheid van drie vrouwen in de groep zijn de macho's duidelijk in de meerderheid en ook daar kijkt Alex niet van op.

'Kunt u dat "helpen" misschien een beetje toelichten, chef?' vraagt een van de vrouwen. Ze is mager en volledig in het zwart gekleed, een mooi, Spaans type met sterke jukbeenderen en een scherpe neusbrug.

'*Bien sûr*, Adrienne,' zegt Roos. 'Hoofdinspecteur Cavani en meneer Berger assisteren ons in het onderzoek, maar stellen zelf geen onderzoeksdaden.'

'Dat is zo,' beaamt Sara in vlot Frans. 'Dat doet Interpol trouwens nooit. Wij analyseren en informeren.'

'Ons.'

'Excuseer?' vraagt Sara.

'Jullie informeren ons,' zegt Roos Collignon. 'De recherche.'

'Dat klopt.'

De commissaris knikt alsof Sara het enige juiste antwoord heeft gegeven. Ze hangt een aantal kleinere foto's aan de glazen wand en richt zich opnieuw tot de groep.

'Caroline was eenentwintig en studente aan het Europacollege in Brugge. Ze volgde er een master in Internationale Betrekkingen en Diplomatie. Ze woonde doordeweeks ook in Brugge, het weekend bracht ze bij haar vader in Brussel door.' Roos tikt met de stift tegen een van de foto's. 'Michael Bingenheim. Adjunct-directeur-generaal Internationale Partnerschappen bij de Europese Commissie.'

'*Ah oui, le gros poisson*,' schampert een teamlid. De anderen gniffelen. De man heeft een matje dat over zijn kraag krult, een haarsnit die Sara sinds de jaren tachtig niet meer gezien heeft. Ook zijn kledingstijl met geruit hemd en witte sokken in beige, suède schoenen stamt uit vervlogen tijden.

'Hij is inderdaad een grote vis, Alain,' reageert Collignon rustig, 'en daarom zijn ze in Brussel wat nerveuzer dan anders en kijken ze ons op de vingers. Los daarvan krijgt het slachtoffer precies hetzelfde als alle andere: ons respect en onze volledige inzet.'

Sara krabbelt enkele woorden in haar notitieboekje en legt het zo dat Alex kan meelezen. 'Dit wordt een lastige,' staat er.

'Caroline was op de terugweg van haar grootouders in het Luxemburgse Garnich. Ze heeft de E25 genomen tot Neufchâteau, waar ze om achttien uur een afspraak had met een schoolvriendin, de uitbaatster van Amélie.' Ze richt zich tot Sara en Alex: 'Amélie is een van de bekendste chocolatiers hier in Neufchâteau, nogal chic. Het draait voornamelijk op toeristen.'

'Zoals alles hier stilaan, godverdomme,' schampert een van de rechercheurs, een vijftiger met flink wat overgewicht, maar dit keer reageert niemand.

Roos wijst naar een andere foto.

'Net na aankomst krijgt Caroline een telefoontje van deze man: Olivier Philipsen, de assistent van Carolines vader. Hij stuurt haar al wekenlang berichtjes en vraagt om af te spreken. Als Caroline zegt dat ze in Neufchâteau is met een vriendin, stelt Philipsen voor om langs te komen. Caroline scheept hem boos af en vertelt haar vriendin nadien over de opdringerige sms'jes van de man. We hebben al toegang tot de gsm van het slachtoffer en haar antwoorden aan Philipsen ondersteunen het verhaal van de vriendin.' Ze wijst opnieuw naar de foto. 'Philipsen interesseert ons dus, maar we hebben 'm nog niet te pakken gekregen want hij is met een uitgebreide delegatie op werkbezoek in het zuiden van Marokko. Hij is de dag na de moord op Caroline vertrokken, *by the way*. Volgens zijn secretariaat staat er vandaag een windmolenproject in de Sahara op het programma en zijn ze heel moeilijk bereikbaar. Vanavond logeren ze in Ouarzazate, pas overmorgen is de hele bende terug.'

'Ik wil 'm wel gaan ophalen in Marokko, hoor,' grijnst het matje. Hij wijst naar zijn in het zwart geklede collega. 'Ik zal Adrienne meenemen.'

'Blijf maar lekker dromen, jongen,' antwoordt de vrouw.

De commissaris steekt haar hand op en wacht tot ze opnieuw ieders aandacht heeft.

'Later op de avond hebben beide vrouwen gegeten in restaurant La Vendetta in de Rue Lucien Burnotte. De kok heeft een open keuken aan de straatkant, hij heeft Caroline en haar vriendin na het eten buiten op de stoep afscheid zien nemen.'

Roos wijst naar een uitvergrote foto van de straat met, in het midden, het restaurant.

'De kok ziet de vriendin naar rechts gaan, richting centrum, waar ze woont. Caroline stapt naar links, want tussen het huizenblok met het restaurant en een school, het Athénée Royal, is een parkeerterrein. De parking ligt wat naar beneden, ingesloten langs beide zijden.'

'Getuigen?' vraagt Sara.

'Eentje, een vrouw die naast het restaurant woont en net voordien haar auto daar had geparkeerd. Ze heeft gezien hoe een man Caroline aansprak toen de jonge vrouw klaarstond om in haar auto te stappen, maar meer ook niet want ze kreeg op dat moment een oproep van haar zoon en keek niet meer achterom. Hoe dan ook, Caroline is uiteindelijk niet met haar eigen auto weggereden.'

Ze wijst naar een andere foto op de wand.

'Haar Audi A3 is op de parking blijven staan.'

'Commissaris, met respect, maar dit weten we al allemaal,' merkt een van de vrouwen in het team op. Ze zit met haar rug naar Sara en Alex en blijft Collignon aankijken terwijl ze met een duim naar achteren wijst. 'Tenzij het alleen maar een herhaling voor die van Brussel is, dan mag het natuurlijk want we hebben toch niks anders omhanden.'

Roos Collignon wacht tot het gegniffel verstomd is.

'Je hebt gelijk, Véro, stom van me.' Ze kijkt de rechercheur met uitgestreken gezicht aan. 'Ik praat de hoofdinspecteur en meneer Berger zelf wel even bij. En aangezien je blijkbaar toch

niks anders omhanden hebt, mag jij vanmiddag de broodjes halen. Ik geef je de bestelling van onze gasten straks mee.'
Waarop ze naar Sara en Alex knikt en in de richting van haar kantoor loopt.

'Misschien moeten we onze aanwezigheid hier tot het strikte minimum beperken,' zegt Sara.
Ze zitten in het hoekkantoor van de commissaris. Collignon heeft voor hen beiden een mapje klaargelegd op haar glanzend witte bureau.
'Ik had je aan de telefoon al gewaarschuwd,' antwoordt Collignon vriendelijk. 'Maar geloof me, hun gebrek aan sociale vaardigheden compenseren ze ruimschoots met hun passie en hardnekkigheid.'
De commissaris lijkt te ontdooien en haar pleidooi voor haar team geeft Alex een goed gevoel. Hij houdt van echte mensen en deze vrouw is echt.
Haar mondhoeken krullen van nature naar boven, zodat het lijkt alsof ze altijd glimlacht. Maar met of zonder de krulletjes voelt Alex nu wel de warmte in haar stem. Het valt hem ook op dat ze Sara, in tegenstelling tot daarnet in de teamkamer, nu wel tutoyeert. Hijzelf blijft voorlopig meneer Berger.
'Het zijn nu eenmaal Ardennezen, ze zijn van nature wat stug. Het duurt een tijdje voor ze je hun vertrouwen schenken.'
'En geen enkele flik wordt graag op de vingers gekeken,' zegt Alex.
Roos Collignon kijkt hem geïnteresseerd aan, knikt dan en zegt: 'Dat is inderdaad zo, meneer Berger.'
'Alex, graag.'
Ze knikt opnieuw en haar mondhoeken krullen nog wat meer naar boven.
'Maar dat neemt niet weg dat ik meende wat ik zei, over die inmenging,' gaat ze verder terwijl ze Sara in de ogen kijkt. 'Jullie hebben er alle belang bij om mijn team niet voor de

voeten te lopen, anders zetten ze de hielen in het zand en komen we nergens, dat kan ik je garanderen.'
'Dat is begrepen, hoor,' zegt Sara ernstig. 'Maar ik heb ook een vraag. Een order van mijn bazin bij Interpol om eerlijk te zijn.'
'Zeg maar.'
'Dat er geen enkele poging tot contact of verhoor meer is met Philipsen tot hij en de hele EU-delegatie terug zijn uit Casablanca. Het is een *high profile* missie, ze hebben een flink aantal journalisten in hun kielzog en ze zijn als de dood voor negatieve publiciteit.'
Roos maakt een hoofdgebaar in de richting van de teamkamer. 'Dat zullen ze daarbinnen graag horen.'
'Dat begrijp ik.'
'En wat als ze hem toch te pakken krijgen en telefonisch verhoren?'
'Dan zou dat spijtig zijn,' antwoordt Sara met uitgestreken gezicht, 'want ik hou nogal van mijn baan.'
Roos glimlacht.
Alex tikt met een vinger op het mapje dat voor hem ligt.
'Is dit het autopsieverslag?'
'En de resultaten van het sporenonderzoek tot nog toe. Ik weet dat jullie een en ander gewend zijn, maar wat de foto's betreft wil ik toch wel even zeggen dat het geen prettige beelden zijn.'
De foto's zijn genomen op de obductietafel. Caroline Bingenheim heeft twee grote, zwarte gaten op de plek waar haar ogen hadden moeten zitten en haar buikholte is een bruinrode ravage.
'Ze heeft maar één nacht in het woud gelegen, maar voor hongerige dieren is dat meestal genoeg,' zegt Roos Collignon met zachte stem. 'Vossen gaan altijd voor de ingewanden.'
'En vogels gaan meteen voor de ogen,' zegt Alex terwijl hij naar de foto's blijft kijken. 'Kraaien, neem ik aan?'

De commissaris knikt. Ze wil er iets aan toevoegen maar Sara, met haar hoofd in het dossier, is haar ongewild voor.

'Ik ga ervan uit dat jullie de autopsieresultaten al vergeleken hebben met die van Laura Keyzer vijf jaar geleden?'

'Natuurlijk. Beide jonge vrouwen zijn hardhandig misbruikt. Ze zijn ook allebei gewurgd. Bij beiden zijn er kleine letsels in de vagina, maar ook specifieke condoomsporen.'

Sara kijkt haar vragend aan.

'Volgens onze patholoog-anatoom heeft de dader twee keer hetzelfde soort condoom gebruikt, niet op basis van latex maar van synthetische hars. Zo zijn er maar enkele merken. Eén merk heeft bovendien zijn eigen glijmiddel, zonder siliconen, gemaakt van gezuiverde vaseline. Ook dat is bij beide vrouwen teruggevonden.' Ze maakt een hoofdbeweging naar het mapje. 'Lees de rest straks maar rustig na als je wil, maar ik kan je wel zeggen dat we voorlopig uitgaan van dezelfde dader.'

'Ondanks de duidelijke verschillen in MO,' merkt Alex op.

'Er zijn inderdaad verschillen, dat klopt. Caroline lag naakt uitgestald op een boomstronk, terwijl Laura aan de tak van een boom hing, twee meter boven de grond en volledig aangekleed. En ze werd opgehangen nadat ze gewurgd was.'

'Dus het ophangen maakte deel uit van het ritueel,' merkt Sara op, 'welk ritueel dat dan ook mag zijn.'

'Waarschijnlijk. Wat de sporen betreft: haar kleding en het feit dat ze buiten bereik van de meeste dieren hing was toen ons geluk, want ze was naar schatting al een dag of drie overleden en dan...' Ze haalt de schouders op, gaat verder: 'Enfin, jullie zijn professionals, dus we hoeven niet flauw te doen. Vossen en andere dieren gaan eerst voor de weke delen van het lichaam. Als ze op de grond had gelegen, hadden we geen enkel spoor van condoomgebruik kunnen terugvinden, kleren of geen kleren.'

'Wie heeft Laura gevonden?'

'Een wandelaar, een gepensioneerde marmersnijder van begin zeventig. Hij heeft zijn hele leven grafstenen gemaakt maar had nog nooit een lijk gezien, kun je dat geloven? Hij is nooit verdacht geweest, heb ik me laten vertellen.' Ze ziet de verbaasde uitdrukking op Alex' gezicht, glimlacht en zegt: 'Ik was hier toen nog niet, ik ben hier pas een goed jaar geleden komen wonen. Als ik het over stugge Ardennezen heb, spreek ik dus uit ervaring.'

'En bij Caroline?'

'Die is de volgende ochtend gevonden door de *garde forestier*.'

'De boswachter,' zegt Sara.

'Ja en nee. Elke *garde forestier* is ook boswachter, maar omgekeerd is dat lang niet altijd zo. Een *garde forestier* is lid van de gerechtelijke politie, hij is gewapend en kan aanhoudingen verrichten, binnen zijn werkterrein natuurlijk. Een boswachter kan je hoogstens een standje geven.'

'Nog iets wat we moeten weten over de obductie?' vraagt Alex.

Roos Collignon stopt met twee vingers een lok achter haar oor. Ze heeft golvend, koperkleurig haar, maar nauwelijks sproeten. Bruine ogen, een kleine, elegante neus. Ze is een aantrekkelijke vrouw, denkt Alex, en in de seconde waarin hij beseft wat hij denkt, blokkeert hij helemaal.

'In welke zin?' vraagt Roos hem.

Alex geeft geen antwoord en staart naar een punt op de muur.

Sara komt hem te hulp.

'Het bloedonderzoek?'

De commissaris knikt.

'Ja, natuurlijk, sorry. Het is zelfs belangrijk: er zijn sporen van een verdovend middel in Carolines bloed gevonden. Niet bij Laura, maar volgens de patholoog-anatoom mogen we daar geen conclusies uit trekken. Haar bloed is pas vier dagen na de moord geanalyseerd en dan waren veel sporen al verdwenen.

Bovendien werden op Laura's gezicht sporen van tape teruggevonden, wat niet het geval was bij Caroline.'

'Misschien besefte hij na de eerste moord dat verdoven gemakkelijker zou zijn,' zegt Sara.

'Dat kan. Het kan ook zijn dat de omstandigheden hem gedwongen hebben, niet? Laura is hoogstwaarschijnlijk in het woud gegrepen tijdens het joggen, terwijl Caroline in het centrum van Neufchâteau naast haar auto stond.'

'Met andere woorden: als Caroline was beginnen te roepen, zou sowieso iemand haar hebben gehoord,' vult Sara aan.

De commissaris kijkt op haar horloge en zegt: 'Ik stel voor dat we over een halfuur naar de plaats delict rijden. We nemen mijn auto wel. Maar eerst de broodjes: wat willen jullie?'

De auto van Roos is een stokoude 4x4 Toyota Land Cruiser met groene dekens op de stoelen. Als Roos ze opzijschuift voor haar passagiers welt er een redelijk penetrante hondengeur uit op. De achterbank ligt vol met haren, de vloer is bezaaid met moddersporen.

Ze rijden met een slakkengang over een aarden weg tussen de bomen. Af en toe schuren takken over het dak van de auto en braamstruiken maken hoorbare krassen in de deuren. Collignon manoeuvreert voorzichtig tussen de gaten in de weg en over verweerde, grillige wortels, zo dik als een arm. Het is een grijze dag, het bos oogt donker en koud.

'Het technische onderzoek heeft tot nog toe niet echt veel opgeleverd,' vertelt ze terwijl ze haar blik op de weg houdt. 'Het heeft al een week niet geregend hier en de sporen zijn miniem. Het labo geeft ons weinig hoop. Er zijn wel bandensporen teruggevonden, net als bij Laura toen, maar het profiel komt niet overeen met dat van vijf jaar geleden.'

De auto wordt nog maar eens door elkaar geschud en Collignon wijst naar een onbestemde plek links voor hen.

'Daar zijn de mensen van het lab nog aan het werk. De sporen lopen tot op nauwelijks vijftig meter van de plaats delict. Vanuit de richting die de dader heeft gevolgd, passeer je tot twee keer toe een slagboom. Er is plaats naast – als je geen grote auto hebt, kun je er net langs manoeuvreren, maar toch.'

'De dader moet de buurt dus goed kennen,' zegt Sara terwijl ze zich met wisselend succes probeert vast te houden aan de handgreep boven de deur, 'anders geraak je hier toch bijna niet?'

Roos knikt.

'Zelfs helemaal niet, zou ik zeggen. We zijn in een deel van het woud dat afgesloten is voor het publiek. De natuur mag hier zoveel mogelijk haar gang gaan.'

'Dat heb ik al gemerkt,' kreunt Sara. Ze is dan toch tegen het ruwe metaal van de deur gebotst en wrijft voorzichtig over haar hoofd.

Roos kijkt in de achteruitkijkspiegel en lacht, een vrolijke, volle lach die Alex meteen van zijn sokken blaast. Het is de lach van Camille, zijn Camille. Zo klonk ze op onbekommerde dagen terwijl ze door de stad zwierven en Alex haar aan het lachen had gemaakt met een grap of een opmerking, toen ze dachten nog zeeën van tijd te hebben en hun leven samen nog veel meer toekomst dan verleden had.

'Wat kan ik zeggen? Welkom in het Woud van Anlier!' Roos grinnikt nog even na. 'Het is hier heel anders werken dan bij jullie, zoveel is zeker. Toen ik hier begon, vroeg ik mijn voorganger waar ik vooral op moest letten. "Koop een paar goede laarzen, een waterdichte jas en een stevige auto," antwoordde hij, "dan kom je al een heel eind." Achteraf gezien was dat niet eens zo zwaar overdreven.'

Ze parkeert de Land Cruiser op een smalle strook gras en schakelt de motor uit.

'Vanaf hier gaan we te voet verder,' zegt ze. Ze kijkt Alex vriendelijk aan. 'Ik heb wel een extra paar laarzen voor Sara, maar helaas niet voor jou.'

'Ik red me wel,' mompelt Alex.

Hij draagt het paar halfhoge schoenen dat hij ook op zijn bergtochten in Gran Sasso aan zijn voeten had. In een flits vraagt Alex zich af hoe het met de wolf zou zijn. Hij ziet de raaf boven het landschap cirkelen, hij ziet het stille landschap, de rotstoppen en de boerenzoon die de laatste koeien naar de winterstallen leidt. Dan duwt hij het beeld weg en loopt achter beide vrouwen aan.

Ze laveren door het donkergroene woud. Er zijn geen echte paden, ze zoeken voorzichtig hun weg tussen de bomen en de weelderige varens. Als er in een bos geen mensen komen, ligt de bodem bezaaid met dode takken, rottende boomstammen en een web van doornenstruiken waarin je voortdurend blijft haken.

'Hoe komt het eigenlijk dat je perfect tweetalig bent?' vraagt Sara.

Roos haalt haar schouders op. 'Dat is niet zo'n prestatie, hoor. Ik heb een Waalse vader en een Vlaamse moeder, ik ben opgevoed in beide talen.'

'En je was commissaris in…'

'Geen commissaris,' onderbreekt Roos haar. 'Hoofdinspecteur. In het Antwerpse. Mijn promotie was een formaliteit, maar er was geen vacature. En toen viel mijn relatie in scherven uit elkaar en wou ik zo ver mogelijk van mijn ex gaan wonen. Er was een plaatsje vrij als commissaris hier in Neufchâteau…'

'En dat leek je ver genoeg,' lacht Sara.

'Nog verder en ik zat in Frankrijk,' grinnikt Collignon.

Er is een gemoedelijkheid tussen beide vrouwen die Alex zowel blij als neerslachtig maakt. Ze praten zo makkelijk, zo vertrouwelijk, alsof ze elkaar al tijden kennen. Hoe komt het toch dat hij geen spontane conversatie meer kan voeren met vreemden, of erger nog, dat hij zich nooit echt op zijn gemak voelt bij mensen die hij niet kent? Waarom lukt hem dat niet meer? Heeft hij dat eigenlijk ooit wel gekund? Of was Camille al die tijd zijn filter, zorgde zij ervoor dat hij min of meer functioneerde in het gezelschap van anderen?

Ze naderen de plaats delict als Roos zegt: 'Mijn verhuis naar hier was een zegen. Het was het beste wat me kon overkomen. De mensen reageren nogal gesloten en sommige van mijn collega's zijn zo hard als steen, maar je krijgt ook veel warmte en vriendschap zodra ze je vertrouwen. En er is hier niet zo'n dodelijke focus op werken als bij jullie in Vlaanderen. Als er geen onderzoek loopt, ben ik vaak al om halfzes in de bossen voor een lange wandeling met Daisy, mijn hond.'

'O, je hebt een hond,' zegt Sara, hoewel Alex zeker weet dat dat geen nieuws is voor haar. Hij heeft Sara's gezicht gezien toen ze in de auto stapte.

Ook Roos neemt ze niet in de maling.

'Alsof je dat nog niet geroken had. Ze is een twaalfjarige labrador, een schat van een hond maar ze wordt oud en ze stinkt eigenlijk wel een beetje, moet ik toegeven.' Roos wuift naar een agent in uniform die hen opwacht. 'Mijn ex mocht bij de scheiding kiezen tussen onze nieuwe auto of de hond. Gelukkig bleef hij tot op het einde een klootzak en koos hij de auto.'

De plaats delict is een brede, open strook mos tussen oude beuken. Het zijn kolossale bomen met kaarsrechte stammen en kruinen die tot vijfentwintig meter hoog naar de hemel reiken. In het midden ligt een omgevallen boom. Gefilterd licht valt op de dikke, bruingroene stam.

Roos haalt een mapje uit haar rugzak en toont Alex en Sara de foto's van de plaats delict. Op dezelfde boomstam zien ze een naakte jonge vrouw, de armen en benen over de stam gespreid alsof ze poseert voor een fotoshoot. Het is een schokkend beeld, zelfs voor Sara die de foto's al eerder heeft gekregen. Niet omdat het om een moordslachtoffer gaat, want dergelijke beelden hebben ze in hun loopbaan helaas al vaker gezien, maar om de ongewone combinatie van een naakt, dood meisje en de ongerepte natuur, om de manier waarop de dader haar tentoon heeft gesteld, om het theatrale ervan.

Sara vertelt het met zoveel woorden tegen Roos.

'Ja, dat is zo, dat vind ik ook. En wat dat aspect betreft is er een grote gelijkenis met de plaats delict van de Laura Keyzer-zaak.'

Ze scrolt door de foto's op haar telefoon en geeft het toestel door. Ze zien een jonge vrouw die twee meter hoog in een boom hangt, met een touw dat aan een van de dikke takken is vastgemaakt. Ze draagt hardloopschoenen, een lange donkergrijze legging en een zwart topje. Haar hoofd hangt naar beneden en haar zwarte lange haren bedekken haar gezicht. Het lijkt op een overgave, een pose van berusting. En ook al zijn Laura's armen niet gespreid, de gelijkenis met een Christusbeeld is onmiskenbaar.

'Het is een statement,' zegt Alex aarzelend, meer tegen zichzelf dan tegen de anderen. 'Maar er is ook iets anders...' Hij kijkt opnieuw naar de foto's van Caroline en daarna naar de bomen en het bos rondom hen. Buiten het geruis van de takken en het gekwetter van vogels is het stil.

'Iets pervers?' probeert Roos.

Alex schudt het hoofd.

'Nee, integendeel. Iets... ritueels.'

Hij doet er het zwijgen toe. Er komt een vreemd woord in hem op, of beter, een woord dat vreemd klinkt in deze context. Eerbied.

Eerbied voor wie, denkt Alex. Of eerbied waarvoor? Duidelijk niet voor die arme meisjes, maar voor wie of wat dan wel?

Hij weet het niet.'

Sara observeert haar vriend, draait zich dan naar Roos en zegt: 'Je vertelde dat Caroline gevonden is door de *garde forestier*.'

'Jean-Philippe Lamotte.' Roos knikt. '*Jean-Phi* is oké, geloof me. Hij heeft me in het begin echt geholpen. Hij heeft een voorbeeldfunctie hier in de streek, alles draait hier om het woud en het hout en de jacht en dus is hij onmisbaar.'

'Maar los daarvan...'

'Los daarvan vertrouw ik hem volkomen.'

Ze rijden door het woud. Tussen het monotone groen van de sparren vullen herfstkleuren de voorruit van de auto, de kleuren van beuk- en eikenbladeren, een uitbundig palet van bruin en rood. Hier en daar lichten goudgele vlekken van de esdoorn op. Op sommige plekken zijn de bomen zo hoog en het altijd groene struikgewas zo dik dat het lijkt alsof het al avond is.

Als ze aan de rand van het bos komen, zien ze voor hen een dorpje, niet meer dan een paar dozijn huizen die in kleine straatjes zijn samengegooid aan een rivier.

'En om deze plek draait het allemaal,' zegt Roos.

Haar stem klinkt opeens somber, ze heeft een verbitterde trek om haar mond.

'Ik weet het, iedereen in onze ploeg weet het, maar ik kan er de vinger niet op leggen.'

'Wat bedoel je?' vraagt Sara. 'Waar draait het allemaal om?'

'Om dit dorp. Om Suxy.'

Ze stuurt de Land Cruiser langs enkele sjofele huizen, slaat af en stopt midden op een stenen brug. Ze zet de motor uit.

'Laura vertrok hier vandaan om te gaan joggen. Ook de beide vermiste meisjes waren in Suxy toen ze verdwenen. En zowel Laura als Caroline zijn hier wat verderop in het woud teruggevonden. De enige rode draad die we hebben, het enige duidelijke verband, is dit dorp.'

Ze stappen uit.

'Vreemde plek om te parkeren,' zegt Sara, 'zo midden op de brug.'

Roos Collignon knikt.

'Ik doe het met opzet, om een punt te maken.' Ze wijst naar de brug.

'Dit is de enige plek waar je een zwak gsm-signaal te pakken krijgt. Alleen hier, op de brug over de Vierre. Voor de rest is er in het dorp geen enkele ontvangst. Er is ook nauwelijks internet.'

'Hé? Bestaat dat nog?'

'Yep,' zegt Roos. 'Te klein maar vooral te afgelegen. Het enige dorpje in België zonder gsm-verbinding, heb ik me laten vertellen. En een mail krijg je nog net verstuurd, maar om te surfen is het signaal te zwak.' Ze wijst om zich heen. 'Je bent hier letterlijk aan alle kanten omringd door het woud. Als je hier naartoe wil komen, of beter, als je hier weg wil want dat komt vaker voor,' grijnst ze, 'moet je minimaal een tiental kilometer door de bossen voor je weer in de bewoonde wereld komt. Welke kant je ook uitrijdt, je moet eerst door het woud. Dit dorp is helemaal afgesloten van de buitenwereld.'

'En wat was je punt dan?' vraagt Sara.

Ze leunen tegen de balustrade met hun gezicht naar de huizen honderd meter verderop.

'Als je hier een verdachte hebt, moet je al ongelofelijk veel geluk hebben dat hij of zij door iemand wordt gezien,' antwoordt Roos. 'Er woont hier nauwelijks een handvol mensen en alles rondom je is bos. En je kunt geen alibi's checken door het gsm-signaal na te trekken want dat is er niet. Het is alsof er een stolp over dit dorp staat en je een zaak onderzoekt zoals onze collega's dat dertig jaar geleden moesten doen.'

'Wie waren destijds de verdachten voor de moord op Laura?' vraagt Alex.

'Thierry Deveux, om te beginnen.' Roos wijst naar rechts. 'Hij woont daar achter die dikke eiken, je ziet zijn huis en zijn loods van hieruit niet staan. Deveux is stukadoor, loodgieter of timmerman, wat je maar wil, kortom een manusje-van-alles. Hij is een teruggetrokken man, een eenzaat die buiten zijn klanten met weinig mensen contact heeft.'
'Maar het is een klein dorp, zoals je zelf zei. De meeste bewoners zullen elkaar dan wel kennen,' werpt Sara op. 'Kende hij Laura?'
'Hij had net voor de moord in hun vakantiehuis gewerkt. Laura's vader had hem gevraagd een nieuw houten terras aan te leggen. Hij wist dus zeker wie ze was.' Roos wijst nu naar de andere kant van het dorp. 'Daar staat het huis van Hans Keyzer, die chalet tussen de bomen, met erachter de schuur.'
'En dat was het?' zegt Sara. 'Hij was verdacht omdat hij in hun vakantiehuis had gewerkt?'
'Volgens Laura toonde Deveux te veel interesse voor haar. Hij sprak haar aan, vertelde ze haar vader, vooral als die niet in de buurt was. Deveux zou ook opmerkingen hebben gemaakt over haar kleding en haar seksueel getinte complimentjes hebben gegeven. Hans Keyzer was woest en heeft hem de deur gewezen nog voor het werk af was, ook al ontkende Deveux de feiten heftig. Twee weken later was Laura dood en Deveux had geen alibi voor het tijdstip. Hij is grondig en uitvoerig verhoord, maar uiteindelijk hebben de collega's van toen hun vermoedens niet hard kunnen maken.'
Roos kijkt in de richting van het vakantiehuis.
'Maar voor Hans is en blijft Thierry Deveux de dader. Hij heeft sindsdien zijn leven gewijd aan het vinden van bewijs, het is een obsessie voor hem geworden.' Ze kijkt Sara aan. 'Vier jaar geleden probeerde hij Deveux om te brengen. Hij heeft meer dan een jaar gezeten voor poging tot moord.'
'En ondertussen is zijn vrouw gestorven,' zegt Alex zacht.

'Ze werd gek van verdriet. Ze heeft een einde aan haar leven gemaakt, dag op dag één jaar na de dood van haar dochter.'

'Jezus,' zucht Sara.

'Laura's vriend, Carlo Simons, was de andere verdachte,' zegt Roos. 'Carlo was toen vijfentwintig en Laura zeventien, ook daar kon haar vader totaal niet mee om. Ze was maar twee maanden van haar achttiende verjaardag, maar toch.'

'En had Carlo Simons een alibi?'

'Ook niet echt. Het pleitte voor hem dat hij zelf de volgende dag een verklaring is komen afleggen, maar dat was het dan ook. Volgens Carlo hadden ze een afspraakje bij het stuwmeer hier enkele kilometers verderop. Laura zou tot bij hem joggen, wat haar tegenover haar vader meteen een bruikbare smoes gaf. Ze is nooit tot aan het stuwmeer geraakt, tenminste volgens Carlo, want er waren voor de rest geen getuigen.'

'Vind jij hem geloofwaardig?' vraagt Sara.

Roos Collignon glimlacht.

'In tegenstelling tot Thierry Deveux heeft iedereen hier een zwak voor Carlo, dus iedereen gelooft hem. De man kan niet praten en hij lijkt er ook geen behoefte aan te hebben. Hij zoekt met niemand contact, maar dat is gewoon schuchterheid, hij is eigenlijk een vriendelijke kerel. Hij werkt voor de gemeente, als boswachter, hoewel dat strikt genomen niet kan omdat hij toeristen niet kan helpen als ze verdwaald zijn of terechtwijzen als ze zich roekeloos gedragen in het woud.'

'Hoe bedoel je, hij kan niet praten? Is hij doofstom?'

'Nee, Carlo hoort prima.' Ze fronst, schudt het hoofd. 'Hij kan nu niet meer praten. Hij deed het blijkbaar wel als kind, maar daarna nooit meer. Het is een vreemde geschiedenis. Hij was als kind ooit een tijdje vermist in het woud, hier in de buurt, en sindsdien praat hij niet meer. Om eerlijk te zijn weet ik er het fijne niet van en je zal niemand in het dorp vinden die erover wil praten.'

'Hoe vreemd allemaal,' zegt Sara.

Ze staren zwijgend naar de huizen langs de rivier. Er vertoont zich geen mens op straat. Een hond slaat aan, maar na een rauw bevel zwijgt het dier abrupt. In de verte snerpt een kettingzaag. Uit de schoorstenen kronkelen rookpluimen.

'Vijf jaar geleden bij de moord op Laura was het dorp de risee van de streek,' zegt Roos. 'Er waren journalisten die tot in de keuken van de mensen binnendrongen. Suxy heeft het toen hard te verduren gekregen, zeker nadat er ook nog eens twee meisjes verdwenen.'

'Meisjes uit het dorp?'

'Nee. Anaïs kwam uit het volgende dorp en Marit was een Nederlandse studente die hier kwam trekken.' Ze zucht. 'Ik gebruik de verleden tijd, want ik ga er niet van uit dat ze opeens springlevend tevoorschijn zullen komen.'

'Die persaandacht zal nu nog erger worden, denk ik,' oppert Sara.

Roos knikt. 'Dat denk ik ook en ik niet alleen. Mijn chef heeft me gevraagd een kleine infoavond te organiseren hier in Suxy. De mensen uit het dorp hebben recht op informatie, vindt hij, en ik kan hem geen ongelijk geven.'

'Wanneer doe je dat?'

'Vanavond,' glimlacht Roos, 'en ik ga er natuurlijk van uit dat jullie erbij zullen zijn. Had ik dat nog niet gevraagd?'

'Nee,' zegt Sara. 'Ik begrijp het natuurlijk, alleen weet ik niet of...' Ze maakt haar zin niet af, maar kijkt naar Alex en probeert zijn blik te vangen.

'Het is maar een uurtje,' sust Roos. 'En...'

'Dat lukt me niet,' mompelt Alex.

De gedachte aan tientallen verontruste of boze dorpelingen die een uur lang vragen op hem afvuren, is hem te veel. Hij voelt zijn hartslag de hoogte in gaan. Het liefst zou hij nu rechtsomkeert maken en in één ruk naar Oostende rijden.

Roos denkt dat hij haar afscheept omdat hij gewoon zin heeft in een vrije avond.

'Zoals ik zei, duurt het maar een uurtje. Mijn hele team zal er zijn. Ik kan echt geen goodwill van hen verlangen als jullie ons meteen al de eerste avond in de steek laten. Het zal koren op de molen zijn: zie je wel, die hotshots van Brussel voelen zich zelfs te goed om naar de infoavond te komen.'

'Ik woon niet in Brussel maar in Oostende,' zegt Alex zacht, 'en ik ben verre van een hotshot. Nooit geweest ook.'

Roos kijkt hem ernstig aan. Er ligt geen stuursheid in haar blik, maar oprechte bekommernis.

'Het zou veel voor mij betekenen als jullie er vanavond bij zijn,' pleit ze. 'Alsjeblieft?'

Achter haar staat Sara. Ze kijkt Alex smekend aan, knikt dan alsof ze wil zeggen dat het hem wel lukt, dat het allemaal goed zal komen.

'Oké,' zegt hij.

De bijeenkomst vindt plaats in het dorpsschooltje, een eenvoudig gebouw in een smalle straat aan het einde van het dorp. Het is een dependance van de grotere school in Chiny, tien kilometer verderop. Een inwoonster van Suxy, Murielle Croone, heeft de recherche geholpen om snel-snel een geschikte locatie te vinden.

Binnen is het stoffig. Het ruikt er naar oude schoolbanken, maar ook naar verschraald bier, iets met een uit de hand gelopen rouwdrink voor een dorpeling waarover Alex flarden opvangt.

'De helft van het dorp is er,' zegt Roos. 'Dat kun je een succes noemen, hoor.'

Ze zitten in een soort bezemhok naast het enige klaslokaal en horen het geroezemoes door de dunne wand.

'En dan hebben we het over...?' vraagt Sara.

'Zo'n veertig mensen. Carlo Simons is er wel, Thierry Deveux niet.' Roos kijkt ongerust. 'Hans Keyzer zit er ook, de vader van Laura.'
'Zal hij het je moeilijk maken, denk je?'
'Met hem kan het alle kanten uit. Soms reageert hij heel afwezig en ingetogen, soms staat hij bij ons aan de balie te schreeuwen dat we geen zier om de nagedachtenis van zijn dochter geven.'
De deur zwaait open en Adrienne, de hoofdinspecteur in haar zwarte outfit, loopt naar binnen.
'We kunnen er beter aan beginnen, chef, ze worden ongeduldig.'
'Dat willen we niet,' glimlacht Roos.

Tot ieders opluchting wordt het al bij al een rustige bedoening. Er klinkt hier en daar ontgoocheling en frustratie als dorpsbewoners vertellen over de respons van de politie of het gebrek daaraan, en er doen zich enkele verhitte momenten voor als een man die duidelijk boven zijn theewater is vloekend zijn punt probeert te maken ('het kan die klotepolitici geen hol schelen wat er met ons gebeurt zolang we maar voor hen stemmen, jullie kunnen allemaal mijn rug op'). Maar het lijkt alsof de laatste gruwel, de vondst van alweer een dode jonge vrouw in het woud, de meeste aanwezigen heeft uitgeput. Een veertigtal mannen en vrouwen luistert naar de rustige uitleg van commissaris Roos Collignon, sommigen ongerust of ronduit angstig, anderen met een diepe frons op hun gelaat, nog een flink aantal schijnbaar apathisch, alsof ze naar de vergadering gekomen zijn zonder precies te weten waarover die zou gaan en nu zitten te wachten op een drankje, maar bijna allen zwijgzaam, haast ingetogen.

Net voor aanvang heeft Roos discreet aangewezen waar Carlo Simons zit. Hij ziet er verbazend jong en kwetsbaar uit, vindt Alex, eerder begin twintig dan begin dertig. Zijn huid is getaand door het buitenleven, maar zijn gelaat is gaaf en zonder de minste rimpeling. Hij kijkt hen met grote ogen aan, maar net als de rest van de dorpelingen reageert hij gelaten op wat er verteld wordt.

Ook de introductie van Sara en Alex lijkt eerst zonder veel emotie te passeren.

'Dit zijn hoofdinspecteur Sara Cavani en consultant Alex Berger van Interpol. Ze assisteren de recherche van Neufchâteau bij het onderzoek.'

Roos is bezig aan een opsomming van wat haar team voor de komende dagen heeft gepland als een man zijn hand opsteekt. Hij beeft, merkt Alex.

'Welk onderzoek?'

Zijn stem is vriendelijk maar vastberaden. Alex schat hem midden zestig. Hij heeft een mooi, voornaam gezicht en weelderig grijs haar. Een kunstenaarsgelaat, denkt Alex. De man zit een beetje krom en krampachtig op zijn stoel.

'Excuseer?'

'U zei dat ze de recherche assisteren bij het onderzoek. Welk onderzoek bedoelt u precies?'

Roos schrijft in drukletters HANS KEYZER op haar blad en schuift het naar Sara en Alex terwijl ze antwoordt. Er ligt veel overtuiging in haar stem en haar antwoord is voor het hele zaaltje bedoeld.

'Het onderzoek naar de moorden op Caroline Bingenheim en Laura Keyzer en naar de verdwijningen van Anaïs Vinckier en Marit Hofman. We behandelen de vier dossiers als gelinkt aan elkaar, al hoeft dat niet noodzakelijk te betekenen dat we uitgaan van een en dezelfde dader. Voor dergelijke conclusies is het nog veel te vroeg.'

'Noemt u vijf jaar te vroeg?' vraagt de man.

Het klinkt niet verwijtend, maar er zit toch een dreigende ondertoon in zijn stem, alsof hij haar uitdaagt om het gevecht aan te gaan.

'Vijf jaar is een eeuwigheid, meneer Keyzer,' antwoordt Roos zacht.
Alex ziet hoe hij naar adem hapt en zwijgt.
Na ruim drie kwartier kondigt de commissaris een pauze aan. 'We stoppen tien minuten om even de benen te strekken. Er is water, koffie en frisdrank, kies maar wat u wilt. Tot zo.'
In het rumoer van gesprekken en verschuivende stoelen neemt Alex Sara apart.
'Als de pauze straks voorbij is, zijn we al een uur bezig. En het zou toch maar een uur duren?'
'Ach, je weet hoe zoiets loopt,' fluistert Sara. Ze knijpt hem in zijn bovenarm. 'Het is voor een hoger doel.'
'Ik ga even naar buiten.'

Buiten is het donker en koud. Een tiental mensen staat in het midden van de straat te roken. Dwergvleermuizen schieten van de ene lantaarn naar de andere op zoek naar de schaarse insecten die er nog zijn. Opnieuw valt het Alex op hoe stil het hier is: geen auto's, geen verkeersgeluiden. Die gedachte brengt hem bij zijn eigen auto, een oude Volkswagen Caddy die hij van Eric heeft gekocht. 'Boekhandel Kafka' staat er op de zijkant, met daaronder 'Lezen maakt blij'. De overnameprijs die Eric hem vroeg was zo belachelijk laag dat Alex het opschrift als een soort wederdienst heeft laten staan. Hij heeft hem aan de rand van het dorp geparkeerd, bijna tegen de bosrand.
'Welkom in Suxy,' zegt een stem achter hem.
Alex staart in de ogen van een grote, gespierde man met kortgeschoren haar en een stoppelbaard.
'U spreekt Nederlands, toch?'
Alex knikt terwijl de man een sigaret opsteekt en diep inhaleert.

'En?' vraagt hij. 'Hoe bevalt het u in het doodste dorp van België?' Hij wacht niet op een antwoord en mompelt: 'Of het meest dodelijke, moet ik misschien zeggen.'

'Ik ben hier nog maar pas,' zegt Alex.

'En waar logeert u?'

'Ik blijf hier niet, meneer…'

'Peter Baekeland.' Hij biedt Alex een stevige knuist aan en grijnst. 'Dat verbaast me niks. Wat zou je hier ook komen doen?' Hij wijst om zich heen. 'Er is hier niets. Geen internet of gsm-bereik, maar ook geen winkeltje, geen bakker, geen kruidenier. Voor het minste moet je door het woud naar een van de grotere dorpen en da's toch al snel tien of vijftien kilometer verder.'

'Maar u woont hier wel.'

De man knikt. 'Dat is zo. Tot een jaar of drie geleden had ik een bloeiende zaak in mijn geboortestad, in Mechelen. Fiscaliteit. Ik verdiende veel, maar verging van de stress. Ik heb alles verkocht en ben naar hier verhuisd. Sindsdien is mijn bloeddruk spectaculair gedaald.'

'En wat doet u nu?'

'Ik liefhebber een beetje in de bosbouw.' Opnieuw een grijns. 'Je hebt hier niet veel nodig, hoor. Als het echt moet, werk ik een poosje op het privéjachtdomein van een rijke Fransman, maar meestal doe ik niks en dat bevalt me prima.'

Hij laat zijn sigaret vallen, trapt ze uit en zegt: 'Het is een bijzonder dorp, meneer Berger.'

Alex wil terug naar binnen, maar hij voelt dat de man een bedoeling heeft met zijn uitspraak, dus blijft hij nog even staan en kijkt hem aan.

'De winter duurt hier langer dan in de rest van het land, wist u dat? Het wordt hier ook kouder, dat is wetenschappelijk bewezen. Mocht ik in God geloven, dan zou ik zeggen dat hij bijzonder slecht geluimd was toen hij Suxy schiep.'

Hij lacht om zijn eigen grapje en zegt: 'Maar het dorp oefent ook een vreemde aantrekkingskracht uit op bepaalde mensen.'
'En welke mensen zijn dat dan, meneer Baekeland?'
'O, ex-carrièretijgers zoals ik, bijvoorbeeld, aangevuld met enkele weirdo's.' Hij pauzeert even. 'En met mensen die je 's avonds liever niet tegen het lijf loopt.'
'Zoals?'
De man glimlacht alleen maar en stapt naar binnen.

Na de pauze kabbelt de infoavond stilaan naar zijn einde. Collega's van Roos delen flyers uit waarop de namen en telefoonnummers van de lokale politieagenten staan, samen met een speciaal infonummer waaraan de dorpelingen informatie kunnen doorspelen.

Hans Keyzer zit op een andere stoel dan voor de pauze, helemaal achteraan bij de deur, alsof hij zeker wil zijn dat hij meteen weg kan als hem dat zo uitkomt. Hij staart vaak en lang naar Alex. Er is zo goed als niets op zijn gezicht te lezen – geen scepsis, maar vertrouwen evenmin.

Roos beëindigt de bijeenkomst met een bedankje aan Murielle Croone voor het ter beschikking stellen van het klaslokaal. Dan gaat ze staan en zegt:

'Er zijn hier vreselijke misdaden gebeurd. We zullen niet rusten voor we de schuldige hebben gevonden, dat beloof ik u.' Ze kijkt rond, gaat dan met nadruk in haar stem verder: 'Ik ben nog maar een goed jaar hier, maar ik maak een persoonlijke belofte aan ieder van jullie: we zullen de dader of daders vinden.'

Niemand reageert en er klinkt ook geen misprijzen of hoongelach, wat Alex al bij al een prestatie vindt.

Na afloop wil hij meteen naar Oostende.

'Ik blijf hier vannacht, ik heb een kamer in Neufchâteau geboekt,' zegt Sara. Ze huivert van de kou en ritst haar jas

dicht. 'Ben je zeker dat je ook geen hotelkamer wil? Het is over negen en je moet drie uur rijden.'
'Ik wil naar huis, Sara. We bellen elkaar morgen wel, goed?'
Ook Roos neemt afscheid.
'Tevreden?' vraagt Sara.
'Beetje dubbel toch,' zegt de commissaris terwijl ze de dorpelingen observeert die rustig naar huis stappen. 'Ik ben blij dat we die mensen de informatie hebben kunnen geven waar ze recht op hebben.'
'Maar?'
'Maar de kans bestaat ook dat de dader vanavond gewoon in het publiek zat. Die gedachte maakt me een beetje misselijk.'

Als Alex bij zijn auto komt, doemt de donkere rand van het woud voor hem op. Hij is verbaasd dat hij zich plots onrustig voelt in de nabijheid van die enorme, dreigende massa die zich voor hem uitstrekt. Hij kijkt omhoog, kan met moeite de toppen van de bomen zien. De hemel is halfbewolkt, met hier en daar hoopjes flikkerende sterren en grote zwarte vlekken waarachter een vaal maanlicht schijnt, maar meer dan helder genoeg om de vleermuizen te zien die nauwelijks een meter boven zijn hoofd heen en weer fladderen.
'Dag meneer Berger. Murielle Croone, aangenaam.'
Alex draait zich met een ruk om. De vrouw staat naast hem, ondanks de avondkoude gewoon in een lange jurk en zonder jas. Ze staart Alex langdurig aan.
Hij knikt alleen maar en pakt zijn autosleutels. Hij heeft geen zin meer in een gesprek.
'Als u niet wilt praten is dat prima voor mij, hoor.' Ze glimlacht. 'De stilte is me altijd liever dan oppervlakkig geklets.'
Alex kijkt verbaasd. Ze knikt hem langzaam toe alsof hij iets begrepen heeft wat niet uitgesproken werd, ook al heeft hij geen benul wat het zou kunnen zijn.

Hij observeert haar terwijl ze met haar ogen de wervelingen van de vleermuizen volgt. Ze heeft lang, zwart haar dat boven op haar hoofd in een ingewikkeld patroon is gevlochten. Haar donkerblauwe jurk heeft betere tijden gekend. Als ze bedachtzaam een haarlok achter haar oor duwt, ziet Alex een kleine tattoo van een pentagram aan de binnenkant van haar linkerpols.

'Je lost dit nooit op als je het woud niet leert kennen,' zegt ze opeens.

Nog voor Alex kan reageren, is ze al verdwenen.

6

Rond middernacht arriveert Alex in Oostende. Hij weet dat Eric nog wakker is. Zijn vriend gaat ten vroegste omstreeks twee uur naar bed en staat steevast zes uur later min of meer uitgerust weer op.

'Je ziet er afgepeigerd uit,' zegt Eric. 'Afgepeigerd en oud.' Ze zitten in de boekhandel in tweedehands chesterfields waarvan er een handvol over de hele benedenverdieping staat, zodat klanten die dat willen even rustig door hun aankoop kunnen bladeren.

'Dank je, ik voel me meteen een stuk beter.'

'Graag gedaan. Wacht even, ik heb nog iets lekkers voor je.'

De boekhandel beslaat de kelder- en benedenverdieping van een art-decopand en trekt zowel leesfanaten als lekkerbekken aan. De eerste groep omdat Eric Machiels een breed aanbod van de betere boeken in alle genres heeft en zelf een wandelende bibliotheek is die zijn klanten voortdurend tips geeft. De tweede omdat hij tussen het uitpakken van de boeken door goddelijke taartjes bakt, zodat je in een van de oude chesterfields over je aankoop kunt nadenken bij een kop koffie en een stuk bosbessencake.

Hij is een zachtaardig man van begin vijftig, met een warrig hoofd vol wijsheid en een mollige buik van te veel zoetigheden.

'Je ziet eruit alsof je nog niks gegeten hebt,' zegt Eric. Hij draagt een dienblad met daarop een dampend bord en een geopende fles wijn.

'Een vreselijk stuk lasagne in een brasserie in Neufchâteau,' zucht Alex. 'Rond zes uur, tussen de bedrijven door. Het smaakte naar karton met ketchup en nepkaas.'

'Dit smaakt naar konijn, en hoe. En de wijn is best drinkbaar, cadeautje van een klant.'
Ze klinken.
'Vertel eens.'
Alex neemt een hap, sluit enkele tellen verzaligd zijn ogen, zegt dan: 'Heel vreemde toestand. Gruwelijk en vreemd.'
Eric weet dat Alex geen details over de zaak zal geven en Alex weet dat Eric daar nooit zal naar vragen. Hij vertelt hem de bekende feiten over de verdwenen en vermoorde meisjes en, na de feiten, het verhaal over de infoavond en het afgelegen, geïsoleerde dorpje Suxy.
'En er was nog iets vreemds,' zegt Alex. Hij voelt hoe de wijn hem nog meer vermoeit en zet zijn glas aan de kant. 'Ik stond voor dat woud en opeens voelde ik me op een of andere manier bang. Nee, dat is niet het juiste woord. Ongerust. Onrustig.'
Eric schenkt zichzelf nog een glas in en luistert geïnteresseerd. Hij weet hoezeer Alex de laatste tijd van bossen is beginnen te houden, van urenlange zwerftochten door de natuur. Hij is de voorbije maanden zo vaak in de bossen gaan wandelen dat hij zelfs hardop droomt van een huisje in de Ardennen, wat een verhuis uit Oostende zou betekenen. Het is een vooruitzicht dat Eric vreest, want hij wil zijn dierbare vriend niet kwijt.
'Maar vanavond keek ik naar dat donkere woud en besefte dat ik blij was dat ik er niet middenin stond, begrijp je?'
Eric knikt. Hij lijkt uit het hoofd te citeren: 'Wouden zijn diep en donker omdat de reiziger zijn eigen duisternis en angsten niet erkent. Je komt er nooit als dezelfde mens uit als toen je erin ging.'
Alex wuift het weg.
'Ik ben te moe voor diepzinnige gedachten, vriend.'
'Niks diepzinnig,' zucht Eric, 'ik ben zelfs vergeten van wie het citaat is. Ik word echt oud.'

Niet veel later nemen ze afscheid.

'Manon slaapt in de logeerkamer,' zegt Eric.

'Doe haar mijn lieve groeten.'

'Kom je niet ontbijten morgen?'

Alex schudt het hoofd, zegt: 'Nee, ik spring later op de dag wel even binnen.'

Manon is zesentwintig. Eric noemt haar zijn stiefdochter en de jonge vrouw zal dat altijd beamen, hoewel er geen enkele familieband is, zelfs niet onrechtstreeks.

Manon was de hartsvriendin en het liefje van zijn zoon Kai toen die twaalf jaar geleden overleed op de passagiersstoel van Erics auto. Ze werden aangereden door een truck waarover de chauffeur de controle had verloren. Eric kon er niets aan doen, wat niet wegneemt dat hij zichzelf sindsdien de schuld geeft voor de dood van zijn enige kind.

Het drama kostte hem niet alleen zijn zoon maar ook zijn huwelijk, om nog te zwijgen van zijn vertrouwen in de medemens. Behalve Alex, Sara en zijn zelfverklaarde stiefdochter laat Eric niemand meer in zijn leven toe. De laatste jaren begint hij opnieuw en voorzichtig te genieten van het leven, maar lachen, echt onbevangen lachen, dat heeft Alex hem nooit meer zien doen.

Rond één uur 's nachts staat Alex alleen op het strand. De zee is kalm, de golven kabbelen en er is geen wind. Hij denkt aan Camille.

Er gaan soms dagen voorbij dat hij niet aan haar denkt, iets wat hij zich enkele jaren geleden niet eens had kunnen voorstellen, net zomin als hij zich toen kon voorstellen dat hij überhaupt nog iets zou denken, dat hij nog de zin zou vinden om zonder haar verder te leven.

Dat is dus blijkbaar wel zo. Het verdriet zal nooit echt weggaan, weet hij, net zomin als het gemis, alsof er een ledemaat is geamputeerd die jaren later nog pijn doet. Al is wat hij soms nog voelt, bijna zeven jaar na haar overlijden, geen fantoompijn maar echt verdriet.

In ieder geval voelt hij zich niet meer bedrukt, niet meer depressief, wat niet wil zeggen dat Alex opnieuw een man is die fluitend door het leven stapt. Eric heeft hem ooit in een beschonken bui gezegd dat het lijkt alsof Alex door de dood van Camille voor de rest van zijn leven onder de medicijnen zit. Zo voelt het eigenlijk ook, beseft hij de laatste tijd meer en meer: er zijn geen ups en geen downs, er is geen groot drama maar evenmin veel plezier. Hij is door haar dood veranderd van een deelnemer aan het leven in een toeschouwer en wat hij ziet, vindt hij meestal niet echt prettig maar evenmin iets om zich nog veel zorgen over te maken. De dagen slenteren sindsdien voorbij zoals verveelde toeristen flaneren op een stranddijk: doelloos, *killing time*.

7

Het is nauwelijks zes uur 's ochtends als Alex al door de keuken strompelt op zoek naar koffie en iets eetbaars. Hij is moe, maar leeft nog op het ritme van de bergen. Buiten is het donker. Hij vindt aardbeienjam en een doosje crackers en, tot zijn opluchting, een onaangebroken pak koffie. Een kwartier later zit hij aan de houten keukentafel met de dossiers die Sara voor hem heeft gekopieerd. Vier meisjes, vier jonge vrouwen. Twee zijn in het Woud van Anlier verdwenen, twee zijn er vermoord teruggevonden.

Alex begint met de verdwijningen. Anaïs Vinckier was negentien toen ze in mei 2019 met haar autootje van bij haar ouders in Chiny vertrok. Ze deed stage als thuisverpleegster en moest naar een oude man in Les Fossés, een dorp iets verder dan Suxy. Daar kwam ze nooit aan. Haar auto werd met een lekke band langs een weide net voor Suxy aangetroffen, maar van Anaïs geen spoor, tot vandaag niet, drie jaar later.

De achttienjarige Nederlandse studente Marit Hofman kampeerde in augustus 2020 met drie vriendinnen net buiten Suxy. Ze hadden twee tentjes neergepoot aan de rand van het woud, op een plek waar kamperen niet is toegestaan, iets wat gemeentewerker Carlo Simons hun 's middags in gebarentaal was komen uitleggen. Ze hadden beloofd om voor het donker weg te zijn. Marit wou nog even gaan stappen in het woud en kwam nooit meer terug.

Tientallen zoektochten naar Anaïs en Marit leverden niets op, ondanks de hulp van het leger en honderden vrijwilligers die het woud uitkamden. Alex maakt aantekeningen en zet een vraagteken achter 'Carlo Simons'.

Hij eindigt zijn lectuur bij het begin, bij het eerste slachtoffer. Er zitten enkele foto's van Laura Keyzer in het dossier en die raken hem. Het meisje was geen klassieke schoonheid, met haar asymmetrische gezicht en haar te kleine neus, maar ze straalde, de levenslust spatte uit haar grote, blauwgrijze ogen.

Zonder nadenken belt Alex het nummer van Hans Keyzer dat op de infofiche in het dossier staat.

'Hallo.'

Een slaperige stem.

Alex kijkt op zijn horloge en ziet dat het pas halfacht 's ochtends is.

'Mijn excuses, meneer Keyzer, ik besefte niet dat het nog zo vroeg is. Alex Berger, ik was gisteren samen met de commissaris...'

'Ik weet nog wie u bent, meneer Berger. En u hebt me niet uit mijn bed gebeld, dus geen zorgen.'

Bij die laatste woorden kraakt zijn stem lichtjes, alsof praten een inspanning vergt.

'Wat kan ik voor u doen?'

Voor Alex het goed en wel beseft, zegt hij: 'Ik ben aan het lezen in het dossier. Over uw dochter.'

'Zitten er foto's bij?' vraagt Keyzer zacht.

'Ja.'

'Beschrijf er eens een.'

Alex doet het. De setting is een weide met bomen. Laura is in looptenue, ze kijkt naar een punt naast de camera en lacht breeduit.

Hij hoort Hans Keyzer zachtjes lachen.

'Dat herinner ik me. Ze had toen net goed nieuws gekregen, ze mocht naar een trainingsstage in Montreux, in Zwitserland. Haar mama maakte die foto, ik stond ernaast te zwaaien met haar toelatingsbrief. Ik was zo trots als een pauw.'

Het is stil.

'Ik wil graag even langskomen, als dat past.'

'Dat kan. Maar niet vandaag.'
Opnieuw hoort Alex een zacht gekreun in Keyzers stem.
'Ik heb een aandoening,' zegt Laura's vader. 'De ziekte van Bechterew. Kent u die?'
'Nee.'
'Een soort ontstekingsreuma, in de gewrichten. Ik leef er al twintig jaar mee, maar het wordt steeds erger.'
Alex herinnert zich hoe krampachtig de man op zijn stoel zat tijdens de infoavond.
'Vandaag wordt een moeilijke dag,' zegt Keyzer, 'dat voel ik nu al. Kom morgen maar langs, is dat haalbaar voor u?'

Rond acht uur komt de zon op. Alex kijkt naar buiten en ziet het wassende licht op de zee. Zijn flat bevindt zich in een hoekpand op de zevende en hoogste verdieping. De straat ligt een goeie honderd meter van de dijk, maar vanuit zijn keukenraam kan hij een stuk van het water en de horizon zien.

Het is een combinatie die werkt voor hem: hij geniet van de weidsheid en tijdloosheid van de zee, maar hij zit hoog genoeg om afstand te houden van het leven beneden.

Hij staart een tijdje naar buiten. Zijn gedachten gaan meer dan eens naar Laura, naar de foto's die hij heeft gezien. Naar de enthousiaste blik die in haar ogen lag en vooral, wat die blik uitstraalde.

Een belofte, een wissel op het leven.

Rond elf uur gaat hij langs in Erics flat boven de boekhandel.

Manon zit nog aan het ontbijt. Ze draagt een lang T-shirt tot aan haar knieën en haar golvende, bruine haren zijn nog nat van de douche. Ze is een vrolijke meid met een wipneus en een kuiltje in haar kin.

Ze heeft Alex niet meteen gezien. Hij blijft in de deuropening staan en kijkt naar haar. Manon eet uitbundig en gulzig, ze smeert dikke strepen aardbeienjam op haar croissant en neemt snel twee, drie happen na elkaar. Ze eet het goedje zowat iedere ochtend, bij Alex' weten is het haar enige verslaving. Toch is ze zo slank als een den.

'Hey, Alex! Kom hier, jij!'

Ze heeft hem eindelijk opgemerkt, geeft hem een uitbundige knuffel en kust hem zodat zijn wang onder de aardbeienjam komt te zitten.

'Moet jij niet volop aan het solliciteren zijn?' vraagt hij plagend.

Manon heeft ontslag genomen bij haar vorige baan en twijfelt over haar toekomst. Het liefst van al zou ze een jaar lang de wereld rondreizen, maar er moet ook brood op de plank.

'Het belang van werken wordt schromelijk overschat,' antwoordt ze schertsend. 'Ik overweeg om er gewoon mee te kappen en de komende jaren op jullie kosten te leven. Wil je koffie?'

Hij schudt het hoofd. 'Ik neem er wel eentje bij Eric. Is hij beneden?'

'Waar anders?'

Zijn vriend staat in de kleine keuken achter in de boekhandel en giet verse koffie in een mok met het opschrift: *Shut up I'm reading*. Alex herhaalt het grapje van Manon en Eric zegt: 'Weet je wat nu het gekke is? Van mij zou ze het nog mogen ook. Zolang ze maar wil.'

Manon en Kai waren beiden veertien toen Kai om het leven kwam. Sindsdien probeert Eric ongevraagd een tweede vader voor haar te zijn, iets wat zowel Manon als haar echte ouders helemaal oké vinden. Met Vaderdag krijgt ook Eric steevast een cadeautje.

'Jouw verhaal van gisteren heeft me aan het denken gezet,' zegt Eric terwijl hij naar een van de rekken loopt en er een boek uitneemt. 'Hier, voor jou.'

Het is een pil van dik vierhonderd bladzijden met als titel *Het lied van het woud, het bos in onze westerse cultuur.*
'Denk je dat ik me verveel of zo?'
'Niet zeuren. Als je wilt weten waarom we soms bang zijn in het bos, daar staat het allemaal in.'
'Dat weet ik al. Door de sprookjes, Roodkapje en zo, Hans en Grietje. Het is eigenlijk allemaal de schuld van de gebroeders Grimm.'
'Zalig zijn de onwetenden,' zucht Eric. Hij tikt met een vinger op het boek dat Alex met beide handen vasthoudt. 'Lees het.'

Op weg naar huis krijgt Alex telefoon van Sara.
'De recherche van Brugge is langs geweest in het Europacollege. Ze hebben er met medestudenten van Caroline Bingenheim gesproken.'
'En?'
'Niets bijzonders. Middelmatige studente, lag goed in de groep, heel sociaal. Maar ze hebben ook een bezoekje gebracht aan het huis waar Caroline een kamer huurde. Volgens een van haar medebewoners heeft Olivier Philipsen tot twee keer toe geprobeerd om midden in de nacht bij Caroline binnen te geraken.'
'En is hem dat gelukt?'
'Volgens de getuige niet. Philipsen was de eerste keer stomdronken, maar de tweede keer blijkbaar niet. Hij heeft op de deur staan bonken en geroepen dat hij alleen maar wilde praten, maar Caroline heeft hem niet binnengelaten.'
'Mannen die dronken op een deur staan te bonken leggen daarom hun slachtoffer nog niet op een altaar in het woud. Dit heeft niets met Philipsen te maken, dat weet jij ook.'
Hij loopt over de dijk en blijft plots staan om naar een man op het strand te kijken. Hij houdt met veel vakmanschap een reuzegrote, kleurrijke vlieger in de vorm van een vlinder in de lucht.

'En bovendien is er geen enkel verband met die andere meisjes,' gaat Alex verder, 'toch niet voor zover we vandaag kunnen zien.'

'Ik ben het met je eens,' zegt Sara.

'Ik denk dat het...'

'Wat?'

'Laat maar.'

Hij denkt aan het woud en aan de vreemde opmerking van Murielle Croone, gisterenavond.

'Het heeft met de plek te maken,' legt Alex uit. 'Dit zijn geen moorden omdat je verliefd bent en iemand je avances niet beantwoordt. Dit gaat veel dieper.'

Hij zwijgt en volgt de vlieger met zijn blik. De vlinder maakt vreemde capriolen tot hij plots in duikvlucht gaat en te pletter stort op het strand.

'Ben je er nog?' vraagt Sara.

'Ja. Dit heeft met die plek te maken, Sara. Met Suxy. En met het woud.'

De rest van de middag leest hij. Eerst in zijn stille flat en daarna in een van de weinige horecazaken waar hij zich comfortabel voelt, een koffiehuis en bar in een oude herenwoning. De ruimte beslaat een grote woonkamer met houten tafels, en de meest gegeerde staan voor de brede ramen die uitkijken op het strand en de zee.

De bar draait 's avonds goed, maar overdag zijn er nauwelijks klanten. Behalve zwijgzame mensen als Alex dan, habitués die bij wijze van herkenning vriendelijk knikken maar elkaar voor de rest vooral met rust laten.

Hij leest er bij een kop koffie en later, omdat het de specialiteit van het huis is, bij een glas Negroni. Hij leest over de Germaanse stammen en hun diepe verering van het woud, en over de middeleeuwers bij wie het bos onlosmakelijk verbonden was met hun leven. Hij leest over woudgoden en de mythes die door de Europese cultuur heen niet alleen onze blik op het bos hebben gekleurd, maar ook onze angsten die ermee samenhangen. Als om iets over vijf de avond begint te vallen en de oranjegele verlichting in de bar wordt aangestoken, leest Alex gefascineerd verder over het onheil dat de argeloze reiziger door de eeuwen heen te wachten stond in het duistere woud. Hij leert over de demonen die er wonen en over onze fundamentele angst voor de nacht, voor het donker en voor de creaturen die in dat donker tevoorschijn komen. Net wanneer hij het welletjes vindt voor vandaag, kijkt Alex verrast op van een zin die zijn vriend Eric bijna letterlijk citeerde: dat het woud vreemde dingen doet met mensen, dat het je wezenlijk kan veranderen, dat je er soms anders uitkomt dan je erin bent gegaan.

Dat laatste, ziet hij nu, staat in het hoofdstuk over weerwolven.

's Avonds komt Sara naar Oostende met haar vriend. Krist Vandeweyer is docent Artificiële Intelligentie, een grappige, superslimme maar enigszins wereldvreemde man die tussen de bedrijven door zijn eigen computer heeft ontworpen. Het ding heeft waterkoeling en Krist heeft de met elkaar verbonden onderdelen gewoon vastgepind op een bord boven zijn bureau in zijn werkkamer. Het lijkt eerder op een kunstwerk van Panamarenko dan op wat het is: een toestel dat tien keer sneller en beter werkt dan wat er vandaag op de markt is.

Hij toont hun foto's van zijn schepping zoals andere mensen dat van hun kind of hun pup zouden doen. Hij vertelt er ook met veel enthousiasme over, tot milde verbijstering van Eric en Alex, die totaal niets weten over computers en afhaken zodra het iets te technisch wordt, wat in hun geval dus zo goed als meteen is.

Ze zitten aan tafel boven boekhandel Kafka. Eric heeft een visschotel met venkel en bieslookpuree bereid, een prestatie

die dan weer door Krist bejubeld wordt. Hij vindt het ontwerpen van een computer eenvoudiger dan het bakken van een ei.
Terwijl de gesprekken door elkaar heen vloeien, observeert Alex zijn vriendin. Aan het begin van de avond heeft hij Sara lichtjes geërgerd, weet hij, met zijn omzwachtelde vragen en opmerkingen aan het adres van Krist. Ze geeft hem fluisterend een standje terwijl ze samen de lege schotels van de eettafel naar de keuken brengen.
'Stop ermee. Hij is geen verdachte, begrepen? Hij is mijn vriend, *get used to it*.'
'Ik doe toch niks? Ik stel hem gewoon een paar vragen.'
'Je besnuffelt hem.' Ze staan in de gang naar de woonkamer en Sara geeft Alex een knuffel. 'Geef hem een kans, lieverd,' fluistert ze.

Om tien uur 's avonds vertrekt Krist. Hij moet de volgende ochtend naar een congres en heeft een vroege vlucht. Sara en hij doen het sowieso langzaamaan, hebben ze met enige pudeur aan tafel verteld. Ze zijn niet gehaast om te gaan samenwonen, ze willen het vooral goed doen.
Zonder dat iemand er een woord aan vuilmaakt, lopen de drie vrienden naar beneden en naar binnen in de boekhandel. Het is de plek waar ze al zo vaak hun avonden hebben beëindigd, in de oude sofa's tussen de duizenden boeken, met een laatste fles en de overschotjes cake van de dag.
Eric is dronken, merken de beide anderen nu pas. Er gaan vaak maanden voorbij dat hij geen druppel aanraakt, alcohol ook niet lekker vindt, en er zijn dagen waarop hij vanaf het middaguur wijn begint te zwelgen alsof hij zichzelf alleen nog maar wil verdrinken. Meestal merkt Alex op tijd wat er aan de hand is, maar vanavond is zijn hoofd gevuld met Sara en Krist en, als een constante ruis op de achtergrond, met de vermoorde meisjes in het woud.

Niet dat hij Eric zou hebben kunnen tegenhouden, trouwens. Als zijn vriend in een dergelijke stemming verkeert, houdt niemand hem tegen. Alex herkent de blik die dan in zijn ogen komt, hij kent de gedachten die op dat moment door Erics hoofd razen. Het is een niet te stelpen verdriet dat onverwacht komt opzetten als een stormvloed en niet, nooit verholpen kan worden, alleen verdoofd.
Laat op de avond maken ze nog een wandeling op het strand.
Ze stappen in de richting van Sara's auto. Het is niet bepaald warm, maar Eric trekt zijn schoenen en sokken uit en stapt tot aan zijn enkels in het water, met zijn gezicht naar de zee. Het zijn de momenten waarop hij met zijn overleden zoon praat.
Alex en Sara lopen een eindje verder.
'Ik maak me zorgen,' zegt ze.
Hij weet dat ze het niet over Erics toestand heeft, maar over de vermoorde meisjes.
'Er is iets... duisters aan deze zaak,' antwoordt Alex. 'En ik vrees dat het nog niet voorbij is.'
'Het moorden bedoel je?'
'Ja.'
Ze zwijgen. Sara staart naar het water. Alex kijkt naar zijn vriend die wat verderop zachtjes huilend in de zee staat en onverstaanbare woorden mompelt.
'Ik gun het je, lieve Sara,' zegt Alex. 'Ik gun het je écht. Met Krist, bedoel ik.'
Ze krijgt een krop in de keel en knikt.
'Ik jou ook,' zegt ze.

8

'Ze verschijnt nog steeds in mijn dromen,' zegt Hans Keyzer. 'Niet altijd, af en toe. Dan roept ze om hulp.'
Alex is vanochtend vroeg vertrokken uit Oostende. Toen hij een klein halfuur geleden in Suxy arriveerde, stond Keyzer hem aan de oprit naar zijn huis op te wachten, een trotse, ernstige man met lange, grijze haren, leunend op een stok.
Ze zitten in de woonkamer van Keyzers ruime chalet in Suxy. De grootste muur van de woonkamer hangt barstensvol krantenknipsels, foto's en allerhande documenten. Hier en daar zijn er vergeelde stukken papier bij, volledig volgekrabbeld met handgeschreven opmerkingen, pijlen en schema's in allerlei kleuren.
'Ze hangt vastgebonden aan een boom en roept om mijn hulp, maar ik kan haar nooit vinden. In mijn droom zoek ik de hele nacht lang in dat verdomde woud, maar ik kan haar nooit vinden.'
Ze drinken sterke koffie. Alex heeft vanochtend niet ontbeten en is dankbaar dat Keyzer een doos speculaasjes naast de koffie heeft gezet. De man wijst in de richting van de overvolle muur en zegt: 'Daar hangt het antwoord. Ik zie het niet, maar het hangt er ergens tussen. Het bewijs.'
'Welk bewijs, meneer Keyzer?'
'Van zijn schuld. Het bewijs dat Thierry Deveux mijn dochter heeft vermoord.'
Alex drinkt zijn koffie en staart zwijgend naar de muur vol documenten. Hij kent dit heilige vuur, deze nietsontziende queeste. Er was een tijd, na de dood van Camille, dat hij er

zelf door verteerd werd. Het is een zoektocht naar wraak en gerechtigheid, maar evengoed naar antwoorden, naar troost.

'Kent u het dossier intussen al?' vraagt Keyzer argwanend.

'Min of meer.'

'Deveux heeft nooit gedeugd. Hij is een eenzaat, heel asociaal, hij leeft in zijn eigen wereldje zoals veel psychopaten. En hij is gewelddadig. Hij heeft onlangs een buurman in het ziekenhuis geslagen omdat hij te veel lawaai maakte, wist u dat?'

Alex geeft een kort knikje, niet als bevestiging of instemming maar om Keyzers verhaal niet te onderbreken.

'Hij was geobsedeerd door Laura. Hij viel haar voortdurend lastig, dat heeft mijn dochter me zelf verteld. Wat voor een man ben je als je zo'n jong meisje probeert te versieren? Ik heb hem zelfs eens 's ochtends voor haar slaapkamerraam betrapt. Hij moest aan het werk zijn met de aanleg van ons nieuwe terras aan de voorzijde, maar in plaats daarvan stond hij achteraan in de tuin waar hij niets te zoeken had, vlak bij haar raam... Dat lijkt me duidelijk genoeg, hé.'

Keyzer grimast en neemt voorzichtig een andere houding op de zitbank aan.

'Ik heb hem stante pede ontslagen. Hij was woest. Twee weken later was Laura dood.'

'Heb je veel pijn?' vraagt Alex. Hij tutoyeert hem bewust, hij voelt dat er te veel afstand is tussen hen.

'Dat gaat. De ene dag al meer dan de andere. Een mens went overal aan.'

Niet echt, denkt Alex. Er zijn dingen waar een mens nooit aan went.

Hij staat op en loopt naar de muur met documenten en schema's. Hans Keyzer maakt zijn verhaal af.

'Deveux had geen alibi. Tijdens het verhoor heeft hij bekend dat hij aan het stropen was in een ander deel van het woud. Dat is slim, natuurlijk, een overtreding verzinnen om een misdaad te maskeren. Bovendien kijkt niemand daarvan

op, de mensen halen hier van alles uit het woud. Hout voor de kachel en twee keer per jaar een ree of een everzwijn voor in de vriezer.'
Er hangen ingewikkelde schema's aan de muur met de namen van de hoofdrolspelers en hun verblijfplaats op het ogenblik van de moord. Alex volgt met zijn blik enkele van de lijnen. Achter de namen van Thierry Deveux en Carlo Simons staan uitroeptekens.
'Heeft hij een alibi voor de moord op dat Luxemburgse meisje?' vraagt Keyzer.
'Daar kan ik niet op antwoorden, Hans,' antwoordt Alex, 'dat begrijp je best. Het onderzoek naar de moord op Caroline loopt nog volop.'
'Hij is je moordenaar. Ik ben overtuigd van zijn schuld, nu meer dan ooit. Hij heeft niet alleen mijn Laura en Caroline maar ook die andere meisjes, Anaïs en Marit, omgebracht, daar ben ik zeker van. Maar hij werkt niet alleen.'
Alex wendt zijn blik af van de muur en kijkt Keyzer aan.
'Hoe bedoel je?'
'Hij heeft een handlanger. Carlo Simons. Ze doen het samen. Deveux is de dader, maar wellicht heeft Simons hem geholpen. Hij kent dit deel van het woud hier als zijn broekzak.' Keyzer kijkt opeens heel ernstig. 'Deveux is een pervert die geilt op jonge meisjes, maar Carlo Simons… dat is pas een rare vogel.'
Alex geeft geen antwoord. Hij bekijkt de foto's op het dressoir. Het zijn er maar twee en ze zijn zorgvuldig uitgekozen, vermoedt hij. Een foto van Laura, breed lachend, sprankelende ogen, haar hoofd lichtjes achterover, een snapshot van puur levensplezier. En een foto van Hans Keyzer en zijn vrouw Hannelore, aan tafel tijdens een feestje. Het is zomer en laat op de avond, op de voorgrond staan borden en lege flessen. Hans en zijn vrouw houden hun hoofden tegen elkaar en lachen naar de camera.

'Dit is de foto die op haar kist stond tijdens de begrafenis,' zegt Keyzer zacht. 'Dat wou ze zo, ze had hem klaargelegd bij haar afscheidsbrief.'

Hij is naast Alex komen staan.

'Wil je me vertellen wat er gebeurd is?' vraagt Alex.

'Hannelore kon gewoon niet meer, ze werd gek van verdriet. Ze zat iedere dag aan Laura's graf. Vier jaar geleden, precies een jaar na de dood van Laura, is ze met de auto langs de slagbomen van een overweg gereden en op de sporen gestopt. Volgens de treinbestuurder keek ze hem aan in die laatste seconden voor de impact, maar dat kan inbeelding zijn, dat zullen we nooit weten.'

Anders dan tijdens de infoavond heeft Keyzer zijn lange grijze haren vandaag in een paardenstaartje gebonden. Nu Alex zo dicht bij hem staat, bemerkt hij de diepe groeven in zijn gezicht en de wallen onder zijn ogen. Hij voelt opeens een grote empathie voor de man.

Hij wijst naar de foto van Laura en vraagt zacht: 'Wat wil je eigenlijk bereiken, Hans? Wat zou je kunnen verzoenen met haar dood?'

Als Keyzer het al een vreemde vraag vindt voor een Interpol-consultant, laat hij het niet merken. Hij staart Alex aan alsof hij in zijn hoofd wil kijken.

'Zoek je wraak?' probeert Alex.

Keyzer zucht.

'Wraak wil ik al lang niet meer. Ik heb Deveux willen vermoorden, maar dat wist je waarschijnlijk al?'

Alex knikt.

'Na de dood van Hannelore werd ik gek. Ik ben hem op een avond gaan opzoeken. Ik wou een bekentenis.' Pauze. 'Ik heb hem op zijn knieën gedwongen en een pistool tegen zijn hoofd gezet.' Hij kijkt Alex aan, maar zijn blik is op een andere plek, in een andere tijd. 'Hij moest alleen maar bekennen, zei ik, dan zou ik 'm laten leven. Hij moest gewoon toegeven dat hij het was die ons kind had vermoord. Dat deed hij niet, dus haalde ik de trekker over.'

In de stilte die daarna valt, hoort Alex opeens het kabaal dat de vogels buiten maken. Het is een waterval van gezang.

'En?' fluistert Alex.

'Het pistool haperde. Ik heb het ding meteen laten vallen en ben hierheen gestapt om op de politie te wachten.'

De rest van het verhaal kent Alex. Hans verzweeg niets tijdens zijn verhoor, ook niet zijn intentie om Deveux door het hoofd te schieten, maar Deveux wilde vreemd genoeg niet eens een schadevergoeding. Er waren ook verzachtende omstandigheden. Uiteindelijk werd Keyzer tot drie jaar veroordeeld en kwam hij na anderhalf jaar vrij.

'Ik wil geen wraak meer,' zegt Hans. 'Ik wil hem kunnen vergeven. Als ik nog iets uit dit leven wil halen, moet ik Deveux kunnen vergeven. Maar dat kan alleen maar als hij schuld bekent. Eerst moet hij bekennen.'

Als Alex de oprit van de autosnelweg neemt en zeker is van ontvangst, zet hij zijn verkeersapp aan. Waze meldt een oponthoud van een klein halfuur, een ongeval nabij Brussel. Er is geen alternatieve route, hij zal meer dan drie uur onderweg zijn.

Hij nestelt zich op het rechterrijvak en drukt op een sneltoets op zijn telefoon.

'Telepathie,' zegt Sara, 'ik wou je net bellen.'

'Vertel.'

Sara heeft samen met haar collega's van de Brusselse recherche net het verhoor van Olivier Philipsen beëindigd, de assistent van Carolines vader bij de Commissie.

'Op vraag van commissaris Collignon in Neufchâteau, trouwens, mocht je je dat afvragen.'

'Ik vroeg me niks af.'

'Goed zo.'

Ondanks het feit dat de man discreet werd weggeplukt van de luchthaven en meteen naar de kantoren van de *Crim* werd gebracht, bleef hij de vriendelijkheid zelve, vertelt Sara. 'Hij ontkent niet dat hij Caroline de laatste tijd "het hof heeft gemaakt", zoals hij het zelf noemt. Het nachtelijke gebonk op haar deur is volgens hem zwaar overdreven, hoogstens heeft hij in een dronken bui een beetje te veel aangedrongen. Hij is kapot van haar dood, beweert hij, de trip naar Marokko was naar eigen zeggen een nachtmerrie. Wat zijn alibi betreft: hij verklaart dat hij de hele avond gewoon thuis was. Zijn telefoonsignaal is gecheckt, er is een mast niet ver van zijn woning in Schaarbeek en de locatiegegevens ondersteunen zijn verhaal. Maar hij heeft Caroline de laatste keer gebeld om kwart voor acht, toen ze aan het aperitief zat met haar vriendin. Beide vrouwen zijn ruim twee uur later pas uit het restaurant vertrokken.'

'Dus?'

'Dat gaf hem in theorie meer dan genoeg tijd om van Brussel naar Neufchâteau te rijden.'

'Zonder telefoon?'

'Hij kijkt ook tv, Alex, iedereen weet ondertussen dat je gsm-signaal je kan verraden.'

'Dat geloof je zelf toch niet?'

'Nee, dat geloof ik zelf inderdaad niet. Er hangen trouwens een boel ANPR-camera's op de uitvalswegen rond Brussel en zijn nummerplaat geeft geen enkele match.'

'Hoe kwam hij op je over?' vraagt Alex.

'Hm. Ik weet het niet. Hij doet niet stoer, maar evenmin onderdanig. Hij vreest slechte pers voor zijn baas en is ook bang zijn baan te verliezen. Maar hij beweert Caroline oprecht graag te hebben gezien en eigenlijk geloof ik hem wel.'

Alex denkt na.

'Ik wil morgenochtend met die podcastmakers gaan praten,' zegt hij. 'Tenzij je dat als een onderzoeksdaad zou beschouwen, natuurlijk.'
'Want dan zou je het niet doen?'
'Dan zou ik je vertellen dat je je vergist.'
Ze lacht. Haar lach maakt hem van de ene seconde op de andere blij.
'Het zijn mediamakers,' zegt Sara. 'Ze hebben als dusdanig niets met het onderzoek te maken. Je weet dat ze in Gent wonen?'
'Nu wel,' zegt Alex. 'Geef me het adres even, als je wil. En hun telefoonnummer.'

Een uur en twee onvoorziene files later verandert Alex plots van gedachten: hij wil meteen doorrijden naar Gent, hij kijkt er opeens tegenop om de volgende dag opnieuw bezig te zijn. Hij wil morgen een lege dag, een dag zonder moetjes, zonder die verdomde telefoon, zelfs zonder gesprekken. Hoogstens wil hij even aanlopen bij architect Marc Daniels om te horen of er nieuws is over de wolf in Gran Sasso.

Bij de eerste autosnelwegparking houdt Alex halt en belt het nummer dat Sara hem gegeven heeft. Dan schakelt hij zijn gsm uit, zoekt een radiozender met rustige muziek en rijdt op zijn dooie gemakje verder.

Als Alex de kroeg in de Gentse Burgstraat binnenstapt en twee handen naar hem ziet wuiven, is het halfvijf. Hij heeft lichte rugpijn van de lange autorit en lichte migraine van wat hij zelf ondertussen de 'geneugten van de stad' is beginnen te noemen: de verkeersdrukte, het lawaai, de stress van parkeergarages, de zelfverzekerde en luidruchtige toeristen op ieder moment van het jaar. Hij beseft dat het niet aan hen ligt maar aan hem.

'We vreesden al dat je het niet zou vinden,' zegt Ada Fonteyn bij wijze van begroeting. 'Sam is heel slecht in oriëntatie. Als hij je de weg moet uitleggen, loop je het risico in Timboektoe uit te komen.'

'Dat is zó niet waar,' protesteert Sam Hennes. 'Als je het aan Ada had gevraagd, zat je nu nog in je auto. Ze weet altijd waar ze begint, maar nooit waar ze eindigt.' Hij spreidt zijn armen om zijn ingestudeerde pointe te benadrukken. 'Boomstructuur!'

De podcastmakers vormen een grappig duo. Ze zijn duidelijk goede vrienden, maar gedragen zich als een oud stel dat voortdurend kibbelt, niet uit een soort fundamentele onenigheid maar uit een ingesleten gewoonte. En ze zijn jong. Toen Alex de eerste aflevering beluisterde, had hij het gevoel dat Ada en Sam hun reeks niet uit enige journalistieke overweging zijn gestart, maar gewoon omdat ze moordverhalen spannend vinden. Dat gevoel blijkt te kloppen nu hij bij hen zit en hun verhalen hoort.

Ze geven grif toe dat het werk hun bijna boven het hoofd groeit: naarmate ze populairder worden – en hun luisteraars 'kweken als konijnen' zoals Sam het lachend formuleert – neemt ook de druk van een grondige voorbereiding toe. Ze zijn dezer dagen vooral bezig met het raadplegen van allerlei bronnen en het bellen van 'echte' journalisten, zegt Ada. Maar ze zijn ook niet te beroerd om toe te geven dat het succes van 'Het mysterie', zoals hun podcast heet, hun erg veel plezier doet.

'Dat is echt kicken, toch?' zegt Ada Fonteyn met pretoogjes. 'We staan bovenaan bij Spotify in de lijst met meest beluisterde Vlaamse podcasts. Als je ons dat een jaar geleden had gezegd, *oh boy!*'

Ada is tweeëntwintig, een vrolijke masterstudente Sociologie die naar eigen zeggen 'nog geen fuck zin heeft om volgend jaar een baantje te gaan zoeken'. Haar blonde haren zijn kort en stekelig, ze ziet eruit als een punker in deftige kleren.

Haar vriend Sam is een jaar ouder. Hij volgt een master in de Mediakunst aan de Gentse School of Arts. Hij is een uitbundige, frêle jongen met sterke vrouwelijke trekken en een klaterende, aanstekelijke lach. Het wordt al snel duidelijk dat de liefde voor radio vooral bij hem zit.

Ook nu, net als in de aflevering die Alex in de trein heeft beluisterd, hebben ze veel tijd nodig om ter zake te komen. Het duurt ruim een kwartier voor Alex het gesprek naar Suxy kan leiden, en meer bepaald naar de hoofdverdachte van toen. En dat is volgens hen niet Thierry Deveux.

'Deveux is een creep, daar bestaat geen twijfel over,' zegt Sam met een jeugdige zelfzekerheid die Alex hem benijdt. 'Maar wij denken niet dat hij de dader is. Volgens ons moet je bij Carlo Simons zijn.'

Alex is net terug van de bar en verdeelt ondertussen de drankjes. Hij wacht op verdere uitleg, maar die komt er voorlopig niet.

Hij gooit het over een andere boeg.

'Waarom spreekt Carlo niet?'

'Ah! Da's pas een verhaal!' roept Sam, en even vreest Alex dat hij aan een nieuwe podcast is begonnen.

Ada neemt over.

'Carlo en zijn zus Lily werden opgevoed door hun moeder, Tina. De vader verongelukte toen de kinderen nog peuters waren. Het gezin had een vakantiehuis in Suxy en Tina is er ook na de dood van haar man in de weekends naartoe blijven gaan. En op een dag in de zomer van 1997 stapte de toen vijfjarige Carlo het woud in en verdween.'

'Hoe bedoel je, verdween?'

'Precies zoals ik het zeg: hij was weg, niemand die hem vond. Er werden meteen zoekacties op touw gezet, niet alleen door de politie maar ook door vrijwilligers, dagenlang...'

'We hebben krantenberichten uit die tijd opgezocht,' valt Sam in. 'Dat was toen echt *headline news*. Normaal, natuurlijk. Een kind van vijf dat spoorloos verdwijnt, dat beroert iedereen.'

'Negen dagen later vond een patrouille van boswachters Carlo aan de rand van het woud, kilometers van waar hij erin was gegaan.' Ada heeft het verhaal opnieuw naar zich toe getrokken. 'Hoe is hij al die tijd in leven gebleven? Hij kan een rivier hebben gevonden, vers water in ieder geval, maar eten? Een jongetje van vijf, alleen in de bossen? Niemand die het weet. En Carlo zal het niet vertellen. Sinds hij uit het woud is gekomen heeft hij geen woord meer gesproken. Niets, nu al vijfentwintig jaar lang niet. Hij kan het niet meer. Hij communiceert met een soort zelf uitgevonden gebarentaal, maar alleen als het echt nodig is.'

'In enkele krantenberichten van toen werd de kinderpsychiater geïnterviewd die Carlo meteen na zijn terugkeer heeft onderzocht,' zegt Sam. 'Er werd gesuggereerd dat hij in die negen dagen zo'n groot trauma heeft opgelopen dat hij letterlijk zijn spraak is verloren. Van pure angst.'

'Nachten,' zegt Ada stilletjes.

'Hé?'

'Niet in die negen dagen, maar vooral in die negen nachten, zou ik zo denken. Negen nachten alleen in een donker woud, als vijfjarig kind. Als dat niet traumatisch is, weet ik het ook niet meer.'

Alex laat het verhaal even bezinken.

'Waar hebben jullie al die informatie trouwens vandaan?' vraagt hij. 'Toch niet alleen uit krantenknipsels?'

'Door onze research,' zegt Ada. Ze klinkt trots. 'We pakken dit ernstig aan, hoor!'

Alex antwoordt niet. Hij kijkt hen beurtelings aan tot een van beiden inbindt. Dat blijkt Sam te zijn.

'Wat we je net vertelden, kwamen we vooral te weten door onze gesprekken met de vader van Laura,' zegt hij.

'Je hebt er met Hans Keyzer over gesproken?'

'Ja. Hij heeft veel sympathie voor wat we doen.'

'Hij wil de moordenaar vinden, natuurlijk,' gaat Ada verder. 'Hans kent het gezin Simons al van voor Carlo geboren werd. Hij kent het hele verhaal.' Ze neemt een slokje van haar glas en glimlacht. 'Maar het meest bizarre over Carlo hebben we je nog niet verteld. Sinds dat trauma op zijn vijfde lijkt het alsof het Woud van Anlier hem... in de ban houdt.'

'Je wou weer "behekst" zeggen,' reageert Sam. Hij buigt zich samenzweerderig naar Alex. 'Echt waar, dat woord gebruikt ze altijd als we met ons tweetjes zijn. Volgens haar is Carlo behekst door het bos.'

Ada wuift hem weg, ze klinkt geïrriteerd.

'Ik gebruik dat woord niet graag waar anderen bij zijn omdat het verhaal dan niet meer serieus wordt genomen,' zegt ze. 'Maar in alle eerlijkheid: heel vreemd is het toch wel. Carlo is sindsdien niet meer weg te slaan uit Suxy, noch uit het woud. Hij woont nog steeds in het vakantiehuisje dat zijn moeder vroeger bezat, hij heeft het na haar dood geërfd. Hij heeft er alles aan gedaan om in de bossen rond Suxy te kunnen werken en ondanks zijn beperking is hij er nog in geslaagd ook.' Ze schudt verwonderd het hoofd, gaat verder: 'Je bent als vijfjarig kind negen dagen en nachten alleen in het woud. Je houdt er een diep trauma aan over, zo diep dat je nooit meer kunt praten. Maar in plaats van weg te vluchten van die plek, blijf je er wonen en probeer je ieder moment van de dag in diezelfde bossen te zijn, uitgerekend de plek waar je bijna bent doodgegaan van de angst. Probeer me dat maar eens uit te leggen.'

Alex denkt na, zegt dan: 'Het is inderdaad een heel vreemd verhaal. Maar het maakt van hem nog geen moordenaar.'

'Dat klopt,' antwoordt Sam. 'Maar hij is wel de enige verdachte die aan meer dan een van de slachtoffers kan worden gelinkt. Hij was het liefje van Laura toen ze werd vermoord. En hij was woedend op dat Nederlandse meisje dat wildkampeerde aan de rand van "zijn" woud, dat hebben haar vriendinnen getuigd. Een paar uur na Carlo's tussenkomst was Marit Hofman verdwenen.'

'Hoe je het ook bekijkt,' zegt Ada, 'volgens ons hebben we met een seriemoordenaar te maken. Zowel Laura en Caroline als die twee andere meisjes zijn in handen van dezelfde dader gevallen.'

'En dat is Carlo, denk je?' vraagt Alex. Hij trekt ondertussen zijn jas aan.

'Dat kunnen we niet bewijzen,' antwoordt Sam, 'we vermoeden het wel.'

'We kunnen het nog niet bewijzen,' corrigeert Ada, 'maar we werken eraan.'

Alex loopt de Burgstraat uit en probeert zich te herinneren hoe de parkeergarage heet waar hij de auto heeft gestald. Een ongewone naam, weet hij nog, maar toch duurt het even voor hij op 'Ramen' komt. Hij heeft nog steeds een lichte migraine, maar zijn hoofd zit daarnaast ook gewoon vol met het verhaal over Carlo Simons.

Als hij zijn telefoon opnieuw aanzet, begint het toestel in sneltempo geluid te maken. Hij heeft drie gemiste oproepen van commissaris Roos Collignon en een voicemail van Sara.

'Er is een skelet gevonden in het woud boven Suxy,' zegt Sara. 'Het ziet ernaar uit dat het een van de verdwenen meisjes is, Anaïs Vinckier.'

9

Als Alex in Suxy arriveert, weet hij niet meteen waarheen. Noch Sara noch Roos Collignon zijn bereikbaar. Net buiten de dorpskom staat een politiewagen zo geparkeerd dat de koplampen het stuk van de weg verlichten dat afgesloten is met dranghekken en politielint. Een beetje verder, aan de rand van een weide, doemt de donkere massa van het woud op. Een tiental mensen staat achter het lint en enkele zijn druk in gesprek met een agent in uniform. Alex wil net proberen Sara te bellen als hij zich realiseert dat hij sowieso niemand kan bereiken: er is hier geen gsm-signaal.

Een van de agenten maakt aanstalten om het hek opzij te schuiven omdat een Suzuki-jeep staat te wachten om door te kunnen rijden. Alex loopt ernaartoe. Achter het stuur zit iemand die hij herkent: het is een van Collignons teamleden, de man met het matje en zijn kleren uit de jaren tachtig.

Alex tikt op de passagiersdeur en wacht geduldig tot de man hem heeft herkend. Als hij Alex na enkele tellen kan plaatsen en het raampje naar beneden laat glijden, staat de tegenzin op zijn gezicht te lezen.

'Ik heb geen tijd voor u, *monsieur* Berger.'

'Goeieavond, ik moet naar de plaats delict,' antwoordt Alex, op een toon alsof hij de opmerking van de man niet heeft gehoord. 'Op vraag van commissaris Collignon. Kan ik mee?'

'Stap in,' zegt de rechercheur terwijl hij strak voor zich uit kijkt.

De jeep hotst een tiental minuten door het inktzwarte woud tot ze bij een open plek komen. Er staan twee politiewagens en enkele andere voertuigen geparkeerd. Alex herkent de Land Cruiser van Roos Collignon. Honderd meter verder is een stuk van het bos hel verlicht.

De rechercheur parkeert, stapt uit en loopt zonder een woord tegen Alex te zeggen het woud in, in de richting van het licht.

'Ze is rond halfvijf gevonden,' zegt Sara. 'Door een bekende huisarts hier in de streek, ook een topatleet.' Ze wrijft met de palm van haar hand over haar gezicht. Ze ziet er moe uit. 'Enfin, ze is niet door hem gevonden maar door zijn hond, een Siberische husky. De man traint voor een triatlon en doet aan duurlopen door het woud, ook op paden waar hij technisch gesproken niet mag komen, zoals hier.'

De generator voor de noodverlichting maakt een dof, monotoon geluid. De lampen staan op vier plaatsen opgesteld en gooien een hard, metaalachtig licht op de bemoste bosgrond. Buiten het witte vierkant is het aardedonker.

'De hond was niet aangelijnd,' zegt Sara. 'Een gelukje voor ons dus. Een collega van Roos heeft een eerste verhoor afgenomen, we hebben de man ondertussen al naar huis gestuurd.'

Het onderzoek rond de plaats delict is al een hele tijd bezig, merkt Alex. Het parket en de onderzoeksrechter zijn al vertrokken. Niet ver van een grote eik, een twintigtal meter van waar Alex en Sara staan, buigen enkele technische rechercheurs in witte beschermpakken zich over wat niets anders dan de resten van het slachtoffer kunnen zijn.

'Het skelet is volledig verstoord,' zegt Roos Collignon.

Alex heeft haar druk zien overleggen met enkele van haar rechercheurs voor ze hem heeft opgemerkt en op hem en Sara is toegelopen. Ze klinkt zakelijk, professioneel.

'Volgens de patholoog-anatoom is die verstoring meer dan waarschijnlijk het recente werk van everzwijnen. Door de storm van vorige maand zijn hier enkele bomen gesneuveld. De losgerukte wortels hebben alles omgewoeld en de zwijnen hebben de rest gedaan.'
De leden van het lab verzamelen hun materiaal. Twee van hen lopen met metalen koffers naar de bestelwagen die aan de slagboom staat. Een team van drie blijft nog minstens enkele uren om de wijdere omtrek rond de plaats delict te onderzoeken.
'De husky van de man liep opeens weg,' vertelt Roos. 'Hij kwam terug met een stuk bot in zijn bek waarop hij begon te knagen. Zijn baasje vond het ongewoon groot en pakte het af. Het was een menselijke rib. Als huisarts weet hij gelukkig iets van anatomie.'
'Ik had een boodschap van Sara op mijn telefoon,' zegt Alex terwijl hij zich tot Roos wendt. 'Ze zei dat het om een van de verdwenen meisjes gaat, Anaïs Vinckier. Hoe weten we dat zo snel?'
De commissaris toont Alex een gelabeld plastic zakje met daarin iets wat op een groenbruin sieraad lijkt.
'Dit is haar gouden armbandje. Haar naam staat erin. We weten ook uit het dossier dat ze dit droeg toen ze verdween. We checken uiteraard nog de gebitsgegevens en doen de normale labonderzoeken, maar ik ben er eerlijk gezegd vrij zeker van dat het om Anaïs gaat.'
Roos' woorden zijn nog niet koud of ze beseffen alle drie wat de consequentie ervan is. En het is opnieuw Roos die het verwoordt.
'Ik rij morgenochtend om acht uur langs haar ouders,' zegt ze zacht. 'Als er iemand mee wil, jullie zijn welkom.'

Als ze weer in het dorp arriveren, is het halftwaalf. Roos heeft een blik op Alex' gezicht geworpen en uit eigen beweging

besloten om een hotelkamer in Neufchâteau te boeken. Hij is te moe om te protesteren. Sara slaat hetzelfde aanbod met tegenzin af.
'Ik heb morgenochtend een stafmeeting in Brussel,' zucht ze. 'Daar kan ik helaas niet onderuit.'
Roos legt Alex uit waar hij naartoe moet en vertrekt, meteen gevolgd door Sara die hem haastig op zijn wang kust voor ze instapt.
Hij wil naar zijn auto lopen als hij een stem achter zich hoort.
'Is het waar wat ze vertellen?'
Het is Peter Baekeland, de grote kerel die Alex tijdens de pauze van de infoavond heeft ontmoet.
'Ik zou niet weten wat er verteld wordt, meneer Baekeland,' zegt Alex met doffe stem. 'Nog een prettige avond.'
'Dat jullie net een van de meisjes hebben gevonden. Dat ze begraven lag in het woud.'
Iets in zijn stem doet Alex opkijken. Op het gezicht van de man staat afschuw te lezen.
'Misschien,' bindt Alex in. 'We weten het nog niet. Morgen is er waarschijnlijk meer nieuws.'
'Je ziet eruit alsof je een opkikkertje kunt gebruiken,' zegt Baekeland opeens. 'Logeer je hier vannacht?'
Alex is te moe en te verbouwereerd om de vreemde vraag af te wimpelen.
'Ja. In Neufchâteau.'
'Laat me je dan alsjeblieft uitnodigen voor een drankje. Een kwartier, niet langer.' Hij lacht verontschuldigend en wijst naar de groen geschilderde deur achter hem. 'Je staat nu eenmaal voor mijn huis geparkeerd en dat kan geen toeval zijn. Kom.'

Ze zitten op hoge metalen stoelen aan de keukentafel. Baekelands keuken is, net als de rest van wat Alex van het huis te zien krijgt, licht en eigentijds ingericht.

Hij weet nog steeds niet wat hem bezielde om ja te zeggen op de uitnodiging en de grote bel cognac die Baekeland voor hen beiden heeft ingeschonken. Het is jaren geleden dat Alex het goedje nog heeft gedronken. Hij voelt zich vreemd, vreemd in het midden van dit immense woud met het skelet van een jong meisje onder een grote eik, in een doodstil dorp dat in vele opzichten afgesneden is van de wereld, in de keuken van een zonderlinge kerel in het holst van de nacht.

Hij wil net opstaan en vertrekken als Baekeland zegt: 'Sorry dat ik het zeg, maar zou het kunnen dat je vanavond nog niks gegeten hebt? Je ziet er eerlijk gezegd nogal slapjes uit.'

Opnieuw verbaast de familiaire toon van de man hem, maar hij knikt alleen maar en blijft zitten.

'Spek met eieren en een homp brood,' zegt Baekeland gedecideerd. 'Op vijf minuten klaar. Woudloperskeuken, dat is wel passend, niet?'

De maaltijd en de kop koffie die hij erbij heeft gevraagd, doen Alex goed.

'Bedankt,' zegt hij. Hij wijst naar de halfvolle bel cognac. 'Maar die laat ik staan, als je het niet erg vindt. Anders vrees ik dat ik niet meer tot aan het hotel geraak.'

'Gewoon een kwartiertje rechtdoor rijden door het woud,' glimlacht Baekeland. 'Maar wees voorzichtig op dit uur van de nacht.'

'Waarom?'

De man glimlacht opnieuw, aarzelt even en zegt dan: 'Voor de herten en de everzwijnen. 's Nachts zijn ze actief, ze steken vaak onverwacht de weg over.'

Alex kijkt hem een hele tijd zwijgend aan.

'Waarom had je het tijdens die infoavond over de vreemde mensen die in Suxy wonen?' vraagt hij uiteindelijk.

Baekeland doet alsof hij hem niet begrijpt.

'Weirdo's noemde je hen,' zegt Alex. 'En mensen die je 's nachts liever niet tegen het lijf loopt.'

'Omdat het zo is. Toch wat die weirdo's betreft. Murielle Croone zou ik zelf geen weirdo noemen, maar dat zal ongetwijfeld aan mij liggen.' Een grijns. 'Kijk, het dorp trekt vreemde snuiters zoals ik aan, dat is gewoon zo. Misschien omdat het hier zo buitengewoon stil en afgelegen is. Zo... anders.'

Hij ziet Alex' blik en zucht.

'Ik zal je een voorbeeld geven. Ik ken nog minstens een drietal mensen hier in Suxy die hetzelfde hebben gedaan als ik: hun zaak verkocht, uit de ratrace gestapt en zich hier komen verbergen voor de boze wereld daarbuiten.' Opnieuw een grijns. 'Of mensen die geen bedrijf te verkopen hadden, maar gewoon een ander leven wilden, zoals mijn goede vriend Joël. Een Luxemburgse laborant, dolgedraaid door het werk tijdens de covidpandemie en halsoverkop naar hier verhuisd. Hij is nu mijn collega op het jachtdomein van die Franse rijke patser, tegen een schijntje van zijn vroegere loon maar tien keer blijer.'

'En de mensen die je 's nachts liever niet tegen het lijf loopt?' vraagt Alex. 'Heb je daar ook voorbeelden van?'

'Dat mag je zelf uitvissen,' zegt Baekeland opeens ernstig. En met een blik op zijn horloge: 'Nu moet ik echt onder de wol, het is morgen vroeg dag.'

Hij loopt mee tot aan de auto. Alex stapt in, start de motor en laat het raampje zakken.

'Bedankt voor het eten, meneer Baekeland.'

'Graag gedaan, meneer Berger.'

Alex kijkt hem recht in de ogen, vraagt dan: 'Waarom zei je dat daarnet op die manier, over Murielle Croone, dat de meesten haar vreemd zouden vinden?'

'Omdat ze een heks is,' zegt Baekeland, 'wist je dat niet?'

10

Het echtpaar Vinckier zit kaarsrecht op de bank in de woonkamer van hun arbeidershuis in Chiny. Er is in werkelijkheid maar een meter afstand tussen hen, maar figuurlijk is het een kilometer, een zee.

Ze hebben de rustige en heldere boodschap van Roos Collignon gekregen en er elk op hun manier op gereageerd: de moeder van Anaïs duidelijk gebroken maar waardig, alsof haar laatste restje zelfbeheersing haar moet behoeden voor de hysterie, haar man als een wassen pop, met een lichaam dat geen vin verroert maar met vocht dat uit zijn neus loopt en tranen die over zijn wangen biggelen.

Alex zit op een stoel naast Roos.

'Bent u zeker dat zij het is?' fluistert de vrouw.

De commissaris knikt.

'Ja, Adeline, het is je dochter.' Ze glimlacht droef. 'Nu kun je eindelijk afscheid nemen.'

Het nachtteam heeft twintig meter van de vindplaats van het lichaam haar halfvergane verpleegsterstas aangetroffen met daarin een kapotte bloeddrukmeter, verweerde drukverbanden en haar portefeuille met haar bank- en identiteitskaart. De eerste laboresultaten wijzen erop dat de tas in dezelfde grond begraven was als het lichaam, maar hoogstwaarschijnlijk verplaatst is door de omgevallen bomen en het gewoel van de everzwijnen.

De vrouw knikt. Ze heeft blauwige wallen onder haar bloeddoorlopen ogen en diepe groeven rond haar mond. Dan kijkt ze haar zachtjes snikkende echtgenoot aan alsof hij een vreemde is.

'Kijk hem eens,' zegt ze met onverholen misprijzen. 'Geen traan heeft hij gelaten toen onze dochter verdween. Geen traan, drie jaar lang. En nu zit hij hier te snotteren als een kind.'

Als ze later bij de auto staan, breekt een flauwe zon door de wolken. Het is koud, met een snijdende oostenwind die dwars door Alex' dunne jas waait. Alsof ze het zo hebben afgesproken, zeggen ze geen woord over wat er zojuist is gebeurd.

'Moet je dringend weg?' vraagt Roos. Ze wacht niet op zijn antwoord. 'Als je nog even hebt, zou ik graag horen wat die podcastmakers je hebben verteld. Sara zei dat je met hen was gaan praten.'

Alex knikt.

'Kunnen we in het hotel een kop koffie drinken terwijl ik verslag uitbreng? Ik moet namelijk nog uitchecken en…'

'En als het even kan wil je tot elke prijs vermijden dat je samen met mijn team in de recherchekamer moet opdraven,' vult Roos aan.

Hij glimlacht.

'Ik heb dat soort kamers te veel gezien in mijn vorige leven,' antwoordt hij.

'Ik ben er zeker van dat dat maar een stukje van het antwoord is, maar ik ben blij met de diplomatische manier waarop je het verwoordt,' zegt Roos. 'Na zo'n gesprek als daarnet kunnen we allebei wel wat zachtheid gebruiken.'

Ze stapt in voor Alex kan reageren.

Ze zijn de enige gasten in de ontbijtruimte van het hotel. Terwijl ze wachten op hun koffie vraagt Alex:

'Carlo Simons woont nog steeds in hetzelfde huis, klopt dat?'

Roos kijkt hem aan.

'Is dat belangrijk?'

'Nee. Moet dat?'

Ze glimlacht. 'Ja, hij woont er nog steeds. Het laatste huis voor het woud als je de weg naar Chiny neemt.'

Ze strooit suiker in haar koffie, kijkt hem aan en zegt: 'Vertel eens.'
Alex vat zijn gesprek met Ada en Sam in Gent voor haar samen. Roos is niet onder de indruk van hun bevindingen.
'Mocht het allemaal zo eenvoudig zijn…'
Hij glimlacht.
'Ik zal er nog een schepje bovenop doen,' zegt Roos. 'In de maanden dat Anaïs stage liep, mocht ze mee met een thuisverpleegster die verscheidene patiënten in Suxy had. Een van haar stagepatiënten in die periode vlak voor haar dood was de moeder van Thierry Deveux.' Ze kijkt triomfantelijk. 'Inderdaad, de "hoofdverdachte" voor de moord op Laura, als we Hans Keyzer tenminste moeten geloven. Het is een feit dat Anaïs de moeder van Deveux minstens twee keer ging bezoeken terwijl Thierry zich in hetzelfde huis bevond. En dat kan ook moeilijk anders, dat begrijpen die stadskinderen niet.'
'Nu ben je mij kwijt,' zegt Alex.
'Ik bedoel dat Suxy figuurlijk gesproken zo groot is als een zakdoek, iedereen komt iedereen wel eens tegen.'
Alex wil iets zeggen, maar Roos is op dreef.
'Het zijn niet eens aanwijzingen die ze hebben, laat staan bewijzen,' zegt ze. 'Als ze zo hun podcasts stofferen, mogen ze er wat mij betreft meteen mee ophouden. Dat verhaal over Carlo had ik je trouwens ook wel kunnen vertellen, daarvoor hoefde je niet helemaal naar Gent.'
'Nee,' antwoordt Alex rustig, 'dat is niet zo. Je zei letterlijk dat je er het fijne niet van wist. Volgens jou kon Carlo als kleine jongen nog wel praten en daarna niet meer, *end of story*. Al de rest heb ik van hen moeten vernemen.'
Roos kijkt hem lange tijd aan.
'Touché.' Zucht. 'Ik heb het gewoon moeilijk met dergelijke verhalen, begrijp je dat? Ik ben een vrouw van feiten. Van verifieerbare aanwijzingen. Ik kan niks met kinderen die tien dagen

lang mysterieus verdwijnen in een bos, er levend uitkomen en dan niet kunnen of willen vertellen wat hun is overkomen.'

'Negen dagen,' zegt Alex, 'maar los daarvan begrijp ik wat je zegt. Alleen mag je volgens mij een aanwijzing niet verwarren met informatie. Het eerste kan worden gecheckt, het tweede kan je als speurder rechtstreeks of onrechtstreeks iets verduidelijken over de persoon of over de zaak, of het nu verifieerbaar is of niet.'

Ze denkt erover na, zegt dan: 'Was dat jouw manier van werken vroeger? Je zat toch ook bij de recherche, niet?'

Het lijkt alsof er in Alex' hoofd opeens een metalen rolluik met hoge snelheid naar beneden ratelt en hem afsluit van welke verdere conversatie ook. Hij dwingt zichzelf om rustig het laatste restje koffie op te drinken. Dan staat hij plots op.

'Ik moet vertrekken.'

Roos merkt dat er iets veranderd is, maar begrijpt niet wat of waarom.

'Heb ik iets verkeerds gezegd?' vraagt ze.

Alex schudt het hoofd, kijkt haar aan. Iets in zijn ogen doet haar schrikken.

'Het ligt echt niet aan jou,' mompelt hij.

Dan loopt hij de ontbijtruimte uit.

De autosnelweg naar het noorden en naar huis ligt op een boogscheut van zijn hotel, maar toch aarzelt Alex.

Hij neemt een besluit en rijdt in de richting van Suxy.

Het huis van Carlo Simons is klein en eenvoudig. Zoals bij wel meer huizen in het dorp is de gevel bekleed met donkergrijs pleisterwerk, wat de woning in de ogen van Alex alleen maar nog troostelozer maakt. Er ligt bouwafval op de oprit naast het huis en tegen de zijgevel staat een muur van netjes gestapelde houtblokken.

Er staat geen auto en Alex merkt nergens een teken van leven. Hij is er zo goed als zeker van dat er niemand thuis is, maar toch belt hij aan. Het schelle geluid klinkt door het huis en sterft dan langzaam uit.

Hij loopt een tijdje verder, het dorp uit, tot hij bij een wandelpad komt. Het omrandt een lege koeienweide voor het met een kronkel tussen de bomen verdwijnt. Hij begint te stappen en bereikt de rand van het woud. Onder de enorme hemel van takken komt hij tot rust.

In het eerste jaar dat Alex in Oostende woonde, dacht hij dat het de zee was die hem aantrok. Die enorme, deinende massa water, dat landelijke eindpunt, die blik op de spreekwoordelijke oneindigheid. Dat was niet zo. Hij was toevallig in de wintermaanden verkast uit Brussel en hij had gewoon de rust gekregen waar hij naar snakte: de stad was verlaten, de dijk was leeg, hij had de zee en het strand zo goed als voor zich alleen.

Na één zomer wist Alex dat het niet de zee was die hem die winter had geheeld, maar de afwezigheid van mensen. De stilte.

Toen Camille uit zijn leven wegviel, had hij na twee jaar van diepe rouw en vlagen van dronken waanzin een tijdje oprecht zijn best gedaan om andere mensen in zijn leven toe te laten. Het lukte hem niet, zo bleek. Het leek alsof hij de weinige sociale vaardigheden die hij ooit had bezeten, definitief was kwijtgeraakt na haar dood. Camille bracht hem onder de mensen, verzachtte zijn onzekerheid, maskeerde zijn gestuntel.

Het wandelpad neemt een bocht en voor hem liggen honderden meters van pure schoonheid. Dit stuk van het woud telt weinig sparren en veel loofbomen en Alex kijkt zijn ogen uit op de kleurenpracht die hem omringt. Het is alsof hij in een museum in een schilderij stapt, een impressionistisch doek vol bruinrode, oranje en gele toetsen. Er staat geen wind, de boomkruinen zijn stil. Kwetterende vogels vliegen af en aan.

Alex staat stil, kijkt rond, ademt diep in.

Hij weet precies wanneer zijn liefde voor de bossen is ontwaakt. Een jaar geleden, begin oktober, heeft hij in de diepe Ardennen een piepklein, afgelegen huisje gehuurd. Er stond een bed in, een houten tafel met wat stoelen, een kachel. De badkamer bestond uit een toilet en een wankel wasbakje. Het huisje lag afgezonderd, midden in de natuur.

De eerste dag al dwaalde hij urenlang door de bossen. Hij zag een specht, enkele buizerds en spelende eekhoorns en ontdekte de restanten van een das, het karkas middendoor gebeten door de sterke kaken van een groter dier. 's Avonds na het eten was hij als een blok in slaap gevallen.

De volgende dag werd hij nog voor zonsopgang wakker in een koelkast. Bevend van de kou probeerde hij de kachel aan de praat te krijgen en toen hem dat gelukt was en hij de oranjegele vlammen zag, liep hij naar buiten met een mok hete koffie in zijn handen. De stilte was onwezenlijk. Een fijn laagje rijp bedekte de struiken en de bladeren van de bomen, de zon kwam net op en in de verte, als een soort ochtendgroet, burlde een hert. Hij voelde zich intens gelukkig.

Alex stapt een goed uur op een stevig tempo door het woud. Hij oriënteert zich op de stand van de zon en maakt een fikse lus door dit stuk bos rond Suxy zodat hij ongeveer uitkomt waar hij vertrokken is. Hij heeft onderweg niemand gezien.

Wordt hij echt mensenschuw? Hij hoopt van niet. De gedachte alleen al maakt hem zwaarmoedig en triest. Het is niet dat hij een hekel heeft gekregen aan mensen, maar dat hij hun gezelschap zo moeilijk verdraagt.

Maar vandaag is er meer aan de hand, weet Alex. Het bezoek aan de ouders van Anaïs heeft hem uit zijn evenwicht gebracht. Hij heeft geen buffer meer voor rauw verdriet, voor de emoties die bij lijden horen, of het nu de troost is die de achterblijvers elkaar bieden of, zoals bij de ouders van Anaïs, de afkeer van een echtpaar dat in zijn onuitsprekelijke pijn helemaal vervreemd is van elkaar en elkaar moet kwetsen om überhaupt nog iets te kunnen voelen. Het zijn twee zijden van dezelfde medaille, heeft Alex geleerd.

Hij stapt in, rijdt door de kleine dorpskom. Net als Roos Collignon enkele dagen geleden deed, stopt hij op de stenen brug over de Vierre.

Hij staat er nog maar net als hij een meisje met fikse passen in zijn richting ziet komen. Alex schat haar een jaar of vijftien, zestien, een opgeschoten puber met bruin, sluik haar en een verveelde uitdrukking op haar gezicht. Hij stapt uit en gaat naast de auto staan.

'Je mag hier niet parkeren,' zegt ze nukkig. Ze spreekt Frans met een loodzware Hollandse tongval.

'Dat weet ik,' antwoordt Alex in het Nederlands. 'Sorry. Ik vertrek zo dadelijk.'

Ze knikt werktuiglijk, maar aan haar houding is te zien dat het haar worst zal wezen of Alex daadwerkelijk meteen vertrekt of vanop de brug in de Vierre springt.

'Moet je niet naar school?' vraagt hij vriendelijk.

Ze stuurt hem een vernietigende blik toe en Alex beseft opeens dat het zaterdag is. Sinds zijn terugkeer uit Gran Sasso lijkt het alsof de dagen vloeibaar zijn.

Tweedeverblijvers, schat hij. Samen met de ouders in een chalet of weekendhuisje en hopen op mooi weer, want anders wordt het kaarten of dikke boeken lezen.

Het weer valt helaas tegen.

Het meisje neemt haar telefoon en kijkt sip naar het zwakke signaal.

'Ik ga hier dood,' zegt ze. 'Ik kwam even checken of ik hier kan chatten want het bereik is echt nul in dit kutdorp. Niet, dus.'

Ze stopt haar telefoon in haar broekzak en loopt boos weg. Alex kijkt haar na.

Als ze verdwenen is, opent hij het portier van de auto en gaat zitten. Hij draait zijn lichaam in de richting van het dorp, neemt het zwarte notitieboek dat hij altijd bij zich heeft en opent het op een nieuwe pagina. Hij heeft een dwingende behoefte aan tastbare, reële dingen, aan feiten en observaties, aan houvast, in tegenstelling tot de ongrijpbare emoties die soms met hem aan de haal gaan en zo moeilijk in te tomen zijn.

Hij begint een plattegrond te schetsen van wat hij voor zich ziet. Hij tekent een vierkant voor het huis van Thierry Deveux, de norse timmerman zonder vrienden, en eentje voor dat van Carlo Simons, de zwijgzame boswachter die door iedereen graag gezien wordt. Hij schetst waar Hans Keyzers chalet staat en duidt aan waar het huis van Murielle Croone zich bevindt, de vreemde vrouw met een tattoo van een vijfpuntige ster op de binnenkant van haar arm.

Ze is een heks, beste Alex, wist je dat niet?

Hij moet zich even oriënteren om zich de plek te herinneren waar zijn auto gisteren heeft gestaan, tegenover het huis van Peter Baekeland.

Dit is Suxy, denkt hij.

Een dorpje van niks met oude mensen, zonderlingen en, als hij Baekeland moet geloven, individuen die je 's nachts beter niet tegen het lijf loopt.

En met, zo ver als je kunt kijken, het immense woud, dat vier jonge vrouwen heeft opgeslokt en nooit meer losgelaten.

11

Die zaterdag, laat in de namiddag, komen drie mannen samen in het huis van een vierde.

De vierde man is *garde forestier* Jean-Philippe Lamotte en voor zijn woning in het dorp Léglise staat de mosgroene Land Rover waarmee ze een kwartier later vertrekken, richting Woud van Anlier.

Naast Lamotte zit zijn jonge collega in opleiding, een lange kerel met borstelhaar en acne op zijn wangen die zijn nervositeit probeert te verbergen en daar slechts gedeeltelijk in slaagt. De *garde forestier* zal na deze actie een rapport over hem moeten schrijven en hij wil absoluut niets fout doen.

Op de achterbank zitten twee broers, allebei fervente jagers en voorzitter en ondervoorzitter van de plaatselijke jachtvereniging.

Lamotte en de beide broers kennen elkaar al jaren. Ze werken ook samen: in de lente brengen ze drie weken op rij een volledige avond en nacht met elkaar door om het wild te tellen. Het is meer schatten dan tellen, maar zo wordt het onder jagers nu eenmaal genoemd en de broers houden van tradities en rituelen. Elke lente moeten ze het met de *garde forestier* eens worden over de hoeveelheid herten en everzwijnen die er dat jaar bij benadering in 'hun' bossen rondlopen, zodat ze kunnen afspreken hoeveel stuks er in de herfst geschoten mogen worden om het wildbestand op peil te houden.

Maar nu is het november en ze zijn niet op zoek naar wild, maar naar mensen.

De laatste weken hebben enkele stropers het erg bont gemaakt. Ze zijn met z'n drieën, verplaatsen zich met een pick-up en gebruiken professioneel geschut om herten te schieten. Twee afzonderlijke getuigen hebben de stropers met hoge snelheid over de boswegen zien scheuren, maar geen van beiden had de alertheid om het kenteken te registreren.

Garde forestier Lamotte betrapte hen vorige week bijna op heterdaad toen hij 's avonds zijn ronde deed door het stuk woud ten noorden van Suxy. Het scheelde geen haar, maar ze konden ontkomen. In hun paniek lieten ze een jachtgeweer achter, een duur wapen met een al even dure nachtzichtkijker en geluiddemper. Iets verderop lag een doodgeschoten hinde.

Ze vermoeden dat de mannen afspraken hebben met plaatselijke restaurants en dus schieten op bestelling.

Het woud boven Suxy is blijkbaar de plek waar de stropers het liefst komen en dat is waar het viertal vanavond en vannacht op de uitkijk wil staan. Als ze hun bestemming bereiken is het halfvijf. Het schemert al.

Het viertal nestelt zich op hun zitplaatsen in de auto. Het interieurlampje is uitgeschakeld en de portieren staan op een kier, zodat ze zonder het minste geluid kunnen uitstappen. Het is overal stil. Niet lang daarna valt het duister als een zwarte deken over de auto.

Ze hebben een beurtrol afgesproken om zo geruisloos mogelijk het terrein te verkennen. De beide jagers nemen de zuidkant van de Land Rover voor hun rekening, Jean-Philippe Lamotte en zijn jonge collega de noordkant. Ze patrouilleren telkens gedurende tien minuten langs enkele hectaren van het woud en keren dan terug naar de auto, waarna de beide anderen vertrekken.

Het is negen uur 's avonds als de twee broers op pad gaan voor een volgende ronde, dit keer in een zuidwestelijk stuk. Ze patrouilleren bij maanlicht en vorderen traag omdat ze voortdurend moeten oppassen om niet op takken te trappen en geluid te maken. De oudste jager houdt een zaklamp in zijn hand die hij alleen maar zal gebruiken als het absoluut noodzakelijk is.

Het is de jongste van de twee die opmerkt dat ze opeens niet meer alleen zijn. Hij ziet nauwelijks een hand voor ogen, maar heeft iets of iemand gehoord in het struikgewas, rechts van hem, goed tien meter verderop. Hij staat stil, grijpt de arm van zijn broer en wijst naar de plek.

De oudste klikt de zaklamp aan. Het licht gooit een felle straal op de struiken en op hetzelfde moment horen ze een geluid dat van buiten de lichtstraal komt, uit het diepe donker van het woud.

Over wat er daarna precies is gebeurd, zijn beide broers vaag. Hun herinnering aan die enkele minuten tussen het eerste geluid en het moment waarop ze half struikelend de Land Rover bereikten, is wazig. Iets of iemand hield zich verborgen achter die struiken en kwam toen resoluut in hun richting, vertelt de jongste. Zijn broer beaamt dat en formuleert het ook zo in het verslag dat ze later op vraag van Lamotte voor commissaris Collignon schrijven.

Over wat ze daar voelden, zijn beiden wel heel duidelijk: angst. Het zijn ervaren jagers en mannen van middelbare leeftijd, maar ze geven grif toe dat ze bang waren. Er was niemand te zien en toch was er iemand of iets in dat stuk van het woud. Buiten de straal van de zaklamp die de oudste in paniek naar alle kanten richtte, was er alleen maar duisternis en toch werden ze achtervolgd tot ze in de buurt van de Land Rover kwamen.

Als ze de auto bereiken en Jean-Philippe Lamotte hoort wat hun net is overkomen, aarzelt hij geen moment. Hij opent de laaddeur van de Land Rover en ontgrendelt de koffer met zijn dienstwapens. Het Browning GP-pistool laat hij liggen, maar het jachtgeweer en de dolk neemt hij mee. Even overweegt hij om de dolk aan de stagiair te geven, maar hij besluit uiteindelijk van niet.

Samen met zijn jonge collega snelt hij in de richting die de jagers hem aanwijzen, met de witte lichtbundel van de zaklantaarn die voor hem uit danst. Ze zijn pas enkele minuten ver als ze links iets horen. Het klinkt als het knappen van een tak, gevolgd door een geluid dat geen van beiden meteen kan thuisbrengen. De jonge garde kan het later wel, bij zijn verhoor, maar zelfs dan aarzelt hij omdat het zo vreemd is en hij niet uitgelachen wil worden. Het klonk als het ruisen van kleren, zegt hij. Alsof iemand zich oprichtte en in hun richting kwam. Zodra de *garde forestier* de geluiden hoort, snelt hij ernaartoe. Zijn collega in opleiding beweegt echter niet. Een blinde paniek overvalt hem en maakt zijn lichaam zo star als beton. Hij kan geen stap meer zetten. Angst overspoelt hem, zijn hart gaat als een razende tekeer. Op dat moment hoort hij een geluid dat zo zacht en dichtbij is dat hij vreest het ter plekke te besterven. Iemand ademt naast hem. Hij voelt een ademtocht op zijn rechterwang.

De jonge garde is zo bang dat hij in een reflex zijn armen voor zijn gezicht slaat en daarbij zijn zaklamp laat vallen. In de totale duisternis rondom hem is het enkele tellen doodstil.

Dan hoort hij opnieuw iemands adem, dit keer aan de andere kant van zijn gezicht. Hij schreeuwt het opeens uit, een oerkreet van angst die de beide jagers in de Land Rover honderden meters verderop de daver op het lijf jaagt en die de *garde forestier* naar hem toe doet rennen, het jachtgeweer in de aanslag.

Als hij bij zijn jonge collega komt, vindt hij hem snikkend op zijn knieën op het mos, bevend over zijn hele lichaam.

Rondom hen is er alleen maar woud, met wind die zachtjes door de hoge takken fluit en, in de duisternis rondom, een oorverdovende stilte.

12

'Nu is het hek echt van de dam,' raast Sara aan de telefoon. 'Alsof drie dode en een vermist meisje nog niet genoeg zijn. Hoe moet ik dit aan mijn bazen in Brussel uitleggen? Met moordenaars heb ik ervaring, zelfs met seriemoordenaars en psychopaten, maar mysterieuze "aanwezigheden" hoef ik niet, daar bedank ik voor.'

Het is zondagochtend en Sara brengt al vroeg verslag uit van het vreemde incident van de avond voordien, in het woud boven Suxy.

'Als ik je goed heb begrepen, heeft die jonge garde het woord "aanwezigheid" gewoon gebruikt omdat hij niet echt iemand heeft gezien,' antwoordt Alex. 'Er was iemand in het woud aanwezig, maar hij kon niet zien wie of wat. Een aanwezigheid, dus.'

'In zijn verslag staat "iemand of iets", toch volgens commissaris Collignon.'

Alex glimlacht. Net als Roos is Sara een vrouw van feiten. Ze heeft een hekel aan interpretaties en wazige raadsels. In haar privéleven is ze gevoelig en empathisch, maar op het werk laat ze emoties liefst achterwege.

'Maar het is vreemd, dat geef ik toe,' zegt Alex. 'Ik denk niet dat een simpele stroper dergelijke spelletjes zou spelen met een gewapende *garde forestier*.'

'Maar wat is dit dan? Een gek?'

Alex denkt aan Peter Baekeland en zijn omschrijving van de inwoners van Suxy.

Gewoon een individu dat je 's nachts beter niet tegen het lijf loopt, beste Sara.

Hij kijkt naar buiten, naar de smalle strook strand en zee die hij vanuit zijn keukenraam ziet. Het weer valt best mee voor een herfstdag. Twee bootjes schuiven voorbij aan de horizon, hun witte zeilen opbollend in de wind.

'Hebben ze de *whereabouts* van Carlo Simons gecheckt?'

Sara zucht. 'Dat weet ik niet, Alex, ik heb er niet naar gevraagd. Dat is hun zaak. Om precies te zijn, een zaak van de recherche van Neufchâteau.'

'Met andere woorden: bemoei je er niet mee,' pareert hij.

'Zoiets. Je weet dat we op een slappe koord dansen, Alex. Focus alsjeblieft op de cold case, op Laura Keyzer, en laat de rest over aan de recherche.'

'Ik wil met Carlo praten. Misschien nog niet vandaag, maar toch snel.'

Zijn vriendin reageert vinnig.

'Niet doen. Als we die vraag van Roos krijgen, dan misschien, maar niet op eigen initiatief. We hebben een min of meer gezonde werkrelatie met die macho's uit haar ploeg en dat wil ik zo houden.'

Alex antwoordt niet meteen.

'Het is zondag,' pleit Sara, 'ga iets leuks doen. Naar de mis of zo. Of schelpjes zoeken.'

'Begrepen,' zegt Alex.

Hij neemt de lift naar beneden en loopt naar buiten met in zijn hoofd het beeld van die twee vrolijke zeilboten op de golven. Waar hij niet aan gedacht heeft, is de combinatie van de kust en een mooie zondag in de herfst. Zodra hij zijn straat oversteekt en in de nabijheid van de dijk komt, botst hij al op groepjes dagjestoeristen. Op de dijk laveren gocarts, fietsers en warm ingeduffelde gezinnen langs en door elkaar. De meesten zien er opgewekt uit, zichtbaar blij met het mooie weer en de staalblauwe hemel boven de zee. Een muzikant speelt covers van bekende bluesnummers. Op de hoek van een van de straten die op de dijk uitkomen, staat zelfs een jengelende ijscowagen.

Alex maakt meteen boos rechtsomkeert. Zijn gramschap is niet gericht op de mensen op straat, maar op zichzelf. Hij is boos dat hij altijd wegloopt, van drukte, van lawaai, van het leven zelf. Als hij terug in zijn flat is, zoekt hij in de dossiers van Sara naar de gegevens van het gezin Simons. Carlo's zus Lily woont in het Brusselse, in Oudergem, op een adres dat volgens de routeplanner dicht bij het metrostation Delta ligt.

'En u bent van Interpol, zegt u?' vraagt Lily Simons verbaasd.

'Vergist u zich niet, meneer Berger?'

De vrouw houdt de deur van haar flat op een kier.

'Ik begrijp uw reactie volkomen,' antwoordt Alex, 'maar maakt u zich niet ongerust, ik verzamel alleen maar informatie. Het heeft niets met u persoonlijk te maken.'

'Maar het heeft wel met Suxy te maken, dat vertelde u al. Hoe...'

'We onderzoeken een zaak die gelijkenissen vertoont met een cold case, mevrouw Simons. Namelijk de moord op Laura Keyzer, vijf jaar geleden.'

'Ah,' antwoordt Lily zacht. 'Nu begrijp ik het. U bent hier om me uit te horen over Carlo.'

'Niet echt.' Alex kijkt haar aan. 'Ik wil de moord op Laura helpen oplossen, mevrouw Simons. Hoe meer ik leer over de mensen die haar hebben gekend, hoe beter.'

'Ik kende haar niet, of toch helemaal niet zo goed,' antwoordt Lily.

'Maar Carlo kende haar wel goed.'

Even vreest Alex dat ze hem zal antwoorden dat hij dan maar met Carlo moet gaan praten, maar tot zijn opluchting knikt ze alleen maar.

In een opwelling is Alex toch met de auto naar Brussel gekomen. Hij begrijpt niet waarom, maar denkt er niet verder over na. Hij reageert de laatste tijd wel vaker impulsief, maar hij heeft geen zin om daar een reden voor te zoeken.

In zijn carrière als commissaris bij de recherche heeft Alex geleerd om de inrichting van iemands woning te lezen. Het is geen wetenschap, verre van, maar vaak vertelt de manier waarop iemand leeft in de intimiteit van zijn of haar huis altijd wel iets over de betrokkene. De rommel of het gebrek eraan, de kaalheid van de muren of net de angst voor de lege centimeter, de soberheid van kleuren of het schreeuwerige palet dat pijn doet aan de ogen: op de plek waar we ons onbespied wanen, laat ons interieur een glimp zien van wie we zijn of willen zijn.

Als dat ook opgaat voor Lily Simons, is ze een vrouw die in haar leven vooral zachtheid en orde zoekt. Haar flat is een eiland, met de toegangsdeur als ophaalbrug. Een eiland van zachte kleuren, zorgvuldig uitgekozen meubels en uitgekiende ornamenten. Alles wat Alex ziet, straalt rust en eenvoud uit.

Hij weet niet zeker of hij Lily heeft gerustgesteld over de reden voor zijn bezoek, maar in ieder geval heeft ze hem naar binnen gevraagd en zitten ze nu met een kop koffie op de ruime bank in de woonkamer. Alex ziet nergens een tv, maar wel hele rijen boeken die rug naast rug in twee grote kasten staan en in nette stapels op bijzettafels liggen. *Griekenland in de Vijfde Eeuw. De Akropolis.*

'Ik bereid een lessenpakket voor over de Oude Grieken en het begin van de democratie,' zegt Lily Simons. Ze ziet Alex' vragende blik en legt uit: 'Ik ben docente geschiedenis aan de Erasmushogeschool. Volgende week neem ik mijn studenten mee op leeruitstap naar Athene.'

'Interessant,' knikt hij.

Lily observeert zijn gezicht en lacht.

'Je meent het nog ook. Meestal krijg ik meewarige blikken als ik vertel dat ik geschiedenis doceer.'

'Niet van mij. Ik hou van geschiedenis. Ik lees ook graag historische verhalen.'

Er was een tijd dat Alex oprecht kon genieten van literatuur. Een goede roman, de betere thriller: hij verslond ze. Nu leest hij al lang geen fictie meer. In de eerste jaren na het drama kwam hij sowieso niet meer aan lezen toe, en toen hij daarna in Erics winkel naar een boek zocht, ging zijn aandacht automatisch naar de non-fictie, naar geschiedenis, populairwetenschappelijke boeken, een interessante autobiografie. Het lijkt alsof er in zijn hoofd sinds Camilles dood geen plaats meer is voor verhalen, laat staan voor verbeelding.

'Waarom kom je naar mij?' vraagt Lily hem opeens. 'Waarom wil je me vragen stellen over Carlo?'

Ze gelijkt sterk op haar broer, met dezelfde geprononceerde jukbeenderen en datzelfde ongeschonden, strakke gezicht. Ze heeft de bleke teint van mensen die zelden zonlicht zien. Toen ze de deur opende, droeg ze haar lichtbruine haren los, maar nu zijn ze in een strakke paardenstaart gebonden.

Intuïtief wil Alex een vaag antwoord geven, maar dan ziet hij opeens het gezicht van Hans Keyzer voor zich, zijn pijnlijke grimas en het verdriet in zijn ogen.

'Omdat ik de zaak-Laura Keyzer wil oplossen.' Hij spreidt zijn handen. 'Dat is de simpele reden. Ik wil de moordenaar van Laura vinden.'

En zo goed als zeker ook die van drie andere jonge vrouwen, denkt hij, maar die gedachte spreekt hij niet uit.

Lily knikt.

'En je denkt dat Carlo daar iets mee te maken kan hebben?' Het is duidelijk een vraag en geen statement.

'Mevrouw Simons...'

'Lily alsjeblieft.' Ze glimlacht. 'Mevrouw Simons hoor ik al de hele week van mijn studenten, meestal in combinatie met slappe klachten over het vele werk of uitvluchten waarom ze hun paper niet op tijd klaar hebben.'

Alex glimlacht op zijn beurt.

'Ik verzamel zoveel mogelijk informatie, Lily, dat zei ik al. Hoe meer we over Laura weten, hoe gerichter het onderzoek kan worden gevoerd. Ze was Carlo's vriendin toen ze stierf en...'
'Maar dat is jaren geleden toch allemaal al onderzocht? Of blijven jullie Carlo gewoon lastigvallen omdat hij zichzelf zo moeilijk kan verdedigen?' Ze zucht, schudt het hoofd. 'Sorry, dat floepte er zomaar uit. Ik word gewoon een beetje boos als jullie mijn broer weer eens aanpakken omdat hij nu eenmaal is wie hij is. Het maakt me opstandig.'
'Dat begrijp ik,' antwoordt Alex rustig.
Ze knikt, zegt: 'Vraag maar, ik zal echt mijn best doen. Wat wil je weten?'
'Wat is er destijds gebeurd in Suxy? Met Carlo bedoel ik.'
'Wil je over zijn verdwijning praten?'
Alex zwijgt.
'Het gebeurde op een zaterdag,' zegt Lily. 'We waren bijna elk weekend in ons vakantiehuisje met mama. Het was prachtig weer, heel warm, we gingen picknicken aan de rand van het woud.' Ze glimlacht opeens droef. 'Vreemd, hé, ik blijf het moeilijk vinden om het te vertellen, zelfs na al die jaren.'
'Hoe oud was jij toen?'
'Zes. Een jaar ouder dan Carlo. Hij was een enthousiast kereltje, heel nieuwsgierig volgens mijn moeder. En die dag was hij opeens weg. Carlo speelde met plastic paardjes en ik had mijn prentenboek. Mama was na de picknick ingedommeld. Ik heb een vage herinnering dat ik haar wakker maakte en vroeg waar Carlo was. We vonden hem nergens meer.'
'Dat moet vreselijk zijn geweest.'
'Ja. Voor mama was het de hel. Ik dacht eerst dat hij gewoon verstoppertje speelde, ik was ook maar een kind, hé. Maar toen het avond werd, kreeg ik een enorme paniekaanval. Ik herinner me er maar flarden van, maar ik weet dat ik toen begreep dat ik mijn kleine broertje echt kwijt was, verdwaald in dat

grote bos. Mijn moeder heeft me meteen weggestuurd naar een tante in Brussel, ze kon er mijn angsten niet ook nog eens bij hebben, denk ik.' Ze kijkt hem aan. 'Sorry, je bent hier niet om over mij te praten maar over mijn broer.'
'Gelukkig werd hij uiteindelijk wel teruggevonden,' zegt Alex met zachte stem.
'Negen dagen later en meer dood dan levend, maar hij heeft het gehaald. Twee boswachters vonden hem op een plek die vele kilometers van onze picknickplek verwijderd lag. Niemand weet hoe hij daar is geraakt of wat hij al die dagen gegeten heeft.' Ze kijkt hem aan. 'Hoe hij dat kon overleven, dat begrijpt echt niemand.'
Alex wil een vraag stellen, maar Lily is hem voor.
'Ik snap het zelf niet. Mijn moeder is ondertussen overleden, maar ik kan je vertellen dat zij het ook nooit heeft begrepen. Carlo sprak geen woord meer sinds hij teruggevonden werd in het woud. Niet één. Hij communiceert via een mix van tekeningen, geschreven woorden en een zelf uitgevonden gebarentaal.' Ze glimlacht, trekt denkbeeldige lijnen in de lucht en maakt vreemde kronkels met haar handen. 'Het is waarschijnlijk de meest exclusieve taal ter wereld, want bij mijn weten begrepen alleen mama en ik wat hij ermee bedoelde.'
'Maar ook met gebaren heeft hij nooit uitgelegd wat er gebeurd is,' probeert Alex.
'Nee. Hij heeft er nooit over willen praten. En geloof me, ik heb het vaak genoeg geprobeerd. In de jaren na het voorval heb ik heel goed met Carlo leren communiceren, net als mama. Laura begreep zijn gebaren ook, denk ik, wat Carlo's liefde voor haar verklaarde. Je moet geen taal kennen om verbinding te kunnen maken met iemand, je moet vooral willen luisteren. Ook zonder woorden.'
'Wat ik niet snap is waarom hij daarna toch in Suxy is blijven wonen, zo dicht bij het woud.' Hij kijkt haar aan. 'Begrijp jij dat?'

Ze haalt haar schouders op.
'Ben je er al geweest, in het Woud van Anlier?'
Alex knikt.
'Dan weet je dat het een speciale plek is,' zegt Lily. 'Het woud oefent een grote aantrekkingskracht uit op sommige mensen en mijn broer is daar een van.'
'Ook op jou?'
Ze lacht. 'Op mij? Mijn god, nee hoor. Ik woon al mijn hele volwassen leven in de stad. Wat dat betreft kunnen Carlo en ik niet meer van elkaar verschillen. Ik word al ongemakkelijk van een rij bomen in het stadspark.'
Nu pas valt het Alex op dat er in de hele flat geen plant of stukje groen te zien is.
'Laat Carlo alsjeblieft met rust,' zegt ze opeens met fragiele stem. 'Mijn broer kan echt geen vlieg kwaad doen. Ik was erbij om te "vertalen" toen hij na Laura's verdwijning een verklaring moest afleggen bij de politie. Hij was doodongerust, ik heb hem voor mijn ogen zien breken. De gedachte dat hij Laura zou vermoord hebben is te gek voor woorden, hij verafgoodde haar.'

Terug thuis in Oostende legt Alex de dossiers open op de keukentafel. Hij haalt er de foto's van de slachtoffers en de oorspronkelijke verdachten uit en bevestigt ze aan de muur. Het volgende uur werkt hij aan een schema van wat er gebeurd is en waar er verbanden kunnen liggen. Als hij een ingeving krijgt, schrijft hij enkele woorden op een geel post-itbriefje en kleeft het op de juiste plek in het schema. Als hij ergens aan twijfelt, doet hij hetzelfde maar dan met een knalrood vraagteken erbij.
Vier jonge vrouwen, meisjes bijna nog.
Laura Keyzer, Anaïs Vinckier, Marit Hofman en Caroline Bingenheim.

Welk verband is er tussen hen? Of zoeken ze naar een verband dat er niet is? Alex hoopt vurig van niet. De grootste nachtmerrie van elke rechercheur is de moordende eenzaat zonder motief die zijn slachtoffers er lukraak uitpikt, niet omdat ze voldoen aan een of ander beeld, maar omdat ze helaas beschikbaar zijn op het moment dat hij de drang voelt om te moorden.

Meteen daarna verwerpt Alex die gedachte. Vier meisjes. Drie en Caroline, als hij eerlijk is, want de Luxemburgse was eenentwintig. Hoort zij er dan wel bij? Hij komt dichter bij de keukenmuur en bestudeert haar foto. Hij ziet een tengere jonge vrouw met een vrolijke, bijna naïeve blik in haar ogen. Caroline was dan wel meerderjarig, maar zo zag ze er helemaal niet uit.

Vier jonge vrouwen op de rand van volwassenheid, in ieder geval in de ogen van de dader, daar gaat het om, denkt Alex. En natuurlijk ook om de locatie, die vreemde plek in het midden van het woud.

Vier meisjes en het dorpje Suxy, dat is voorlopig de enige link.

Hij observeert de keukenwand en ziet opeens de met krantenknipsels en documenten volgehangen muur in de chalet van Hans Keyzer voor zich.

Hij grijpt zijn autosleutels en vertrekt.

13

Hans Keyzer ontvangt hem hartelijk. Op het aanrecht staat een mandje met daarin een tiental geurige paddenstoelen.
'Ik ben aan de late kant voor mijn lunch,' zegt hij, 'eet je een hapje mee?'
Alex kijkt op zijn horloge en ziet dat het vier uur is.
'Eerder aan de vroeger kant voor je diner,' glimlacht hij. 'Maar het aanbod blijft gelden. Verse cantharellen en morieljes in een omelet met wat brood. De paddenstoelen heb ik vanochtend zelf geplukt.'
'Graag.'
Alex helpt een handje door de paddenstoelen op precieze aanwijzing van Keyzer af te borstelen en daarna in stukken te snijden.
'Het is laat op het jaar voor paddenstoelen, het wordt 's nachts te koud. Spijtig, ik lust ze graag.'
'Mag je ze zomaar plukken?'
'Voor eigen gebruik wel, ja, al houdt zowat niemand in dit dorp zich aan die regel. Zoals ze zich aan zo weinig regels houden.'
Als ze aan tafel zitten, zegt Alex: 'Ik was vanochtend bij Lily Simons.'
'Arme meid.'
Alex kijkt hem aan.
'Ik heb altijd een zwak gehad voor Lily,' legt Hans uit. 'Het was een goed kind, heel behulpzaam. Ze was altijd in de weer voor Carlo. Ze kwam soms langs, dan zat ze precies waar jij nu zit...' Hij neemt enkele fikse happen, veegt dan met een

handgebaar de gedachte aan vroeger weg en vraagt: 'Heb je er iets van opgestoken?'

'Niet echt.'

'Hm.'

Alex schuift zijn lege bord een eindje van zich af.

'Hoe zie jij het dan, Hans? Hoe passen Thierry Deveux en Carlo in het hele verhaal?'

'Dat vertelde ik je al. Deveux heeft Laura begluurd toen hij…'

Alex steekt een hand op.

'Ik wil je niet kwetsen, maar dit gaat al lang niet meer over Laura alleen. In de afgelopen vijf jaar zijn er in de buurt van dit dorp vier jonge vrouwen vermoord of verdwenen in het woud. Ik denk dat we op zoek zijn naar een seriemoordenaar.'

'En ik denk dat je op zoek bent naar een duo,' antwoordt Keyzer koppig.

Hij is boos, denkt Alex, boos en ongeduldig.

Keyzer wijst met een beverige vinger naar de muur vol documenten. 'Daar ergens hangt het bewijs, maar ik zie het niet. En ik heb de energie niet meer om verder te zoeken.'

Alex staat op, neemt de lege borden en zegt: 'Laat me eerst even afruimen voor we verder praten, goed?'

Ze zitten op de bank in de woonkamer. Het brede raam kijkt uit op een grote, verwilderde tuin met oude bomen. Helemaal achteraan staat een kleine schuur.

'Iedereen heeft de mond vol van die lieve Carlo, maar zo heb ik hem helemaal niet gekend,' begint Keyzer. 'Toen hij met Laura omging, gedroeg hij zich vaak onhebbelijk tegen haar, onverschillig zelfs. Ik wist in het begin niet dat Carlo de oorzaak was want dat verzweeg ze voor ons, maar we hebben haar meer dan eens huilend zien thuiskomen omdat haar vriendje zo hard was voor haar. Zo benoemde ze het, hard en koud. Maar als ik haar zei dat ze hem dan meteen moest laten vallen, werd ze boos en vluchtte ze naar haar kamer. En toen ik eindelijk ontdekte dat het over Carlo Simons ging, probeerde ik er een einde aan te maken.'

'Omdat ze nog minderjarig was en hij al vijfentwintig?'

'Ook, maar niet alleen daarom. Hij maakte misbruik van haar naïviteit en haar goede inborst. Laura wilde alles en iedereen altijd redden, of het nu een gekwetste vogel was of een achtergelaten hondje. Maar Carlo viel niet te redden. Ze wist niet waarin ze belandde, ze zag het verschil niet tussen liefde en medelijden.' Hij kijkt Alex aan. 'Wees nu eerlijk, welke vader wil voor zijn zeventienjarige dochter nu een relatie met een man van vijfentwintig met zo'n beperking?' Hij schudt het hoofd. 'Mijn vrouw en ik voelden aan dat hij niet echt om haar gaf. Als hij echt van haar hield, had hij moeten beseffen dat een man die niet kan spreken mijn meisje nooit gelukkig had kunnen maken.'

Zijn stem breekt en Alex geeft hem de tijd om te bekomen.

'Ze zagen elkaar alleen in het weekend, dus?' vraagt hij even later.

'Voor zover ik weet, ja, alleen in het weekend en tijdens de vakanties. Volgens mij was Laura ook niet meer dan dat voor Carlo: een weekendliefje, iets om zich op zondag mee te amuseren.'

Hij spuwt de laatste woorden bijna uit.

'Simons en Deveux kennen elkaar goed en ze werken ook samen,' gaat Hans verder. 'Deveux is de drijvende kracht, met Carlo als handlanger. Dat heb ik wel tien keer proberen uit te leggen aan die domkoppen in Neufchâteau, maar ze hebben nooit willen luisteren. Carlo is een koele kikker, maar hij is een zwakkeling. Deveux is de manipulator, hij trekt aan de touwtjes.' Hij staart naar de muur met krantenknipsels. 'Ik heb persoonlijk gezien hoe Carlo een volle aanhangwagen met droge beuk en eik bij Deveux afleverde. Hout van de gemeente. Deveux verricht veel van zijn timmerwerk met hout dat Simons in zijn opdracht steelt uit de voorraden in het bos.'

Keyzer verliest zich de volgende minuten in een uitleg over hoe de gemeente de winstgevende bosbouw heeft georganiseerd en hoe lieden als Thierry Deveux daar beter van worden. Dan komt hij terug bij het uitgangspunt.

'Voor Carlo was Laura iemand om mee te bewijzen dat hij normaal was, dat hij ondanks zijn aandoening toch een mooi meisje kon versieren,' zegt hij somber. 'Maar voor Deveux was ze een prooi sinds hij hier aan ons huis werkte en haar lastigviel. Carlo sprak met zijn kompaan over zijn afspraak met Laura bij het stuwmeer. Ze wisten welke weg ze zou nemen, het was haar favoriete looproute. Deveux heeft haar opgewacht, misbruikt en vermoord.'

Hans leunt op zijn stok en staat moeizaam op. Hij schuifelt naar de wand vol documenten en wijst met een verbeten trek om zijn mond naar een foto.

'Het tweede slachtoffer was Anaïs Vinckier. Ze is in mei 2019 verdwenen. In de weken voordien verzorgde ze de moeder van Deveux in haar woning terwijl Thierry daar aanwezig was.'

Alex wil hem vragen even te rusten, maar als hij de blik in Keyzers ogen ziet, beseft hij dat dat onbegonnen werk is.

'Haar auto had een lekke band, wist je dat? Ze heeft hem moeten achterlaten en ging te voet verder. Ze is in de richting van haar klant gelopen, richting Les Fossés, tien kilometer verderop. Daarvoor moest ze eerst door dit dorp. Ik ga ervan uit dat ze gewoon wilde stappen tot ze bereik had op haar gsm om haar patiënte te waarschuwen of om iemand te bellen voor een lift. Dat weten we natuurlijk niet, maar dat is de meest logische veronderstelling, toch? Weet je langs wiens huis ze moest passeren? Welk huis ze eenmaal uit het woud het eerst tegenkwam? Dat van Carlo. Hij rijdt met een SUV met in het groot het logo van de gemeente erop, hoe kun je nog betrouwbaarder overkomen als je iemand een lift zou willen aanbieden?'

Alex knikt. Wat er ook over Hans Keyzer beweerd wordt en hoe sceptisch commissaris Collignon ook moge zijn, hij vertelt geen onzin, vindt hij. Keyzer heeft geen glasheldere bewijzen voor zijn aannames, maar hoe vaak heb je die wel, als speurder in een moordzaak?

'Het derde slachtoffer is Marit Hofman. In de zomer van 2020 kampeert ze met haar vriendinnen aan de rand van het bos net buiten Suxy. Carlo Simons confronteert de meisjes met hun overtreding en maakt zich boos, hij beveelt hun onmiddellijk te vertrekken. Dat doen ze niet, toch niet meteen. Hoe krijgt hij zijn boodschap overgebracht? Hoe gefrustreerd maakt hem dat, denk je, een vijfentwintigjarige die niet kan spreken tegenover vier opgeschoten meiden die niet willen luisteren? Marit maakt die avond nog een wandeling in het woud en verdwijnt voorgoed.'

Hans Keyzer zwijgt. Zijn tirade heeft hem zichtbaar uitgeput.

'Het laatste slachtoffer heb ik nog niet in kaart gebracht,' zegt hij terwijl hij opnieuw op de bank plaatsneemt. Zijn stem is ondertussen niet meer dan een zacht geprevel. 'Misschien doe ik dat de komende dagen nog wel.'

Alex heeft daar de grootste twijfels over, maar dat houdt hij voor zich.

'Dank voor je gastvrijheid, Hans,' zegt hij terwijl hij opstaat.

Het is bijna zes uur en al aardedonker buiten.

'Mag ik wat foto's maken van je muur, als geheugensteuntje?'

Hans knikt.

'Waar ga je nu naartoe? Terug naar Oostende?'

'Ja,' antwoordt Alex, 'maar misschien loop ik eerst even aan bij Murielle Croone.'

'Je bent hier altijd welkom,' zegt Hans Keyzer.

Hij ziet er opeens erg eenzaam uit.

De route naar het huis van Croone leidt langs Peter Baekeland. Als Alex de groen geschilderde voordeur ziet, aarzelt hij, houdt dan halt en belt aan.

Baekeland opent de deur met een lange, zwarte schort over zijn bourgondische buik geknoopt.

'O, meneer Berger, wat een verrassing.' Hij tovert zijn typische grijns op zijn gezicht, maar het kost hem meer moeite dan anders, merkt Alex. 'Ik heb gasten voor het diner, een andere keer...' Baekeland veegt zijn handen die glanzen van de olie af aan zijn schort. 'Winterbarbecue,' legt hij uit. 'Ik ben het everzwijn aan het masseren met de marinade.'

'Ik ben meteen weer weg, meneer Baekeland. Ik ga even langs bij Murielle Croone, misschien is ze thuis. Is er volgens u iets waarover ik het moet hebben?'

De worsteling in Baekelands hoofd is bijna zichtbaar.

'Vraag haar eens naar Haller,' zegt hij. 'Christophe Haller.'

'Is daar een specifieke reden voor?'

'Nog een prettige avond, meneer Berger,' zegt Baekeland. Dan sluit hij gedecideerd de deur.

Als Murielle Croone al verbaasd is dat Alex opeens voor haar deur staat, dan laat ze daar in ieder geval niets van merken. Ze ontvangt hem hartelijk, niet als een oude vriend maar toch als een goede kennis die ze al een tijdje niet meer heeft gezien.

Het interieur van haar kleine rijhuis is min of meer zoals Alex het zich had voorgesteld. Een warm, oosters tapijt op de grond, veel kussens met aardkleuren, een gemakkelijke zitbank die vol ligt met dekentjes. Het schaarse licht in de woonkamer komt van indirecte sfeerlampen en van kaarsen die her en der zijn neergezet. Er klinkt bevreemdende muziek op de achtergrond, het soort muziek dat Alex altijd associeert met yogalessen op televisie.

'Ik zat buiten,' zegt Murielle. 'Ben je een koukleum? Ik mag van mezelf niet binnen roken en ik had net zin in een shagje, dus...'

Alex vindt het niet bepaald aangenaam om met deze temperatuur buiten te zitten, maar hij knikt. Het huis heeft een overdekt terras dat uitkijkt op de kleine tuin. Buiten het licht van twee kaarsen op de tafel is het donker. De hemel is bezaaid met duizenden sterren.

Murielle wijst naar een donkergroene fles zonder etiket.

'Ik haal voor jou ook een glaasje, benieuwd wat je ervan vindt.'

Voor Alex kan protesteren is ze al terug en vult twee kleine glazen tot aan de rand.

'Gezondheid,' zegt ze.

Alex neemt een slok. Hij vindt het niet slecht, maar ook niet bepaald lekker. Er zit alcohol in en niet zo'n klein beetje, maar ook sterke kruiden en sinaasappel. Een heksendrankje, denkt hij, een eigen brouwsel dat dient om de sabbats op te vrolijken. Afgaand op de hoeveelheid alcohol die erin zit, mag het niet verbazen dat ze soms in hogere sferen vertoeven.

'En?'

'Het is eerlijk gezegd niet mijn ding.'

Murielle glimlacht.

'En wat brengt jou naar het verre Suxy op een zondagavond?'

Alex ontwijkt de vraag en zegt: 'Ik moest hier zijn voor een en ander en ik passeerde bijna aan je huis.'

'En je dacht: ik zal die goede oude Murielle eens een bezoekje brengen?'

Ze zegt het mild spottend, maar er schuilt ook enige nervositeit in haar stem.

'Nee,' antwoordt Alex, 'ik dacht: ik wil wel eens weten waarom ze het enkele dagen geleden nodig vond me die boodschap mee te geven. Dat we deze zaak nooit zullen kunnen oplossen als we het woud niet leren kennen.'

'Omdat het zo is. Mensen respecteren het woud niet meer, ze zijn hun voeling ermee verloren. Dat heeft gevolgen. De natuur is heel krachtig, maar je moet er wel voor openstaan, anders werkt het niet.' Ze kijkt Alex aan en voegt eraan toe: 'Of het werkt tegen je.'

Hij heeft opeens genoeg van wollig taalgebruik, vindt zijn bezoek zonde van de tijd.

'Sorry voor het storen, Murielle. Ik stap maar eens op.'

Ze staart hem aan.

'Waarom stel je niet de vragen waarvoor je gekomen bent?' Ze wijst naar de tattoo met de vijfpuntige ster aan de binnenkant van haar pols. 'Gaat het misschien hierover?'

Haar stem blijft vriendelijk, maar ze is licht geïrriteerd, merkt Alex.

'Zoals je ziet staat de punt van het pentagram naar boven en niet naar beneden. Geen zwarte magie dus, maar witte. Ik ben een wicca. Een moderne heks, als je het simpel wilt houden.'

Alex wil reageren, maar Murielle praat verder.

'We doen geen vreemde dingen, niks om bang voor te zijn. Tenzij je bang bent voor een klein dozijn mannen en vrouwen die rituelen uitvoeren in het woud. Wicca's hebben een diep respect voor Moeder Aarde, voor de natuur. Alles rondom ons staat in verbinding met de goddelijke wereld. Daarom zei ik dat je het woud moet leren kennen, écht kennen.'

'Het gaat me niet aan, Murielle,' antwoordt Alex. 'Ik help met het onderzoek naar de vermoorde meisjes, dat is het enige dat me interesseert. Wat jij in je vrije tijd doet, is jouw zaak.'

Haar ergernis spuit als een geiser naar boven.

'Je hoeft me niet te beledigen en al zeker niet in mijn eigen huis. Wicca is een religie, geen vrijetijdsclubje. We komen 's avonds niet van ons werk om malle kleren aan te trekken en heksje te spelen, verdorie nog aan toe.'

'Ik ben moe en heb me verkeerd uitgedrukt,' zegt Alex.
'Het spijt me als ik je beledigd heb. Sorry dat ik zo onaangekondigd binnenviel.'
Murielle reageert niet, maar haar woedende blik spreekt boekdelen.
Alex vertrekt meteen.

Als hij langs het huis van Hans Keyzer rijdt, ziet hij de man aan zijn oprit staan. Hij stopt en laat zijn raampje zakken.
'Ik ben net terug van een avondwandeling of wat daarvoor moet doorgaan,' zucht Keyzer. 'Het wordt elke dag korter en pijnlijker.' Hij kijkt Alex aan. 'Op weg naar huis?'
'Ja.'
'Beetje laat toch, om nog naar Oostende te rijden?'
Alex haalt zijn schouders op.
'Het is wat het is, Hans.'
'Achteraan in de tuin staat een kleine schuur,' zegt Keyzer. 'Toen Hannelore nog leefde hebben we die laten verbouwen voor de verhuur, maar het is er nooit van gekomen. Het is heel eenvoudig, maar je hebt er alle privacy. Waarom blijf je niet overnachten?'
Hij ziet Alex aarzelen.
'Dan eten we meteen iets en daarna kun je tenminste een glas wijn met me drinken. Komaan, ik heb gezelschap nodig.'
'Da's goed,' zegt Alex.

Na het eten ontkurkt Keyzer een fles en nemen ze plaats op de bank. Alex' oog valt op de hoge kast die tegen een van de muren van de chalet staat. De onderste deuren staan open en binnenin ziet hij een tv-toestel.
Alex wijst ernaar.
'Heb je hier ontvangst dan, in Suxy?'
'Ja, nogal slecht, of wat dacht je. Maar ik heb een schoteltje op het dak voor de satelliet. Dat hebben er veel hier, hoor.'

Alex staart nog steeds naar het meubel en merkt dan dat er boven op de kast een stukje van een houten kolf zichtbaar is.

'Is dat een jachtgeweer?'

'Ja.'

'Heb je daar een vergunning voor?'

'Misschien.'

'Hans…'

Keyzer haalt zijn schouders op.

'Iedereen hier heeft een jachtgeweer, dat hoort bij het dorp.'

'Maar jij jaagt zelf toch niet?'

'Het ligt er voor het geval dat,' antwoordt Keyzer lichtjes geïrriteerd. 'Zoals iemand een brandverzekering heeft. Daarvoor hoeft je huis toch niet in de fik te staan?'

Alex glimlacht en neemt een slok van zijn glas. Hij volgt Keyzers blik en ziet dat de man haast voortdurend naar de muur vol knipsels en foto's staart. Het is duidelijk dat er een vraag op zijn lippen brandt.

'Wat is er?' vraagt Alex.

'Heb je hen al gesproken? Thierry Deveux en Carlo?'

'Nee. Ik ben geen politieman, Hans, ik help Interpol met het verzamelen van informatie.'

Hij merkt de ontgoocheling bij Keyzer en wil het uitleggen.

'Als ik nog maar een van beiden zou ondervragen zou dat een onderzoeksdaad zijn en dat mag niet.'

'Maar ik vroeg of je hen al gesproken had, niet verhoord. Gewoon een babbeltje slaan.'

'Nee.'

'Ik begrijp dat je niet kunt aanbellen en vragen of ze met je willen spreken,' zegt Keyzer.

Alex vertelt hem niet dat dat precies is wat hij al heeft gedaan, maar dat Carlo Simons niet thuis was.

'Maar als je een van beiden nu toevallig in het bos tegen het lijf zou lopen, dan is het geen verhoor maar gewoon een gesprek, toch?'

Alex glimlacht.

'Laat me raden: jij weet precies waar ik Deveux of Carlo "toevallig" tegen het lijf kan lopen.'

'Van Carlo weet ik dat inderdaad,' antwoordt Keyzer zonder verpinken. 'Morgen is het maandag en dan vind je hem 's ochtends vroeg in de werkhut van de gemeente in het bos. Ze komen er samen om een kop koffie te drinken en 's middags hun lunchpauze te nemen. Je neemt de weg naar Léglise, eerste bosweg rechts en dan na tien minuten rijden aan je rechterkant. Carlo is er 's ochtends als eerste.'

'Je hebt je research gedaan.'

Keyzer schenkt hun glazen opnieuw vol en kijkt ernstig.

'Ik woon hier al jaren, ik zie alles.'

Alex neemt een fikse slok en knikt.

Hoe later op de avond, hoe intiemer het gesprek wordt. Alex had helemaal niet gepland om in Suxy te overnachten en al helemaal niet om zoveel wijn te drinken, maar net als bij hun eerste ontmoeting voelt hij een vreemde verbondenheid met Keyzer die maakt dat hij loslippiger is dan normaal en het schild om hem heen een beetje laat zakken.

Hans heeft hem net voordien de sleutel van de schuur gegeven en vertelt over zijn overleden vrouw.

'Het was haar project, dat schuurtje.' Hij schudt het hoofd en Alex merkt dat de man lichtjes dronken is. 'Da's onzin. Alles was haar project. Als Hannelore er niet de schouders onder zette, gebeurde hier niks. Ik ben vooral een prater, maar zij was de doener.'

Alex denkt aan Camille en voelt hoe een golf van neerslachtigheid over hem heen walst. Het overkomt hem op de meest onverwachte momenten en hij kan er niks tegen doen.

'De basiswerken zijn gebeurd, sanitair en keuken en zo, en er staan een bed en wat meubels. Hannelore wilde er een vakantiehuisje van maken. Voor koppels of kleine gezinnen is het ideaal. Je kijkt uit op de Vierre en de weiden en bossen erachter, het is er ongelofelijk rustig. Maar na de dood van Laura was het zinloos. Alles werd zinloos na de dood van Laura.'

Het gesprek stokt en beide mannen zitten ineengedoken op de bank, omringd door stilte. Af en toe knettert een stuk hout in de gietijzeren kachel.

'In de eerste jaren na de dood van mijn vrouw had ik vreselijke nachtmerries, net als jij,' zegt Alex opeens. Hij heeft het heel warm en zijn hartslag is de hoogte ingegaan. Hij heeft geen benul waarom hij dit er zomaar uitflapt. Het voelt alsof hij een geheim verraadt, alsof hij een stukje intimiteit tussen hem en Camille prijsgeeft. Toch praat hij verder.

'Jij moest in je dromen voortdurend op zoek naar Laura, zei je, maar je vond haar nooit. Camille had me vanaf de eerste keer gevonden. In mijn nachtmerries zat ze boven op mijn borst, helemaal onder het bloed. Ik kon niet bewegen. Ze vroeg me altijd hetzelfde. Waarom ik haar niet beschermd had. Waarom ik haar had laten doodgaan.'

Hans Keyzer ziet er op slag opnieuw nuchter uit. Hij kijkt Alex met grote ogen aan.

'Ik wist niet eens dat je ook weduwnaar bent,' fluistert hij uiteindelijk.

'Mijn vrouw is zeven jaar geleden gestorven. Ze was op het verkeerde moment op de verkeerde plek. In Parijs, tijdens de aanslagen van 2015.'

Keyzer knikt.

'In die concertzaal, toch, de Bataclan?'

'Op het terras van een bar. Le Carillon. Ze stond buiten met een vriendin die wou roken.'

'Gruwelijk,' zegt Keyzer zacht.

'Ja.'

Plots weet Alex niet meer wat te zeggen. Hij kijkt naar de bewijsmuur die Keyzer de afgelopen vijf jaar heeft volgehangen en dan naar de foto's die eronder op het dressoir staan. De foto van Laura, een breed lachend meisje van zeventien met sprankels in haar ogen en de foto van Hans en zijn vrouw, in de late uren op een feestje, hun hoofden tegen elkaar in een soort tijdloze verbondenheid.

'Jij wilt dat Thierry Deveux bekent zodat je hem kunt vergeven,' zegt Alex terwijl hij langzaam opstaat. 'Dat kan ik niet. Er is nog één dader van de aanslagen in leven, maar vergeven kan ik hem niet. Nooit.'

Dan loopt hij naar buiten, door de tuin, naar het schuurtje.

14

De werkhut van het gemeentepersoneel blijkt een flink uit de kluiten gewassen houten chalet te zijn, aan een aarden weg in het woud. Ondanks de ochtendkou zit Carlo Simons buiten aan een houten tafel met een heel dikke man in donkergroene werkkleding. Ze houden beiden een dampende mok vast.

Alex stelt zich voor. Als Carlo's collega hoort wat Alex voor de kost doet, staat er walging op zijn gezicht te lezen.

'Een schande is het,' mompelt de man, meer in zichzelf dan tegen de rest, 'een regelrechte schande.'

Hij knalt zijn mok opeens zo hard op de houten tafel dat de koffie over de rand spat en richt zich rechtstreeks tot Alex.

'Laat Carlo toch met rust, man, ga de echte criminelen aanpakken.'

Dan stapt hij in een bestelwagen met het gemeentelogo op de zijdeur en vertrekt.

'Ik zal je niets vragen over Laura,' belooft Alex. 'Ook niet over die andere meisjes. Oké?'

Carlo knikt.

Alex laat zich naast hem op de houten bank zakken.

'Ik weet eerlijk gezegd niet eens wat ik hier kom doen.'

Carlo haalt een notitieboekje en een balpen uit de borstzak van zijn werkhemd, krabbelt enkele regels op een blad en toont het aan Alex.

Je auto stond gisterenavond en vanochtend bij Hans Keyzer. Je onderzoekt de moord op Laura, maar je zegt het niet.

De directheid van Carlo's mededeling is zo onverwacht dat Alex al meteen zijn belofte vergeet.

'Ik help de politie van Neufchâteau,' zegt hij. 'Dat is inderdaad zo.' Hij wacht even, kijkt Carlo aan. 'Wil je zelf ook niet dat de dader gevonden wordt? Ze was toch je vriendin?'
Geen reactie.
Alex beseft dat hij het over een andere boeg moet gooien. Bovendien bekruipt hem opeens een grote behoefte om de waarheid te horen. Hij wil absoluut te weten komen hoe het verhaal van het kind in het woud in elkaar zit en al weet hij dat tientallen mensen dat in de loop der jaren vruchteloos hebben geprobeerd, het doet niets af aan de drang die hij nu voelt.

'Luister,' zegt hij, 'ik ben gewoon nieuwsgierig. Wat jij als kleine jongen meegemaakt hebt, is ongelofelijk. Negen dagen en nachten alleen in dat woud, als vijfjarige. Dat overleeft normaal niemand.'

Twee ogen kijken hem onderzoekend aan, maar ook nu komt er geen reactie.

'Heb je van iemand hulp gekregen? Dat kan bijna niet anders. Maar dan is het toch enorm wreed om een kind eten te geven en het niet mee te nemen? Dat klopt niet,' zegt Alex.

Maar Carlo maakt geen aanstalten om te antwoorden.

'Het is vijfentwintig jaar geleden,' probeert Alex luchtig, 'je mag het ondertussen wel vertellen, toch?'

De man kijkt hem lange tijd aan en pakt uiteindelijk zijn balpen.

Je kunt het toch niet begrijpen dus probeer het niet. Niemand kan dat begrijpen.

Op zijn route naar de autosnelweg en naar huis stopt Alex bij een tankstation. De tank van de auto is nog driekwart vol, maar hij heeft nood aan een sterke kop koffie. Nadat hij enkele fikse slokken heeft genomen, belt hij Sara.

'Is het belangrijk? Ik ben bezig met iets gruwelijks,' zegt zijn vriendin.

'Een autopsie?'

'Administratie.'
'Ah. Nee, ik wou je even bijpraten, maar dat kan later wel.'
'Bijpraten is belangrijk,' antwoordt Sara. 'Alles is belangrijker dan administratie, nu ik erover nadenk. *Shoot.*'
Alex vertelt haar over zijn avond bij Keyzer en het gesprek met Murielle Croone.
'Een heks,' zegt Sara na afloop. 'Deze zaak wordt met de dag gekker.'
'Ze is van de goede soort, denk ik.'
'Dan nog. Waar ben je nu?'
'Bijna aan de oprit van de autosnelweg,' antwoordt Alex.
'Waarom?'
'Wil je niet even binnenspringen in Neufchâteau, bij de recherche?'
'Om hen over Murielle Croone te vertellen? Ze zullen lachen.'
'Om je gezicht even te laten zien,' zegt Sara. 'Om contact te houden. We moeten Roos Collignon te vriend houden, dat is belangrijk.'
'Ik ben niet goed in politiek, Sara.'
'Je moet alleen maar vriendelijk zijn en luisteren, je hoeft haar niet te overtuigen om op jou te stemmen,' antwoordt zijn vriendin vinnig.
Alex schiet in de lach en na enkele tellen lacht Sara mee.
'Ik loop er wel even langs,' zegt hij.

Roos is duidelijk blij hem te zien.
'Je bent wel veel in Suxy, niet?' zegt ze nadat Alex haar verteld heeft waar hij de voorbije nacht heeft gelogeerd. Ze staan in haar kleine kantoor. 'We maken nog een echte Ardennees van jou.'
'Dat vergt misschien minder inspanning dan je wel zou denken,' antwoordt Alex.

Hij bedoelt ermee dat hij meer en meer van de bossen is gaan houden, maar als hij Roos' blik ziet, vreest hij dat ze iets anders heeft gehoord, iets persoonlijks. Meteen heeft hij spijt van zijn antwoord.

'Ik bedoel alleen maar dat ik me goed voel in de Ardennen,' stuntelt hij.

Roos glimlacht enkel en doet alsof ze zijn onhandigheid niet heeft gemerkt.

Alex hoort de speurders in de recherchekamer lachen en dollen met elkaar, maar als hij naar binnen loopt, slaat de sfeer meteen om. Er hangt een soort vijandigheid in de lucht die hem verbaast en hij vraagt zich af waar die vandaan komt. Hij luistert mee naar het ochtendrapport en de verdeling van de taken terwijl hij nadenkt over de mogelijke oorzaak. Als Roos hem na de briefing uitnodigt om eventuele vragen te stellen, is hij niet alert genoeg om op zijn tellen te passen.

'Wie is Christophe Haller?'

Hij heeft zich opeens herinnerd dat Baekeland die naam liet vallen toen Alex hem vertelde dat hij met Murielle Croone zou gaan praten. Door de vreemde wending van hun gesprek is hij daar gisterenavond niet aan toegekomen.

'Hoe kom je aan die naam?' vraagt Adrienne. Ze is opnieuw in het zwart maar draagt vanochtend haar haren los, wat haar gezicht meteen een zachtere uitdrukking geeft. Ze is ook de enige die min of meer normaal tegen hem doet.

'Iemand had het over hem,' antwoordt Alex voorzichtig. 'In Suxy.'

'Een verdachte voor de moord op Laura Keyzer, toch gedurende enkele minuten,' grijnst een van de rechercheurs. 'En nu ga je ons vertellen dat we onze job niet goed hebben gedaan en hem hadden moeten arresteren.'

'Dat wil ik helemaal niet…'

'Haller had een waterdicht alibi, *monsieur* Berger,' zegt een andere speurder met onverholen sarcasme. Het is Alain, de man met de jarentachtigkleren.
'En voor de verdwijningen?'
Het is eruit voor hij het beseft. Een van de vrouwelijke rechercheurs fluistert duidelijk hoorbaar 'klootzak'.
'Was er verder nog iets?' vraagt Alain ijzig. 'Heb je ons misschien iets te vertellen over Carlo Simons?'
Meteen begrijpt Alex waar de vijandigheid vandaan komt.
'Een collega van Carlo heeft gezien dat je hem vanochtend verhoord hebt,' zegt de man. 'Carlo gaf achteraf te kennen dat een politieman hem veel vragen heeft gesteld.'
'Ik heb hem niet verhoord.'
'En dat doen we ook niet met Alex,' komt Roos tussenbeide, maar de inspecteur laat zich niet zomaar afschepen.
'Je hebt hier geen enkele autoriteit, Berger. Geen enkele!' Zijn toon wordt agressiever. 'Ik weiger me de les te laten spellen door een buitenstaander die na vijf minuten denkt dat hij het beter weet dan die boerenpummels uit Neufchâteau!'
'Zo denk ik helemaal niet over jullie,' zegt Alex beheerst. 'En ik heb te veel respect voor jullie werk om me zomaar met alles te willen bemoeien. Ik ben hier niet de vijand.'
Hij staat op en loopt naar buiten.

Roos haalt hem in als hij al bij zijn auto is. Hij staat met zijn rug naar haar toe om het portier te openen. Als ze haar hand op zijn arm legt, laat hij zijn autosleutels vallen.
'Ga je naar Oostende?'
Het is niet eens een vraag, voelt Alex, alleen maar een manier om de stilte te breken.
'Ja.'
Ze staat dicht bij hem en hij ruikt haar parfum. Zacht hout en een zweem van muskus. Hij kijkt naar de grond als hij verder praat.

'Ik heb Carlo gevraagd naar zijn jeugd, naar wat er toen in het woud is gebeurd. Ik heb hem niet verhoord over de lopende zaken. Geloof me, ik ken het verschil.'

Roos knikt.

'Sorry voor daarnet, echt. De zenuwen staan gespannen. Vier moorden, daar mogen we stilaan toch van uitgaan, en nog geen spoor van de dader. Het is frustratie, meer niet, en jij bent een ideale bliksemafleider.'

Alex leunt met zijn rug tegen de bestelwagen en zegt: 'Hoe zit dat nu met Haller?'

'Haller was inderdaad gedurende korte tijd een van de verdachten. Maar iedereen kende hem daarvoor al, de lokale pers stond vol met roddels over de man.'

'Waarom?'

'Je weet dat Murielle Croone een wicca is?' Ze wacht niet op zijn antwoord. 'Christophe Haller ook, hij hoorde jarenlang bij haar groepje. Bij haar coven, moet ik eigenlijk zeggen. Hij is daar uitgestoten. Ik heb me laten vertellen dat ze zoiets slechts heel zelden doen, het is een zware beslissing.'

'En wat was de reden?'

'Haller ging de foute kant op en raakte meer en meer geïnteresseerd in de donkere kant van de hekserij. Zijn openlijke druggebruik gaf ook steeds meer problemen. Drie jaar geleden werd hij opgepakt voor de ontvoering van een jonge vrouw. Blijkbaar wilde hij samen met haar bepaalde rituelen uitvoeren die vooral seksueel getint waren. De vrouw was in de war. Ze heeft niet tegen hem willen getuigen en uiteindelijk verklaard dat ze uit eigen vrije wil was meegegaan. Ook zij stond bekend als zware druggebruiker.'

'Geloofden ze haar verklaring?'

'Volgens mijn collega's beschermde ze Haller. Ze waren er vrijwel zeker van dat hij sinistere dingen met haar wou uithalen. Hij had onder meer een soort ritueel mes bij zich, om maar iets te noemen. Maar de vrouw beschuldigde hem nergens van en de politie had geen enkel hard bewijs. Haller kreeg uiteindelijk een voorwaardelijke straf en is verhuisd. Naar Frankrijk voor zover we weten.'

'Maar wat Alain daarnet zei, klopt dat? Zijn alibi voor de moord op Laura is gecheckt?'

'Hij was die dag in het ziekenhuis voor een spoedopname,' antwoordt Roos. 'Overdosis. Haller worstelt al zijn hele leven met verslavingen. Op het moment van de verdwijning van Laura lag hij aan een infuus, onmogelijk dat hij op dat moment in het woud kon zijn geweest.'

'En zijn alibi voor de verdwijningen?'

De commissaris haalt haar schouders op. 'Dat weten we niet, wellicht reageerde Alain daarom zo gepikeerd. Haller vertrok begin 2019 uit Suxy en in mei werd Anaïs Vinckier ontvoerd.'

'Maar de Franse politie heeft zijn alibi dan toch gecheckt, neem ik aan? En waar woont hij nu, weten we dat ten minste?'

'Natuurlijk hebben we assistentie gevraagd van onze collega's in Frankrijk, maar dat leverde niks op. Haller verklaarde dat hij gewoon thuis was en had een vriendin bij hem wonen die dat bevestigde. Zijn telefoonsignaal lokaliseerde hem inderdaad thuis op het moment van de ontvoering. Toen Marit verdween hebben we opnieuw hulp gevraagd, maar toen woonde Haller al niet meer op zijn laatst bekende adres. Sindsdien is hij spoorloos.'

Alex knikt.

'Oké,' zegt hij zacht. 'Dank je voor de info. Ik moet maar eens op pad.'

'Kom je nog even met me mee?' vraagt Roos opeens. Ze merkt zijn aarzeling, zegt snel: 'Die jonge garde, weet je nog, van dat nachtelijke incident in het woud?'

'Wat is daarmee?'

'Hij belde me net voor jij arriveerde. Hij herinnert zich nog iets.'

Roos en Alex rijden naar een stuk woud boven het dorpje Léglise. De begroeting tussen Roos en *garde forestier* Jean-Philippe Lamotte is hartelijk. Hij is een sportieve, gebruinde man, een prille vijftiger met een open gezicht en een ontspannen glimlach. Hij schudt Alex de hand en zegt tegen Roos: 'Kom mee, ik wil jullie iets tonen.'

Vijftig meter verderop staat een grote beuk met in de bast een duidelijk V-teken. Lamotte wijst het aan.

'Hebben we net aangebracht. Het stoort niet, want ze zijn toch niet thuis.'

'*Jean-Phi*, ik snap er niets van,' lacht Roos.

De *garde forestier* wijst naar boven en zegt vertederd: 'Er woont een familie marters in deze boom, daarom hebben we hem gemarkeerd met een V. Het betekent zoveel als "afblijven en met rust laten".'

'In tegenstelling tot?' vraagt Alex vriendelijk.

'O, in tegenstelling tot een rode driehoek bijvoorbeeld, wat "ziek maar afblijven" betekent. Dat zijn bomen voor onze *niche écologique*, daar mogen de insecten hun gang mee gaan. En een aantal zijn bestemd voor de verkoop, natuurlijk.' Lamotte toont de speciale hamer die hij in zijn handen heeft. Het ene uiteinde is een bijl, het andere een soort stempel.

'Dit slaan we in de bast,' zegt hij. 'Da's het koninklijke zegel van de *forestier*. Het wil zeggen dat de boom officieel zal worden geveild, als opbrengstboom voor de gemeente.'

De *garde forestier* lijkt zich opeens te herinneren wat de reden is voor hun bezoek, want hij zegt: 'Sorry, daarvoor zijn jullie natuurlijk niet hier.' Hij draait zich in de richting van een bospad en roept: '*Michel! Viens ici!*'

Van tussen de bomen komt een opgeschoten kerel met borstelhaar aanlopen. Hij houdt hetzelfde soort hamer vast als Lamotte en knikt hen vriendelijk toe.

'Ik laat jullie even praten,' zegt Lamotte.

Als ze alleen zijn, vraagt Roos: 'Vertel eens, Michel, je hebt me gebeld omdat je je nog iets herinnerde van die nacht in het bos?'

De jonge garde lijkt opeens onzeker.

'Misschien heb ik het me gewoon ingebeeld, *madame la commissaire*. Het was een vreemde nacht, iedereen was nogal in paniek.'

Roos kijkt hem in de ogen en zegt op zachte toon: 'Dat is best mogelijk, Michel, en dat is ook helemaal niet erg, mocht het gewoon inbeelding zijn. Maar als het dat niet is, missen we misschien een aanknopingspunt, begrijp je?'

De garde knikt schuchter en zegt: 'Het klinkt een beetje belachelijk, da's alles.'

Roos en Alex blijven zwijgen en de jongeman voelt zich verplicht om de stilte op te vullen.

'Op een bepaald moment voelde ik dat er iemand heel dicht bij me stond. Ik zag niks, het was echt aardedonker, maar ik... rook hem. Hij had een heel specifieke geur, maar ik heb de gedachte eraan weggeduwd, ik was echt bang.' Hij ademt diep in. 'Vanochtend kwam ik in de badkamer en toen rook ik die geur opnieuw en viel het me terug te binnen.'

'Vertel het maar,' zegt Roos geduldig.

'Het rook naar mottenballen in het bos,' zegt de garde, opnieuw onzeker. 'Maar ook naar een product dat ik gebruikte toen ik me bezeerd had bij het sporten. Dat potje staat op het rek in mijn badkamer.'

'Kamfer,' zegt Alex. 'Dat ruik je in mottenballen, maar ook in spierzalf.'

'Kamfer,' knikt de garde, 'dat is het. Ik wist dat ik het kende. De man die me in het bos bedreigde, rook naar kamfer.'

15

De rijtijd tussen Suxy en het grensstadje Longwy bedraagt nauwelijks een uur. Wanneer de autosnelweg aan de Franse grens ophoudt, is er opeens minder verkeer. In plaats van bossen verschijnen er verlaten industrieterreinen en, aan de rand daarvan, rijhuizen. Ze zijn netjes en saai en zien er allemaal hetzelfde uit, alsof de stadsplanner van dienst op één druilerige maandagmorgen een hele nieuwe wijk heeft moeten uittekenen.

Alex heeft na wat opzoekwerk van Sara het laatst bekende adres van Christophe Haller gekregen en rijdt erheen. Naast hem op de passagiersstoel ligt een foto van de man. Een veertiger met priemende ogen, strak achterovergekamd haar en een verzorgd baardje waar al flink wat grijs doorheen groeit.

Hij had onbewust een sjofel onderkomen verwacht, maar het is een verrassend modern huis in een buitenwijk van de stad. De man die de deur opent, heeft geen idee wie Haller is.

'We hebben het huis gehuurd via een vastgoedkantoor,' zegt hij vriendelijk.

'Lang geleden?'

'Nee, helemaal niet. Een jaar geleden. Voor ons woonde hier een Luxemburgs echtpaar, maar die zijn teruggekeerd. Meer weet ik niet, sorry.'

Dat klopt met de informatie die het vastgoedbedrijf Alex even later aan de telefoon geeft: Haller heeft het huis maar een jaar gehuurd, tot de lente van twee jaar geleden. Dat is enkele maanden voor de Nederlandse Marit Hofman in het woud is verdwenen. Hij liet geen nieuw adres achter. Waar hij in het eerste jaar na zijn vertrek uit Frankrijk heeft gewoond, weet dus niemand.

Het kost Alex enige tijd, maar in de vierde kroeg die hij in de buurt bezoekt, vindt hij eindelijk een aanwijzing.

Het is een ronduit vuil café, met een tapkast die onder een laag vet zit en een kroegbaas die aan dezelfde kwaal lijdt. Achter hem tegen de houten wand hangen vergeelde ansichtkaarten en een kalender van de plaatselijke autohandelaar. De maand november toont een rondborstige dame die zich heel diep vooroverbuigt om een hondje te aaien.

De baas hoort het zogezegd in Keulen donderen als Alex de naam Christophe Haller laat vallen, maar hij is een slecht acteur, net als de enige andere klant in de kroeg, een magere kerel met huidvlekken op zijn wangen en uitbundige tattoos op beide armen. Ondanks het jaargetijde draagt hij een mouwloos T-shirt met daarop duidelijke resten van zijn voorbije maaltijd.

In ieder geval iets met tomatensaus.

Na een rondje van Alex en de belofte van een tweede, weet de man plots wie er bedoeld wordt en nodigt hij Alex uit aan zijn tafeltje.

'Ik ken Christophe goed, zie je,' zegt de man. 'Maatje van me. Prima kerel, uit één stuk.'

'Ja, zo herinner ik me hem ook.'

De man knijpt één oog dicht en bestudeert Alex met het andere.

'Waar ken jij hem dan van?'

'Verre neef van me,' zegt Alex. 'We hebben elkaar spijtig genoeg al vijftien jaar niet meer gezien. Maar ik was in de buurt en wil de band opnieuw aanhalen. Hij zal heel blij zijn me na al die tijd terug te zien.'

'Ah,' zegt de man.

Alex ziet dat hij aarzelt om verder te praten en hij weet ook waarom. Zodra de kroegbaas het tweede biertje en voor

Alex een glas fris op tafel heeft gezet, valt er niets meer te winnen met uitstel.

'Dan heb je pech.' Hij lacht zijn geelbruine tanden bloot. 'Christophe woont hier al twee jaar niet meer. Hij ging terug naar België.'

'Dat is jammer,' zucht Alex. Hij laat voldoende tijd om te benadrukken hoe jammer hij dat vindt, vraagt dan: 'Hoe weet je dat hij teruggegaan is naar België? Heeft hij je dat gezegd?'

'Zeker weten.' De man neemt een grote slok van zijn pilsje en veegt met zijn hand het schuim van zijn mond. 'Hij gaf me geen adres op of zo, maar dat is niet nodig, ik weet hem wel te vinden als ik dat wil. Het is nauwelijks een uurtje rijden.'

'Waar woont hij dan?'

Even polst de man of er in ruil voor die info eventueel nog een derde biertje in zit, maar als hij Alex zachtjes nee ziet schudden, doet hij verder geen moeite.

'Niet ver van Neufchâteau. Chimy? Chiny? Een verloren gat in de bossen als je het mij vraagt.'

Op de terugweg belt Alex met Roos Collignon.

'Ik weet niet goed hoe ik moet reageren,' zegt ze na afloop.

'"Goed gedaan" is al voldoende,' antwoordt Alex met enige afstand in zijn stem.

Ze gaat er niet op in, zegt: 'Ik bedoel dat je het mij niet makkelijk maakt. Als speurder heb ik alleen maar applaus voor je actie, maar als commissaris van mijn team moet ik je terechtwijzen. Je hebt een regelrechte onderzoeksdaad gesteld, Alex. Mijn collega's lustten je al rauw, dit zal het er niet beter op maken.'

'Ik heb aan hen geen verantwoording af te leggen, Roos,' antwoordt hij zacht. 'Die tijden zijn voorbij. Ik aanvaard af en toe nog eens een opdracht van Sara en meer wil ik niet. Als zij mijn actie van vandaag afkeurt, zal ik de eerste zijn die het weet, geloof me.'

'En als ik het afkeur?' vraagt ze even zacht. 'Ik bedoel: als ik erdoor in woelig vaarwater kom?'

'Dan spijt me dat echt,' fluistert Alex. Hij slikt, voegt eraan toe: 'Ik wil het je niet moeilijk maken.'

Meteen daarna verbreekt hij de verbinding.

'Christophe was geen slechte kerel,' zegt Murielle Croone. 'Zijn uitsluiting was een moeilijke beslissing, maar de meerderheid van de coven wou het en dus had ik geen keuze. Hij vertoefde soms in een fantasiewereld waarin hij schijn en werkelijkheid niet goed uit elkaar kon houden, maar volgens mij was er echt niet meer aan de hand dan dat.'

Anders dan bij het vorige bezoek heeft ze Alex dit keer hartelijk ontvangen en hem prompt voorgesteld om een wandeling door het woud te maken. Voor hij het goed beseft, loopt hij met Croone over een bospad ten oosten van Suxy.

'Waarom zei je daarnet dat jij geen keuze had?' vraagt Alex haar.

'Omdat ik al een jaar of vijf de hogepriesteres van onze coven ben,' glimlacht ze. 'Het was dus aan mij om de knoop door te hakken.'

'Ah.'

'Weet je eigenlijk íéts over wicca? En interesseert het je, al is het ook maar een beetje?'

'Vertel,' zegt Alex.

'Oké. Om te beginnen zijn we een natuurreligie die heel ecologisch en feministisch geïnspireerd is. We geloven onder meer in de Moedergodin. We eren haar met een aantal jaarfeesten. Je kent ze waarschijnlijk beter als sabbats.'

'Een heksensabbat,' glimlacht Alex. 'Dat ken ik, ja.'

'Er zijn er acht. Yule of midwinter ken je wellicht wel, en midzomer ook. Onze sabbats hebben bijna allemaal met het jaargetijde te maken, met het begin van het leven en het einde ervan, met gebeurtenissen als de oogst van het graan of de wijn. Wicca is een religie die niet veel opheeft met de technologische wereld van vandaag.'

'Dat klinkt heel onschuldig,' zegt Alex. 'Dat gevoel had ik eigenlijk ook al langer. Ik zag onlangs een groepje wicca's op tv, ze hielden een viering bij Stonehenge. Stuk voor stuk lieve oude vrouwen met bloemen in hun haar.'

Hij beseft ook wel dat hij zich onbeholpen uitdrukt, maar zijn hoofd zit vol met Haller. Hij denkt aan het meisje dat door de man werd ontvoerd en aan het mes dat hij bij zich droeg.

Murielle blijft staan en bekijkt hem. In haar blik ligt zowel twijfel als wantrouwen.

'Hou je alsjeblieft ver weg van de clichés,' smeekt ze. 'Het zijn echt niet allemaal huppelende oude besjes die kruiden verzamelen en bomen knuffelen. We belijden een oude godsdienst. We prediken verdraagzaamheid en eerbied voor de natuur.'

Alex wil reageren, maar Murielle steekt glimlachend haar hand op.

'En om dat laatste statement kracht bij te zetten zou ik willen voorstellen dat we een tijdje in stilte van het woud genieten. Werkt dat voor jou?'

'Dat werkt prima voor mij,' antwoordt Alex.

Het volgende uur wordt er effectief weinig gezegd. Murielle maakt af en toe een praktische opmerking over het pad dat ze wil volgen of een vreemde boom waarop ze hem attent maakt, maar voor de rest genieten beiden van de immense kalmte die over het bos hangt. Ze lopen langs eindeloze dichte rijen naaldbomen tot Murielle een zijweg inslaat en hem meetroont naar een oud stuk van het bos waar het publiek niet mag komen. Het verbod schijnt haar niet in het minst te deren. Alex ziet weiden met wild gras, enorme beverburchten en ontzagwekkend dikke, majestueuze eiken. Ze lopen door groepjes varens en over mosbedden, klauteren over gevallen stammen en kijken naar kikkers in zwarte poelen vol turf en rotte takken.

Af en toe denkt Alex aan Oostende en de mogelijkheid van een verhuis. Misschien moet hij de sprong wagen en hier komen wonen. Hij weet zeker dat hij nog meer van bossen en stilte houdt dan van de zee en het strandleven, maar wil hij daarvoor opgeven wat hij gewoon is? Om maar te zwijgen van de mensen die hij liefheeft en zou moeten achterlaten. Sara, Eric, Manon.

Mocht dat trio er niet zijn, dan was de beslissing al genomen, beseft hij. De eigenaar van de flat onder de zijne heeft die onlangs verkocht voor driehonderdduizend euro. De woning van Alex is groter en hij heeft zicht op zee, al is het dan maar op een stuk ervan. Volgens Eric, die een beetje thuis is in vastgoedprijzen, zou de flat best tegen het half miljoen kunnen gaan. Alex vindt het een onwezenlijk hoog bedrag.

Terwijl ze opnieuw langs een bospad lopen en terug in de omgeving van Suxy komen, mijmert hij verder over het geld. Hij heeft niet veel nodig, weet hij. Met een slimme belegging zou hij net genoeg hebben om zuinig van te leven.

Murielle haalt hem uit zijn rêverie. Tot zijn verbazing merkt hij ook dat het duister al begint te vallen.

'Weet je,' zegt ze, 'kort samengevat is er witte en zwarte magie. Christophe neigde van nature meer naar de tweede soort dan naar de eerste.'

'Ik geloof je,' antwoordt Alex, 'maar het zijn slechts begrippen voor mij, het zegt me verder niets.'

'De witte is de soort die wij in de coven bedrijven. Je mag doen wat je wilt, zolang je niets of niemand schaadt. Je probeert het goede te doen en je mag wensen uitspreken en ze in handen leggen van het lot, maar je probeert het lot niet te beïnvloeden.'

'Kan dat dan?' vraagt Alex. 'Het lot beïnvloeden, bedoel ik?'

'Als je zwarte magie bedrijft, is dat in ieder geval je doelstelling, ja. Met bezweringen, rituelen, spreuken, noem maar op.' Ze aarzelt, gaat dan verder: 'Kijk, magie is niets meer dan het manipuleren van energie. Het heeft niet veel met goed of kwaad te maken. Met witte magie stel je een vraag en hoop je dat het lot je gunstig gezind is, met zwarte probeer je de energie rondom je in een bepaalde richting te dwingen. Daarvoor moeten er bepaalde strikte rituelen worden gevolgd die het soms nodig maken dat je... entiteiten oproept.'

Alex heeft de stellige indruk dat Murielle hem alleen maar vertelt wat ze kwijt wil. Los daarvan heeft hij geen zin in hocuspocusverhalen over entiteiten.

'En kan iedereen zich zomaar met zwarte magie bezighouden?' vraagt hij. 'Of heb je daar een bepaalde opleiding voor nodig?'

Hij bedoelt het ironisch, maar Murielle vat zijn opmerking ernstig op.

'Nee,' zegt ze, 'dat kun je zeker niet zomaar, daarvoor moet je stevig in je schoenen staan. Als je energie wilt ombuigen of entiteiten wilt oproepen, mag je vooral niet wankelmoedig zijn.'

Als hij een kwartier later achter het stuur zit en in de buurt van Léglise eindelijk opnieuw verbinding krijgt, komt er een berichtje binnen. Het scherm van zijn gsm licht op, maar Alex beheerst de impuls om te kijken van wie het komt. De weg is smal en onverlicht en aan beide kanten doemt er een donkere muur van bomen op. Hij moet enkele minuten wachten tot hij bij een inham veilig halt kan houden. Het bericht is van Roos en ze heeft het een uur voordien verstuurd.

Misschien zin om straks samen iets te eten mocht je nog in de buurt zijn? Ken een goede pizzeria in Neufchâteau

Zijn eerste reactie is 'nee dank je' antwoorden, maar dat doet hij niet. Hij verbiedt zichzelf de boodschap stuk te redeneren en concentreert zich alleen maar op de inhoud zoals die er staat.

Je hebt al flinke trek en het is nog drie uur rijden naar huis.
Roos vraagt je om samen iets te eten.
Je hebt wel zin in een pizza, het is lang geleden.

Hij tikt snel zijn antwoord.
Zie nu pas je bericht. Is prima. Zeg maar waar ik naartoe moet komen.

Tot Alex' verbazing heeft Roos een tafel geboekt in La Vendetta, het restaurant waar Caroline Bingenheim met haar vriendin heeft gegeten.

'Ik heb even getwijfeld,' zegt ze terwijl ze met een aperitiefje klinken, 'maar het is hier echt wel oké en je hebt niet erg veel keuze in deze stad.'

'Prima,' zegt Alex. 'Vertel eens, hoe reageerden je collega's op het nieuws over Haller?'

'Wat denk je?'

'Ze willen mijn vel?'

'Laten we het erop houden dat je het voordeel van de twijfel nu wel definitief kwijt bent,' lacht Roos, 'mocht je dat trouwens al ooit gehad hebben.'

Ze brengt kort en zakelijk verslag uit over de activiteiten van haar ploeg. Niet voor de eerste keer is Alex stiekem gecharmeerd door haar professionalisme en haar no-nonsense aanpak. Ze is een commissaris die haar ego niet laat voorgaan op de werking van de dienst. Alex heeft er in zijn carrière helaas veel gekend bij wie het omgekeerd was.

'Christophe Haller staat vanaf vandaag opnieuw op het bord met mogelijke verdachten,' zegt Roos, 'maar meer ook niet. We hebben één twijfelachtige getuige die beweert te weten dat hij opnieuw in de buurt woont. En zelfs mocht dat zo zijn, dan is dat geen misdrijf, de man mag wettelijk gaan en staan waar hij wil.'

'Maar we willen wel graag met hem praten, toch?'

'Dat is zo, maar dat wordt moeilijker dan het lijkt want het stadje Chiny is nogal uitgestrekt. Het omvat veertien dorpen, waaronder Suxy. In de velden staan honderden omgebouwde caravans en chalets die niet eens als officiële woning

geregistreerd zijn.' Ze haalt haar schouders op en neemt een slok van haar Aperol Spritz. 'Maar we komen er wel.'
'Daar twijfel ik niet aan,' antwoordt Alex.
Het was een impulsieve reactie en Roos is er zichtbaar blij mee.
'Zullen we bestellen?' vraagt hij snel.

Tijdens het eten snijden ze alleen maar veilige onderwerpen aan, of in ieder geval onderwerpen waarvan ze vermoeden dat er geen onenigheid van kan komen. Roos vraagt hem honderduit over Oostende en brengt levendig verslag uit van een bezoekje aan het kunstmuseum Mu.ZEE van jaren terug. Alex geeft zo goed en zo kwaad als hij kan antwoord en probeert op zijn beurt onschuldige vragen te stellen over Neufchâteau, maar na twee minuten kan hij al niets meer verzinnen.

'Ik ken de stad niet,' zegt hij verontschuldigend, 'is het hier leuk?'

De plotse schaterlach van Roos doet de andere klanten in het restaurant opkijken. 'Het is een gat en je weet het,' antwoordt ze. 'Trouwens, je kent Neufchâteau wel degelijk. Je kent het beeld van Marc Dutroux die langs een woedende menigte het gerechtsgebouw wordt binnengeleid, of dat van zijn ontsnapping uit datzelfde gebouw. Iedere Belg kent die beelden, ze behoren tot ons collectieve geheugen.'

Alex knikt.

'Hoe minder we over die man praten, hoe beter,' oppert hij, 'maar ben je niet bang dat de pers van deze dader een nieuwe Dutroux zal willen maken? Trouwens, ik vind de media tot nog toe wel erg rustig reageren.'

'Hout vasthouden,' antwoordt Roos terwijl ze even op het tafeltje tikt. 'Maar begrijp je nu waarom mijn team zo reageert op de aanwezigheid van buitenstaanders uit Brussel? Er zijn toen onvergeeflijke fouten gemaakt en dat is een trauma dat iedere flik hier met zich meedraagt.'

'Ander onderwerp,' zegt Alex. 'Ik weet dat je een tijd hoofdinspecteur was in Antwerpen. Ben je er ook opgegroeid?'

Roos neemt een slokje van haar wijn en kijkt hem geamuseerd aan.

'Ik wist niet dat Alex Berger van smalltalk hield,' zegt ze plagend. 'Wil je dat echt allemaal weten?'

'Als ik heel eerlijk mag zijn: nee,' zegt Alex.

Waarop Roos opnieuw schaterlacht.

Als hun borden zijn weggehaald, vragen ze beiden om thee. De Italiaanse ober kan met moeite zijn afkeuring verbergen en dringt aan op een glas limoncello van het huis.

'Nee dank je,' zegt Roos kordaat. Ze kijkt de man recht in de ogen.

'Ook niet voor mij,' lacht Alex, 'ik moet nog ver rijden.'

'*Due tazze di tè*,' zucht de ober moedeloos, 'komt eraan.'

Ze zijn ondertussen de enige klanten, maar het is nog lang geen sluitingsuur. De kok staat met een ernstige blik naar de straat te kijken, alsof hij op deze winderige dinsdagavond met pure wilskracht nog enkele klanten naar binnen kan lokken.

'Ik heb wat opzoekwerk gedaan,' zegt Roos.

Alex knikt om aan te geven dat hij luistert.

'Naar jou,' zegt ze voorzichtig.

Hij wil net zijn kopje thee grijpen, maar zijn beweging bevriest in de lucht.

'Naar mij?'

'Niet boos zijn, Alex,' fluistert ze.

Het duurt een tijd voor hij antwoordt.

'En waarom?'

'Omdat ik geïnteresseerd ben in jou, daarom.'

Ze zegt het zowel verontschuldigend als gelaten, alsof ze beseft dat de avond nu om zeep is en hij meteen zal vertrekken, maar ook dat ze niet anders kon, dat ze het niet kon verzwijgen.

Maar tot hun beider verbazing blijft hij op zijn stoel zitten en zegt: 'Je had je de moeite kunnen besparen, Roos. Er is niks interessants aan mij, geloof me.'

Ze is zichtbaar opgelucht door zijn reactie, maar blijft op haar hoede.

'Je had een topcarrière. Je was al commissaris bij de moord op je vijfendertigste, dat is piepjong.'

'Het waren andere tijden.'

'Dat lijkt me sterk. Ik denk dat het toen even moeilijk werken was als vandaag.'

Hij antwoordt niet. Roos houdt haar adem in, gaat dan verder: 'Waarom ben je ermee gestopt, Alex?' Voor hij kan reageren fluistert ze snel: 'Ik weet het van je vrouw. Ik bedoel er echt niks verkeerds mee.'

Hij kijkt haar aan. Gedurende enkele seconden is zijn gezicht een masker, dan ontspant hij zich en knikt.

'Dan weet je alles wat je moet weten.'

Ze slaat haar ogen neer, neemt een slok van de thee die bijna koud is geworden. Alex bestudeert haar gezicht, zegt dan:

'Ik wil sindsdien niks meer, Roos. Ik koester geen enkele ambitie. Er is geen brandend verlangen, gesteld dat het er ooit geweest is.' Hij ademt diep in. 'Zelfs geen verontwaardiging en zonder kun je in mijn ogen nooit een goeie speurder zijn.'

'En in je eigen leven? Los van je werk?'

'Ik sta iedere ochtend op en ga 's avonds slapen. Wat er daartussen gebeurt, houdt me niet echt bezig. Het spijt me, maar zo is het.'

'En als ik je zeg dat ik...'

Hij voelt aan wat ze op het punt staat te onthullen en breekt haar zachtjes af.

'Ik probeer niemand een strobreed in de weg te leggen, Roos. En omgekeerd wil ik alleen maar met rust gelaten worden. Ik ben er gewoon niet. Oké?'

Hij ziet er opeens somber uit, alsof ze hem in een situatie heeft gedwongen waarin hij niet wilde belanden, hem dingen heeft doen vertellen die hij voor zichzelf wilde houden.

'Sorry,' fluistert ze.

'Dat hoeft echt niet,' antwoordt hij terwijl hij een poging doet om te glimlachen.

'Ik vraag de rekening,' zegt Roos.

Zijn wagen staat op dezelfde parking waar Caroline Bingenheims auto destijds stond. Roos loopt mee tot aan de kleine bestelwagen. Als Alex de deur opent en zich omdraait om haar goeienavond te wensen, buigt ze opeens naar voor en kust hem passioneel op de mond.

'Rij voorzichtig,' zegt ze.

Voor Alex kan reageren is ze al weg.

16

Hij wordt de volgende dag laat wakker. Als hij zich in de badkamer uitrekt, voelt hij hoe stram en stijf hij is en hoe de spieren in zijn onderrug protesteren. Het bestelwagentje doet het prima, maar de langdurige ritten zijn vermoeiender dan hij had gedacht.

Na een karig ontbijt bestudeert Alex een tijdje de post-its en foto's aan de wand in zijn keuken. Hij stuurt de foto's van Hans' muur van zijn gsm naar zijn laptop, print ze uit en vult er zijn eigen materiaal mee aan. Hij kijkt naar de koppen van de hoofdrolspelers, denkt aan de andere bewoners van Suxy die hij ondertussen heeft leren kennen en mompelt opeens: waarom zijn ze allemaal alleen?

Het is niet belangrijk, maar hij vindt het toch de moeite waard om te noteren: niemand heeft een partner, toch niet zover hij weet. Keyzers vrouw is gestorven, Murielle Croone is alleen, net als Carlo, weet hij van Roos. Altijd geweest? Hij doorbladert de gekopieerde dossiers, maar vindt nergens een aanwijzing dat Carlo ooit een vaste partner heeft gehad. Thierry Deveux? Hij duikt opnieuw in de documenten. Deveux is zes jaar geleden gescheiden, heeft een dochter die bij zijn ex-vrouw woont. Over Peter Baekeland vindt Alex natuurlijk niets in de dossiers, maar hij is bij hem thuis geweest en heeft hem enkele keren gesproken en hij is er zo goed als zeker van dat ook hij geen partner heeft.

So what, denkt Alex opeens. Hij kijkt door het raam naar de zee. Die is grijsbruin vandaag, het is niet zo'n best weer. Wat maakt het uit dat ze geen partner hebben? Misschien heeft

Baekeland gelijk: het is er veel te kil en te koud en daarom is het geen plek voor gezinnen, met of zonder kinderen.

Misschien trekt het dorp eenzaten aan.

Misschien moet ik wel naar Suxy verhuizen, denkt hij op het moment dat hij zijn telefoon hoort rinkelen.

'Met Ada, Ada Fonteyn. Ken je me nog?'

De helft van het enthousiaste podcastkoppel.

'Natuurlijk.'

Ada wacht op meer, maar als dat uitblijft, steekt ze snel van wal.

'Sam en ik hebben geprobeerd om die Nederlandstalige commissaris van Neufchâteau te pakken te krijgen, maar dat is ons niet gelukt.'

'Hm.'

'We hadden iemand van de politiebalie aan de lijn, maar mijn Frans is onvoldoende en dat van Sam is onbestaande, dus dat hielp niet veel.'

Alex zucht en zegt: 'Waarom bel je mij, Ada?'

'We werken aan een nieuwe aflevering van 'De verdwenen meisjes van Anlier' en ik vroeg me af...'

'Of ik nieuws voor je had? Dat meen je toch zelf niet,' antwoordt Alex rustig.

'Niks bijzonders, hoor, gewoon hoe het onderzoek loopt, of er nieuwe feiten zijn.'

'Nee, Ada.'

'Misschien een persoonlijke bedenking dan?' vraagt ze sip.

'Die kan ik je wel geven.'

Ada Fonteyn vindt meteen haar gretigheid terug.

'Echt? Vertel!'

'Mijn persoonlijke bedenking,' zegt Alex, 'is dat er in het Woud van Anlier verdomd veel bomen staan.'

Even later trekt hij een jas aan en loopt naar buiten in de richting van de boekhandel.

Eric is zo opgewonden als een schooljongen.
'Morgenochtend vertrekken we!'
'Hé?'
Zijn vriend bekijkt hem kritisch.
'Luister jij ooit wel eens als iemand je iets vertelt? Ik ga een week met Manon mee, naar de Noordzeeswap.'
'Ah, juist, dat zei je een tijd geleden. Helemaal vergeten.'
Manon is al enkele jaren vrijwilligster bij een project dat de stranden van de Noordzee schoonmaakt van alle plastic rotzooi die aanspoelt. De Noordzeeswap is een jaarlijks terugkerende actie die aan de kust van Denemarken start en eindigt in Frankrijk.
'We sluiten morgen aan in het noorden van Duitsland,' zegt Eric. 'We moeten naar Cuxhaven, da's een havenstad ergens boven Bremen.'
Een treinreis van acht uur, weet hij, niet eens zoveel langer dan je er met de auto over doet. Al is die vergelijking zinloos: alleen al de hint dat ze ook met de auto zouden kunnen gaan, heeft Manon een week voordien in de gordijnen gejaagd, dus Eric heeft er snel over gezwegen en de prijs van een treinrit opgezocht.
'Je komt vanavond toch nog eten, hé? Er staat een wildschotel op het menu.'
'Graag,' zegt Alex. 'Wat doe je zolang met de boekhandel?'
'Lea springt in.'
Lea is een gepensioneerde lerares Nederlands. Ze heeft een passie voor woorden maar een weerzin van cijfers, waardoor de klanten wel uitstekend advies krijgen, maar de kassa nooit klopt. Eric bekijkt het stoïcijns.
'De verkoop is deze maand sowieso heel mager. Als mensen een boek kopen doen ze dat in december, voor de feestdagen. Ik kan dus evengoed meegaan met Manon, dan doe ik nog iets nuttigs.'

De rest van de dag lummelt Alex wat rond. Dat vindt hij meestal niet erg, maar vandaag zorgt het voor een licht onbehagen. Hij betrapt zichzelf erop dat hij in zijn hoofd naar een uitleg zoekt, een verschoning, alsof hij zich opeens moet verantwoorden voor de manier waarop hij zijn tijd besteedt.

Om de balans wat in evenwicht te brengen loopt hij langs de supermarkt en vult zijn koelkast, maar het ongemakkelijke gevoel blijft. Hij denkt aan zijn vreemde hersenkronkel van vanochtend, over de inwoners van Suxy en de vraag of ze al dan niet een partner hebben. Mocht iemand uit zijn team vroeger zo'n opmerking hebben gemaakt tijdens een lopend onderzoek, dan had hij in het beste geval gepolst of hij of zij ze wel allemaal op een rij had.

Niet meer geschikt voor het werk, Berger, denkt hij met milde zelfspot, en al zeker niet voor een job als speurder. Over de vraag of hij nog geschikt is voor iets anders in zijn leven, doet de jury voorlopig geen uitspraak.

Roos stuurt hem een bericht.

Hoop dat je goed thuis bent geraakt. Laat maar weten wanneer je terugkomt, goed?

Alex denkt na over een antwoord en besluit er geen te sturen.

Hij weet heel goed wat er aan de hand is.

Hij voelt zich op een of andere manier schuldig over gisterenavond, alsof hij door zijn gedrag of uitspraken dat onverwachte afscheid op de parking heeft uitgelokt. Dat is nonsens, natuurlijk, en bovendien is er niets wereldschokkends gebeurd, maar toch merkt Alex dat hij zich de hele tijd schuldig voelt.

Sara zei hem onlangs dat hij moet stoppen met iedere vrouw die interesse in hem betoont als een concurrente voor Camille te zien. Hij heeft de opmerking als onzin weggewuifd, maar als hij eerlijk is met zichzelf, kan hij zich niet voorstellen ooit opnieuw energie te investeren in een echte relatie. Aan de andere kant kent hij erg goed het schrijnende emotionele niemandsland waarin hij al jaren ronddwaalt. De eenzaamheid. Het gebrek aan intimiteit.

Het verlangen naar een aanraking, een knuffel.

Alsof ze het gevoeld heeft, belt Sara hem vijf minuten later. Maar niet om over hun privéleven te praten.

'Carlo Simons is verdwenen,' zegt ze.

'Hoe bedoel je, verdwenen?'

'Zoals ik het zeg. Hij was vanochtend niet op zijn werk. Zijn collega's hebben zonder morren zijn taken overgenomen, maar de ploegbaas is nieuw en die pikte dat niet. Hij is bij Carlo langs geweest, maar daar was hij ook niet. Zijn auto staat gewoon voor de deur. Ze hebben zijn gsm-nummer gebeld, maar ofwel staat het ding af, ofwel is er geen bereik.'

'Zijn er sporen van geweld?'

'Helemaal niet.'

Hij denkt na.

'Ben je in Suxy vandaag?'

'Nee, ik ben op kantoor in Brussel.'

'Ze moeten meteen zijn toestel traceren,' zegt Alex.

'Natuurlijk doen ze dat,' antwoordt Sara berispend, 'denk je dat het daar allemaal idioten zijn?'

'Nee, dat denk ik absoluut niet,' zegt hij naar waarheid.

'Roos belde me net met het nieuws over Carlo. Ze vertelde me ook dat jullie gisterenavond samen hebben gegeten?'

Sara zegt het langs haar neus weg, het klinkt heel onschuldig en toch voelt Alex de neiging om zich te verdedigen.

'Het was laat en we hadden beiden honger, Sara, meer moet je er niet achter zoeken.'

'Dat doe ik niet,' antwoordt ze. 'Ciao.'

Hij tobt even over de verdwijning van Carlo en geeft dan toe aan de impuls diens zus te bellen.

Ze zegt simpelweg haar naam als ze opneemt. Ze klinkt buiten adem.

'Dag Lily, met Alex Berger.'

'Ah... hallo.'

'Sorry, ik hoop dat ik je niet op het werk bel of zo?'

'Nee nee, ik ben vrij vandaag. Maar ik kom net terug van boodschappen en de lift is stuk.' Ze hijgt even na. 'Vier verdiepingen met zakken vol inkopen, ik weet niet hoe het met jouw conditie gesteld is, maar de mijne... pfff.'

Hij glimlacht.

'Wat kan ik voor je doen?' vraagt ze.

Alex brengt haar het nieuws over Carlo. Ze luistert, antwoordt dan nogal achteloos: 'Hij duikt wel weer op, hoor.'

'Je klinkt niet echt verontrust, Lily, mag ik dat zeggen?'

'Ik maak me geen zorgen over hem, dat klopt. Ik vermoed dat hij in het woud is.'

'En?'

'En het woud is zijn vijand niet.'

'Is het zijn vriend dan?' vraagt Alex.

'Noch het een, noch het ander,' zegt ze.

Alex hoort het ongeduld in haar stem.

'Als dat alles is, moet je me nu excuseren, ik sta hier met zakken vol boodschappen.'

'Ik hou je op de hoogte,' zegt hij zonder nadenken.

'Da's vriendelijk van je,' antwoordt Lily Simons dankbaar, 'dat stel ik echt op prijs.'

Hij heeft nog een paar uur voor zijn afspraak met Eric en maakt een extra stuk van de keukenmuur leeg door twee litho's van hun haakje te halen. In de plaats hangt hij foto's van de twee slachtoffers die min of meer intact zijn teruggevonden: Laura en Caroline. Hij heeft ze tot nu bewust niet opgehangen, maar beseft dat hij hier toch nooit bezoek krijgt en dat het verhaal op de muur zonder die foto's onvolledig blijft.

Het zijn macabere foto's van twee jonge vrouwen die gruwelijk aan hun einde zijn gekomen, maar dat ziet Alex nu al niet meer. Hij negeert de verwondingen en de gedachte aan hun doodsstrijd en concentreert zich op het verhaal dat ze hem vertellen.

Caroline ligt naakt op een boomstam, haar armen en benen rond het hout. Het is een enscenering, een shot uit een tweederangs horrorfilm of uit een pornoblaadje van de vorige eeuw. Laura daarentegen is aangekleed. Ze hangt twee meter hoog aan een boom aan een touw rond haar nek, haar hoofd gebogen in een pose van berusting.

Niet voor de eerste keer denkt Alex bij de foto's aan een ritueel, niet voor de meisjes maar voor iets anders, iets groters. Hij wendt zijn blik af van de muur en bladert door het dossier.

Het derde meisje, Anaïs, is in een ondiep graf begraven. Geen dramatische setting hier, zelfs geen verhaal. Het vierde meisje, Marit Hofman, is nog niet teruggevonden.

Alex sluit het dossier en staart naar buiten terwijl hij alles op een rijtje zet. Wat zegt zijn gevoel hem als hij aan de MO denkt, aan de plek waar ze vermoord zijn, aan de omstandigheden?

Dat de eerste moord de belangrijkste was. Dat het om Laura Keyzer gaat, eerst en vooral, en dat de andere moorden een gevolg zijn van die eerste, een verderzetting, maar in de ogen van de moordenaar minder belangrijk. Na de moord op Laura is er geen verhaal meer, of beter, past de moordenaar zijn verhaal aan naargelang de ingeving van het moment of de omstandigheden. Laura is de enige die na de verkrachting opnieuw is aangekleed. Ze is ook opgehangen nadat ze is gewurgd. Moest zij zwaarder worden gestraft?

Vier moorden, denkt Alex, en wat hem betreft zijn er maar twee constanten: de meisjes en de locatie. De meisjes zijn vier jonge vrouwen op een zucht van de volwassenheid. Ze komen op dezelfde manier aan hun einde, misbruikt en gewurgd, maar wat de dader nadien met hen doet, varieert sterk.

De plaats is het woud. Opnieuw schiet hem hetzelfde woord te binnen als toen hij met Roos en Sara op de plaats delict stond: eerbied. Niet voor de slachtoffers, maar voor de grote bomen in het bos. Laura is opgehangen aan een enorme beuk, Caroline is uitgestald over de omgevallen stam van eenzelfde boom. Anaïs lag begraven aan de voet van een statige eik. De dader heeft eerbied voor het woud.

Alex maakt aantekeningen, kijkt op zijn horloge en haast zich dan naar de badkamer voor een snelle douche.

Tijdens het avondeten is hij er met zijn gedachten niet bij. De wildschotel die Eric heeft klaargemaakt is heerlijk en Manon is vrolijk in het vooruitzicht van haar weekje vrijwilligerswerk, maar Alex betrapt zichzelf erop dat zijn aandacht geregeld verslapt en van de eettafel wegdrijft naar dat vreemde, donkere Woud van Anlier en naar de vindplaatsen van de meisjes.

Hij reageert ook een beetje korzelig, merkt hij, vooral wanneer Eric hem vragen stelt over Roos Collignon. Hij wil extra aardig zijn voor zijn vriend en voor Manon, zo net voor hun vertrek, maar hij merkt dat hij sneller dan anders zijn geduld verliest.

Manon gaat na het eten haar rugzak pakken. De twee mannen trekken naar de boekhandel en de oude, comfortabele sofa's.

'Ik heb Sara aan de lijn gehad,' merkt Eric quasi achteloos op terwijl hij hun beiden een glas uitschenkt. 'Ze had veel te vertellen.'

'O.'

'Roos, dus,' zegt Eric plagend. 'Vertel eens, wat is ze voor iemand?'

'Wát ze voor iemand is, zou ik je niet kunnen zeggen. Wíé ze is wel, ze is commissaris bij de recherche in Neufchâteau.'

Zijn vriend bekijkt hem met een meewarige blik.

'Vreemd, hé,' zegt hij, 'Camille en Roos. Allebei bloemennamen.'
'Net als Iris,' bromt Alex. 'Of Jasmijn, verdorie. Of Fleur. Wil je er nog eentje?'
'Rustig maar,' zegt Eric.

De volgende ochtend speelt Alex taxi voor zijn vrienden. Het is nog geen zeven uur als hij Eric en Manon voor de ingang van het station dropt zodat ze alvast niet ver met hun bagage hoeven te zeulen. Daarna rijdt hij meteen door naar de Ardennen.
Rond negen uur krijgt hij net voorbij Namen een oproep van een nummer dat hij niet kent. Het is Peter Baekeland en hij klinkt flink overstuur.
'Ik ben aan het werk op het jachtdomein van mijn baas,' zegt Baekeland, 'we herstellen een afsluiting. Ik heb net een schoen gevonden.'
'Een schoen?'
'Een witte sneaker. Een kleine maat zo te zien en helemaal niet vuil. Het lijkt alsof hij hier nog niet lang ligt.'
Alex heeft vaart geminderd en zich achter een vrachtwagen genesteld terwijl hij nadenkt.
'Ik vind het creepy,' zegt Baekeland. 'Ik heb er geen goed gevoel bij.'
Alex deelt die mening, maar houdt dat voor zichzelf.
'Leg me precies uit waar je nu bent,' antwoordt hij, 'dan waarschuw ik de recherche.'

Hij brengt Roos op de hoogte. Ze reageert zoals hij had gehoopt: zakelijk, to the point. Nadat ze genoteerd heeft waar Peter Baekeland zich precies bevindt, vraagt ze: 'Ken je de man een beetje?'
'Een klein beetje.'
'Is hij een fantast?'

Alex denkt erover na, antwoordt dan: 'Nee, dat denk ik niet. En om eerlijk te zijn: ik heb net als hij een slecht voorgevoel.'

Ze belooft meteen een team te sturen en Alex te bellen als er iets belangrijks is. Ze maakt geen enkele zinspeling op het afscheid na het etentje.

Als hij Suxy bereikt, weet hij niet meteen waar hij heen moet. Hij overweegt bij Hans Keyzer aan te bellen, maar ziet dan aan de overkant van de straat Murielle op de fiets.

Ze begroet hem hartelijk.

'Ik krijg een donkerbruin vermoeden dat je van plan bent naar hier te verhuizen,' zegt ze lachend. 'Ik zie je haast elke dag.'

'Da's toeval, hoor.'

'Zou je het vreemd vinden als ik je zeg dat er in mijn wereld geen toeval bestaat?'

Alex gaat er niet op in. Even aarzelt hij of hij de informatie over Carlo kan delen, maar dan besluit hij het wel te doen, zij het via een omweggetje.

'Heb je Carlo Simons de afgelopen dagen gezien?'

Murielle denkt na en schudt dan haar hoofd.

'Nee.' Ze observeert Alex en probeert zijn blik te vangen. 'Waarom vraag je dat? Is hij weer eens verdwenen?'

'Gebeurt dat dan vaker?'

Murielle knikt. 'Een keer of drie per jaar. Soms meer, zelden minder. De vaste inwoners hier in het dorp weten dat al lang.'

Alex denkt aan wat Sara hem vertelde. Dat de collega's van Carlo zich niet druk maakten over zijn afwezigheid maar de nieuwe ploegbaas wel. Waarschijnlijk woont hij niet in Suxy en kent hij Carlo niet.

'Het woud trekt aan hem,' zegt Murielle. 'Het is sterker dan hijzelf. En als hij terugkomt, weet hij niet meer waar hij is geweest of wat hij heeft gedaan.'

Zodra Murielle vertrokken is, loopt Alex naar het huis van Hans Keyzer. Die is er niet. De houten garage rechts van het huis staat open, zijn auto is weg.

Alex besluit naar de brug over de Vierre te lopen in de hoop daar met Roos te kunnen bellen, maar als hij op het kruispuntje met de weg naar Léglise komt, wordt hij bijna omvergereden door twee zwarte auto's met blauw zwaailicht. De tweede auto remt bruusk, rijdt achteruit en stopt naast Alex. Achterin zit Roos Collignon.

'Stap in,' zegt ze. Ze kijkt grimmig.

De bestuurder is Adrienne, Roos' collega met de Spaanse looks en de zwarte kleren. Naast haar zit haar norse collega Alain. Beiden staren zwijgzaam voor zich uit.

Als ze met hoge snelheid wegstuiven, zegt Roos:

'Je voorgevoel was helaas juist. Er is een lichaam van een meisje gevonden.'

De vindplaats ligt niet erg diep in het woud, op de rand van een bosweg en het privéjachtdomein van de man voor wie Baekeland werkt. Net voor hen is ook de technische ploeg van het lab gearriveerd, samen met de mensen van het parket. Enkele leden van Roos' team staan werkloos toe te kijken nu de technische recherche de leiding heeft overgenomen. Alex herkent Véronique en de gezette inspecteur wiens naam hij niet onthouden heeft.

'Chef,' zegt de vrouw bij wijze van begroeting. Voor Alex kan er een knikje af, iets wat hij een hele vooruitgang vindt.

'Vertel eens, Véro.'

'Ze heet Anouk Lemaitre. Net achttien geworden. Ze is studente in Luik, maar logeerde bij haar ouders in Rancimont.' Véronique toont een doorzichtig bewijszakje. 'Haar kleren lagen wat verderop, netjes opgevouwen. Haar betaalkaart en ID zaten in haar jeans.'

De mond van Roos Collignon is een dunne streep. Ze kijkt alsof ze haar collega persoonlijk verantwoordelijk houdt voor het drama, alleen maar omdat ze een aantal feiten opsomt.

'Ik heb haar moeder aan de lijn gehad,' zegt Véronique, een stuk zachter dan eerst. 'Anouk was gisterenavond op een rave-party in een weide naast het Centre Sportif in Léglise. Ze had gezegd dat ze waarschijnlijk bij een vriendin zou blijven slapen, dat deed ze wel vaker. Daarom maakte haar moeder zich geen zorgen toen ze vannacht niet naar huis was gekomen.'

Het meisje ligt er naakt.

Ze leunt met haar bovenlichaam tegen de stam van een grote eik. Het lijkt alsof ze niet dood is, alsof ze op een snikhete zomerdag haar kleren heeft uitgetrokken en tegen de boom is gaan rusten, onder het koele lover van het bladerdak.

Alleen is het nu herfst, zijn de takken van de boom kaal en ziet Alex zelfs vanwaar hij staat, een meter of tien van het lichaam, de donkere plekken op Anouks hals.

'Dat we de pers tot nog toe hebben kunnen afhouden is een waar mirakel,' zegt de gezette inspecteur terwijl hij een smoezelige zakdoek uit zijn broekzak haalt, 'maar nu... nu breekt de hel los, let op mijn woorden.'

'Heeft Schulz al iets gezegd?' vraagt Roos terwijl ze met een hoofdknikje in de richting van de dokter wijst die op haar hurken naast het slachtoffer zit.

'De vermoedelijke doodsoorzaak is wurging. Tijdstip van overlijden ergens tussen twee en vier uur vannacht. Er zijn tekenen van seksueel misbruik. De rest moet de obductie uitwijzen.'

'Heb je al een verklaring van die meneer Baekeland?'

Véronique knikt.

'Hij vond het lichaam en heeft meteen de *garde forestier* gebeld. Lamotte en hij kennen elkaar.'

Ze kijken in de richting van Peter Baekeland. Hij zit in de open deur van Lamottes Land Rover met een deken over zijn schouders en ziet erg bleek.

'De dokter heeft hem een spuitje gegeven,' zegt Véronique. 'Hij is in shock, hij kon niet stoppen met huilen.'

In de recherchekamer hangt de foto van Anouk Lemaitre op de glazen wand naast die van Caroline en de andere slachtoffers. Een onopvallend meisje, een jonge vrouw met een sympathieke glimlach, rond gezicht, kleine ogen en lang, steil haar.

Roos Collignon staat voor de wand en somt op wat ze tot dusver te weten zijn gekomen.

'Anouk studeerde sinds twee maanden Politieke Wetenschappen in Luik. Ze huurde daar een studentenkamer, maar ze was hier voor die raveparty, ze wou er haar oude vrienden en vriendinnen terugzien.'

'Een feestje in Léglise in het midden van de week?' vraagt Alain.

'Ze hebben geen les vandaag, het is 11 november. Wapenstilstand, sukkel,' mompelt zijn collega Adrienne, maar ze zegt het met een vriendelijke blik. Het valt Alex op dat het team meer ingetogen overkomt dan anders, stoere uitspraken blijven dit keer achterwege. De vondst van weer een jonge vrouw in het woud heeft er flink ingehakt.

'Er waren zo'n honderd aanwezigen op het feest en ik wil dat ze allemaal een verklaring afleggen,' gaat Roos verder. Ze kijkt Alex aan. 'We kunnen dus alle beschikbare hulp gebruiken.'

Dan richt ze zich specifiek tot de *hardliners* in het team met op kop Alain en Véronique.

'En ik heb geen geduld meer voor kinderachtig gedoe en territoriumgevechten. Niet meer na wat ik daarnet in het woud heb gezien.'

'Ik wil wel met de organisator gaan praten als jullie daar geen bezwaar tegen hebben,' zegt Alex.

Hier en daar worden blikken gewisseld, maar protest blijft uit.

'Dat is prima,' zegt Roos met uitgestreken gezicht. 'Dan de voorlopige resultaten van het sporenonderzoek.' Ze wijst naar een set opeenvolgende foto's. 'De mensen van het lab hebben sleepsporen gevonden die vanaf een bosweg naar de plaats delict leiden, al bij al zo'n dertig meter. Er zijn bandafdrukken rond de vermoedelijke plek waar het voertuig van de dader heeft gestaan, maar dat zou wel eens kunnen tegenvallen. De *garde forestier* heeft daar uitgerekend gisteren een jachtopziener en zijn helpers begeleid om lijnen uit te zetten voor de komende jacht.'

'*Merde!*' sakkert Véronique.

'Er zijn minstens zes sets profielen. Hopelijk vinden we de banden die niet in het plaatje passen.'

'Wat bedoel je met lijnen uitzetten?' vraagt Alex spontaan.

Roos wacht op een sneer of een honende opmerking, maar tot haar vreugde gebeurt dat niet. Integendeel, het is *hardliner* Véronique die uitleg geeft.

'Dat doen ze bij een drijfjacht. De jagers staan op een vooraf vastgestelde lijn zodat ze elkaar niet overhoopschieten. Achter hen maken de trackers zoveel kabaal dat het wild voorbij de jagers wordt gedreven.'

'Merci,' zegt Alex.

'In de dagen voor de jacht passeert de jachtopziener trouwens regelmatig op die plekken,' voegt Didier er ongevraagd aan toe. 'Onze dader neemt dus grote risico's.'

'Of hij heeft weet van de bedrijvigheid op die plek en doet er zijn voordeel mee,' antwoordt Alex.

Hij pakt zijn spullen bij elkaar en kijkt nog eens naar de glazen wand met foto's.

Hij wil een opmerking maken over de plaats delict, over de bijna slordige manier waarop de moordenaar zijn laatste slachtoffer heeft achtergelaten, maar hij houdt zich in. Tezelfdertijd voelt hij bijna fysiek de onmacht en de woede van de rechercheurs in de kamer. Hij heeft het vroeger zo vaak gezien, zo dikwijls zelf meegemaakt: de gruwel die je uit balans brengt, als een mep in je gezicht. De verbeten zoektocht naar een dader die je telkens enkele stappen voor blijft.

17

Op de weide waar de raveparty heeft plaatsgevonden is een handvol jongeren in de weer met opruimen. Ze dragen blauwe werkhandschoenen en slepen grote vuilniszakken achter zich aan. Twee van hen hebben een metalen afvalgrijper vast, maar de meesten pikken de troep gewoon met hun handen op. Uit een speaker die op een leeg bierkrat staat, klinkt een vrolijke beat. De sfeer is ontspannen.

De weide en het sportcentrum liggen net buiten het dorp, niet ver van de weg die naar Suxy en naar het woud leidt.

Alex vraagt naar de verantwoordelijke.

'Dan moet je Maxime hebben,' zegt een meisje. Ze heeft zo te zien een flinke kater en drinkt zwarte koffie uit een plastic beker. Ze wijst naar een grote twintiger die verderop staat te roken. Hij draagt een afgebleekte jeans en een jas met een kraag van namaakbont.

'*Oui, bien sûr,*' zegt de jongen, 'natuurlijk ken ik Anouk. We studeren samen in Luik. Zij volgt Politieke Wetenschappen en ik zit in Sociologie, we hebben nogal wat colleges die samenvallen.' Hij trapt zijn sigaret uit en raapt de peuk op. 'Waarom vraagt u naar haar?' Zijn blik vernauwt zich. 'En wie bent u?'

'Anouk werd vannacht het slachtoffer van een misdrijf,' antwoordt Alex. 'Ik help de politie met het onderzoek. Meer kan en wil ik je op dit moment niet vertellen.'

Maxime kijkt bezorgd.

'Is ze gewond? Is alles in orde met haar?'

Alex laat geen ruimte voor verdere vragen en zegt snel: 'Het is op dit ogenblik heel belangrijk voor ons te weten wanneer ze hier is weggegaan, en vooral met wie.'

'Ze is alleen vertrokken, op de fiets, iets over twee vannacht. Dat weet ik omdat ik toen een nieuw vat bier moest aansluiten. Het spoelsysteem werkte niet, er was een probleem met de watertoevoer vanuit het sportcentrum. Ik liep ernaar toe om het te fiksen en toen zag ik haar staan.'

'En ze was alleen?'

'Toen ze even later vertrok wel, ja, maar op dat moment niet.'

Alex knikt vriendelijk en zegt: 'Leg dat eens uit.'

'Ze stond op de straat met een vriendin te praten. Feline, een meisje dat ze nog vanop school kent. Die werd net opgepikt door haar vader. Ik had de indruk dat hij en Feline haar een lift aanboden maar dat Anouk dat niet wilde. Ze kan soms heel koppig zijn, zeker als ze een glas te veel op heeft.'

'Was ze erg dronken?'

De jongeman aarzelt zichtbaar.

'Ik wil haar niet in een moeilijk parket...'

'Het is belangrijk, Maxime,' zegt Alex ernstig.

'Ja, ze was echt beschonken. Er waren er nogal wat die flessen wodka bij zich hadden, als je dat begint te mengen met bier...' Hij beseft dat hij tegen een politieman spreekt en herpakt zich snel. 'Maar er is niks verkeerds gebeurd vannacht, het was een knalfeest en iedereen heeft zich te pletter geamuseerd.'

'Maar toen Anouk uiteindelijk vertrok, deed ze dat alleen, zei je.'

Hij knikt.

'Het duurde even voor ik de watertoevoer kon herstellen, ik was er toch een kwartiertje mee bezig. Ik kwam uit de keuken van het sportcentrum en liep terug naar de weide. Ze was druk in de weer met het slot van haar fiets. Ik riep nog naar haar dat ze voorzichtig moest zijn want ze wankelde een

beetje, maar ze is toch weggereden.' Hij glimlacht. 'Zo koppig als een ezel, ik zei het al.'
'Ken je die Feline? Weet je iets meer over haar?'
Maxime schudt het hoofd.
'Niet echt. De meeste jongeren hier in de streek kennen elkaar wel een beetje, we zijn ook niet met zoveel. Ik weet dat ze Feline Deveux heet en dat ze met Anouk op school heeft gezeten, maar da's ook alles.'
Alex kijkt de jongen aan.
'Ken je haar ouders?'
'Die zijn gescheiden, denk ik,' zegt Maxime. 'Waar haar moeder woont, weet ik niet, maar haar vader is een bekende hier in de streek. Hij is timmerman, heeft een houtbedrijfje. Thierry Deveux, uit Suxy.'

Als Alex naar binnen loopt in de recherchekamer, voelt hij een sfeer van lichte opwinding. Adrienne zit midden in een uitleg maar als Roos hem ziet, steekt ze haar hand op en onderbreekt haar collega.
'Sorry Adrienne, herhaal nog eens even van bij het begin, als je wil.'
De hoofdinspecteur vertelt dat ze net terug is van een getuigengesprek. Twee zussen die vannacht ook op de raveparty waren, hebben verklaard dat Anouk een flink stuk van de avond heeft staan dansen met Feline Deveux, de dochter van Thierry Deveux. Feline heeft hen ook verteld dat haar vader haar die nacht zou komen oppikken.
'Deveux was dus op de plek waar Anouk voor het laatste gezien werd,' legt Roos uit. 'Toeval misschien, maar ik vind het toch de moeite waard om op door te gaan.'
'Dan heb ik nog beter nieuws,' zegt Alex. 'De organisator van het feest heeft gezien hoe Deveux en zijn dochter met Anouk stonden te praten. Feline wou haar vriendin overhalen om met hen mee te rijden omdat ze te dronken was om

te fietsen, maar Anouk sloeg dat aanbod af. Daarop zag hij Deveux en Feline vertrekken. Een kwartier later fietste Anouk alleen naar huis.'

'Hebben we al nieuws over die fiets?' vraagt Roos Collignon. Een van de mannelijke inspecteurs kijkt naar zijn scherm terwijl hij antwoordt.

'Negatief. De lokale politie kamt de omgeving tussen Léglise en Rancimont meter per meter uit. Maar er zijn talrijke stukken bos en weide en dicht struikgewas, dat kan veel tijd vragen.'

Roos loopt naar de glazen wand en tikt met haar vinger op de stafkaart.

'Feline Deveux woont met haar moeder net boven Habay. Hoelang doet Deveux daar met de auto over?'

'Vanaf het Centre Sportif een goeie tien minuten,' antwoordt Adrienne.

'Oké. De ouders van Anouk wonen in Rancimont, dat is hier, een gehucht onder Léglise. Hoelang fietsen is dat?'

'Normaal twintig minuten,' vult Adrienne aan. 'Maar als ze zo dronken was als die getuige beweert, waarschijnlijk een tijdje langer.'

Iedereen kijkt naar de kaart. Het plaatsje waar Anouk naartoe moest fietsen, ligt pal op de route tussen Léglise en Habay.

'Dus Thierry Deveux had meer dan genoeg tijd om zijn dochter naar zijn ex-vrouw te brengen en dan terug te rijden richting Léglise,' merkt Alex op. 'In dat geval zou hij Anouk zijn tegengekomen.'

'Midden in de nacht op een verlaten weg,' mompelt Adrienne. 'Een dronken meisje op de fiets.'

'Ik denk dat we Thierry Deveux moeten uitnodigen voor een verhoor,' zegt Roos. Ze raadpleegt haar horloge. 'Ik wil eerst overleg plegen over het meest geschikte moment. We hebben een persconferentie over een uur, ik zou niet willen dat alle vragen over Thierry Deveux gaan.'

'Kan er iemand van jullie in zijn computer?' vraagt Alex. Roos wijst naar de gezette inspecteur. 'Didier is onze computerexpert, die geraakt overal in. Als we er eerst van hogerhand de toestemming voor krijgen natuurlijk, maar dat zal geen probleem zijn. Waarom vraag je dat?'
'Check zijn agenda,' zegt hij. 'Met een beetje geluk zie je waar hij vandaag aan het werk is.'
De toestemming volgt na een telefoontje en een bevestigingsmail van de magistraat. Nauwelijks een kwartier later zwaait Didier al met een printje.
'Deveux heeft een klus in Neufchâteau. Verbouwing van een winkel in de Rue Albert Clément. Hij heeft er de hele week voor ingeboekt.'
'Een winkelstraat, dat is perfect,' zegt Roos. 'Jullie posten per twee, aflossing om het halfuur zodat hij niemand herkent mocht hij af en toe naar buiten kijken. Zodra de persconferentie afgelopen is, geef ik het signaal om hem op te pakken voor verhoor.'

De zaal in het gerechtsgebouw van Neufchâteau is niet van de kleinste, maar er is geen stoel meer vrij. Alex moet achteraan aansluiten bij een groepje dat het evenement rechtstaand volgt.
Roos heeft hem net voor haar vertrek een uur geleden verteld dat de hoge piefen bij de politie heel nerveus zijn. Er is angst voor negatieve pers nu er weer een meisje in het woud gevonden is, angst voor de roep om ontslagen zelfs. Roos' directe chef is geen kwade, maar zelfs hij las haar vandaag de levieten.
Alex begrijpt waar ze het over heeft. Toen hij nog als commissaris bij de moordbrigade werkte, was negatieve aandacht in de media zowat het enige dat de werking van zijn team echt kon verstoren. Slechte pers maakte de bazen kregelig en ongerust en zorgde voor bemoeienissen, voor extra meetings, voor evaluaties. Het zorgde er naast veel tijdverlies ook voor

dat de chefs voorzichtiger dan ooit werden en geplande acties liever afbliezen dan het risico op een mislukking te lopen.

Dat alles gaat door zijn hoofd terwijl hij commissaris Roos Collignon observeert. Ze zit aan de tafel vooraan in de zaal, aan beide kanten geflankeerd door gewichtige mannen in pak en uniformen met veel goudstiksel. Om de zoveel seconden flitst er een camera van een fotograaf, maar het zijn de felle lampen van de tv-ploegen die ervoor zorgen dat Roos en haar collega's voortdurend met de ogen moeten knipperen.

De VRT en de RTBF hebben beide een cameraploeg present, maar de media-aandacht in de zaal beperkt zich duidelijk niet tot het eigen land. De Franse zender TF1 heeft net voordien een interview met Roos afgenomen en draait nu sfeerbeelden die ze nadien in de montage kunnen gebruiken. De Luxemburgers pakken het grootser aan. De moord op Caroline Bingenheim heeft ervoor gezorgd dat het Woud van Anlier bij hen al dagenlang in het middelpunt van de belangstelling staat en RTL Luxemburg is al voor het begin van de zitting uitgebreid aan het filmen geslagen.

'Dames en heren, welkom op deze persconferentie.' De woordvoerster van het parket is een van de weinigen die er schijnbaar rustig bij zit. 'Ik wil u er even aan herinneren dat we meteen na afloop ruim de tijd zullen nemen om al uw vragen te beantwoorden, uiteraard in de mate van het mogelijke.'

Terwijl de vrouw de procureur introduceert, kijkt Alex rond. Naast de perslui zitten er ook een aantal gewone mensen in de zaal en als hij enkele betraande en woedende gezichten opmerkt, daagt het hem dat er waarschijnlijk ook familieleden van de dode meisjes bij zijn. Hij speurt naar de grijze paardenstaart van Hans Keyzer, maar ziet de man nergens.

Wie hij wel ziet, zijn Ada Fonteyn en Sam Hennes. Ze zitten aan de rechterkant van de zaal, een meter of tien voor hem. Het podcastduo heeft op zijn beurt Alex opgemerkt en

probeert hem met gebaren duidelijk te maken dat ze hem na afloop willen spreken.
Alex knikt om hen gerust te stellen, maar zodra ze opnieuw voor zich uit kijken, sluipt hij de zaal uit.

Om iets over vijf wordt Thierry Deveux opgepakt als hij in de Rue Albert Clément de laaddeur van zijn bestelwagen opent. Terwijl hij naar de lokalen van de recherche wordt gebracht en er gewacht wordt op de aankomst van zijn advocaat, rijdt een team onder leiding van hoofdinspecteur Adrienne Lavoisier naar Suxy. Op haar tablet heeft ze een huiszoekingsbevel voor de woning van Deveux. Alex heeft op zijn uitdrukkelijke verzoek toestemming gekregen om mee te gaan.

Ze weten dat de man alleen woont, maar toch schrikken ze danig als ze aan het huis arriveren en meteen belaagd worden door een razende hond. De rottweiler rukt aan zijn ketting, maar geraakt net niet tot bij de speurders.

Eens binnen in het huis trekken ze latex handschoenen en stoffen schoenbeschermers aan en zetten ze haarkapjes op. Daarna wordt het team opgesplitst. Adrienne stuurt twee collega's naar boven en vraagt een andere om zich over de computer en soortgelijke apparaten van Deveux te ontfermen. Zelf neemt ze met een van haar mannelijke inspecteurs de benedenverdieping voor haar rekening. Dan kijkt ze vragend naar Alex.

'Ik doe de kelder wel,' zegt hij.

Adrienne knikt.

Meer dan tien jaar geleden, op een avond in september, deed Alex een van de gruwelijkste ontdekkingen in zijn leven. In de kelder van een rijhuis in de Brusselse gemeente Molenbeek ontdekte hij toen het lichaam van een tienjarig meisje dat al een week vermist werd. Ze lag op een tafel in het midden van de kelder. Haar kleren lagen onder haar hoofdje, als een kussen.

Aan de achterste muur van de ruimte hingen tientallen foto's van naakte kinderen.

Sinds die avond kan Alex geen keldertrap meer afdalen of zijn hartslag verhoogt en hij begint te transpireren.

Ook nu gebeurt dat.

Hij knipt het licht aan en daalt met zware benen de trap af. Tot zijn opluchting ligt er in de kelder van Thierry Deveux alleen maar de gebruikelijke rommel.

Als hij zich omdraait om opnieuw naar boven te lopen, hoort hij een van de rechercheurs om Adrienne roepen.

'*Chef? Viens ici!*'

'Waar ben je?' vraagt de hoofdinspecteur.

'In de badkamer,' antwoordt haar collega.

Alex neemt de keldertrap met twee treden tegelijk en doet hetzelfde met de trap naar boven. Als hij lichtjes hijgend de badkamer binnenloopt, ziet hij een van de rechercheurs met een potje in zijn handen staan.

'Het is zalf,' zegt Adrienne met een glimlach om haar mond. 'Spierzalf met kamfer.'

18

Het verhoor van Thierry Deveux begint iets over zes. Aan de ene kant van de tafel zitten Deveux en zijn advocaat, een oudere raadsman uit Arlon met een grijze snor en baardje. Hij draagt een bril met een opvallende rode montuur die hem een jongere en lichtjes artistieke look geeft, wat ongetwijfeld zijn bedoeling is. Hij en Deveux lijken elkaar goed te kennen. Tegenover hen zitten commissaris Roos Collignon en hoofdinspecteur Adrienne Lavoisier, die nog maar net terug is van de huiszoeking. Alex bevindt zich in de recherchekamer en volgt het verhoor via een scherm.

Roos drukt op de opnameknop en begint het verhoor met te vertellen wie er rond de tafel zitten en hoe laat het is. Deveux staart haar woedend aan. Hij is een man met een gespierd lijf, iemand die duidelijk veel buiten werkt en zware arbeid verricht. Zijn gezicht is getaand als dat van een zeeman. Hij heeft een scherpe neus en veel zwart, krullend haar. Alex heeft in het dossier gezien dat hij volgende maand achtenveertig wordt.

Deveux is zowel boos als verontwaardigd. Hij verklaart met luide stem dat hij niets te maken heeft met de dood van Anouk en vraagt tot drie keer toe waarom hij verhoord wordt. Telkens opnieuw vermijdt Roos een rechtstreeks antwoord. Ze doet het beheerst en beleefd en Deveux bindt uiteindelijk in.

In de eerste minuten stelt Roos enkele inleidende vragen die vooral bedoeld zijn om een gesprek op gang te brengen. Daarna richt ze haar pijlen nauwkeuriger.

'Je bent Feline omstreeks twee uur vannacht gaan oppikken aan het Centre Sportif in Léglise, klopt dat?'

'Ja.'

'Doe je dat vaker?'

'Als ze geen vervoer heeft en mijn ex heeft weer eens geen zin om te rijden of om wakker te blijven, gebeurt dat wel eens, inderdaad.'

'Welke weg heb je gevolgd?'

Deveux kijkt haar fronsend aan.

'Welke weg? Die van Léglise naar Habay natuurlijk. De N40.'

Roos maakt enkele aantekeningen.

'Kwartiertje rijden, zoiets?'

'Maak daar maar twintig minuten van. Ik rij met een oude doos op wielen, niet met een sportkar.'

In de recherchekamer zoekt Alex in het dossier op welke auto Deveux heeft. Hij bezit een iconische groene Lada Niva, bouwjaar 2007, inderdaad een vierkante doos op wielen. Maar hij heeft ook een werkvoertuig, een Fiat Ducato-bestelwagen. Alex stuurt snel een mailtje naar Roos.

'Je hebt ook een bestelwagen, toch?' vraagt Roos na een blik op haar tablet. 'Zo'n groot bakbeest, een Fiat Ducato. Reed je daarmee vannacht?'

'Die gebruik ik alleen voor mijn werk, mevrouw,' antwoordt Deveux met een zweem van irritatie in zijn stem. 'Die zit propvol werktuigen en materiaal. Privé rij ik met een oude Lada.'

Roos tikt snel enkele woorden in voor Alex: *check organisator raveparty = merk auto Deveux* en gaat verder.

'Goed. Je dropt Feline bij haar moeder in Habay. En dan?'

'Ze verdween meteen naar haar kamer. Ik bleef nog een tijdje praten met mijn ex.'

'Hoe zou je jullie relatie omschrijven? Hartelijk, afstandelijk, neutraal?'

'Heeft dat belang in het licht van het onderzoek, commissaris?' komt de advocaat tussenbeide.

Roos laat het passeren en vraagt: 'Wat moet ik me voorstellen bij een tijdje?'

Deveux zucht theatraal.

'Pff, wat is dat... een kwartier, zoiets?'

Roos opent een document op haar tablet.

'Ik lees nu de laatste alinea voor van de verklaring die Lea Forgière vandaag heeft afgelegd. Voor de opname: mevrouw Forgière is de voormalige echtgenote van meneer Deveux en de moeder van Feline: *Thierry is vannacht niet eens binnengekomen. Dat doet hij bijna nooit. Ik heb hem naar het achterstallige geld gevraagd, hij heeft nog steeds zijn deel van de huur voor Felines studentenkamer in Luik niet betaald. Daarop is hij briesend vertrokken.*'

Roos kijkt hem met een neutrale blik aan.

'Volgens mij heeft dat niet bepaald een kwartier geduurd. Wat denk jij?'

'Het leek in ieder geval een kwartier,' antwoordt Deveux onbewogen, 'maar dat heb ik meestal met haar, daarom is ze ook mijn ex.'

'En dan ben je meteen naar huis gereden,' zegt Adrienne Lavoisier, 'naar Suxy.' Het is haar eerste tussenkomst.

Hij knikt.

'Hoelang deed je erover om thuis te geraken?'

'Een halfuurtje, zoals steeds.'

Adrienne legt een kopie van een streekkaart op de verhoortafel en vraagt: 'Via welke weg?'

'Daar heb je toch geen kaart voor nodig?' antwoordt hij. 'Via Léglise, dat is het snelste.'

'Toon eens op de kaart welke terugweg je genomen hebt?'

Alex tuurt op het scherm naar het gezicht van Deveux.

Adrienne heeft hem net voor het verhoor verteld dat er twee wegen zijn om van zijn ex-vrouw naar Léglise te rijden: de N40 die langs het gehucht van Anouk leidt, en een parallelle route iets zuidelijker, via een smallere weg. Beide wegen doorkruisen het woud.

'Deze,' zegt Deveux met een vinger op de kaart. Hij wijst de parallelle weg aan.

'Dat verbaast me,' merkt Adrienne op. De hoofdinspecteur is in Neufchâteau geboren en kent de streek op haar duimpje. 'De andere weg is de N40, dat rijdt een heel stuk makkelijker. Die heb je op de heenweg trouwens genomen, vertelde je net.'

Hij haalt zijn schouders op.

'Ik had de tijd, ik was niet gehaast.'

'Ik vind dat heel vreemd,' zegt Roos Collignon. 'Je rijdt via de N40 naar het huis van je ex, je maakt rechtsomkeert en dan besluit je voor de terugweg een smalle, slechte weg te nemen. In het midden van de nacht.'

'Ik hou van afwisseling,' antwoordt Deveux. Hij krijgt het zichtbaar op zijn heupen van al die vragen.

'Niks speciaals gemerkt toen je bij Thibêssart kwam?' vraagt Adrienne.

Alex raadpleegt snel de kaart en ziet dat Thibêssart een vlek is van enkele huizen, net onder Léglise.

Deveux bekijkt haar wantrouwig.

'Nee, waarom?'

'Je bent vannacht dus gewoon langs het gehucht gereden?'

'Bij mijn weten wel,' snauwt Deveux, 'maar nu ga jij me zeggen dat het niet kan.'

'Er is een wegverzakking net voor het dorpje, er staan sinds gisteren tijdelijke verkeerslichten. De enige verkeerslichten op je weg als ik het goed heb, dus die moet je wel gezien hebben. Als je tenminste daarlangs bent gereden.'

Hij zucht, kijkt Adrienne aan. Zijn kaken staan strak gespannen.

'Nu je het zegt, ja. Ik was een beetje moe, ik heb er niet op gelet.'

Roos neemt opnieuw over.

'Hoe goed kende je Anouk, Thierry?'
'Helemaal niet goed. Waarom?'
'Omdat je je volgens getuigen uitsloofde om haar vannacht een lift aan te bieden.'
'Wat een onzin. Ik weet dat het een vriendin van Feline was, ze kennen elkaar al lang, vanop de lagere school. Ze was duidelijk dronken en Feline vertelde dat ze nog met de fiets naar huis moest. Ik zou het niet prettig vinden als mijn dochter 's nachts op een onverlichte weg door het woud naar huis fietst, en al zeker niet als ze een glas te veel op heeft.'
'Maar ze zei nee.'
'Inderdaad.' Hij bekijkt haar koeltjes. 'Dus?'
'En je bent niet even teruggereden om te kijken of ze nog wel veilig op de fiets zat?'
De advocaat schraapt zijn keel.
'Mijn cliënt heeft u net verteld dat hij meteen naar huis is gereden vannacht, dus ik begrijp deze vraag niet zo goed.'
'Ik wil naar het toilet,' zegt Deveux. 'Ik heb niet eens kunnen plassen toen ik stopte met werken, jullie hebben me meteen in een auto gesleurd.'
'Dat is meer dan lichtjes overdreven,' stelt Adrienne. *For the record*: we hebben meneer Deveux uitgenodigd om met ons mee te komen voor een verhoor en hij ging daarmee akkoord.'
'Had ik de keuze soms?' reageert Deveux geprikkeld.
Roos sluit haar mapje en zet de recorder uit nadat ze de tijd heeft ingesproken.
'We nemen tien minuten pauze,' beslist ze.

Inspecteur Alain Devreese heeft het Chinees restaurant in de buurt gebeld en een aantal porties nasi en bami goreng besteld. Voor een keer heeft hij zijn jarentachtiglook ingeruild voor een donkerblauwe schipperstrui en een onopvallende jeans. Maar zijn kapsel is onveranderd en zijn nekharen krullen vrolijk over de kraag van zijn trui.

'De organisator van de raveparty bevestigt dat Deveux vannacht met zijn Lada reed,' zegt Alex met zijn mond halfvol bami. 'Dat was dus alvast niet gelogen.'

Adrienne knikt.

'D'accord, maar wat al de rest betreft, heb ik mijn grootste twijfels.'

'Als het voor jullie goed is, ga ik naar huis,' zegt Véronique.

'En wij maar werken,' mompelt Alain.

Zijn collega heeft het gehoord.

'Het is zeven uur 's avonds en ik heb twee kleine kinderen, zulthoofd,' zegt Véronique. 'Als je ooit een vrouw vindt die zo gek is om met jou voor nageslacht te zorgen, zul je weten wat ik bedoel.'

'Tot morgen, Véro,' sust Roos terwijl ze een portie nasi op een plastic bord schept.

Tussendoor belt Alex naar Hans Keyzer op diens vaste lijn.

'Ben je in Suxy?' vraagt de man.

'Ja.'

'En keer je terug naar Oostende vanavond?'

'Niet als het niet hoeft,' antwoordt Alex naar waarheid.

'Natuurlijk hoeft dat niet,' zegt Keyzer. 'Je kunt in de schuur logeren. Kom maar langs wanneer je wilt, ik ga meestal toch laat naar bed.'

'Zo, Thierry, kun je ons vertellen wat dit hier is?' vraagt Roos Collignon.

Het verhoor wordt verdergezet. Roos heeft een doorschijnend zakje op tafel gelegd met daarin een wit en blauw potje.

Deveux neemt het zakje vast en bestudeert het even.

'Dat is spierzalf.' Hij kijkt de commissaris met verbijsterde blik aan. 'Dat is mijn potje. Waren jullie in mijn huis?'

'Spierzalf met kamfer, inderdaad,' antwoordt Roos neutraal. 'Mag ik vragen waarom je dat hebt?'

'Waarom ik…' Hij rolt met de ogen, zoekt dan de blik van zijn advocaat voor enige steun. 'Zijn jullie nu helemaal gek geworden? Dat is spierzalf, godverdomme, waarom denk je dat ik zoiets in huis heb?'

Roos en Adrienne kijken zwijgend voor zich uit.

'Ik ben timmerman en ik heb een hersteldienst. Ik doe klusjes, loodgieterij, dakwerken, noem maar op, alles wat ze me vragen en waarvoor ze me betalen. Ik sta vaak van 's morgens tot 's avonds daken te herstellen of met bouwmaterialen te sleuren. Wil je weten hoe mijn rug 's avonds aanvoelt?' Hij kijkt Roos grimmig aan. 'Natuurlijk heb ik af en toe pijnlijke spieren, ik ben verdomme geen twintig meer!'

Roos laat koffie en water aanvullen en Deveux gebruikt die tijd om te kalmeren. Maar als ze hem naar een alibi vraagt voor de nacht waarop de jagers en de jonge garde in het woud werden belaagd, krijgt de wrevel opnieuw de bovenhand.

'Ik ben deze pesterij echt beu, dat mag je gerust weten. Ik…'

'Je moet me alleen maar vertellen waar je zaterdagnacht was. Vorige zaterdag, dus. Dat is toch niet zo moeilijk? Is dat pesterij?'

Hij ademt enkele keren diep in en uit.

'Thuis. Ik heb de hele dag hout gekliefd om mijn wintervoorraad aan te vullen, ik was kapot 's avonds. Ik heb gegeten en enkele biertjes gedronken en ben voor de tv in slaap gevallen.' Hij kijkt Roos aan en voegt eraan toe: 'Dat overkomt me de laatste tijd wel vaker.'

'En aangezien je alleen woont, is er natuurlijk niemand die dat kan bevestigen,' zegt Adrienne met enig sarcasme in haar stem.

'Tenzij je een manier vindt om Sambo te laten praten niet, nee.'

'Sambo?'

'Mijn hond.'

Roos diept een foto op uit haar mapje en legt die in het midden van de tafel.

'Weet je wie dit is, Thierry?'

'Niet meteen.'

'Haar naam is Caroline Bingenheim. Was, moet ik zeggen, want ze is twee weken geleden vermoord. Hier in het woud boven Suxy.'

Deveux staart haar zwijgend aan.

Roos legt er een andere foto naast.

'En dit meisje? Ze heette Anaïs Vinckier, uit Chiny. Ook vermoord in het woud boven Suxy.'

'Ga je me nu een foto van elk vermoord meisje laten zien?' vraagt Deveux met enige dreiging in zijn stem.

'Waarom niet?' kaatst Roos terug terwijl ze hem zelfzeker in de ogen kijkt. 'Word je daar zenuwachtig van misschien?'

Deveux reageert niet meteen en Roos legt een foto van Laura op de verhoortafel.

'Haar ken je vast en zeker. Dit was Laura Keyzer. Ze verdween vijf...'

'Over de zaak-Laura Keyzer is mijn cliënt vijf jaar geleden al uitvoerig verhoord en nadien zonder enige tenlastelegging weer vrijgelaten.' De advocaat kijkt beide rechercheurs om beurten aan. 'Tenzij u dus over nieuwe elementen beschikt, moet ik u vragen om deze piste te laten vallen.'

Roos Collignon kijkt op haar horloge.

'Verhoor Thierry Deveux voorlopig beëindigd om 20.36 uur.' Ze richt zich tot de raadsman. 'We houden uw cliënt hier vannacht en zetten het verhoor morgenochtend verder.'

'Dat kan zomaar niet!' protesteert Deveux. Hij geeft zijn advocaat een duw tegen de schouder en roept: 'Zeg haar dat dat niet kan!'

'Dat kan zeker, Thierry,' zegt Roos kalm, 'en dat weet je raadsman ook.' Dan knikt ze naar de agent in uniform die

naast de deur van de verhoorkamer geposteerd staat en zegt: 'Breng meneer Deveux naar een van de nachtcellen beneden. Zorg dat hij avondeten en zo krijgt.'
'Dat is begrepen, commissaris,' zegt de jonge agent.
'En Sambo? Van wie krijgt die zijn avondeten?' snauwt Deveux.
Roos denkt nog na over een oplossing als de jonge agent voorzichtig het woord vraagt.
'Als u het goed vindt, rij ik er wel heen, chef. Ik ben gek op honden.'

Nog geen halfuur later zijn Roos en Alex onderweg naar Feline. Hij stond klaar om naar Suxy te rijden, keek uit naar een simpel gesprek en een goed glas wijn met Hans Keyzer, toen Roos liet vallen dat ze vanavond nog langs Deveux' dochter wou. Alex knikte onmiddellijk, zei: 'Je hebt gelijk, dat kan niet wachten tot morgen' en bood aan mee te gaan.

Er wordt niets gezegd onderweg, maar geen van beiden lijkt dat erg te vinden. De sfeer is zacht en, mochten ze niet voortdurend met het dode meisje in hun hoofd zitten, bijna aangenaam. Er lijkt ongemerkt een soort van kalme verstandhouding te zijn gegroeid die maakt dat Roos hem in niets wil forceren en Alex daardoor zijn waakzaamheid kan laten vallen. Het zorgt ervoor dat ze allebei rustiger en meer ontspannen zijn in elkaars nabijheid.

Het huis in Habay staat in een zijstraat en kijkt uit op de uitgestrekte opslagplaats van een bouwfirma. Om de zoveel meter staat er een lantaarnpaal tussen de ladingen stenen, cement en stapels hout in allerlei maten en soorten. De voorgevel van de woning baadt in het licht, terwijl de hemel en alles rondom het huis inktzwart is. Alex herinnert zich een bekend schilderij van de surrealist Magritte waarop exact hetzelfde staat maar dan omgekeerd: daar staat de gevel in de nacht terwijl het voor de rest klaarlichte dag is.

De ex van Thierry Deveux lijkt weinig last van het licht te hebben. Ze is een vriendelijke vrouw van midden veertig met kortgeknipt blond haar, een kleine neus en een mond die net iets te breed is voor haar gezicht. Ze is modieus gekleed. Het interieur van het kleine huis is licht en modern.

'Wat een verschrikkelijk nieuws,' zegt de vrouw. 'Anouk en Feline zijn vriendinnen van toen ze zes waren, ze is er kapot van.'

'Ze weet het dus al,' merkt Alex op.

'Ik heb de indruk dat iedereen het al weet, meneer Berger. Ze heeft vanmiddag een telefoontje gekregen van een meisje van wie de papa bij de krant werkt.' Ze aarzelt. 'Moeten jullie haar echt nu nog lastigvallen?'

Roos knikt.

'We willen haar zelf even spreken, mevrouw.'

'Lea, alsjeblieft.'

'Het kan ons echt helpen, Lea.'

De vrouw zucht.

'Wat een afschuwelijke zaak. Ik heb hier altijd graag gewoond, maar dit... Het is te vreselijk voor woorden.' Ze haalt diep adem en zegt: 'Ik haal haar, ze is op haar kamer.'

Terwijl Lea de trap opgaat, kijkt Roos om zich heen. Alex observeert haar. De lichtinval doet haar jukbeenderen feller uitkomen dan anders. Haar mond staat lichtjes open. Hij kijkt naar haar ogen en haar neus en de zachte gloed op haar gezicht en hij beseft nogmaals wat voor een mooie vrouw ze is. Maar anders dan voordien verdraagt hij die gedachte.

Feline Deveux komt even later naar beneden. Ze heeft roodomrande ogen en ziet er heel triest uit. Het begin van het gesprek verloopt moeizaam omdat de jonge vrouw voortdurend begint te huilen, maar langzaamaan komt er toch enige structuur in haar verhaal.

'Anouk was een echte *free spirit*. Zo heb ik haar altijd gekend. Ze was al heel vroeg zelfstandig en deed eigenlijk compleet haar zin. Ik bewonderde haar daarvoor, wij bewonderden haar allemaal op school.'
Ze snuit haar neus, wil dan beter uitleggen wat ze bedoelt.
'Het was geen stoer gedoe of zo, echt niet. Als Anouk oordeelde dat ze iets wou, dan ging ze er gewoon voor, los van wat andere mensen daarvan dachten. Begrijp je?'
Roos knikt.
'En wat vonden haar ouders daarvan?'
Felines wenkbrauwen gaan omhoog.
'Haar ouders... Haar moeder valt best mee, maar haar stiefvader is geen aangenaam mens.'
'Dat mag je niet zeggen,' fluistert Lea.
'Dag mag ik wel omdat het de waarheid is!' reageert Feline fel. 'Haar echte vader verliet het gezin toen ze heel klein was en ze heeft nooit een goeie relatie met haar stiefvader gehad. Wat Anouks mama in hem ziet, dat snapt niemand, hij is echt een eikel!'
De moeder van Feline vindt de conversatie duidelijk niet prettig, maar ze zwijgt.
'Studeerde ze graag in Luik?' vraagt Alex.
'Ja, dat denk ik wel. Ze betaalde ook alles zelf, ze had al een baantje sinds haar zeventiende. Ze wou van thuis weg, niet de hele tijd "dank u" moeten zeggen tegen die creep.' Een droeve glimlach. 'Ze werkte al een hele tijd in Le Tigre, da's een café in Neufchâteau.'
Aan Lea's gezicht te zien vindt ze het geen geschikt onderwerp.
'Wat is het voor een plek?' vraagt Roos.
'Een bar waar mannen heen gaan als ze een vrouw willen oppikken,' antwoordt Lea.
Feline rolt met haar ogen.

'Het is een café, mama, geen bar, anders werkte Anouk er niet al sinds haar zeventiende. Maar laat op de avond en in het weekend komt er nogal wat louche volk over de vloer, dat is waar.'

'Het is een hoerentent, liefje.' Voor haar dochter kan protesteren richt ze zich tot Roos. 'Hoe zou jij anders een bar noemen waar mannen naartoe komen omdat ze weten dat er jonge vrouwen zijn die tegen betaling met hen de koffer willen induiken?'

'En zo'n soort plek is Le Tigre?' vraagt Alex.

'Het kon Anouk allemaal niet schelen,' glimlacht Feline zacht, 'en al zeker niet meer sinds ze meerderjarig was. Ze stond er achter de bar alsof ze al heel haar leven met beschonken kerels en hun oneerbare voorstellen te maken had. De verhalen die ze erover vertelde, jongens...'

Lea kijkt haar dochter met grote ogen aan.

'Ik wil je ook enkele vragen stellen over je vader,' probeert Alex voorzichtig.

Feline kijkt hem verbaasd aan.

'Waarom? Wat heeft die ermee te maken?'

'Ik begrijp dat het als kind altijd moeilijk is om kritiek te horen over een van je ouders,' begint hij, maar Feline onderbreekt hem.

'Nee hoor. Ik verdedig mijn vader, maar ik idealiseer hem niet.' Ze snuift. 'Ik ken zijn zwaktes en gebreken, geloof me vrij. Hij loopt weg als het moeilijk wordt, dat doet hij altijd. Dat heeft hij met mama ook gedaan.'

Lea kijkt naar een denkbeeldig punt op de muur.

'Maar hij is mijn vader,' zegt het meisje. 'Voor mij blijft hij altijd mijn vader.'

'Iemand die ook op de raveparty was, beweert dat je vader er bij Anouk op aandrong dat ze met jullie mee zou rijden.'

Feline reageert onmiddellijk en fel.

'Wat een bullshit is dat! Ik heb aangedrongen dat ze met ons zou meerijden, ze kon nog nauwelijks op haar benen staan!'

Het meisje begint te huilen. Lea legt een beschermende arm om haar dochter en zegt: 'Moet dit nog lang? Je ziet toch dat ze dit niet aankan?'

'En je vader?' vraagt Roos. Ze negeert bewust de opmerking van de vrouw.

'Natuurlijk heeft hij haar ook proberen te overtuigen. Als hij iemand kan helpen, doet hij dat altijd.'

Alex merkt hoe Lea's geduld stilaan opraakt.

'Speelt je vader wel eens meer taxi voor je?' vraagt hij.

Feline schudt het hoofd. Ze is even stil, zegt dan opeens: 'Wat een klotevraag is dat.'

'Feline, alsjeblieft!' roept haar mama geschokt.

'Ik zal ze anders stellen,' gaat Alex verder. 'Komt hij je soms halen? In Luik bijvoorbeeld, als je voor het weekend naar huis wilt komen?'

'Ja, dat gebeurt. Vaker wel dan niet zelfs.' Ze glimlacht liefdevol naar haar moeder. 'Het is een lastige verbinding naar dat gat waar we hier wonen. Eerst trein, dan bus, pfff.'

'Dat is mooi,' zegt Roos.

'Vorige week is hij me komen ophalen en dat was niet eens gepland. Ik stond aan het station in Luik met vrienden die dezelfde trein nemen en daar verscheen hij plots, dat vond ik wel cool.'

'Heeft hij toen ook aangeboden om je vrienden mee te nemen?'

'Eh... nee.'

'Heb jij het voorgesteld?'

Alex merkt duidelijk dat ze van plan is te liegen, maar het uiteindelijk niet doet.

'Ik heb het gevraagd, ja, maar het ging niet.'

'Waarom ging het niet?' vraagt Roos vriendelijk. 'Was hij met de Lada?'

Een knikje.
'Dan was er toch genoeg plaats, zou ik zeggen.' Roos gaat op een even zachte toon verder. 'Hoeveel zitplaatsen heeft zo'n auto, vier, vijf? En hij bood niemand een lift aan?'
'Nee,' fluistert Feline.
'Da's vreemd,' zegt Roos.

Ze staan al in de open deur om te vertrekken als Alex nog ergens aan denkt.
'Feline?'
Het meisje zit ineengedoken op de bank. Het gesprek heeft haar zichtbaar uitgeput.
'Hm?'
'Ken je Carlo Simons?'
Ze schudt haar hoofd.
Alex scrolt door zijn telefoon, loopt naar de bank en toont haar een foto.
'Deze man.'
'Ik herken zijn gezicht,' zegt ze. 'Ik zag hem bij papa toen ik er de laatste keer langsliep, een goeie maand geleden. Is hij geen boswachter of zoiets?'
'Heeft je vader het nog over hem gehad? Recent bedoel ik?'
'Nee. Waarom?'
'Niet belangrijk,' zegt Alex. 'Dank je.'

Het is ruim over elf 's avonds als hij met een glas wijn op de bank zit bij Hans. Hij voelt zich afgepeigerd. Hij is dit werkritme niet meer gewoon, wil het ook niet meer gewoon worden, beseft hij.
Andere tijden, ander leven.
'Dus Thierry Deveux slaapt vannacht alvast in een cel,' zegt Keyzer.
'Ik kan er niets over zeggen, Hans,' reageert Alex. 'Met wat je nu weet, ben ik mijn boekje al te buiten gegaan. Ik ben moe.'

'Een man als Deveux verdient die terughoudendheid niet.'

Als Alex niet reageert, zegt hij: 'Je vindt het waarschijnlijk niet aangenaam om te horen, maar ik mag na al die jaren mijn hart toch even luchten, vind ik.'

'Als het over Deveux gaat en het klinkt als "zie je wel", wil ik het inderdaad niet horen.'

Keyzer kijkt hem aan met veel sympathie.

'Ga naar bed, meneer Berger. Wat wil je als ontbijt morgen?'

'Uitslapen,' antwoordt Alex, 'maar ik heb een vermoeden dat zoiets te hoog gegrepen is. Tot morgen, Hans.'

Als hij naar de schuur loopt, moet hij zijn telefoon gebruiken om bij te lichten. Het is aardedonker. Aan de hemel staan zoveel sterren dat hij een tijdje ademloos naar boven staat te staren.

19

's Morgens wordt hij wakker met vogelgeluiden. Toen hij hier de eerste keer logeerde, liep hij na het ontwaken meteen naar het huis, maar nu verkent hij de vakantiewoning. Aan de achterkant heeft Hans een groot schuifraam laten aanbrengen en als Alex het opent, gelooft hij niet wat hij ziet. Er is alleen maar natuur om hem heen. De verwilderde tuin vloeit bijna ongemerkt over in een brede weide waarop schapen grazen. In het midden van de weide kronkelt de Vierre en verderop doemt de groenbruine muur van het woud op. Hij hoort een merel en een hoop andere fluiters die hij niet kan thuisbrengen. Ondanks de koude stapt Alex in zijn boxershort en op zijn blote voeten door het natte gras, en blijft er minutenlang staan.

Dan ademt hij een aantal keer heel diep in en uit, draait zich om loopt naar binnen.

Het huis is stil en leeg. Op de tafel vindt hij een briefje: *Ben naar de markt, doe alsof je thuis bent, Hans.*

Nog voor hij aan het ontbijt toe is, belt Roos.

'De fiets van Anouk is gevonden. Hij lag verstopt in het struikgewas langs de weg.'

'Waar precies?'

'In een bocht op een goeie twee kilometer van waar ze woonde. Er is al een technische ploeg ter plaatse voor het sporenonderzoek.' Ze aarzelt even, zegt dan: 'En nog iets: de autopsie op Anouk is uitgevoerd. De patholoog-anatoom wil ons zien om de resultaten te bespreken.'

'Ons?'

'Ik zou je er graag bij willen hebben, als je dat ziet zitten.'
'Geef me het adres maar,' antwoordt Alex.

Als hij een appel uit de fruitschaal neemt, valt zijn oog op het dagblad op het aanrecht. Keyzer is geabonneerd op een Vlaamse krant en de vette kop op de voorpagina luidt: 'Er sluipt een moordenaar door de Ardense bossen.'

Roos en Adrienne wachten hem op bij de ingang van het ziekenhuis. Net voor ze naar binnen lopen, krijgt hij een telefoontje van Sara.

'Waar ben je?' vraagt ze.

Hij legt het haar uit.

'Ik ben onderweg. We zien elkaar bij de recherche, goed?'

'Dat is oké,' zegt Alex.

Hij loopt achter Roos en Adrienne aan door de dubbele groene deur van het mortuarium. Ogenblikkelijk raakt de typische geur hem. De geur van de dood en van zware ontsmettingsmiddelen. Het is jaren geleden dat hij nog bij een autopsie aanwezig is geweest, maar het is een combinatie die je zelfs na één keer nooit meer kunt vergeten.

In zijn tijd als commissaris bij de moordbrigade stond Alex erop de lijkschouwingen zoveel mogelijk zelf bij te wonen. Dat vond hij een vorm van respect.

Sara vertelde hem ooit dat een autopsie haar soms bij de les houdt, haar laat inzien waarom ze dit ongewone beroep heeft gekozen. Alex kan zich daar veel bij voorstellen. Toen hij jaren geleden dat kind vond in die Brusselse kelder, werkten hij en zijn team dag en nacht om de dader te klissen, maar de obductie op dat kleine lijfje gaf hem net die extra verbetenheid en focus om er ook nog in te slagen.

Het lichaam van Anouk ligt op de obductietafel. De patholoog-anatoom heet Pascale Schulz, een stille vijftiger met een rokershoest, een flamboyant kapsel en dure, klassieke kleren onder haar groene plastic schort. Ze is als kind met haar ouders uit Luxemburg naar hier verhuisd. Ze heeft iets van een Franse filmster op jaren.

Roos stelt Alex voor en ze begroet hem kort en informeel.

'Dit was niet aangenaam, *mes amis*,' zucht ze met licht hese stem.

Iedereen kijkt naar het lichaam op de tafel. Anouks ogen zijn dicht, haar mond is gesloten, haar lippen vormen een bloedeloze streep. Ondanks de bijna obscene en met grove steken dichtgenaaide incisies op haar hoofd en lichaam en ondanks de donkere wurgvlekken in haar hals, lijkt ze op een vreemde manier onaangeroerd. Zelfs in de dood is ze jong en mooi.

'Ze had een hoog percentage alcohol in haar bloed,' zegt Schulz. Ze wijst naar een blauw mapje. 'Daar is jullie kopie van het obductierapport, alles staat erin. Het tijdstip van overlijden situeer ik tussen twee en drie uur in de nacht van woensdag op donderdag.'

'Werd ze verdoofd?' vraagt Adrienne.

'*Non*. Maar dat was waarschijnlijk ook niet nodig. Kom even kijken.'

Ze gaat naast het lichaam staan, kantelt Anouks hoofd opzij en wijst.

'Ze is met een metalen voorwerp neergeslagen. Twee keer vlak na elkaar. Er zaten flinterdunne stukjes staal in de wonden. Een moersleutel? Zo'n ding waarmee je de bouten van een autowiel losdraait? Aan zo'n voorwerp dacht ik, maar dat hoeft het natuurlijk niet te zijn.'

'Dus ze is van achteren neergeslagen,' zegt Roos.

'Ja.'

'Maar waarom twee keer?'

'Bij de eerste slag stond ze nog overeind,' antwoordt Schulz. 'Bij de tweede lag ze op de grond. Dat zie je aan de hoek en de impact van de slag.'

'*C'est quoi*, Pascale?' fluistert Roos. 'Woede? Razernij?'

Alex heeft al artsen meegemaakt die een speurder na zulke vragen met onverholen cynisme wandelen hebben gestuurd, maar Schulz is gelukkig van een ander slag.

'Ik denk het niet. Aan de wonde te zien denk ik dat de eerste slag niet hard genoeg was om haar uit te schakelen. Ze is gevallen, dat wel, maar misschien heeft ze geroepen, uit angst of pijn of beide, en diende de tweede slag om haar het zwijgen op te leggen.'

Alsof ze dat hebben afgesproken, staat het viertal enkele tellen zwijgend naar het lichaam te staren.

'Is ze misbruikt?' vraagt Adrienne.

'Ja, en hoe. Ze heeft verscheidene interne verwondingen en een scheurtje aan de ingang van haar vagina. Hij is woest tekeergegaan, de klootzak.'

'Zeg me dat je dit keer bruikbare sporen hebt,' zucht Roos.

'Helaas. Ik moet toegeven dat ik zelden zoiets heb gezien, maar ook hier is het weer noppes. Geen huidschilfers, geen zweet, nog geen haartje. Alleen sporen van het condoom en het glijmiddel. En kleine restjes nitril.'

'Nitril?'

'Zo goed als zeker van handschoenen. Het lijkt op latex, maar zonder de allergene werking. Ze maken het van synthetisch rubber, het is heel sterk en betrouwbaar. Laboratoriumhandschoenen zijn bijvoorbeeld uit dat spul vervaardigd.'

'Dus de dader is allergisch voor latex,' merkt Alex op.

'Daarom ook die speciale condooms. Niet van latex, maar van synthetische hars.'

Schulz knikt.

'En met glijmiddel van gezuiverde vaseline, zonder siliconen.'

Adrienne Lavoisier huivert en knoopt haar jasje dicht.

'Ze is neergeslagen en meegenomen naar het woud,' zegt ze toonloos. 'Daar werd ze misbruikt en gewurgd. Net als de andere meisjes.'
'*Non*,' zegt Schulz zachtjes.
De anderen kijken haar verbaasd aan.
'De doodsoorzaak is niet wurging. Ze is gestorven door een traumatisch hersenletsel. Door de slagen op haar hoofd, vooral de tweede slag, maar waarschijnlijk door een ongelukkige combinatie van de impact van de slagen, de schok en de alcohol in haar bloed.'
Nu pas lijkt het tot de rest door te dringen wat de woorden van Schulz betekenen.
'Ze was dus al overleden toen hij haar misbruikt heeft,' zegt ze zacht. 'Een halfuur of langer, schat ik. De verwondingen in haar vagina en de wurging zijn post mortem gebeurd.'

Als ze in de recherchekamer aankomen, is Sara er al. Roos brengt haar collega's kort en zakelijk op de hoogte van wat ze net vernomen hebben.
Het blijft even stil.
'Jezus Christus,' fluistert Véronique.
Roos ademt diep in en zegt: 'Tijd voor overleg. Véro, vat eens samen wat we tot nog toe hebben.'
De round-up duurt meer dan twintig minuten. Ze willen geen detail over het hoofd zien. Van bij het begin valt het Sara op dat Alex geregeld het woord neemt en, nog opvallender, dat hij niet getrakteerd wordt op een sneer of een bijtende opmerking. Er is de laatste dagen duidelijk een vorm van samenwerking gegroeid die ze niet had verwacht.
Voor de rest is de sfeer op kantoor ingetogen, maar ook dreigend. Er hangt ongenoegen in de lucht.
'Het verhoor van Thierry Deveux wordt over een halfuur hernomen,' zegt Roos als haar collega klaar is met het overzicht.
'Graag,' snauwt Adrienne.

Haar gezicht is normaal al scherp, maar nu ziet ze er onheilspellend uit.

'Het resultaat van de autopsie verandert niets aan de manier waarop we het verhoor voeren,' waarschuwt Roos met nadruk. 'We mogen ons niet laten beïnvloeden door de omstandigheden van de moord, anders begaan we fouten. Adrienne?'

Geen reactie.

'Adri?' vraagt ze zacht.

Een knikje.

'Is er nieuws van het lab, Alain?'

'Het sporenonderzoek in het huis van Deveux is afgelopen. Voorlopig geen resultaten. Zijn gsm-gegevens hebben ook niks speciaals opgeleverd. We hebben natuurlijk geen signaal uit zijn huis, noch uit de directe omgeving rond Suxy of uit het woud, dus…'

'Shit,' zegt Roos terwijl ze op haar horloge kijkt, 'ik moet nog naar de ouders van Anouk. Dat lukt me nooit voor de start van het verhoor.'

'Zullen wij dat overnemen?' vraagt Sara. 'Alex en ik?'

Roos kijkt Sara aan.

'Ze was enig kind,' mompelt ze opeens. Haar mondhoeken trillen even.

'Ik weet het,' zegt Sara.

Het gesprek met de ouders is zowel kort als verschrikkelijk. Anouks oom en tante zitten erbij en beiden verwoorden om het luidst het verdriet en de woede van de familie. De ouders zelf zijn opvallend stil. Alex is er zeker van dat de huisarts langs is geweest en hun een kalmeermiddel heeft toegediend. Anouks stiefvader valt om de zoveel tijd uit tegen wie hij ook maar in het vizier krijgt, soms Alex, soms Sara, en vraagt dan waarom ze bij hem in de woonkamer zitten in plaats van op zoek te zijn naar de dader. Maar zijn stem mist fut en zijn ogen staan dof.

Anouks moeder is een hoopje ellende. Ze heeft een deken over haar schouders en ligt opgerold tegen haar man. Ze kijkt hem hulpeloos aan, maar vindt geen woorden om hem rustig te krijgen. Af en toe vraagt ze met een luide, rauwe stem waar haar kind is.

Alex zit achter het stuur. In plaats van meteen naar de recherche te rijden, parkeert hij in de buurt van de markt van Neufchâteau en loodst zijn vriendin naar binnen in de eerste de beste kroeg. Alex bestelt een Duvel, Sara houdt het op frisdrank. Rechercheurs bij moordzaken doen soms vreemde dingen als ze met rauw verdriet worden geconfronteerd. Sommigen reageren cynisch, anderen voelen een grote nood aan platvloerse grappen om de spanning weg te lachen, en velen gieten in korte tijd een hoop alcohol naar binnen om de zenuwen te verdoven. Maar hoe het ook zij, niemand kan zomaar kniehoog door andermans verdriet waden en daarna de draad van de dag oppikken alsof er niets is gebeurd. Ook zij niet.

In de eerste tien minuten praten ze honderduit over van alles en nog wat, en pas wanneer Sara voelt dat ze allebei min of meer geland zijn, vraagt ze:

'Wil jij het verslag van het gesprek intikken? Voor het dossier?'

Hij kijkt haar fronsend aan. Als er iets is waar Alex vroeger een hekel aan had, was het administratie en Sara weet dat.

'Ik heb er echt geen tijd voor, sorry,' legt ze uit. 'Ik moet over een halfuur weer weg.'

'En waarom ben je zo gehaast? Voor Krist?'

'Was het maar waar. Een van de kaderleden van Interpol is momenteel in Brussel en ik word geacht hem te entertainen.'

'Excuseer?'

'Ik moet hem de toeristische highlights van Brussel laten zien en hem daarna uitnodigen voor een degelijk maar niet buitensporig duur diner op kosten van de zaak. Dat vergt focus.'

'Dat vergt vooral veel geduld, zou ik zeggen.'
Ze knikt.
'Maar ook focus. Het etentje moet meer dan goed zijn omdat de man een beslissende stem heeft in de toewijzing van ons jaarbudget. Maar weer niet zó duur dat hij de indruk krijgt dat we het geld over de balk gooien en het dus wel met minder kunnen rooien.'
'Jij liever dan ik,' zegt Alex.
Terwijl Sara uitweidt over de man en haar collega's in het algemeen, staart Alex naar buiten. Vanuit het niets komt er een vreemde gedachte opzetten: dat hij tot enkele maanden geleden met de vrouw die nu naast hem zit af en toe het bed deelde. Dat ze zijn eenzaamheid begreep, zijn bodemloze verdriet, en hem in nachten waarin hij zichzelf weer eens verloren was, in haar lichaam liet schuilen.

Na Sara's vertrek belt hij Hans Keyzer.
'Je blijft vanavond toch ook logeren, hé?' vraagt de man zonder veel inleiding. 'Ik heb deze morgen nog verse paddenstoelen kunnen kopen op de markt. Ik had het niet verwacht, het zullen nu echt wel de allerlaatste van het seizoen zijn.'
Terwijl hij over een antwoord nadenkt, voelt Alex hoe moe hij is. Niet fysiek maar mentaal, emotioneel. De terugrit naar Oostende lijkt hem een onoverkomelijke hindernis. Bovendien zal de eenzaamheid daar nog groter zijn nu Eric met Manon in Duitsland zit.
Doordat Hans het over paddenstoelen heeft, denkt Alex opeens terug aan een gerecht dat hij in Gran Sasso heeft leren kennen.
'Graag, maar ik kook,' antwoordt hij in een opwelling. 'Ik loop nu even langs de winkel voor een paar ingrediënten.'
'Kan jij koken dan?'
'Niet echt. Tot straks.'

Hij stopt bij een supermarkt voor de noodzakelijke inkopen en rijdt naar de recherche.

Het eerste wat hij hoort, is dat Thierry Deveux is mogen vertrekken.

De gemoederen zijn duidelijk verhit, maar Alex merkt dat iedereen zijn best doet om te argumenteren in plaats van zomaar wat te roepen. Adrienne Lavoisier is het duidelijkst tegen en krijgt steun van Alain. Roos kan dan weer rekenen op de steun van enkele andere collega's. Ze ziet er uitgeput uit, ze heeft wallen onder haar ogen.

'Ik begrijp je, echt waar,' zegt ze terwijl ze Adrienne aankijkt. 'Maar we moeten hier echt onze emoties opzijschuiven en alleen maar naar de feiten kijken.'

Niet voor de eerste keer beseft Alex hoe ingrijpend de gebeurtenissen zijn. Iedere moord is onuitwisbaar, maar wat hier gebeurd is, in deze doorgaans rustige uithoek van het land, is zelden gezien. Vier jonge mensen die op een gruwelijke manier aan hun einde zijn gekomen en een vijfde die nog vermist wordt: het raakt iedereen tot in de vezels, ook de rechercheurs, die geacht worden altijd rationeel te werk te gaan.

Gelukkig, merkt hij, bezit Roos genoeg emotionele intelligentie om dat ook te beseffen.

'Wat er hier in het Woud van Anlier gebeurt, is verschrikkelijk. We moeten de dader vinden.' Ze kijkt haar collega's aan en verduidelijkt: 'Wij samen zullen hem vinden en hem stoppen. Maar we hebben harde bewijzen nodig. Tegen Deveux zijn er voorlopig veel aanwijzingen, maar niets waar we hem op kunnen vastpinnen.'

Het timbre van haar stem en haar lichaamstaal pleiten voor rede, maar stralen ook begrip uit.

'Het is inderdaad logisch dat een werkman als Deveux spierzalf in zijn badkamer heeft staan. Hij is niet op eigen houtje naar dat feestje gereden, hij is zijn dochter gaan oppikken, op háár vraag. En Véro heeft de camerabeelden van Léglise bekeken.'

Voor Alex voegt ze eraan toe: 'Er hangt één camera in Léglise, aan het kantoor van bpost. Boven in het gebouwtje bevindt zich de kamer van de lokale politieagent.'

Hij knikt en ze gaat verder.

'Véro heeft de beelden gecheckt. Je ziet de Lada van Deveux met voorin hij en Feline, maar je ziet hem later niet terugkomen.' Ze houdt haar handen open in een gebaar van onmacht. 'Ik weet het, dat kan ook betekenen dat hij via een andere weg is teruggekeerd. Er is gewoon geen enkel sluitend bewijs dat hij die nacht naar Anouk op zoek is gegaan. Net zomin als we kunnen bewijzen dat hij die zaterdag in het bos was om de jagers en de hulpgarde de stuipen op het lijf te jagen.'

Bij hoofdinspecteur Adrienne Lavoisier overheerst nog steeds bitterheid.

'Net zomin als we weten waar hij zich bevond toen Laura Keyzer werd vermoord, of Anaïs Vinckier, dat besef ik ook wel.' Ze probeert Roos met haar blik en haar stem tot andere gedachten te brengen. 'Maar we kunnen hem wel als enige aan bijna alle slachtoffers linken, chef! Hij kende Laura en haar vader persoonlijk. Met Hans Keyzer heeft hij zelfs ruziegemaakt net voor ze vermoord werd. Hij kende Anaïs en was aanwezig toen ze zijn oude moeder kwam verzorgen. En hij kende Anouk, hij bood haar een uur voor haar dood nog een lift aan!'

'Wie zoiets doet, is een monster,' zegt Alain opeens.

Ook hij heeft de informatie uit het mortuarium blijkbaar nog niet verwerkt. Er is geen spoor van machismo meer te bespeuren.

'Met monsters neem je geen enkel risico. Adrienne heeft gelijk, zelfs al was er maar een jota van een aanwijzing, dan nog hadden we hem hier moeten houden.'

'Maar zo werkt het niet en dat weet je, Alain,' antwoordt Roos zacht. 'We zouden het misschien wel willen, maar zo werkt het nu eenmaal niet. Geef me een bewijs, een echt bewijs dat hij een van die meisjes iets heeft aangedaan en ik zal er alles aan doen om hem te helpen veroordelen.'

Alex' intuïtie vertelt hem dat hij zich best buiten dit gesprek houdt en niet informeert naar de vorderingen in de zoektocht naar Christophe Haller, zoals hij eerst van plan was. Het onderwerp is te beladen en dit zijn mensen die iedere dag met elkaar moeten werken, die elkaar moeten kunnen vertrouwen, niet zelden op gevaar van eigen leven. Hij heeft zich de laatste jaren misschien een beetje te veel gewenteld in het gevoel een buitenstaander te zijn, maar hier is hij dat echt.

Los daarvan betrapt hij zich erop dat hij Roos voortdurend observeert, niet als de tijdelijke collega die ze is, maar als vrouw. Hij is tevreden als ze een goed argument aanvoert en wil haar spontaan beginnen verdedigen als een van haar collega's haar tegenspreekt.

Hij tikt snel het verslag uit over het bezoek aan Anouks ouders en vertrekt naar Suxy.

Als hij in het dorp komt, begint het te schemeren. Hij parkeert zijn auto voorbij de oprit van Hans en loopt langs de rand van een grote weide tot hij aan een stukje naaldbos komt. Achter het bos ligt de tuin van Thierry Deveux.

Alex probeert uit het zicht te blijven en gaat op zijn hurken achter een van de laatste bomen zitten. Hij ziet de tuin, de oprit en een stukje van de straat aan de voorkant van de woning. Hij hoopt vurig dat de rottweiler zijn geur niet opvangt.

Deveux is thuis. Hij is in de tuin aan het werk met brandhout. Hij heeft lange stapels van telkens een meter of tien gemaakt en is bezig met ze af te dekken voor de regen, en voor de sneeuw die nu niet lang meer op zich zal laten wachten.

Niet veel later stopt een pick-uptruck aan het huis. Carlo Simons stapt uit en loopt naar de achterkant van het huis. De rottweiler begroet hem als een oude bekende en springt vrolijk tegen hem op.

Beide mannen grijpen elkaar even vast. Ze maken vreemde handbewegingen. Het duurt even voor Alex beseft dat ze op die manier een gesprek voeren.

Hij kruipt voorzichtig achteruit tot hij zeker is dat hij vanuit de tuin niet meer gezien kan worden. Dan loopt hij het bosje uit.

Zodra Alex bij Hans binnenkomt, vraagt hij om de vaste telefoon. Roos neemt al na het eerste belsignaal op.

'Ik heb net Carlo Simons gezien,' zegt Alex. 'Bij Deveux, in diens tuin.'

Hij brengt verslag uit.

'En Deveux kan met Carlo communiceren,' voegt hij eraan toe. 'Hij beheerst zijn gebarentaal, ook al heeft Carlo die volgens zijn zus zelf uitgevonden. Ze moeten elkaar dus echt wel goed kennen.'

'Wat vind jij dat we nu moeten doen?' vraagt ze. 'Moet ik hem meteen laten oppakken?'

'Ik neem aan dat je op die camerabeelden in Léglise niet alleen gezocht hebt naar de Lada van Deveux,' zegt hij.

Ondanks de doorstane emoties hoort hij haar even grinniken.

'Nee. Ook naar de Nissan Navara van Carlo. Maar dat heb ik niet tegen het team gezegd, de meesten vinden hem een halve heilige. Maar zijn wagen was niet te zien.'

'Wat natuurlijk niet hoeft te betekenen dat hij vrijuit gaat,' argumenteert Alex. 'In tegenstelling tot Deveux hoefde Carlo helemaal niet in het dorp te zijn, hij had niets te zoeken bij die raveparty. Er zijn andere wegen om naar het huis van Anouk te rijden.'

'Maar als hij niet in Léglise was, wist hij niet of en wanneer Anouk naar huis zou fietsen,' reageert ze. 'Dan gaan we ervan uit dat hij 's nachts op een verlaten stuk weg door het bos heeft zitten wachten tot er een meisje op een fiets voorbijkwam. Beetje vergezocht, toch?'
'Wacht tot morgen,' adviseert hij. 'Nodig hem uit voor een gesprek bij de recherche.'
'Oké.'
'En Roos?'
'Ja?'
'Je was echt goed, zonet in de recherchekamer. Het is moeilijk om in dergelijke situaties onze emoties opzij te zetten.'
'Dat is meestal moeilijk,' antwoordt ze ernstig, 'ook in andere omstandigheden.'
'Tot morgen,' zegt Alex snel.

's Avonds kookt hij saffraanrisotto met paddenstoelen.
'Dit is lang niet slecht,' knikt Hans als ze aan tafel zitten, 'mijn complimenten.'
Alex grinnikt.
'Huichelaar. Het is net eetbaar. Met veel goede wil komt het in de buurt van het gerecht dat ik bij mijn buurman in de bergen heb geproefd.'
Hij heeft in de keuken staan knoeien met de risottorijst en wel tien keer de gebruiksaanwijzing op de verpakking gelezen, en nog is het resultaat te droog en te kleverig en staat het mijlenver af van de risotto uit Gran Sasso.
'Altijd gedacht dat saffraan iets exotisch was,' zegt Hans terwijl hij hun beiden een glas wijn inschenkt.
'Helemaal niet. Ik heb saffraanvelden gezien daar in de bergen, ze brengen geld in het laatje. Ze oogsten de bloemen, halen er voorzichtig de rode stampers uit en laten ze drogen. Ik heb een goedgevuld zakje mee naar huis gekregen.'

'Om eerlijk te zijn, heb ik saffraan nog maar een paar keer geproefd,' zegt Keyzer. 'Hannelore was niet zo voor andere keukens. Ze kookte goed, maar wel heel traditioneel.'

Alex realiseert zich opeens weer wat de man de voorbije vijf jaar doormaakte. Hans Keyzer heeft zowel zijn dochter als zijn vrouw moeten begraven, probeerde bewust Deveux door het hoofd te schieten en bracht meer dan een jaar in de gevangenis door. Het lijkt hem een wonder dat de man überhaupt nog de dag doorkomt.

Alsof hij Alex' gedachten kan lezen, zegt Hans: 'Ik heb veel moeten denken aan wat je onlangs zei over je vrouw. Dat je de dader nooit zult kunnen vergeven.'

'En?'

'En misschien heb je wel gelijk,' antwoordt hij zacht. 'Misschien is dat helemaal niet nodig.'

'Voor jou wel,' zegt Alex.

Keyzer knikt.

'Voor mij wel, ja.'

Later zitten ze op de bank. Alex is blij dat Hans geen enkele keer naar Deveux heeft verwezen. Hij is ook opgelucht dat hij dus ook niet heeft moeten vertellen dat Deveux ondertussen weer op vrije voeten is.

Als hij Hans ziet geeuwen, zegt hij: 'Ik ga naar bed. En wat dat bed betreft: ik wil hier geen gewoonte van maken, Hans. Van hier bij jou te blijven overnachten, bedoel ik.'

'Onzin. Je bent altijd welkom, dat weet je.'

Alex knikt, glimlacht.

'Dat is mooi van je en dat apprecieer ik echt. Laten we dan zeggen dat ik misschien meer op mijn privacy gesteld ben dan jij. Ik ben niet zo goed met andere mensen.'

Keyzer zwijgt.

'Ik denk er al een tijdje over om te verhuizen en iets kleins te kopen hier in de streek,' zegt Alex. Hij beschrijft zijn flat

in Oostende en de torenhoge vastgoedprijzen aan de kust.
Keyzer staat moeizaam op, loopt naar de keuken en komt terug met een bosje sleutels. Hij legt het voor Alex op de salontafel.
'Ik heb een beter idee. Het schuurtje is van jou zo vaak en zo lang je wil. Er is een aparte oprit ernaartoe, je hoeft niet eens langs het huis te passeren. Je hebt er totale privacy. Ik zal je daar nooit komen lastigvallen.'
'Dat kan ik niet aannemen, Hans.'
'Ik geef het je ook niet,' glimlacht Keyzer, 'ik leen het je gratis uit. Je krijgt meteen voor onbepaalde tijd de sleutels, dan hoef je die niet telkens opnieuw terug te hangen.'
Hij merkt dat Alex opnieuw wil weigeren.
'Doe me een plezier en zeg ja,' dringt hij aan. 'Ik heb niemand anders meer in mijn leven, Alex.'
Het is zo'n vreemde en plotse uitspraak dat Alex even niet weet wat te antwoorden.
'Als je af en toe eens binnenspringt en we drinken een glas wijn samen, vind ik het al lang goed.'
'In dat geval, graag. Bedankt, Hans.'
'Soms is er zelfs wifi in het huisje,' glimlacht Keyzer. 'Niet genoeg om te surfen, maar net sterk genoeg om via WhatsApp te bellen.' Hij ziet Alex geamuseerd knikken en zegt: 'Ik ben misschien wel een versleten oude knar, maar ik ben wel nog mee, hoor.'

Als hij in het huisje komt, volgt hij Keyzers advies en tikt de wificode in op zijn telefoon. Hij probeert het drie keer na elkaar, maar het ding weigert verbinding te maken. Misschien beter zo, mompelt Alex tegen zichzelf. Hij is stiekem blij dat net op deze plek de technologie het laat afweten.
Dan geeft hij toe aan een plotse opwelling. Hij ritst zijn jas weer dicht, neemt een stoel en gaat in het donker op het grasveld achter het huis zitten.

Hij moet even wachten tot zijn ogen gewend zijn aan de nacht en dan ziet hij een landschap als in een zwart-witfilm. Uitgestrekte weiden, het riviertje dat als een donkere slang door het gras glijdt, de zwarte muur van het woud achteraan. Er zijn geen vogels meer nu, maar Alex hoort andere geluiden. Het ruisen van de wind door de takken en het struikgewas, de hoge kreet van een dier in de verte.

Hij denkt aan Roos, aan de hint die ze gaf over emoties en hoe moeilijk het is die aan de kant te zetten.

Voor het eerst in lange tijd voelt hij hoe het gemis aan lichamelijkheid op hem weegt.

In de zeven jaar na Camilles dood heeft hij slechts een handvol keren met een vrouw de nacht doorgebracht. Die vrouw was telkens Sara. Het gebeurde altijd op haar initiatief, niet omdat hij het niet wou, maar omdat zij slim genoeg was om de eerste stap te zetten. Achteraf voelde hij zich zowel dankbaar als onwennig, alsof hij een vreemde was in zijn eigen lichaam.

Hij herinnert zich opeens een vroege zomerochtend in Oostende. Het licht viel in witgele stralen door de gordijnen. Sara sliep nog, hij was net wakker geworden en keek naar haar.

Het was heet in de kamer, het deken lag verfrommeld aan hun voeten. Ze lag naakt en in foetushouding met haar rug naar hem toe. Alex keek minutenlang naar haar lange rug, naar de wervels die als golfjes op haar huid lagen, naar haar kleine billen. Hij zag een moedervlek en minieme blonde donshaartjes op haar dijen.

Als hij naar boven kijkt, ziet hij voor de tweede nacht op rij een majestueuze sterrenhemel. Hij kijkt er lang naar, naar de slierten met lichtjes, de grillige patronen, de schoonheid van sterren die zo ver van ons verwijderd zijn dat een mens het zich niet echt kan voorstellen.

Hij denkt aan Camille.

Hoe mooi zou het zijn als ik zou kunnen geloven, denkt Alex opeens. Geloven dat ze verder leeft, ergens, dat ze er nog is, niet bij mij, niet in deze wereld maar ergens, op een plek waar ze hopelijk blij is en zonder pijn.

20

Op zaterdag is het prachtig, helder weer, maar steenkoud. Alex heeft 's nachts per ongeluk zijn raam laten openstaan en is wakker geworden met een dun laagje rijp op zijn donsdeken.

Als hij naar de recherche van Neufchâteau wil vertrekken, ziet hij tegenover het huis van Keyzer een kleine auto staan. De deuren zwaaien open en Sam Hennes en Ada Fonteyn stappen uit. Ze hebben in de auto overnacht, zeggen ze, ze voelen zich geradbraakt. Sam houdt zich stoer, maar voor Ada is het duidelijk wat veel.

'Wat doen jullie hier?'

'Wachten op jou,' antwoordt Sam.

Hij ziet de blik van Ada en corrigeert: 'Oké, da's misschien een beetje overdreven. We wilden absoluut in Suxy overnachten, maar er is zelfs geen Airbnb in dit gat, kun je dat geloven?'

'We zijn in het woud gaan stappen gisterenavond,' geeuwt Ada. 'We bereiden een nieuwe podcast van "De meisjes van Anlier" voor en we beseften dat we niet eens wisten hoe dat aanvoelt, zo'n megagroot bos.'

'*Anyway*, we hebben nieuws voor jou,' zegt Sam. 'Niet dat je het verdient, met de manier waarop je ons telkens in de steek laat, maar kom.'

'Ik ben benieuwd.'

'Voor we gisterenavond naar het woud gingen, hebben we een vriendin van Anouk geïnterviewd.'

Ada vult aan.

'We zijn naar haar ouderlijke huis gereden en hebben links en rechts aangebeld tot we iemand vonden die met ons wou praten.'

'En die een mondje Engels sprak,' verduidelijkt Sam.

'Dat buurmeisje zei dat Anouk, net voor ze naar Luik vertrok, problemen had met een kerel van hier, een man uit Suxy. Anouk vertelde haar dat hij een vaste klant is in de bar waar ze werkte.'

'Le Tigre,' zegt Alex.

Sam kijkt pissig.

'Wil je dat ik verderga?'

'Sorry,' zegt Alex. 'Graag.'

'Later is hij haar hier in de buurt tegen het lijf gelopen, 's morgens bij de bakker in Léglise, en hij heeft haar herkend. Sindsdien begon hij haar te stalken en lastig te vallen.'

'En weet je ook hoe die man heet?'

Sam aarzelt opzettelijk lang.

'Ja. Verburgt, zo heet hij. Stijn Verburgt.'

'Naar het schijnt woont hij buiten het dorp in een nogal speciaal huis,' vult Ada aan. 'We willen er deze ochtend langslopen. Maar eerst moeten we ergens een ontbijtje scoren.'

'En veel koffie,' zucht Sam.

'En een toilet,' zegt Ada.

Alex kijkt hen ernstig aan.

'Ik wil niet dat je die naam voorlopig naar buiten brengt. Is dat begrepen? Ik wil ook niet dat je naar het huis van die man gaat.'

'Dat kun je niet maken,' antwoordt Sam. Voor een keer klinkt hij zelfverzekerd. 'Zolang Verburgt geen onderdeel is van een gerechtelijk onderzoek, kun je ons niet verbieden hem in onze podcast te vernoemen. En hij kan nog niet in jullie onderzoek zitten, want ik heb het je net verteld en je viel duidelijk uit de lucht.'

Alex denkt na en knikt.

'Oké. En wat als ik jullie beloof dat je een interview krijgt met de leidinggevende commissaris over de zaak?'

'Met Roos Collignon?'

'Dezelfde.'
Ada fronst haar wenkbrauwen.
'En mogen we je dit keer geloven?'
Hij knikt.
'Goed,' zegt Sam. 'Wij zwijgen over Verburgt en jij zorgt voor dat gesprek.'
'En je gaat niet naar zijn huis.'
'Dat ook,' zucht Sam.
'Ik bel jullie snel,' zegt Alex. 'En nog iets: ik wil dat jullie voorzichtig zijn. Blijf uit dat woud.'
'Omdat er zoveel bomen in staan, zoals je zelf zei?' grijnst Ada.
Maar Alex heeft zich al omgedraaid en is naar zijn auto gelopen.

Het sporenonderzoek op Anouks fiets is klaar en de technische recherche heeft aangeboden de resultaten te komen toelichten. De man die het rapport becommentarieert is het adjunct-diensthoofd van het lab, een stijve, hautaine kerel die erin slaagt om gedurende het kwartier dat hij in de recherchekamer doorbrengt, bijna voortdurend gewichtig voor zich uit te kijken.

'Het belangrijkste om te onthouden,' vat hij zijn exposé samen, 'is dat het achterspatbord licht beschadigd is. Dat is niet door slijtage of een val gebeurd, maar door een aanrijding. We hebben residu van kunststof teruggevonden, zo goed als zeker afkomstig van de bumper van een auto.'

'Zeker of zo goed als zeker?' vraagt Adrienne Lavoisier, wat haar op een geïrriteerde blik komt te staan.

'Als je het precies wilt weten, hebben we resten van acrylonitril-butadieen-styreen teruggevonden. ABS, in mensentermen. Veelvuldig gebruikt in autobumpers, maar ze maken er bijvoorbeeld ook motorhelmen van. Nog iemand een vraag?'

Niemand heeft nog een vraag, wat in de gegeven omstandigheden niet zo verwonderlijk is.

Zodra de man vertrokken is, begint het informele overleg. Zoals dat bij alle moordteams over het hele land de gewoonte is, wordt er in Neufchâteau tijdens een actief onderzoek ook in het weekend gewoon doorgewerkt, zij het met een beperkte ploeg.

'We hebben pech,' zucht Didier, de IT-expert. 'Mocht het residu van de lak komen, dan konden we met wat geluk achter het type auto aan. Dit is veel te algemeen om er iets mee te kunnen doen.'

Hij draait zijn stoel een kwartslag, kijkt met een kennersblik naar de stapel ontbijtkoeken die op een tafel liggen en kiest een brioche.

'Neem maar, hoor,' zegt hij tegen Alex. 'Er zijn croissants, chocoladekoeken, van alles wat en altijd te veel. Deze zijn de beste, de brioches met kaneel.'

'Is er iemand jarig of zo?'

Didier kauwt en schudt zijn hoofd tegelijkertijd.

'Helemaal niet. De zus van Véronique is bakker. Op zaterdag en zondag brengt ze 's ochtends een assortimentje mee, voor de collega's die weekenddienst hebben.'

Alex onderdrukt een rilling en neemt een croissant. Hij wou vandaag helemaal niet langskomen, maar heeft uiteindelijk besloten een paar uur te helpen waar dat kan. Hij was net voor de uitleg van de technische rechercheur gearriveerd en krijgt het nu pas een beetje warm.

Het gesprek met Carlo heeft eigenlijk al geen nut meer, zo blijkt. Didier heeft die ochtend de resultaten van de telefoontracking binnengekregen.

'Ze hebben een vijftal signalen van Carlo's toestel kunnen traceren,' legt Roos uit. 'Gelukkig zijn er best wel grote stukken van het Fôret d'Anlier waar er wel bereik is. Op

woensdagavond is er om 23.02 uur een signaal geweest in de buurt van Martelange, in het Parc Naturel Haute Sûre.'
Ze loopt naar de stafkaart die naast de glazen wand hangt en wijst de plek aan.
'Dat is zestien kilometer stappen van Rancimont, waar Anouk werd meegenomen. Als je hard doorstapt en nergens een omweg moet maken, doe je er minstens drie uur over.'
'Maar dat kan niet, geloof me,' komt Adrienne tussen. Ze is een verwoede trekker die in vrije weekends steevast op wandel gaat. 'Ik ken dat stuk bij Martelange een beetje, dat is hoog klimmen en diep dalen, het is er geen tien meter vlak. Om daar gemiddeld vijf per uur te halen moet je een getrainde atleet zijn.'
'En zelfs als hij dat zou hebben gehaald, is het nog twee uur 's ochtends of iets later, en dan heb je nog geen auto om het slachtoffer mee te vervoeren.'

'Maar wat doet hij daar in godsnaam toch?' verzucht Alex even later. De andere teamleden zitten weer achter hun desk, maar hij en Roos staan nog steeds bij de glazen wand. Alex staart naar de stafkaart. 'Wat doet hij 's nachts te voet in het midden van het woud, op zestien kilometer lopen van zijn huis?'
'Niemand die het weet,' antwoordt Roos. 'Hijzelf ook niet, als ik de geruchten moet geloven.'
'Maar hij komt toch langs?'
Ze knikt.
'Om twaalf uur.'
Alex raadpleegt zijn horloge.
'In dat geval zou ik me een beetje haasten, als ik jou was.'
'Waarom?'
Hij vertelt haar wat de podcastmakers ontdekt hebben.
'Ik denk dat je die Stijn Verburgt best zelf even spreekt voor die twee enthousiastelingen hem te pakken krijgen.'
Ze knikt.

'Toch wel knap van hen, dat ze dat zomaar met ons delen.'
Alex knikt instemmend, maar iets in zijn blik doet Roos wantrouwig opkijken.
'Of is het niet zomaar, soms?'
'Ik moest hun iets in ruil geven, anders ving ik bot en zouden ze achter mijn rug om naar Verburgt zijn getrokken. Ik heb hun een gesprek met jou beloofd.'
'Je wilt dat ik als commissaris belast met het onderzoek naar een seriemoordenaar ga praten met twee studenten die mij gretig zullen citeren in hun podcast?'
'Ik denk dat het... nuttig zou kunnen zijn dat je hen precies vertelt wat je kunt prijsgeven en geen millimeter meer, in ruil voor hun hulp. En voor een goeie pr in Vlaanderen,' voegt hij er grinnikend aan toe.
'Ik zal Carlo vragen pas om dertien uur langs te komen,' zucht ze. 'Bel jij even met die grappenmakers? We moeten weten wie die vriendin van Anouk is die ze gesproken hebben, zodat we een correct verslag kunnen maken.'

De wijkagent die boven het postkantoor van Léglise kantoor houdt, kent Verburgt. Adrienne heeft de agent gebeld en de luidspreker van haar telefoon aangezet.
'Hij woont iets langer dan een jaar in Suxy,' vertelt hij. 'Hij heeft een heel speciaal huis laten bouwen net buiten het dorp. Ik ken hem maar al te goed.'
'Waarvan ken jij hem dan als hij hier zo recent is komen wonen?'
'Omdat hij hier al vele jaren in de vakanties komt en we vorig jaar tijdens de kerstperiode wat gedoe hadden met hem. Verburgt had een aantal mensen uitgenodigd en er kwamen klachten.'
'Wat voor klachten?'
'Lawaaioverlast vooral. Luide muziek, dronken ruzies die op straat werden gevoerd, kampvuren in de bossen, dat soort dingen. We zijn toen maar liefst drie keer terug moeten gaan,

het was heftig. Het is niet mijn stijl om toeristen het leven zuur te maken, maar uiteindelijk hebben we een pv opgesteld. Ik neem aan dat hij een aantal fikse boetes heeft mogen betalen.'

'Stijn Verburgt, negenenvijftig jaar oud,' zegt Didier terwijl hij naar zijn scherm wijst. 'Een voormalige luchtverkeersleider, net een jaar op rust.'

'Met pensioen?' vraagt Adrienne verbaasd. 'Op zijn achtenvijftigste?'

'Een jaar eerder zelfs al, denk ik,' antwoordt haar collega terwijl hij naar de info tuurt. 'We hebben duidelijk de verkeerde baan gekozen.'

'Didier,' zegt Adrienne met ernstige blik, 'ik verzeker je: als jij luchtverkeersleider was, kreeg je me van mijn leven niet meer in een vliegtuig.'

'Vroeg stoppen met werken is bij mijn weten geen strafbaar feit,' komt Roos tussen. 'Maar we moeten wel nagaan of het verhaal van Anouks buurmeisje klopt. Als de man haar heeft lastiggevallen net voor haar dood, is dat natuurlijk heel andere koek. Ik ga eens met hem praten.'

'Ik kom wel met je mee,' antwoordt Alain.

Roos knikt en richt zich tot het team.

'Voor ik het vergeet: vanaf maandag krijgen we versterking. Twee inspecteurs uit Namen, gespecialiseerd in antecedentenonderzoek.'

Geen moment te vroeg, denkt Alex, maar hij zegt het niet. De inspecteurs zullen met een luizenkam door elk denkbaar stukje informatie gaan dat te maken heeft met de slachtoffers. Ze zullen tijdslijnen opstellen voor de laatste achtenveertig uur van elk meisje. Ze maken uitgebreide stambomen, zo gedetailleerd dat er geen verre neef of oudoom is die ooit een voet dwars heeft gezet of ze komen het aan de weet. Maar wat ze vooral zullen doen is zoeken naar verbanden, hoe vergezocht of onrechtstreeks ook, tussen elk van de slachtoffers.

'Blij met de extra manschappen?' vraagt Alex aan Roos als ze klaarstaat om naar Suxy te vertrekken.
'Zeker. Maar mijn chef heeft me in bedekte termen te verstaan gegeven dat het daar niet bij zal blijven. De druk wordt nogal groot en hij is geen moedig man.' Roos kijkt zorgelijk. 'Ze overwegen een volledig team uit Arlon te sturen om ons te helpen, inclusief een door de wol geverfde commissaris moordzaken.'
Alex knikt om aan te geven dat hij in dat geval de bui ziet hangen.
'Het klopt ook wel dat we met veel te weinig zijn,' geeft ze toe. 'Acht rechercheurs voor zo'n complex onderzoek, dat lukt eigenlijk niet.'
'Ik denk niet dat ze jou zo vlug aan de kant zullen schuiven, Roos.'
'Ik ben nauwelijks anderhalf jaar hier en precies even lang commissaris, Alex. Ik heb nog niets bewezen.' Ze schudt het hoofd. 'Dit wordt hoe langer hoe meer een mediacircus en dan hebben de bazen graag iemand aan het roer die het klappen van de zweep kent.'

Als Roos en Alain vertrokken zijn, loopt Alex naar de keuken op zoek naar suiker voor zijn koffie.
De keuken is een inham naast de traphal. Er is geen plaats voor een tafel, maar er staat wel een koelkast, een gootsteen en een voorraadkast vol met de typische overlevingsrantsoenen voor overwerkte speurders. Hij zit met zijn neus tussen het snoepgoed, de zakken chips en de pakken noedels als hij Adrienne hoort vragen: 'Zoek je iets?'
Alex draait zich om.
'Suiker.'
'Daar, bij de voorraad printpapier. Vraag me niet waarom.'
Hij roert de suiker door zijn koffie terwijl Adrienne een blikje fris uit de koelkast haalt.
'Hoe goed ken jij Carlo?' vraagt hij.

Ze leunt tegen de gootsteen en neemt een slok.
'Niet. En aan de andere kant... iedereen kent hem hier wel een beetje, begrijp je?'
'Ik blijf het vreemd vinden,' zegt Alex. 'De verdwijning van Carlo is vijfentwintig jaar geleden en toch... Er hangt een soort sluier over die gebeurtenis.'
'Het is iets wat echt bij de streekverhalen hoort, Alex. Het wordt doorverteld. En zoals dat altijd gaat met dingen die worden doorverteld, is het in al die voorbije jaren waarschijnlijk nog groter gemaakt dan het al is.'
'Maar het is sowieso al ongelofelijk, toch?'
Adrienne knikt.
'Ja. Het is al onwaarschijnlijk dat een kind van vijf jaar oud negen dagen overleeft in een woud, met alleen maar water van een riviertje. Maar de mensen hebben er in de loop der jaren steeds grotere verhalen van gemaakt.'
Ze neemt een laatste slok en keilt het blikje in de afvalzak.
'Een jaar of twee, drie geleden is hij door een christelijke beweging uit Arlon gevraagd om hun boegbeeld te worden.'
'Hun boegbeeld?'
'Hun boegbeeld, hun messias, noem het zoals je wilt. De beweging heet "De Nieuwe Christenen". Volgens hen kan Carlo het alleen maar overleefd hebben dankzij goddelijke tussenkomst. Hij heeft hulp uit de hemel gekregen, dat kan niet anders.'
Alex knikt.
'Maar Carlo heeft daar nooit op gereageerd, net zomin als op andere vragen of aanbiedingen voor zover ik weet,' gaat Adrienne verder. 'Je moet het hem toch nageven. Hij heeft gewoon altijd op zijn eigen kleine manier zijn leven op de rails proberen te krijgen. In de streek die hij kent en met de zeer beperkte kring van mensen die hij kent, of wil kennen.'

Een goed uur later is Roos terug. Verburgt blijkt verbolgen te hebben gereageerd op de aandacht van de politie en al helemaal toen hij hoorde waar het over ging.

'Hij geeft toe dat hij geregeld een glas drinkt in Le Tigre en wist dat Anouk daar als dienster werkte,' zegt ze. 'Maar hij ontkent in alle toonaarden dat hij haar zou hebben gestalkt of lastiggevallen. Het is een onaangename man.'

'En nu?'

Ze steekt haar handen in de lucht.

'We kunnen er voorlopig niets mee, hé. We hebben geen getuigen, we hebben alleen maar het verhaal van Anouks buurmeisje. Daar schieten we niets mee op. We praten straks nog met de baas van Le Tigre, die was ook al zo blij met ons telefoontje.'

Net voor dertien uur verschijnt Carlo in de recherchekamer. Hij draagt een groene cargobroek met grote zijzakken en een geruite, warme jas met opstaande kraag. Adrienne begroet hem vriendelijk en wijst naar de vergadertafel in de hoek van het kantoor, alsof hij een gast is die even komt buurten.

Alex moet denken aan zijn gesprek met Adrienne in de keuken. Zowel de hoofdinspecteur als de beide inspecteurs Véronique en Didier zijn mensen uit de streek en het valt op hoe respectvol ze met Carlo omgaan. Alsof hij broos en breekbaar is en ze voorzichtig met hem moeten zijn.

Misschien is het dat wat de rechercheurs en zovele anderen in hem aantrekt, bedenkt Alex terwijl hij ziet hoe Roos en Adrienne zich klaarmaken om met de man te praten: dat Carlo nooit gepocht heeft over wat er gebeurd is, dat hij er nooit iets heldhaftigs van heeft willen maken. Hij heeft alleen maar gezwegen. Wat er dan overblijft, is het beeld van een doodsbang jongetje van vijf dat dagen en nachten alleen in een groot bos ronddwaalt en het wonderlijk genoeg overleeft.

Ik heb gewoon vergeten mijn vrije dagen op het rooster in te vullen. Ik heb nog veel vrije dagen staan van alle weekends die we moeten werken. Ik had moeten zeggen dat ik enkele dagen vrij zou nemen maar ik ben het vergeten.

Carlo schrijft zijn antwoorden rustig en geconcentreerd op een A4'tje. Adrienne heeft aan het begin van het gesprek een stapeltje printpapier naast hem neergelegd en hem op zijn teken een glas water gebracht. Roos en Adrienne voeren het woord, maar zien er beiden geen graten in dat Alex mee aanschuift.

Het gesprek is al een tiental minuten aan de gang en Carlo valt voortdurend in herhaling: hij vindt het vreemd dat hij zich moet verantwoorden voor wat hij in zijn vrije tijd doet.

Ik begrijp niet waarom u mij hier gevraagt hebt.

Het is niet de eerste keer dat er spelfouten in Carlo's antwoorden staan, merkt Alex. Meer dan eens is zijn zinsconstructie vreemd of maakt hij opvallende taalfouten.

'We vinden het fijn dat je hier naartoe wilde komen, Carlo,' zegt Adrienne. 'Als we vandaag met jou praten, is het om je daarna niet meer te hoeven lastigvallen. We willen je van ons lijstje kunnen schrappen,' glimlacht ze.

Roos kijkt neutraal voor zich uit.

'Als je ons in grote lijnen zou kunnen vertellen waar je sinds woensdag bent geweest, komen we al een eind,' zegt ze.

Dat weet ik niet.

Roos onderdrukt een lichte irritatie en vraagt:

'Maar je hebt enkele nachten in het bos geslapen, niet? Dat kan niet anders. Begin dan eens met te vertellen hoe dat is, overnachten in het woud zonder tent of zo. Ik ben nieuwsgierig.'

Carlo staart haar een tijdje aan. Dan slaat hij zijn ogen neer en begint te noteren.

Hij schrijft eenvoudige dingen op, zoals het feit dat het meerdere keren heeft geregend en dat het 's nachts inderdaad heel koud was, te koud voor de tijd van het jaar, voegt hij eraan toe. In de marge vernemen ze dat hij alleen zijn lichtgewicht slaapzak bij zich had, een professioneel ding dat isoleert tot ver beneden het vriespunt, maar meer niet. Nee, hij had geen proviand mee. Wat hij dan gegeten heeft? Hij wuift de vraag weg.

Het valt Alex op dat Carlo's houding verandert als hij het over het woud heeft en over zijn nachten in het bos. Het lijkt alsof zijn blik op die momenten naar binnen is gekeerd. Soms gebeurt ook het tegenovergestelde en voelt het alsof hij naar plekken kijkt die ver buiten de recherchekamer liggen, plekken die zij niet kunnen en nooit zullen zien.

Bijna terloops vermeldt hij dat hij mensen heeft ontmoet.

'Mensen? Welke mensen, Carlo?' vraagt Roos.

Ik volgde een pad dat langs de rand van het woud liep en heb een pension gezien. Er kwamen twee oudere mensen naar buiten. Het waren wandelaars. Ze hebben me water gegeven. Ik denk dat ze daar logeerden.

'Ik neem aan dat je de naam van dat pension niet kent?' vraagt Adrienne. Haar toon suggereert dat ze dat ook niet verwacht.

Carlo denkt een poos na.

Le Hibou. Ik herinner me dat omdat er reclame op de gevel staat.

'En wanneer was dat?'

Weet het niet.

'Ochtend, middag, avond?' dringt Roos aan.

Carlo doet zelfs geen moeite.

Niet veel later staat hij op, knikt iedereen vriendelijk toe en vertrekt.

'Er zijn tientallen plekken die "De Uil" heten, maar ik denk dat ik de juiste heb gevonden,' zegt Didier een poosje later. 'Een B&B in Attert, niet ver van de grens met Luxemburg.'

'Bel hen,' vraagt Roos op een voor haar doen ongewoon zakelijke toon. 'We zoeken een stel oudere wandelaars die er woensdag of donderdag logeerden.'

De eigenaar van het pension blijkt zich nog zeer goed te herinneren welke gasten hij die week heeft gehad. Didier heeft hem op speaker gezet en de krassende stem van de man vult de kamer.

'Zoals u het beschrijft, zijn er twee mogelijkheden,' zegt hij. 'We hadden een stel uit Knokke. Dat ligt aan zee.'

Roos rolt met haar ogen en zucht.

'Nogal onvriendelijk en veeleisend bovendien. Ik heb een B&B, maar sommigen verwachten de service van het Hilton, het is toch waar, zeker?'

'En het andere stel?' vraagt Didier.

'Die kwamen uit Charleroi,' zegt de man. Aan zijn stem te horen scoren ze een stuk hoger in zijn rangschikking. 'Fijne mensen, niks mis mee.'

'Dan zou ik nu graag de gegevens van beide koppels van u krijgen,' zegt Didier op een toon die geen ruimte laat voor discussie.

Ze beginnen met het stel uit Charleroi en hebben meteen prijs.

'Ja, dat klopt,' zegt de vrouw die de telefoon opneemt. 'Wat een vreemde ontmoeting was dat!'

Didier heeft haar via Messenger een foto van Carlo doorgestuurd.

'Dat is de man die we hebben ontmoet, ja. Hij was heel verward, hij leek helemaal niet te beseffen waar hij zich bevond. We hebben nog gevraagd of we een dokter moesten bellen, zo uitgeput zag hij eruit.'

'En gaf hij antwoord?' vraagt Didier, wat hem een goedkeurend knikje van Roos oplevert.

'Nee, helemaal niet, de man heeft geen woord gezegd! Ik maakte me echt zorgen, hij leek helemaal van de wereld. Ik gaf hem mijn flesje water en hij heeft het bijna helemaal leeggedronken.'

'Goed, en toen?'

'Meteen daarna heeft hij vriendelijk geknikt en liep hij zonder iets te zeggen terug het woud in. Heel vreemd allemaal.'

'Nog een laatste vraagje, mevrouw. Welke dag was dat?'

'Donderdag.'

'Weet u ook nog hoe laat ongeveer?'

'Even kijken… Halfelf, elf uur, zoiets, want ik weet dat we nog voor het middageten een wandeling wilden maken, we hadden gereserveerd in een leuk restaurantje.'

'Le Hibou in Attert ligt in vogelvlucht op vijf kilometer van de plek waar Carlo's gsm op woensdagavond is getraceerd,' zegt Adrienne even later. 'Mochten we er nog aan twijfelen: ik denk dat we hem nu wel definitief mogen schrappen voor het onderzoek naar Anouk.' Ze klinkt opgelucht.

Wat later loopt Alex naar het kantoortje van Roos. Ze heeft een stapel documenten voor zich liggen die ze nu en dan verveeld parafeert voor ze aan een volgende begint.

'Ik kras maar eens op,' zegt hij.

Ze knikt.

'Misschien best, we mogen het lot niet tarten. Als mijn chef was langsgekomen tijdens het gesprek met Carlo en jou daar had zien zitten, stond dat extra team hier maandag al.'

'Ik stel geen onderzoeksdaden, commissaris,' antwoordt hij met een glimlach. 'Ik analyseer en informeer.'

'Yeah right,' lacht ze.

Hij staat bij de lift te wachten als zijn telefoon overgaat.

'Met Murielle, Murielle Croone. Ik had beloofd je nog eens mee te nemen om het woud te leren kennen,' zegt ze.

Alex herinnert zich niets van die belofte, maar reageert niet.

'Ben je morgen vrij om een paar uur te gaan stappen? Echt stappen bedoel ik, niet zo'n slenterpartijtje als vorige keer.'

'Ja, prima, dat kan. Ik wil graag naar de plek waar Carlo vijfentwintig jaar geleden is teruggevonden.'
De aarzeling is kort, maar toch hoort hij ze.
'Nee, liever niet,' zegt Murielle.
Ze geeft geen uitleg.
Als Alex blijft zwijgen, zegt ze:
'Ik wil wel met jou het woud ingaan morgen, maar dan kies ik de plek. Goed?'
Alex stemt in. Hij trekt zijn jas aan, maar blijft tobben over het vreemde antwoord van Murielle.
Carlo, denkt hij. Waarom is er bij iedereen toch zo'n terughoudendheid, zo'n pudeur bijna, telkens als het over Carlo gaat?
Hij loopt opnieuw de recherchekamer binnen en houdt halt aan de desk van Didier.
'Die verdwijning van Carlo Simons destijds...'
'Wat is daarmee?'
'Bestaat dat oorspronkelijke dossier nog?'
'Help me eens even met de datum?'
'Vijfentwintig jaar geleden, dus ergens in 1997.'
Didier knikt.
'Dan kun je geluk hebben. Rond die tijd zijn we hier in Neufchâteau beginnen digitaliseren.' Hij klinkt trots. 'We waren bij de eersten in de streek.'
Zijn vingers gaan geroutineerd snel over de toetsen.
'Hier,' lacht hij. 'Zeg nu maar: dank je wel, Didier, je bent fantastisch.'
'Dank je wel, Didier, je bent fantastisch,' herhaalt Alex gedwee. 'Open het even, wil je. Ik zoek de gegevens van de dokter die Carlo heeft behandeld toen hij uit het woud kwam.'
'Dokter Lucien Vautrin,' leest Didier van zijn scherm. 'Ik heb een telefoonnummer en een adres, welk van beide wil je?'
Hij ziet Alex' blik en zucht: 'Oké, je wilt ze allebei.'

Op dat moment horen ze de deur van de recherchekamer opengaan. *Garde forestier* Jean-Philippe Lamotte staat er, in camouflagepak en met een doosje in zijn handen. Hij ziet er hevig geschrokken uit.

'Ik... ik denk dat ik een opname van de moordenaar heb,' zegt hij.

21

'Er staat een wildcamera in dat stukje van het bos,' legt Lamotte uit. 'Ik heb hem er speciaal geplaatst ter voorbereiding van de jacht, om te kunnen checken hoeveel activiteit er is. Of er 's nachts meer of juist minder wild passeert, dat soort dingen.'
Didier voert de opname uit de camera in het systeem in en nu kijkt het hele team naar het grote scherm dat achter de glazen wand hangt. Rechtsonderaan loopt de tijd mee.
'Het is een infrarood bewegingscamera,' zegt de *garde forestier*, 'de opname start zodra er beweging wordt waargenomen. 's Nachts schakelt hij bovendien aan als hij een warmtebron detecteert.'
Iedereen weet wat te verwachten en toch is het hevig schrikken als het beeld opeens aanfloept en ze een man zien lopen. Ze zien hem op zijn rug. Hij loopt van linksonder naar rechtboven door het scherm. Hij draagt een hoofdlampje dat een smalle streep licht voor hem uit gooit. Het is een doorsnee man van gemiddelde lengte en slanke lichaamsbouw. De tijdscode geeft 02.35 uur aan.
'Spijtig dat het infraroodbeelden zijn,' zegt Didier.
Iedereen weet wat hij bedoelt: het beeld geeft alleen maar schakeringen van grijs. Ze zien dat hij een regenjas met kap draagt, maar de kap bedekt zijn hoofd en naar de kleur is het raden.
'Ga toch maar uit van een donkere kleur,' zegt Jean-Philippe Lamotte, 'ik weet ondertussen uit ervaring hoe het eruitziet. Ik gok op een blauwe of grijze regenjas.'
'Is dat een jeans?' vraagt Roos.

'Zou kunnen,' antwoordt Adrienne. 'Het kan een jeans zijn, maar dat hoeft niet.'

'Schoenen?'

'Donkere sneakers, denk ik.'

De frustratie is bijna tastbaar. Ze krijgen opeens zo veel te zien en hebben er tegelijkertijd zo weinig aan.

'Godverdomme,' sist inspecteur Alain Devreese naar het scherm, 'draai je om, klootzak.'

Alex pakt zijn telefoon en maakt snel enkele foto's.

'Ik zet het filmpje op de server, hoor,' zegt Didier. 'Gewoon inloggen en je kunt het zien zo vaak je wilt.'

'Dank je, maar zonder internet heb ik daar in Suxy weinig aan.'

Het scherm wordt zwart. Didier laat de opname opnieuw vanaf het begin lopen.

'Dit is de dader,' mompelt Adrienne terwijl ze naar de man kijkt. Ze staart gebiologeerd naar het scherm. 'Dit is de moordenaar.'

Alain beaamt dat.

'Anouk is volgens de patholoog-anatoom overleden tussen 02.00 uur en 03.00 uur en dit gebeurt om 02.35 uur. Hij heeft haar tegen de stam van de boom achtergelaten en loopt nu terug.'

'Waarom hebben we dan geen opname als hij Anouk naar de boom sleept?' vraagt Véronique.

Roos denkt hardop na.

'Omdat hij niet identiek dezelfde terugweg neemt, denk ik. Dat is niet zo ongewoon, hé, hij bevindt zich in het woud in het donker, hij ziet nauwelijks een hand voor ogen. We hebben gewoon geluk dat hij op de terugweg langs de wildcamera loopt.'

'Of het is zoals Hans altijd al gezegd heeft,' laat Alex zich ontvallen. 'Hans Keyzer,' legt hij uit, 'de vader van Laura.'

Ook hij kijkt nu voor de derde keer naar de figuur in het woud.

'Wat zegt hij dan?' vraagt Adrienne.
'Dat ze met zijn tweeën zijn.'
Alex houdt zijn antwoord bewust vaag. Hij vertelt niet dat het volgens Hans om Thierry Deveux en Carlo gaat: hij weet ondertussen hoe ze in de recherchekamer over Carlo Simons denken.
'Maak het alsjeblieft niet nog erger dan het al is,' fluistert Didier.

Als Alex een halfuur later bij voormalig kinderarts Lucien Vautrin arriveert, staat die hem al op te wachten. Alex heeft hem voor vertrek gebeld en als de man hem in de deuropening begroet, is het meteen duidelijk dat het bezoek een aangenaam verzetje voor hem is.
'Ha, daar bent u! Prima!' Hij wrijft zich in de handen. Vautrin is een grote man met een slungelachtig lichaam en de meest indrukwekkende wenkbrauwen die Alex ooit heeft gezien. Zijn leesbril bengelt aan een koordje op zijn borst. Hij heeft een hoog Kabouter Plop-gehalte met zijn dikke buik die opbolt onder een paar oranje bretels. Vreemd genoeg draagt hij ze boven zijn groene lamswollen trui.
'Wilt u koffie of zoiets?' Het klinkt alsof hij nog maar recentelijk van het goedje heeft gehoord. 'Of gaan we meteen naar mijn kabinet?'
'Ik volg u,' antwoordt Alex met een glimlach.

De praktijkruimte van de voormalige kinderarts is nog helemaal intact.
'Ik heb nog niet de moed gevonden om alles op te ruimen,' zegt hij met zware stem, 'laat staan om spullen weg te gooien. Ik ben nu tien maanden met pensioen, maar...' Hij laat de rest van de zin in de lucht hangen.
'Klaar voor de welverdiende rust?' vraagt Alex.
Vautrin kijkt bitter.

'Nu klinkt u als mijn vrouw. Volgens haar moet ik in mijn hangmat in de tuin liggen en dikke boeken lezen.' Hij snuift. 'De waarheid is dat ik me te pletter verveel. Ik mis mijn patientjes.' Hij houdt zijn hoofd schuin en monstert Alex. 'U bent gezond? Niet toevallig iets onder de leden?'
'Niet dat ik weet.'
Vautrin knikt zuchtend.
'Carlo Simons,' probeert Alex.
'Ja. Ik heb in mijn privéarchief wat notities teruggevonden die ik destijds gemaakt heb.' Een glimlach. 'Carlo was zo'n beetje mijn *moment of fame*. Een heel bijzonder kind. Ik herinner me hem heel goed, ik heb in mijn carrière nooit meer zoiets meegemaakt.' Hij neemt het mapje dat op zijn bureau ligt en wijst naar een zitbank in de hoek van zijn werkkamer. 'Zullen we gaan zitten?'
'Hebt u Carlo meteen onderzocht toen hij teruggevonden was?'
'Ja, dezelfde dag. Hij was er heel slecht aan toe. Gedehydrateerd, ondervoed natuurlijk, totaal uitgeput. Hij was ook onvoorstelbaar smerig, herinner ik me, de verpleegsters hebben er hun werk aan gehad.'
'Had hij verwondingen?'
De dokter overloopt zijn aantekeningen.
'Wat schaafwonden, een lelijke jaap boven zijn wenkbrauw die we hebben moeten hechten, hoogstwaarschijnlijk van een val. Maar voor de rest niets, nee.'
'Maar hij kon niet meer praten.'
Vautrin knikt. 'Althans, technisch kon hij het nog wel. We hebben zijn stemorgaan onderzocht en daar was niets mis mee. Hij kon het mentaal gewoon niet meer opbrengen. Er kwam geen klank meer uit die jongen.'
'Door psychologische factoren?'
Vautrin knikt.

'Het is een extreem geval van posttraumatische stressstoornis. We noemen het mutisme: een afwezigheid van spraak terwijl het vermogen om de stem van anderen te horen behouden blijft.' Hij schudt het hoofd. 'Arme jongen.'
'U hebt hem destijds uitvoerig onderzocht,' zegt Alex. 'Hebt u ooit een aanwijzing van hem gekregen over wat hij in het woud heeft meegemaakt? Via een tekening of een tekstje of zo?'
'Nee.'
'Maar u hebt het wel geprobeerd?'
'Natuurlijk, en niet alleen ik.' Vautrin zucht, zegt: 'Weet u, sommige gebeurtenissen kunnen zo schokkend zijn dat zij een diep psychisch trauma veroorzaken en een enorme aanslag plegen op ons systeem.'
'Zoals niet meer kunnen spreken?' vraagt Alex koppig.
'Natuurlijk. Denk maar aan het bijbelse gezegde "met stomheid geslagen zijn". Je hoeft het niet verder te zoeken, hoor. Het is een metafoor voor de reactie van verbijstering op een schokkende gebeurtenis.'
Alex knikt.
'Hoe kon hij dat overleven, meneer Vautrin? Negen dagen en nachten in het woud. Hij was vijf jaar oud.'
De voormalige arts ademt langzaam uit en schudt het hoofd. 'Als dokter en rationeel mens moet ik zeggen: ik begrijp het niet. Een dag of vier, vijf zonder eten is al vrijwel onmogelijk op die leeftijd, maar negen...' Hij wijst naar zijn aantekeningen. 'Helemaal zonder eten zat hij wel niet, denk ik. We hebben in zijn bloed een minieme dosis agaritine teruggevonden. Dat is een gif dat je vindt in rauwe paddenstoelen. In grote dosissen kan het gevaarlijk zijn.'
'Dus Carlo heeft overleefd op rauwe paddenstoelen?'
'Waarschijnlijk. Paddenstoelen en water. Er was een beekje in de buurt waar ze hem hebben gevonden.'
'Kun je daar als vijfjarige op overleven?'

Vautrin haalt zijn schouders op en zegt: 'Dat zal dan wel, hé. Het menselijk lichaam blijft een wonderlijke machine.'
Hij sluit het mapje en staart even voor zich uit. 'Weet u, die fysieke belasting was nog niet het ergste, denk ik. Hij beschikte gelukkig over een goed gestel en er bleek merkwaardig genoeg niet veel schade aan de organen te zijn. Maar de blik in de ogen van dat jongetje zal ik van mijn leven niet vergeten.'
'Wat voor een blik was dat dan?'
Vautrin kijkt Alex aan.
'Angst. Pure, onversneden doodsangst.'

Als hij terug is in Suxy en afslaat om naar Hans en het schuurtje te rijden, passeert hij de woning van Baekeland. Hij parkeert en belt aan.
De man die opendoet, is een schim van de zelfverzekerde cynicus van voorheen. Baekeland lijkt opeens tien jaar ouder. Zijn huid is grauw en zijn ogen staan dof.
'Sorry, maar ik heb geen zin in bezoek, meneer Berger.'
'Dat begrijp ik. Ik wilde even checken hoe het met je gaat.'
Baekeland wil antwoord geven, maar schudt dan gewoon het hoofd.
'Ik weet namelijk hoe het is,' legt Alex uit. 'Hoe erg het is om een dode te vinden. Zeker een jong iemand. Zoiets raakt je diep.'
Een miniem knikje.
'Het was verschrikkelijk,' fluistert hij. 'Hoe ze daar lag, tegen die boom... Ik had voordien nog nooit een dode gezien. Ik krijg het beeld niet van mijn netvlies.'
'Je moet er met iemand over kunnen praten. Kun je dat? Hebben ze jou het nummer van Slachtofferhulp gegeven?'
Hij knikt op een manier die laat vermoeden dat hij dat nummer nooit zal bellen.
'Bedankt om langs te komen,' zegt Baekeland. Hij lijkt het te menen.

Hij wil de deur sluiten, maar Alex steekt zijn hand op.
'Nog één vraag. Is Stijn Verburgt een van die mensen in Suxy die je 's nachts beter niet tegen het lijf loopt?'
'Ik heb overdag al geen zin om Verburgt tegen het lijf te lopen, laat staan 's nachts.'
'Waarom?'
Baekeland zucht vermoeid. 'Het zijn mijn zaken niet, Alex. Ik heb genoeg aan mijn hoofd.'
'Wat weet je over hem? Wat heb je gehoord of gezien dat ons zou kunnen helpen?'
'Dat hij een mooie woning heeft. Hij heeft een ecologisch *pop-up house* laten neerzetten, zo'n ding dat in panelen wordt geleverd. Het stond in nauwelijks drie dagen in elkaar.'
Alex blijft hem aankijken tot hij plooit.
'Oké. Iedereen in het dorp weet dat er af en toe prostituees op bezoek komen bij Verburgt, vanuit Neufchâteau. Jonge vrouwen. Hoe jonger hoe liever.'
'Vanuit Le Tigre bijvoorbeeld?'
Baekeland kijkt verrast en plots is de spottende ondertoon er opnieuw.
'Meneer is op de hoogte.'
Meteen daarna sluit hij gedecideerd de voordeur.

Als Alex om negen uur 's avonds bar Le Tigre binnenloopt, is hij verrast. Hij had roze verlichting, donkere hoekjes en een overdaad aan kitsch verwacht, maar het lijkt op een gewoon café zoals je er tientallen in elke stad vindt. Er is op dit vroege uur toch al een twintigtal klanten, van wie er drie op hoge krukken aan de tapkast zitten.
Het meisje achter de bar is klein en frêle. Ze heeft een ontwapenende glimlach en haar blonde haren zitten in een dikke dot boven op haar hoofd. Ze ziet er erg jong uit.
'Voor mij een biertje,' zegt Alex. Hij houdt zijn bestelling bewust vaag.

'Gewone pils? Abdijbier? Tripel? Van het vat of uit het flesje?' Ze glimlacht verontschuldigend. 'Je moet wel kiezen, hoor, we hebben dertig verschillende soorten.'

'Doe maar een gewoon pilsje van het vat,' zegt hij. 'Ik heet Alex, *by the way*. En jij?'

'Zoë.'

'En kom je uit de buurt, Zoë?'

Voor het meisje kan antwoorden, buigt een van de mannen aan de tapkast zich in Alex' richting.

'Ja, ze komt uit de buurt en nee, ze is niet minderjarig.' Hij grijnst. 'Leer me niet een flik te herkennen.'

'Vreemd dat je meteen de behoefte voelt om het over haar leeftijd te hebben, meneer…'

'Meneer volstaat.'

Het is een gespierde kerel met kortgeschoren, bruin haar en een stoppelbaard. Er glanzen enkele diamantjes in de schelp van ieder oor.

Hij monstert Alex een tijdje, zegt dan: 'Je bent een vreemd soort flik. De gewone zijn hier trouwens al langs geweest, dus wat moet jij hier nog?'

'Je hebt mijn vraag niet beantwoord.'

'Dat hoef ik ook niet, maar ik zal je een lol doen. Dit is mijn kroeg en hier komen mannen die graag naar mooie meiden kijken. Jonge meiden. Als ze oude wijven willen zien, kunnen ze evengoed thuisblijven want de meesten zijn getrouwd.'

Zijn twee kompanen lachen hartelijk, maar de man vertrekt geen spier.

'Aangezien ik een goede zakenman ben, zorg ik ervoor dat ik aan hun voorkeur voldoe. Maar dan wel binnen de wet, want anders heb ik om de haverklap trammelant met kerels als jij en dat is slecht voor de omzet.'

Alex knikt.

'Ik ging ervan uit dat een van je vaste klanten er vandaag zou zijn. Stijn Verburgt. En voor je me met een smoesje wilt wegsturen: als hij hier is, dan zeg je het. Want je hebt gelijk, je wilt geen trammelant met kerels als ik.'

'Achter mij,' sist de man. 'Laatste tafeltje in de hoek. Hij houdt een aangename conversatie met Amélie. Da's een collega van Zoë. Ze is vanavond vrij.'

Stijn Verburgt ziet er tien jaar jonger uit dan zijn leeftijd. Hij is een elegante man, van de manier waarop hij zijn glas vastneemt tot zijn sierlijke handbewegingen terwijl hij een verhaal vertelt aan het jonge meisje dat bij hem zit.

Maar elegant of niet, hij is niet blij Alex te zien.

'Ik heb vanmiddag al de politie van Neufchâteau bij mij thuis aan de deur gehad,' zegt hij. Zijn stem heeft schelle, scherpe randjes. 'En nu jij. Dit heet lastigvallen, ik zal mijn beklag doen.'

Amélie vindt het een geschikt moment om met een haastig woordje – 'ciao Cédric' – afscheid te nemen en naar de andere kant van de bar te lopen, waar ze een babbel begint met Zoë.

'Cédric?' vraagt Alex.

'Niet dat ik jou ook maar enige uitleg verschuldigd ben, maar mijn tweede voornaam is Cédric. Als ik "Stijn" zeg, maken ze er hier toch "Stien" van.'

Alex vertelt hem de reden van zijn bezoek. Verburgt wil meteen reageren, maar Alex is hem voor.

'Parkeer je verontwaardiging even. Het is je volste recht om je avonden hier door te brengen of jonge vrouwen uit te nodigen bij je thuis.' Alex merkt zijn verbazing en gaat snel verder. 'Zolang ze meerderjarig zijn, is dat hun zaak en die van jou. Maar als Anouk net voor haar dood bij iemand geklaagd heeft dat ze door jou werd lastiggevallen en gestalkt, wordt dat wel onze zaak.'

'Heeft ze jou dat verteld?'

'Nee.'

Verburgt merkt dat er geen verdere uitleg zal komen. 'Jullie krijgen dus via via een verhaal te horen dat Anouk bij iemand over mij heeft geklaagd en dat gegeven vinden jullie voldoende om mij lastig te vallen?' 'Aangezien Anouk ondertussen dood is vind ik dat reden genoeg om vragen te stellen, ja.'
'Nu moet je eens even goed naar me luisteren,' zegt Verburgt. Hij is danig geïrriteerd, maar beheerst zich. 'Ik ben meer dan dertig jaar luchtverkeersleider geweest. Elke minuut van mijn werktijd zat ik op het puntje van mijn stoel omdat er een ramp kon gebeuren als ik even niet goed oplette. Zelfs de plaspauze was gechronometreerd. Nu ben ik vrij en woon ik hier.' Hij zwaait met een vinger naar Alex en verheft zijn stem. 'En nu moet niemand mij nog vertellen hoe ik moet leven. Niemand!'
'Prettige avond,' zegt Alex.
Als hij langs de tapkast loopt, mompelt de eigenaar: 'Ik zei het toch, kerels als jij zijn slecht voor de omzet.'

Op zondag merkt hij tot zijn verbazing dat de wifi niet alleen werkt, maar dat er ook berichtjes binnenkomen.
Eric en Manon hebben hem de dag voordien elk een bericht gestuurd. Een opgewekt, vrolijk bericht van zijn vriend en een sombere van de jonge vrouw. Dat had Alex kunnen voorspellen: Manon zet zich met hart en ziel in voor het klimaat, maar de confrontatie met vervuiling en natuurschade raakt haar telkens diep. Eric is ook oprecht begaan met die problematiek, maar alleen al het feit dat hij met Manon op stap mag, maakt hem vrolijk.
Veel engagement, veel resultaat en Manon is een meid uit de duizend. Het leven is mooi! Alleen het eten is vreselijk, die Duitsers kunnen echt niet koken.
Manon stuurt hem een foto van een enorme berg afval die haar groepje vrijwilligers uit de zee en van de Noord-Duitse stranden heeft gehaald, samen met een berichtje.

De eerstvolgende keer dat je drank in een plastic fles wil kopen: niet doen.

'We hebben allemaal een diepe band met het bos,' zegt Murielle. 'Ieder van ons, dat zit gewoon in onze genen. Onze voorouders waren omringd door het woud. Ze leefden ervan, het zorgde voor voedsel en brandhout. En ze hadden ontzag voor de kracht van het woud. Ze vereerden hun bosgoden.'

Ze zijn op haar vraag naar Léglise gereden en daar vandaan door het woud beginnen stappen. Ze volgen een route die Murielle duidelijk goed kent.

'Maar omdat onze voorouders bang waren voor het donker, was het woud ook de plek waar 's nachts het onheil op de loer lag,' zegt ze. 'De heks, de weerwolf, de demonen uit de onderwereld.'

'Veel mensen zijn vandaag nog altijd bang in het donker, toch?'

Ze observeert Alex terwijl ze naast hem loopt.

'Ben jij bang in het donker?'

Hij heeft weinig zin om over haar vraag na te denken.

'Niet echt.'

Ze zwijgt een tijdje, zegt dan: 'Ik hoop dat je hem snel vindt. De moordenaar.'

Het is de derde keer sinds ze een uur geleden vertrokken zijn dat Murielle een opmerking maakt die met de moorden of zijn werk bij de recherche te maken heeft. Alex heeft al de hele tijd het onprettige gevoel dat ze hem probeert uit te horen, dat ze op zoek is naar informatie over het onderzoek naar de dode meisjes.

Hij negeert haar opmerking en vraagt: 'Wat doe jij eigenlijk voor de kost, Murielle? Ik dacht er net aan dat ik dat niet eens weet.'

Ze glimlacht maar het is niet van harte, merkt Alex.

'Ik heb een winkel met biospullen, in Florenville. Kwartiertje rijden.'
Meer uitleg komt er niet.
'En waarom woon je in het dorp? In Suxy, bedoel ik.'
'Als ik kon zou ik midden in het woud wonen, maar dat kan natuurlijk niet. Suxy is een goed compromis. Ik wilde gewoon heel dicht bij de natuur zijn. En bij een spirituele plek.'
'En hoe spiritueel is het Woud van Anlier?'
'Sommige stukken ervan al meer dan andere, Alex.'
Het pad dat ze nemen ligt bezaaid met een oranjebruin tapijt van bladeren. Sinds vanochtend is het weer verslechterd: er staat een koude wind, boven hun hoofden jagen zwartgrijze wolken over. Dikke takken schuren door de wind tegen elkaar aan en maken een vreemd, onheilspellend geluid.

Murielle ritst haar jas wat hoger dicht en zegt: 'Er hangt storm in de lucht.'

Ze leidt hem langs een smalle doorgang naar een dicht naaldbos en van het ene ogenblik op het andere lijkt het nacht. De boomkruinen grijpen in elkaar en het donkergroene dak laat heel weinig licht door. Het is er opeens ook muisstil. Het voorbije uur wees Murielle hem af en toe op het gehamer van een specht of de kraakheldere zang van een vink, maar hier lijkt alle leven uitgestorven. Zelfs hun voetstappen maken op de ondergrond van mos en dode naalden geen geluid.

Murielle loopt voorop. Haar gezicht is een masker.

Na tien minuten zijn ze even plots weer uit het naaldbos en lopen ze opnieuw tussen grote, oude beuken vol gekwetter. Er hangt melkwit licht tussen de brede takken. Alex stelt verbaasd vast dat hij zich opgelucht voelt, alsof hij net een plek verlaten heeft waar hij niet hoorde, waar hij niet te lang mocht zijn.

Murielle voelt zijn stemming goed aan en zegt: 'Waar we net waren, is geen plek voor witte magie.'

'Maar wel voor zwarte?'
Ze negeert zijn vraag.

'Geen goede plek voor een sabbat, dus,' probeert Alex.
Nu krijgt hij een ontwijkend antwoord.
'We houden hoe dan ook maar enkele sabbats diep in het bos. Meestal vinden onze bijeenkomsten plaats op open plekken in de natuur.' Ze kijkt hem aan, glimlacht. 'We willen graag de hemel kunnen zien.'
Voor hij een nieuwe vraag kan stellen, wijst ze naar een breed pad aan de bosrand en zegt: 'En daar zijn we al aan het einde van onze tocht. Je auto staat een stukje verderop.'

Terug in Suxy stopt Alex voor haar huis. Er valt lichte regen.
'Ben je van plan hier nog een tijd te blijven?' vraagt Murielle.
'Misschien. Waarom?'
Ze haalt haar schouders op.
'Zoek er niets achter, het was gewoon een vraag.'
'Ik denk het wel. Ik pendel af en toe tussen Oostende en hier, maar op een of andere manier trekt dit dorp me wel aan.'
'Dan ben je een van de uitzonderingen.'
'Net als jij,' antwoordt hij.
En net als die andere zonderlingen waar Baekeland het over had, denkt hij.
Ze knikt.
'Ik zal het je toch nog eens opnieuw moeten vragen na de winter, dat wordt de vuurproef.'
'Is het zo erg?'
'De winter in Suxy,' zegt Murielle, 'dat is zo dicht bij de middeleeuwen als je in dit land kunt geraken. Om vijf uur is het aardedonker, je hoort niets meer behalve de wind en af en toe de schreeuw van een dier, en overal om je heen is er alleen maar het uitgestrekte woud. Iedere avond zijn we hier los van de wereld.'

Binnen in Hans' warme schuur is het stil en licht. Alex loopt achterom en staart naar de weiden, de rand van het woud, de donkere, jagende wolken aan de hemel. Hij beseft dat hij zich hier op een of andere manier al thuis voelt, een vreemde gewaarwording voor iemand die sinds Camilles dood nergens meer kon aarden.

Hij denkt na over het gesprek met Murielle en opnieuw kan hij het gevoel niet van zich afzetten dat de heks iets voor hem verzwijgt of, als dat niet zo is, dat ze hem met haar omfloerste taal boodschappen geeft die hij niet kan ontcijferen.

Hij weet ook dat ze hem met opzet door dat vreemde, dode stuk bos heeft geleid. Maar waarom? Was het een test? Een waarschuwing?

De gedachte aan de donkere kilte van het naaldbos doet Alex huiveren. Hij voelt opeens de behoefte om zich uitgebreid te wassen, te zuiveren, al begrijpt hij niet goed waar die aandrang vandaan komt.

Op het moment dat Alex in zijn schuurtje onder een hete douche staat, loopt de zeventienjarige Valerie Crousse over de N894. Het is een rustige tweebaansweg die zich grotendeels door het woud slingert en Suxy met het grotere Chiny verbindt, achttien kilometer verderop. Naast het asfalt ligt een strookje van een halve meter breed dat voor een fiets- en voetpad moet doorgaan.

Valerie is met haar racefiets op bezoek geweest bij haar grootouders die op hun oude dag nog steeds in een kleine boerderij net buiten Suxy wonen. Op de terugweg, een goeie vier kilometer voor Chiny, merkte ze dat haar achterband lek was geraakt en snel leegliep. Nu stapt ze tegen een strak tempo met haar racefiets aan de hand langs de weg. Ze is een sportieve, levendige meid die voor geen kleintje vervaard is, maar het vooruitzicht bijna vier kilometer te moeten lopen trekt haar niet echt aan. Bovendien duurt het niet lang meer voor de avond valt en is het tot overmaat van ramp beginnen regenen. Ze heeft haar ouders proberen te bereiken, maar bij allebei kreeg ze de voicemail.

Als ze achter zich een witte truck met een lange oplegger vol boomstammen ziet aankomen en ze het blauwe logo op de cabine ziet, moet ze lachen om zoveel geluk: haar vader is chauffeur bij hetzelfde bosbouwbedrijf, ze kent enkele van zijn collega's zelfs bij hun naam. Valerie wuift naar de truck en maakt met haar duim duidelijk dat zij en haar fiets een lift willen.

Deze chauffeur kent ze niet. Het is een smalle slungel die in zijn ruime cabine schuchter voor zich uit kijkt en nauwelijks oogcontact maakt. Als Valerie hem vraagt of ze meekan tot Chiny, knikt hij.

Terwijl hij haar fiets met spanriemen behendig vastmaakt tussen de cabine en de laadruimte, vraagt hij: 'Eerst pakje ophalen bij collega. Truck staat op wegje. Is goed?'

'Is helemaal goed.'

Zijn Frans is slecht en het is duidelijk dat hij niet uit de streek komt. Oost-Europa, denkt Valerie. Haar vader heeft verteld dat het bedrijf steeds meer Bulgaarse chauffeurs aanneemt omdat de vacatures heel moeilijk ingevuld raken.

'Werk je al lang voor de firma?'

De man begrijpt haar vraag niet. Als Valerie ze toelicht, bekijkt hij haar wantrouwig.

'Vertrekken?'

'Rijden maar,' glimlacht Valerie en ze wijst naar de weg die voor hen ligt.

Nu lacht de man ook.

Een kilometer verder slaat hij af bij de eerste bosweg die ze tegenkomen. Ogenblikkelijk zijn ze omringd door indrukwekkend hoge douglassparren.

Dan stopt de man zijn truck en schakelt de motor uit. Alles gebeurt zo snel dat het meisje enkele tellen nodig heeft om te beseffen dat ze stilstaan in het midden van een bos.

'Waarom stoppen we hier?' vraagt ze nerveus.
De chauffeur buigt zich over haar. Met zijn rechterarm trekt hij haar tegen zich aan. Zijn linkerhand verdwijnt onder haar truitje en betast haar borsten.
Valerie begint te gillen.
'Laat me los, creep!' schreeuwt ze terwijl ze met wilde armbewegingen probeert te ontsnappen. Ze voelt plots een hete pijnscheut in haar elleboog en onmiddellijk verslapt zijn greep. Ook de man gromt van de pijn. Als Valerie beseft dat ze keihard zijn kin heeft geraakt en hij even groggy is, rukt ze zich los. Ze gooit de deur van de cabine open, laat zich uit de truck vallen en rent zo hard ze kan in de richting van de tweebaansweg.
Ze heeft het gevoel dat ze rent voor haar leven.

Als ze de weg bereikt, hoort ze een auto. Vanuit Chiny komt een kleine Opel Corsa aanrijden met daarin een jong stel en een baby. De bestuurder ziet een molenwiekende en huilende Valerie langs de kant van de weg en trapt op de rem.
'Bel de politie!' huilt het meisje, 'bel snel de politie!'
Dat ene telefoontje zet een scenario in werking dat in deze streken sinds de ontsnapping van Dutroux niet meer is gezien.
Binnen de kortste keren zijn tientallen politievoertuigen op weg naar de plek. Wegen worden afgezet. Een helikopter scheert over de N894 en probeert de truck te lokaliseren voor de collega's op de grond. Als dat gebeurd is, komt de Speciale Interventie-eenheid van de federale politie in Arlon in actie. De manschappen hebben nauwelijks twintig minuten nodig om de tweeënveertig kilometer tussen hun kazerne en deze onooglijke bosweg buiten Chiny te bereiken. Nu naderen ze van alle kanten de truck in groepjes van vier, hun zware wapens in de aanslag.
'Uitstappen!' brult de commandant van de eenheid in de richting van de cabine. Hij leidt het groepje van twee mannen en een vrouw dat aan de kant van de bestuurder dichterbij

sluipt. Ze schuiven met hun schouders langs de meterslange boomstammen op de oplegger.
'Uitstappen en handen in de lucht!'
Uit het geopende raampje van de truck verschijnt een arm.

Anderhalf uur later brengt commissaris Roos Collignon verslag uit in de teamkamer van de recherche. Ook Alex is aanwezig. Roos heeft er dan al enkele interviews, een meeting met de federale coördinatiegroep en een eerste verhoor met de dader opzitten.

'De verdachte is een man van achtentwintig met de Bulgaarse nationaliteit,' legt ze uit. 'Zijn naam is Bogdan Grigorov. Hij is pas sinds enkele weken in België en woont met drie andere Bulgaarse chauffeurs in een tweekamerappartement in Neufchâteau.'

Vooraleer Roos en hoofdinspecteur Adrienne Lavoisier met het verhoor konden beginnen, moest er een tolk worden opgetrommeld. Grigorov had ook eerst verzorging nodig: zijn kin bleek niet gebroken maar wel zwaar gekneusd door Valeries elleboogstoot en hij klaagde over de pijn.

'In zijn verklaring vertelt hij dat hij Valerie niets wilde aandoen. Hij begreep haar wel niet goed, maar was er vast van overtuigd dat ze "in was voor een verzetje", zoals de tolk dat zo mooi vertaalde.'

Inspecteur Véronique Boiteau snuift en mompelt: 'Als hij het bij mij had geprobeerd, zou het niet zijn kin zijn die gekneusd was.'

Roos bladert door de uitgetikte versie van het eerste verhoor.

'Hij voegde er ook nog aan toe dat in zijn land jonge vrouwen nooit liften op verlaten wegen in het bos, tenzij ze niet vies zijn van een avontuurtje. Hij ging ervan uit dat Valerie er geen graten in zag hem wat te entertainen in ruil voor een lift naar Chiny.'

'Entertainen,' snauwt Adrienne, 'echt waar, zo noemde hij het, de klootzak.'
Ze is opnieuw van kop tot teen in het zwart, ze draagt haar kleren als een pantser.
'Maar is hij de man die we zoeken?' merkt haar collega Alain op. 'Nee toch?'
'Dat zou me eerlijk gezegd sterk verbazen,' antwoordt Roos. Ze schudt het hoofd, corrigeert zichzelf: 'Hij is niet onze moordenaar, laten we daar al maar van uitgaan. Grigorov was naar eigen zeggen tot een maand geleden truckchauffeur in de haven van Boergas aan de Zwarte Zee. Hij heeft namen en gegevens overhandigd van zijn baas en ex-collega's, tot en met zijn werkrooster op zijn telefoon. We wachten nog op bevestiging van de Bulgaarse politie wat zijn alibi's en zijn gsm-tracking betreft, maar...'
Ze maakt haar zin niet af. Niemand voelt zich geroepen er nog iets aan toe te voegen.

Om tien uur 's avonds zit het werk van de dag erop. Alex staat klaar om te vertrekken als Roos hem langs haar neus weg uitnodigt voor een glas in een van haar favoriete kroegen.
'Ik vind dat we het verdiend hebben, wat jij?'
Hij knikt.

'Ik wil je graag enkele ideeën voorleggen,' zegt Alex. 'Polsen hoe jij het ziet.'
'*Shoot*,' antwoordt Roos.
Ze hebben allebei een Duvel besteld en een bordje met Chimay-kaas en schijfjes lokale *saucisson*. Het avondeten is er weer eens bij ingeschoten, beseft Alex als hij voelt hoeveel honger hij heeft. Als hij de snelheid ziet waarmee Roos haar stukjes kaas en worst naar binnen werkt, is hij niet de enige.
'Mijn eerste aanname is een open deur intrappen, maar kom: er is geen rechtstreeks verband tussen de slachtoffers.

Caroline Bingenheim kwam uit Luxemburg en woonde in Brugge, ze heeft nooit contact gehad met een van de andere meisjes. Of met een van onze mogelijke verdachten.'

Roos knikt. 'De dader vermoordt jonge vrouwen die op de rand van de volwassenheid staan, tenminste in zijn ogen. Maar er is geen onderliggende link.'

'De enige link is Suxy.'

Alex schudt het hoofd. 'Niet alleen dat.'

'De MO bedoel je? Maar die is niet altijd dezelfde.'

'Klopt. Laura hing op alsof ze een terdoodveroordeelde was en Caroline is op een theatrale manier tentoongesteld, maar Anaïs werd begraven en Anouk lag gewoon tegen de stam van een eik. Ze werden allen gewurgd, in Anouks geval zelfs post mortem, dus de MO verschilt inderdaad lichtjes. Alleen in de verkrachtingen zit consistentie: een gewelddadige penetratie, een atypisch gebruik van latexvrije condooms en gezuiverde vaseline en een totale afwezigheid van sporen.' Hij neemt een slok van zijn bier. 'De tweede link na Suxy is het woud zelf, het Woud van Anlier.'

Roos is meteen mee.

'Ja, daar had ik het met de collega's al over. Laura en Anaïs bevonden zich al in het bos maar Caroline niet, die stond aan haar auto in Neufchâteau. Toch is ze naar het woud gebracht en er verkracht en vermoord. Het woud heeft dus een grote betekenis voor de moordenaar, en dan vooral het stuk boven Suxy.'

'Ik denk dat we zoeken naar iemand die een speciale band met het dorp én met het woud heeft,' vult Alex aan. 'Een band die bijvoorbeeld het gevolg is van een ingrijpende gebeurtenis.'

'Zoals een jeugdtrauma,' zegt ze.

Hij knikt.

'Op een of andere manier kom ik toch altijd opnieuw bij Carlo Simons uit.'
'Ik ga een heel eind met je mee, maar er ontbreekt iets essentieels.'
'Een motief voor de moorden, bedoel je.'
'Yes.'
'Op het eerste gezicht is dat er inderdaad niet. Carlo heeft een intense band met het woud, zelfs veel dieper dan jij en ik kunnen vermoeden, daar ben ik zeker van. Maar of hij daarom op volwassen leeftijd opeens vrouwen zou beginnen te vermoorden...'
'Precies. Volgens het handboek van de rechercheur heet dat: geen psychologische logica.'
'Het kan ook gewoon betekenen dat we nog wat dieper moeten graven,' zegt Alex.
'Zoeken naar de logica, bedoel je?'
'Of naar de waanzin, Roos. Ik heb vaak genoeg gemerkt dat die twee soms akelig dicht bij elkaar liggen.'

Hun auto's staan op de parking van de recherche. Als ze afscheid nemen aan Alex' bestelwagen, wijst Roos naar het logo van de boekhandel en lacht.
'Ik weet dat hij een beroemde schrijver was, maar verder weet ik niks over Kafka. Vind je dat erg?'
'Ik zal het mijn vriend Eric vertellen,' antwoordt Alex met een glimlach. 'Het wil helaas wel zeggen dat je zijn beroemde bosbessencake op je buik mag schrijven.'
Nu moet hij uitleggen dat Eric niet alleen boekhandelaar is, maar ook een fervente patissier en dat hij beide passies in Kafka combineert.
'Ik zou hem graag eens ontmoeten,' zegt Roos zacht.
Ze staan dicht bij elkaar.
'Waarom?'
'Omdat hij je beste vriend is.'

Voor Alex kan antwoorden, kust ze hem opnieuw op de mond.

In een reflex wil hij achteruitdeinzen, maar hij beheerst zich en blijft staan.

'Dat was fijn,' fluistert Roos.

Hij knikt.

'En je bent zo te zien niet eens boos op me.'

'Nee.'

Ze lacht.

'Tot morgen,' zegt ze.

Alex stapt in. Hij steekt de sleutel in het contact, maar start de auto niet. Hij ziet hoe Roos van de parking wegrijdt en blijft nog een tijdje voor zich uit zitten staren.

22

Als Alex op maandagochtend wakker wordt, weet hij meteen wat hij wil doen. Hij zal dezelfde route volgen die de kleine Carlo heeft genomen op de dag van zijn verdwijning in het woud.

Eerst wil hij inkopen doen voor het ontbijt, een voornemen dat slecht valt bij Hans Keyzer.

'Ik zie je al haast niet meer. Wil je nu ook al niet meer ontbijten met mij?'

'Ik wil graag de keuze hebben, Hans,' antwoordt Alex vriendelijk. 'Vat het niet persoonlijk op, want daar heeft het niets mee te maken. Ik ben nogal op mezelf, zie je.'

'Dat begrijp ik,' bromt de man. 'Ik ook, als ik eerlijk ben.'

'Ik wil wat voorraad inslaan zodat ik zelf kan beslissen waar ik eet, snap je dat?'

'In dat geval mag je een trosje druiven voor me meebrengen.'

Voor hij vertrekt, belt hij Roos via de vaste lijn.

Geen van beiden komt terug op de vorige avond, maar het is duidelijk dat er een andere, warmere toon in hun gesprek is geslopen.

Roos vertelt dat de hoofdcommissaris zal aanschuiven bij het ochtendoverleg.

'Je komt dus beter niet langs vandaag, mocht je dat overwegen.'

'Ik was van plan om te gaan wandelen.'

'O. Als tijdverdrijf of omdat je eens diep wilt nadenken over bepaalde zaken?' vraagt ze met een plagende ondertoon.

'Als research,' glimlacht Alex. 'Ik wil de route volgen die Carlo Simons destijds heeft gevolgd, vanaf het exacte vertrekpunt.'

'Waarom?'

Daar heeft hij niet meteen een sluitend antwoord op.
'Voor mezelf,' probeert hij uiteindelijk.
'Omdat je het niet begrijpt,' zegt Roos. 'Je begrijpt de zin van de moorden niet, wie ze ook gepleegd mag hebben, en dat stoort je.'
'Dat is zo,' antwoordt Alex met een dankbare klank in zijn stem. 'Dat is precies de reden.'
'Ik wou dat ik met je mee kon,' zegt ze, 'het wordt hier weer een circus vandaag. Eerst het overleg met de collega's en de chef, dan een coördinatievergadering met justitie over Bogdan Grigorov. En ondertussen loopt het gewone onderzoek natuurlijk door.'
'Als je wilt dat ik je kom helpen...'
'Jij blijft vandaag beter weg, dat zei ik al,' lacht ze. 'O ja, om het helemaal mooi te maken, heb ik ook een interview. RTBF Radio wil me aan de tand voelen voor een van hun populaire nieuwsprogramma's. Ik heb het voorgelegd aan de chef en zijn antwoord was duidelijk.' Ze imiteert de bas van de hoofdcommissaris. 'Dat is een verzoek dat je beter niet weigert, commissaris Collignon, het publiek heeft recht op informatie!'
Alex glimlacht.
'Al nieuws over Christophe Haller?'
'Nee.' Ze wil zich meteen verdedigen en zegt: 'Het lijkt simpel, maar dat is het niet, Alex. De lokale politie moet aankloppen bij iedere caravan en iedere chalet en dat zijn er honderden. De helft van de tijd is er niemand aanwezig, want de eigenaars komen maar sporadisch naar hun vakantieverblijf. Dan moeten ze de plek aanvinken voor een volgend bezoek, want zonder huiszoekingsbevel mogen ze niet naar binnen. Het is erg frustrerend en enorm tijdrovend.'
'Dat besef ik, hoor,' zegt hij vriendelijk. Dan: 'Geef je me Didier even door?'
'Hij hangt aan de lijn, wat wil je hem vragen?'

'Dat hij het dossier van toen nog even opent bij de getuigenverklaring van Carlo's moeder. Ik wil weten waar die picknick precies was.'

Het weer is aanmerkelijk slechter geworden als Alex eindelijk op pad gaat. Plotse windvlagen snijden in zijn gezicht en er hangt regen in de lucht, maar hij vertikt het om rechtsomkeert te maken.

Didier heeft de verklaring van Carlo's moeder Tina nagelezen en hem gezegd dat hij een smal wandelpad naast Carlo's huis moet volgen.

'Je komt vanzelf bij een open plek tussen de weiden, net aan de bosrand,' legt de inspecteur uit. 'Daar hebben ze gepicknickt.'

De plek is niet moeilijk te vinden. Het wandelpad leidt naar een plateau dat inderdaad aan de uiterste rand van twee grote weiden ligt, maar ook omzoomd is met jonge beukenbomen. Nauwelijks dertig meter verderop loopt een smal pad recht het woud in.

Het is een idyllische plek, niet meer dan tweehonderd meter van de dorpskern maar al helemaal weg van de wereld. Alex gaat op het gras zitten en probeert zich te herinneren wat Lily Simons hem over die dag verteld heeft.

Na de picknick bouwde Carlo met takken, bladeren en modder een boerderij voor zijn plastic paardjes. Lily las in een prentenboek en mama Tina Simons dommelde in. Toen Lily merkte dat haar broertje verdwenen was, maakte ze haar moeder wakker. Carlo was nergens meer te bekennen.

Een enthousiast kereltje van vijf, altijd nieuwsgierig, alleen op pad in het grote bos.

Alex staat op en loopt het woud in.

Hij weet van Didier dat Carlo na negen dagen aan een zijarm van een riviertje is gevonden, op een goeie elf kilometer van de picknickplek. Hij lag op het mos onder de bomen, roerloos. Toen het team dat hem vond dichterbij kwam, bleek dat het kind zijn ogen open had en omhoog staarde.

Alex weet uit ervaring dat hij op terrein als dit normaal gesproken makkelijk vijf kilometer per uur haalt. Hij heeft vijf uur gerekend voor de tocht van tweeëntwintig kilometer, ruim voldoende om voor het donker terug in Suxy te arriveren. In zijn rugzak zitten twee liter water en enkele energierepen.

Maar het eerste uur van de tocht verloopt veel moeizamer dan gedacht. Het pad wordt duidelijk niet onderhouden. Struiken vol doornen, spekgladde rotte takken waarop je uitglijdt, sterke niveauverschillen die maken dat hij de ene keer hijgend naar boven moet klauteren en zich de andere keer moet vastgrijpen aan jonge bomen om niet naar beneden te duikelen. Alex vraagt zich af hoe een vijfjarig kind dit in godsnaam heeft kunnen doen.

Als hij door een makkelijker stuk bos stapt, denkt hij na over Roos Collignon. Wat overkomt hem? Is het verliefdheid?

Alex weet het niet. Wat hij wel weet, is dat hij zich tot enkele weken geleden niet kon voorstellen zich goed te kunnen voelen bij een andere vrouw, te verlangen naar haar nabijheid. Dat is nu duidelijk wel het geval, moet hij toegeven, en het besef maakt hem zowel lichtvoetig als een beetje bang. Hij is oprecht blij met de aandacht die Roos hem schenkt. Gisterenavond raakte hij opgewonden bij de simpele gedachte aan haar lichaam.

Camille en hij hebben nooit gepraat over de dood en wat er met de achterblijver moest gebeuren. Daarvoor vonden ze zichzelf te jong. En toen zij op die gruwelijke dertiende november 2015 in Parijs vermoord werd met een salvo uit een kalasjnikov, was het voor alles te laat.

Maar Alex is er zeker van dat ze nooit zou gewenst hebben dat hij de rest van zijn leven alleen zou blijven, eenzaam zou zijn. Camille was een gever, geen nemer.

Hij slikt iets weg en versnelt zijn pas.

Dieper in het woud wordt het stappen makkelijker, maar het weer zit niet mee. Als Alex omhoogkijkt, ziet hij tussen de boomkruinen hoe diepzwarte wolken zich samenvoegen tot een donkere massa.

Hij houdt halt en gaat zitten op de stam van een omgevallen boom. Hij voelt de vermoeidheid, wat een beetje vreemd is want hij vindt van zichzelf dat hij een goede conditie heeft. Hij heeft gedurende drie weken urenlange trektochten door het gebergte van Gran Sasso achter de rug, dan kan dit toch geen probleem zijn?

Alex dwingt zichzelf genoeg rust te nemen. Hij drinkt, eet een energiereep, ademt diep en langzaam in en uit. Pas als hij zich beter voelt, loopt hij verder.

Hij bevindt zich in een stuk van het woud waar zo te zien zelden mensen komen. Het is er merkwaardig stil. Hij ziet een grote hoop naalden van wel een meter hoog, alsof iemand die daar in een vreemde opruimaanval heeft bijeen gerijfd. Als hij dichterbij komt, ziet hij de naalden bewegen. Pas na een tijdje heeft Alex door dat het een enorme mierenterp is en dat hij naar ontelbare rode mieren staat te kijken die door en over elkaar heen krioelen en rondzeulen met naalden en takjes.

Hij loopt langs struiken met vlijmscherpe doornen waaraan hij zijn handen en bovenarmen openhaalt. Hij ziet bomen vol tonderzwammen en een skelet van een klein dier, een jonge vos of das, gokt hij. Hij ruikt de rottende humus.

Als hij uiteindelijk bij een open plek in het woud komt, voelt hij aan alles dat dit zijn bestemming is. Dit is de plek waar de vijfjarige Carlo is gevonden.

Hij bevindt zich op het plateau van een heuvelrug. Een smal beekje wurmt zich tussen stenen en bemoste oevers naar beneden. Aan de rand van de open plek staat een van de grootste bomen die Alex ooit gezien heeft, een gigantische esdoorn met wilde, grillige takken.

Hij loopt naar de plek waar Carlo volgens de verklaring van beide boswachters roerloos maar met open ogen op het mos lag. Het is ondertussen beginnen regenen, niet hevig maar voldoende om hem te overtuigen zijn regenjas uit zijn rugzak te halen.

Hij kijkt op zijn horloge en schrikt. Hij heeft er meer dan drie uur over gedaan, een stuk boven zijn berekening. Over tweeënhalf, drie uur wordt het donker. Alex kan zich geen lange rustpauze permitteren, want anders haalt hij het niet.

Hij gaat op de grond liggen en staart naar boven, net als de kleine Carlo toen, maar in plaats van een antwoord te krijgen doet één blik op de donkere hemel hem opspringen. Wat uit die wolken zal vallen, houdt zijn regenjas niet tegen, weet hij. Hij drinkt enkele fikse slokken water, schrokt de tweede energiereep naar binnen en begint aan de terugtocht.

Hij stapt flink door. Hij zit met zijn hoofd nog bij de open plek en wil dat gevoel vasthouden, maar zijn groeiende bezorgdheid over het late uur dringt alle andere gedachten naar de achtergrond. Hoe kon hij zo stom zijn om die tweeëntwintig kilometer niet goed in te plannen, om geen veilige marge in te schatten?

Als hij het stuk bos waar hij door loopt niet herkent en beseft dat hij ergens in zijn haast een verkeerde afslag moet hebben genomen, is het te laat en weet Alex dat zijn probleem meteen nog veel groter is geworden.

Zijn gsm heeft een kompas en ook al volgt hij de juiste richting, hij lijkt op een of andere vreemde manier toch steeds in cirkels te lopen.

Er is bijna een uur van zijn retourtijd verloren gegaan. De regen gutst ondertussen uit de hemel en de windvlagen zijn zo krachtig dat hij overal om zich heen takken hoort kraken. Nu ontstaat er bij Alex een lichte paniek. Zeker als hij zijn telefoon uit zijn natte broekzak wurmt en beseft dat zijn batterij het snel zal opgeven en hij sowieso geen bereik heeft in dit deel van het woud. Dat hij niemand kan bereiken voor hulp is erg, maar het zou helemaal een ramp zijn als zijn kompas wegvalt.

Hij is niet bang in het woud, wel vreest hij dat hij in het donker een stap verkeerd zet en op dit rotsachtige terrein tien meter naar beneden dondert. Alex ziet zich opeens aan de voet van een heuvel liggen, bloedend uit een diepe hoofdwond, wachtend tot de ochtend komt. Hij verbiedt zichzelf toe te geven aan dergelijke gedachten en probeert kalm te blijven.

Hij rent nu waar het kan. Meerdere keren struikelt hij bijna over boomwortels. Hij heeft het onlangs in Gran Sasso meegemaakt, hoe kon hij een tweede keer zo stom zijn? Alex' boosheid wint het van zijn alertheid en hij haakt met zijn voet aan een braamtak die zich over het pad slingert. Hij maakt een lelijke smak en raakt met zijn hoofd de stam van een spar. Als hij voorzichtig over de schaafwonde wrijft en zijn hand bekijkt, ziet hij bloed. Het is absoluut nodig dat hij voor het donker een plek weet te bereiken die hij herkent, vanwaar hij desnoods voetje voor voetje en op de tast de weg naar Suxy weet terug te vinden.

Maar als hij halthoudt en hoestend van de inspanning om zich heen kijkt, ziet hij nog met moeite de contouren van de bomen en beseft hij dat hij nu echt verdwaald is.

Over minder dan een kwartier zal hij omringd zijn door inktzwarte duisternis.

Alex roept zichzelf tot de orde. Hoe erg is verdwalen eigenlijk? Hij heeft nog een liter water in zijn rugzak. Het enige wat hem te doen staat, is zich tegen een stam laten zakken en wachten tot het opnieuw licht wordt. Gewoon wachten op de dageraad en het zeker niet nog erger maken. Hij besluit zijn gsm uit te zetten zodat hij morgen zijn kompas nog kan gebruiken. Als hij bij het ochtendgloren begint te stappen en steeds in zuidelijke richting loopt, kan het niet anders of hij zal op een bepaald moment de rand van het woud en het dorp bereiken.

Op dat moment scheurt de hemel open. Helwitte bliksemflitsen lichten snel na elkaar op en zetten het bos in een licht zo helder als bij dag. Meteen daarna is alles weer zwart en barst het gedreun los met knallen die zo luid zijn als kanonschoten.

Het onweer is zo hevig en komt zo dichtbij dat er al snel geen tijd meer zit tussen de bliksem en het oorverdovende gebulder van de donder. Het is een pure oerkracht waar Alex middenin zit. Nauwelijks honderd meter van hem vandaan slaat de bliksem in. Hij hoort een gruwelijk scheurend geluid en ziet dan in enkele seconden van verblindend licht hoe een boom letterlijk uit elkaar spat. Instinctief laat hij zich vallen en kruipt op handen en voeten weg. Enkele meters verder blijft hij uitgestrekt op de grond liggen.

Hij schakelt zijn telefoon weer in. Hij heeft de zaklamp nodig, al is het maar voor even, hij moet absoluut een schuilplaats vinden. In het smalle bundeltje licht ziet hij dat hij aan de rand ligt van een stuk naaldbos met dicht op elkaar gepropte dennenbomen. De groene takken vormen een natuurlijk dak dat tenminste een deel van de felle regen tegenhoudt.

Alex loopt ernaartoe en laat zich uitgeput tegen een stam zakken.

Het onweer duurt uren en is het hevigste dat hij ooit heeft meegemaakt. Hij heeft het ook door en door koud. De lucht in het woud is opeens flink afgekoeld. Zijn jasje is niet waterbestendig genoeg voor dit soort regen en hij voelt het vocht op zijn huid kleven, maar hij weet dat hij het moet aanhouden.

Alex merkt dat hij gespannen als een veer tegen de stam van de boom zit. Een paar minuten geleden heeft hij niet zo ver van hem vandaan met oorverdovend tumult een boom horen neerkomen, een angstaanjagend geraas van takken die braken als botten. Krampachtig trekt hij zijn hoofd diep tussen zijn schouders uit angst dat er elk moment een grote tak of erger op zijn hoofd zal neerkomen. Alex is niet bang in het donker, hij is bang van het niet weten. Hij weet niet of er op dit moment een boom in zijn richting valt of een opgeschrikt everzwijn op hem afstormt. Hij is bang van wat hij niet kan zien.

Als het onweer eindelijk overtrekt en het diepe gerommel van de donder steeds verder wegdrijft, is Alex opgelucht, maar dat gevoel verdwijnt snel.

Hij is niet alleen in het woud.

Het begint met kleinigheden.

Eerst hoort hij het alleen maar. Tussen het zachte gehuil van de wind door de bomen zijn er andere geluiden. Twijgen die kraken.

Iets wat zich voortbeweegt door het struikgewas.

De wolken drijven weg en er dringt een flauw schijnsel van maanlicht door het woud.

Hij ziet bewegingen.

Vage contouren van dieren.

Everzwijnen, denkt Alex bij zichzelf. Het enige dat ik kan doen is zo stil mogelijk blijven zitten. Het is herfst, dus paartijd, en een agressief everzwijn is een van de gevaarlijkste dieren die je kunt ontmoeten. Het zijn moordmachines.

Kort daarna slaat zijn hart een tel over als hij in twee gele ogen kijkt die hem vanachter het kreupelhout aanstaren.

Het zijn geen everzwijnen maar vossen.

Het is mijn verbeelding, besluit Alex, er is immers te weinig licht dat in die ogen kan reflecteren.

Tenzij die ogen zelf lichtgevend zijn, denkt hij opeens, en hoe dwaas die gedachte ook mag zijn, ze bezorgt hem kippenvel.

Zijn gedachten zijn nu in vrije val. Ze tuimelen over elkaar heen, razen door zijn hoofd. Hij twijfelt nu voortdurend aan wat hij ziet of meent te zien. Wat hij hoort of denkt te horen. Alex realiseert zich dat hij, in het donker in het midden van het woud, met geen mogelijkheid kan zeggen wat echt is en wat schijn. Hij is elk gevoel van proportie kwijt.

De temperatuur is nog meer gezakt en hij rilt nu bijna onophoudelijk van de kou. Hij krijgt het rillen niet onder controle, hij klappertandt.

En dan voelt hij het.

Het besef jaagt hem zoveel angst aan dat zijn hartslag in zijn keel zit.

Het is het onmiskenbare gevoel dat er rondom hem in dit woud een andere, diepere kracht schuilt. Iets wat voorbij goed en kwaad gaat, het overstijgt. Een formidabele en meedogenloze kracht waar Alex ontzag voor heeft en die hem nu, in het midden van de nacht en de duisternis, stil en angstig maakt.

Dan ruikt hij kamfer.

23

Als het eerste licht door de bomen valt, kruipt Alex moeizaam overeind. Hij is verkleumd tot op het bot en zijn lichaam voelt alsof het net ontwaakt is uit narcose.

Ondanks de ravage die het onweer heeft aangericht, ziet het woud er prachtig uit. Het licht dringt door de takken van de naaldbomen en valt in duizenden kleine stukjes uiteen op het mos. Het ruikt naar regen, humus, nat hout. Vinken en merels fladderen van boom tot boom en leveren druk commentaar op de nachtelijke gebeurtenissen. Het is een vredig landschap waarop de tijd geen vat lijkt te hebben.

Alex drinkt gulzig van het laatste water, stopt de lege fles in zijn rugzak en gaat op pad. Hij dankt zichzelf dat hij vannacht de alertheid had om zijn batterij te sparen en stapt met de hulp van zijn kompas in zuidelijke richting.

Van afgelopen nacht herinnert hij zich slechts flarden. Het onweer, natuurlijk, de boom die getroffen werd door de bliksem, de urenlange regen. Het klappertanden van de kou.

Sommige dingen staan hem evenwel veel levendiger voor de geest.

De gele ogen in het struikgewas.

De geur van kamfer.

Wat dat laatste betreft, is Alex er zeker van dat het inbeelding was, een vorm van autosuggestie. Hij kent het verhaal van de kamfergeur via de jonge garde en heeft het simpelweg op zichzelf geprojecteerd.

Heeft hij iemands aanwezigheid gevoeld? Was er een ademtocht op zijn wang, zoals bij die jonge kerel?

Nee.

Wel dan.
En toch voelt het aan alsof zijn leven werd bedreigd.

Na twee uur stappen is hij al doodop. Honger en dorst, de slapeloze nacht en de koude die door zijn natte kleren in zijn botten dringt, hebben Alex uitgeput. Hij checkt om de zoveel tijd het kompas op zijn telefoon en ziet dat de batterijmeter al een hele tijd diep in het rood staat. Hij kan al lang niet meer helder denken.

In zijn waas hoort hij verkeersgeluiden. Als het opnieuw gebeurt, dringt het tot Alex door dat wat hij hoort geen inbeelding is, maar echt. En het zijn geen verkeersgeluiden, het is het verre getoeter van een auto.

Hij oriënteert zich op het geluid, loopt dwars door een bosje van varens en struiken en langs een pad dat zich tussen de bomen slingert en bereikt een open plek in het woud. Er staat een mosgroene Land Rover, het portier geopend en, naast de auto, *garde forestier* Jean-Philippe Lamotte die zijn hand naar hem opsteekt.

Uitgeput slaat Alex zijn armen om de man. Lamotte lijkt er niet eens van te schrikken, geeft hem de tijd en zegt dan: 'Kom, stap in.'

In de Land Rover bukt de garde zich naar het handschoenkastje en haalt er een heupflesje uit.

'Maitrank,' glimlacht hij, 'mijn rantsoen voor noodgevallen.'

Door de warme gloed van de alcohol voelt Alex hoe zijn lichaam langzaam stopt met rillen.

Lamotte start de Land Rover en rijdt via steeds smallere wegen dieper het bos in. Als ze een open plek bereiken, ziet Alex een eenvoudige jachthut. Ernaast ligt een meertje. Er staan twee witte plastic tuinstoelen. Bij een ervan is een poot met ducttape hersteld.

'Wat doen we hier?' vraagt hij.

'Even de tijd nemen voor ik je terugbreng naar de bewoonde wereld.' Jean-Philippe glimlacht terwijl hij Alex aankijkt.
'Opnieuw vrienden worden met het woud.'
Voor de hut staat een houten constructie. De eerste gedachte die door Alex' vermoeide brein gaat, is dat het op een altaar lijkt, maar het is gewoon een lange ruwe tafel die gebruikt wordt om het geschoten wild op uit te stallen.
Als ze neerzitten, pakt Lamotte nogmaals zijn heupfles. Alex neemt nog een flinke slok en nu herkent hij het drankje: het is het heksenbrouwsel van Murielle. Hij zegt het ook hardop. De *garde forestier* lacht hartelijk.
'Het is maitrank,' zegt hij. 'Meiwijn. Een plaatselijke kruidendrank, ieder gezin hier in de Ardennen heeft min of meer zijn eigen recept. Je maakt het zo sterk als je zelf wilt, met cognac onder meer, maar de basis is witte wijn, sinaasappel en een plantje uit het woud, lievevrouwebedstro.'
Alex kijkt om zich heen. Het woud straalt een grote rust uit. Vogels vliegen heen en weer, in het meertje springt een vis op uit het water.
'Bedankt,' zegt Alex terwijl hij de heupfles teruggeeft. Het is voor beiden duidelijk dat hij het niet alleen over de meiwijn heeft. Alex beseft dat de garde naar hem op zoek is gegaan omdat iemand hem dat gevraagd heeft. Roos, meer dan waarschijnlijk.
'We passen op onze nieuwelingen hier,' antwoordt Lamotte. 'Het woud is mooi maar verraderlijk en je zou niet de eerste zijn die er hopeloos in verdwaalt.'
Alex knikt.
'Zoals Carlo destijds, bedoel je?'
De *garde forestier* kijkt hem ernstig aan.
'Je bent nieuwsgierig. Je hebt het traject van Carlo gevolgd, niet? Op zoek naar antwoorden.'
Alex zwijgt.
'En je hebt ze niet gekregen,' gaat Lamotte verder.

Opeens beseft Alex dat de man naast hem redeneert als een politieman. Hij voelt nu ook dat Lamotte in zichzelf kijkt en niet blij is met wat hij daar aantreft.

'Ik droom bijna elke nacht over dat meisje dat ik gevonden heb,' zegt hij somber. 'Over Caroline. Elke nacht zie ik haar weer liggen op die boomstam. Het is het gruwelijkste dat ik in mijn leven heb meegemaakt.'

'Dat begrijp ik helemaal.'

'Hoe doe jij het?' vraagt Jean-Philippe, en even krijgt Alex het vreemde gevoel dat de man alles over hem weet.

'Wat bedoel je?'

'Waarom kies je een baan waarbij je met ellende wordt geconfronteerd, elke dag opnieuw? Met moord, met pijn... met pure kwaadaardigheid?'

'Ik ben er al een hele tijd mee gestopt.'

Lamotte kijkt hem recht in de ogen en zegt: 'Echt waar?'

Alex haalt zijn schouders op. Hij heeft geen zin in een gewetensonderzoek, zeker nu niet.

'In elk geval ben je hier altijd welkom,' zegt Lamotte terwijl hij langzaam opstaat. 'Maar geef het woud de tijd, Alex. Leer het kennen zoals je een vrouw ontdekt. Langzaam, stap voor stap.'

Alex is er zeker van dat de *garde forestier* het over Roos heeft.

Een lange hete douche en een stevig ontbijt later zit Alex bij Hans in de keuken.

'Je hebt hier een aantal mensen flink laten schrikken,' zegt Keyzer.

'Dat besef ik ondertussen. In de eerste plaats mezelf.'

Zodra zijn telefoon het zwakke signaal op de brug opving, was er een waterval van geluidjes te horen: gemiste oproepen, berichten, voicemails. Roos voorop, gevolgd door Sara en Hans zelf.

'Die commissaris stond hier gisterenavond om tien uur aan de deur,' zegt Hans. 'Ze kon je niet bereiken, ze zei dat je de hele dag in het woud was geweest. Ik moest in het schuurtje gaan kijken, maar daar was je ook niet. Ze is meteen vertrokken.' Roos had Sara gebeld en ook die had voortdurend geprobeerd Alex te bereiken.

Ondertussen is iedereen min of meer gerustgesteld, al vindt Hans dat een standje nog wel op zijn plaats is.

'Hier geldt een code. Je gaat niet zomaar alleen een hele dag dat woud in. Als je dat van plan bent, laat je een routebeschrijving achter of op zijn minst de plek waar je ongeveer naartoe wilt. Als je hier ooit wilt wonen, moet je de regels volgen. Nu heb je je als een roekeloze toerist gedragen.'

'Dat begrijp ik.'

Hij ziet hoe een pijnscheut Keyzer even in elkaar doet krimpen.

'Wat scheelt er?'

'Niets. Je hebt een pleister nodig,' zegt Hans terwijl hij naar Alex' voorhoofd wijst. Als hij zijn EHBO-kistje openmaakt en het doosje met pleisters pakt, ziet Alex hoe zijn handen beven.

'Wat scheelt er, Hans?' vraagt Alex opnieuw.

Keyzer gaat zitten.

'Ik voel me al een tijdje niet zo best. Altijd vermoeid en pijn in de buikstreek. Gisteren was ik bij de dokter voor de resultaten van een onderzoek.' Hij kijkt Alex gelaten aan. 'Mijn bloedwaarden zijn ronduit slecht. Alles wijst op een levertumor. Ik moet maandagochtend voor een opname naar het ziekenhuis, dan willen ze twee dagen lang allerlei testen doen.'

'Er is geen enkele reden om meteen aan het ergste te denken, Hans.'

'Er is alle reden om aan het ergste te denken,' zegt Keyzer toonloos.

Alex slaapt lang en diep en als hij wakker wordt, voelt hij zich een stuk beter. Het eerste wat hij doet, is checken bij Hans.

'Behandel me alsjeblieft niet als een zieke, dat doe ik zelf al genoeg,' reageert Keyzer korzelig. 'Hoe meer je hier op eieren gaat lopen, hoe slechter ik me voel. Ik ben nog niet dood, hoor.'

'Goed zo,' lacht Alex. 'Vertel me dan maar hoe ik je kan helpen. Wat het ook is, ik doe het.'

Hans knikt.

'Als ik ergens aan denk, laat ik het je weten.'

Alex loopt terug naar het schuurtje en kleedt zich heel warm aan, alsof hij moet compenseren voor de kou van de voorbije nacht. Dan stapt hij naar buiten. Hij wil gewoon wat lopen, hij hoeft nergens heen.

Op het einde van de straat slaat Alex linksaf. Het is een van de weinige wegen in het dorp die hij nog niet genomen heeft, een wegje van aangestampte aarde met stroken kiezelstenen. Soms moet hij hinkstappen om de vele plassen te vermijden.

Als hij het dorp verlaat en langs het woud loopt, ziet hij aan zijn rechterkant een indrukwekkend huis, niet zozeer door de grootte, dan wel door de architectuur. Alex begrijpt meteen dat dit het huis van Stijn Verburgt is.

Het is een moderne constructie van hout en veel glas, een mooi huis dat het omringende woud via de grote glazen ramen als het ware naar binnen haalt. Het lijkt alsof de man echt midden in het woud woont.

Alex staat stil en bewondert de architectuur, tot hij in zijn rechterooghoek een beweging ziet en merkt dat Verburgt op zijn beurt naar hem staat te staren. De man bevindt zich in de tuin rechts van het huis en houdt een grote bijl vast. Naast hem ligt een stapel brandhout. Verburgt geeft geen kik, kijkt alleen maar naar Alex. Dan grijpt hij de bijl met twee handen, zwaait ermee boven zijn hoofd en klieft met één slag een groot blok hout doormidden.

In de vooravond komt Roos bij hem op bezoek. Het is meteen duidelijk dat ze de omgebouwde schuur heel mooi vindt. Ze houdt van de eenvoudige inrichting, de lichte kleuren. Ze heeft op eigen initiatief ook een afhaalmaaltijd meegebracht.
'Indisch,' zegt ze, 'ik hoop dat je dat lust?'
'Ik lust vrijwel alles.'
'Een huisvarkentje,' zegt Roos, 'hoe handig.'
Ze pakt het eten uit terwijl Alex voor borden en bestek zorgt.
'Er is nieuws,' zegt Roos. 'Christophe Haller. De politie van Chiny heeft hem vanmiddag gevonden.'
'Hoe bedoel je, gevonden?'
'In een oude caravan die aan een gesloten visvijver stond. Volgens de dokter was hij al minstens een dag of drie overleden. Hoogstwaarschijnlijk een overdosis. Adrienne is langs geweest, het was er onbeschrijfelijk smerig, volgens haar. Ze schat dat Haller nog nauwelijks vijftig kilo woog. Een uitgemergelde, dode junk.'
Alex knikt.
'Zag je hem nog altijd als verdachte?'
'Ik had hem in mijn hoofd nog niet geschrapt. Nu wel,' zegt ze zacht.

Na het eten staan ze door het grote schuifraam naar buiten te kijken. Ze zien hoe het licht langzaam dunner wordt en de woudrand zich steeds donkerder aftekent tegen de hemel. Geen van beiden voelt de behoefte om de stilte te doorbreken.
Als Roos dan toch eindelijk iets zegt, blijft ze voor zich uit staren.
'Ik zou het fijn vinden als je morgenavond zou langskomen.'
'Langskomen?'
Ook Alex blijft strak voor zich uit kijken.
'Als je blijft overnachten,' fluistert ze.

Het duurt lang voor hij antwoordt. Hij ziet twee kraaien die elkaar achternazitten, de lege weiden, de rivier die zich door het landschap graaft.
'Dat is goed,' mompelt hij.

Als Alex 's avonds in de kleine badkamer staat, monstert hij zichzelf in de lange spiegel die tegen de deur hangt. Hij ziet een grote man met helderblauwe ogen en stug zwart haar waar al wat strepen grijs in zitten. Een lichaam dat vroeger slank was, er dan gedurende enkele zwarte jaren haast uitgemergeld uitzag en de laatste tijd gelukkig weer wat voller is geworden. Volgend jaar wordt hij vijftig.

Alex observeert kritisch zijn eigen gezicht en fronst zijn wenkbrauwen.

'Je bent bijna een halve eeuw oud, Berger. Je kunt best een nacht met een vrouw doorbrengen zonder je daarover nerveus te maken.' Hij glimlacht tegen zijn spiegelbeeld. 'Wat kan je nog gebeuren na het Woud van Anlier?'

Die nacht opent hij zijn ogen in een sterfkamer.

Hij heeft het vreselijk koud en begrijpt niet goed hoe dat komt. Als hij om zich heen kijkt in het maanlicht dat door het grote raam naar binnen valt, ziet hij tot zijn verbijstering dat elk voorwerp in de kamer bedekt is met een dun laagje ijs.

Dan hoort hij een geluid dat hem de stuipen op het lijf jaagt. Het is een geluid dat Alex kent uit eerdere tijden, de donkere jaren na de dood van Camille.

Een diep gegorgel.

Een hijgende, raspende ademhaling.

Van alle wezens die Alex gedurende twee jaar hebben geteisterd, is dit veruit het meest gruwelijke. Het kruipt over de vloer aan het voeteneinde van zijn bed. Alex beeft in afwachting van het moment waarop het zijn kop omhoog zal steken en hem zal aankijken.

Het is het pure kwaad, weet hij. Het is het beest dat geboren werd op het moment van de aanslagen, in het extreme geweld ervan, de razernij.

Nu staart het hem met twee gele ogen aan. Zijn adem komt in ijzige wolken uit zijn bek.

Alex is panisch van angst.

Dan valt het beest aan en schrikt hij wakker, badend in het zweet en totaal overstuur.

De volgende dag belt hij Sara.

'Hoofdinspecteur Cavani,' zegt ze toonloos. Ze herkent het vaste nummer van Hans Keyzer niet, weet niet dat ze hem aan de lijn heeft.

'Met mij.'

'Alex? Waar bel jij vandaan?'

Hij legt het uit en hoort haar lachen.

'Ik was weer even vergeten wat voor een gat Suxy is.'

'Soms heb ik via wifi wel verbinding in het schuurtje, hoor, maar ik was nu bij Hans, dus…'

'Bel je zomaar? Ik kom net uit een meeting en ik vertrek over een halfuur naar de volgende.'

Hij aarzelt.

'Wil je dat ik je even bijpraat?'

'Snel dan. Ik heb iedere ochtend een Teams-gesprek met Roos, maar drie weten natuurlijk altijd meer dan twee.'

Ze praten even over de zaak, maar ze hoort dat hij er met zijn hoofd niet bij is.

'Wat scheelt er, maatje?'

Hij vertelt over de voorbije nacht.

'Ach nee… O nee, arme Alex…'

Sara kent de verschrikkelijke nachtmerries die hij twee jaar lang moest doorstaan. Ze waren zo levendig en intens dat ze vreesde dat hij er soms in zou blijven. In het begin droomde hij van Camille, bloedend op zijn borstkas, als een dagelijkse aanklacht voor zijn zogenaamde lafheid en onvermogen. Hij had die vrijdagavond in november met haar mee moeten reizen naar Parijs, maar hij was opgehouden door een verhoor. Hij ging na haar dood kapot van de schuldgevoelens.

En daarna, na de nachtelijke verschijningen van Camille, kwam het monster. Sara kent ook dat verhaal, de gruwelijke, boosaardige entiteit die in het diepst van zijn verdriet 's nachts in zijn kamer kwam om hem te bedreigen, niet met daden maar eenvoudig met zijn aanwezigheid.

'Het komt door het woud,' zegt ze. 'Door wat je twee nachten geleden hebt meegemaakt.'

'Misschien.'

Die mogelijkheid heeft Alex zelf ook al bedacht. Dat de vreemde sfeer in het woud en zijn paniek tijdens het onweer deze herinnering hebben gewekt. Het is een monster dat zich voedt met zijn onzekerheid, zijn schuldgevoel, zijn angsten.

'Vandaag is onmogelijk, maar morgen kom ik naar Neufchâteau,' besluit ze. 'Ik regel het wel zo dat ik er enkele dagen kan blijven, dan kunnen we praten. Samen iets gaan eten en zo, goed?'

'Heel goed,' zegt hij.

De tweekamerflat van Roos Collignon ligt aan een winkelstraat in het oude hart van Neufchâteau. Ze betrekt de derde verdieping van een mooi historisch pand dat pas werd gerestaureerd.

'Voor de huurprijs die ik hier betaal, kun je in Antwerpen een garage huren,' zegt ze. 'Figuurlijk gesproken dan. Ik ben heel blij met mijn woning, ik denk niet dat ik hier snel weg zal gaan.'

Ze ratelt, merkt Alex, ze is zenuwachtig. Ze vertelt veel en alles door elkaar.

'Mijn auto moest naar de garage voor onderhoud en ik heb pas morgenochtend een vervangwagen,' zegt ze. 'Ik ben

te voet naar huis gekomen. Het was een heel gedoe, maar het is me gelukt.'
 Alex is een kwartier eerder gearriveerd met een goeie fles bourgogne uit de wijnvoorraad van Hans Keyzer, met diens groeten aan Roos. Ze laat hem de fles openen.
 Hij schenkt twee glazen in en ze klinken. Ze drinken allebei veel te snel en als ze elkaar daarop betrappen, beginnen ze bijna gelijktijdig te grinniken.
 'Vertel iets over jezelf,' vraagt Alex.
 'Wat wil je horen?'
 Hij glimlacht, zijn mondhoek trilt lichtjes.
 'Het maakt niet uit. Ik vermoed dat ik alleen maar nerveus ben en een beetje tijd wil winnen.'
 Nu lacht Roos ook. Ze buigt haar hoofd dicht tegen hem aan. Haar haren vallen op zijn gezicht.
 'Dat fenomeen ken ik zelf heel goed.'
 'Het is lang geleden, Roos,' fluistert Alex. 'Heel lang.'
 'Het is allemaal niet belangrijk.'
 Ze kust hem, staat op en loopt in de richting van de slaapkamer. Dan bedenkt ze zich en draait zich om.
 'Kijk naar mij,' fluistert ze.
 Ze kleedt zich uit in de woonkamer. Ze maakt er geen theater van, iets waar Alex haar heel dankbaar voor is. Tegelijk vindt hij de achteloze manier waarop ze haar witte hemdje losknoopt en uit haar lange broek stapt, heel sensueel.
 Roos is nerveus maar blijft de hele tijd glimlachen, ze vindt het een opwindend spel.
 Ze draagt eenvoudige, zwarte lingerie. Een shortje dat afgezet is met een boordje kant, een laag uitgesneden beha. Ze heeft het lichaam van een vrouw van veertig, met kraaienpootjes naast haar ogen en een beginnend buikje. Ze heeft stevige ronde borsten. Op haar bovenbenen heeft ze een beetje cellulitis en daar heeft ze duidelijk vrede mee.

Roos haakt haar beha los en stapt uit haar shortje. Nu staat ze naakt voor hem.

'Je bent mooi,' zegt Alex met hese stem en hij meent het oprecht. Ze is naturel, ze is echt.

'Kom hier,' fluistert ze.

Alex kijkt haar aan. Hij ziet haar ogen, haar lichtjes geopende mond, haar tepels. Een klein toefje schaamhaar. Volle heupen. Slanke voeten met crèmekleurige nagels.

Hij voelt het bloed naar zijn hoofd stijgen. Druppels zweet parelen langs zijn ruggengraat naar beneden.

'Ik moet snel even naar de badkamer,' zegt Alex.

Terwijl hij met beide handen water over zijn gezicht spat, vervloekt hij zichzelf. Het getwijfel. Zijn onzekerheid.

Ze is een mooie, slimme vrouw. Ze is de eerste in lange tijd die je rust geeft. Waar je naar verlangt, zelfs. Wat is dan het probleem?

Dat weet ik niet, denkt Alex, dat is nu net het probleem.

Hij droogt zich af, hoort vaag een telefoon rinkelen en kijkt in de spiegel. Hij zou willen dat het antwoord in zijn blik ligt, dat het op zijn gezicht geschreven staat, maar behalve een lichte radeloosheid valt er niets op te lezen.

Als hij uit de badkamer komt, is Roos alweer half aangekleed.

'Er zijn menselijke resten gevonden in het woud boven Suxy,' zegt ze op zakelijke toon. 'Kan jij rijden?'

Onderweg doet geen van beiden moeite om een gesprek op gang te brengen, laat staan om opnieuw een begin van intimiteit te creëren.

Alex voelt zich slecht. Hij weet niet of hij opnieuw de moed zal kunnen opbrengen om dit over te doen, wat hem oprecht spijt. Hij is boos op zichzelf, maar tegelijkertijd opgelucht dat er niets gebeurd is.

Aan Roos' lichaamstaal merkt Alex dat hij voor haar een open boek is. Zijzelf kende geen aarzeling in haar flat, geen twijfel, ze toonde zich in al haar kwetsbaarheid en verlangen naar hem. Nu is ze duidelijk ontgoocheld omdat ze zijn twijfels maar ook zijn opluchting heeft gemerkt toen het telefoontje kwam.

Adrienne en Véronique wachten Roos op aan de brug over de Vierre en als ze al verbaasd zijn dat ze samen met Alex arriveert in zijn auto, zeggen ze daar niets over.

'*Great timing*, hé,' zegt Véronique met een ironische ondertoon. Alex voelt zich betrapt.

'Hebben we een keer een oppas... Mijn man kon er niet mee lachen. We waren op het verjaardagsfeestje van zijn moeder. Eerlijk gezegd ben ik liever hier dan bij mijn schoonfamilie, hier is minder drama.'

Het zal de laatste grap van de avond zijn.

Een handvol voertuigen staat kriskras door elkaar geparkeerd.

'Ik denk dat we er beter met een 4x4 naartoe rijden,' zegt Adrienne terwijl ze een kritische blik werpt op de bestelwagen van Alex. 'Alain en twee collega's van het lab zijn al bij de vindplaats. Véro wacht de andere technische rechercheurs op, wij kunnen met *Jean-Phi* mee als je dat oké vindt.'

De *garde forestier* staat naast zijn Land Rover te wachten en knikt.

'Prima,' zegt Roos.

De vindplaats ligt op de uiterste rand van een heuvelrug. Ze parkeren naast de Jeep van Alain en een bestelwagen van het lab. De inspecteur loopt naar hen toe met een labelzakje in zijn hand.

'Twee jonge kerels uit Namen hebben haar gevonden,' zegt hij. 'Ze doen aan *extreme camping*, survivaltochten in het woud met alleen maar een hangmatje om in te slapen.'

'En?'

Alain wijst naar de rand van de heuvelrug.

'Ze wilden beneden tussen de rotsen overnachten. In dat stuk van het woud mogen ze normaal niet komen. Daar komt ook niemand, je moet bijna aan alpinisme doen om…'

'Ter zake, Alain, alsjeblieft,' zegt Roos scherp.

De inspecteur geeft geen kik en gaat beheerst verder. 'Toen ze omhoogkeken, dacht een van hen een doodshoofd te zien. Zijn woorden. Tegen de uiterste boom aan de rand van de heuvel. Ze zijn omhooggeklauterd en hebben haar gevonden. Het skelet zat bijna helemaal verborgen onder klimopranken, alleen dat stukje van het hoofd was nog zichtbaar.'

'Ze hebben die klimop toch niet zelf verwijderd, mag ik hopen?'

Opnieuw is haar reactie scherper dan nodig, maar Alain blijft de rust zelve.

'Nee, gelukkig hebben ze voldoende gezond verstand. Of ze hebben veel misdaadseries gezien, dat kan ook. In ieder geval, een van hen is freelance sportjournalist bij *Le Soir*, hij had in zijn krant over de vermiste meisjes gelezen, dus…'

'Waarom zei je daarnet dat ze "haar" gevonden hebben? Hoe weet je dat het om een vrouw gaat?'

'Haar rugzakje hing vastgebonden aan een tak. Het is helemaal stukgescheurd door de dieren en de vogels, maar er zat gelukkig nog wat in, zoals dit.'

Hij toont hen het labelzakje. Er zit een gele chipkaart in met bovenaan de vermelding 'OV-reiziger' en een foto die Alex bekend voorkomt.

'Da's het soort kaart dat je in Nederland gebruikt op het openbaar vervoer,' zegt Alain. 'Het is die verdwenen toeriste, Marit Hofman.'

Wat ze aantreffen is gruwelijk.
 Op de rand van de heuvel staat een oude beuk. Er is nauwelijks een meter of drie, vier tussen de boom en de afgrond. De mensen van het lab hebben het grootste gedeelte van de klimop verwijderd. Tegen de stam, aan de kant die niet zichtbaar is vanaf het plateau, hangt het skelet van de achttienjarige Marit, de armen en benen om de boom gebonden met verweerde leren riemen.

Het is elf uur 's avonds als ze terug bij de brug in Suxy staan. Alex praat zachtjes zodat alleen Roos hem kan horen.
 'Zal ik je naar huis brengen?'
 'Nee, dat hoeft niet.' Ze vermijdt oogcontact terwijl ze spreekt. 'Ik rij wel met Adrienne mee.'
 'Het spijt me,' zegt Alex. 'Van vanavond.'
 Roos kijkt hem vluchtig aan en geeft een miniem knikje. Dan loopt ze naar de auto van haar collega.
 Als ze vertrokken zijn, stapt Alex in de bestelwagen en rijdt in één ruk naar Oostende.

24

Om negen uur 's ochtends belt Sara hem uit zijn bed.
'Ik ben er,' zegt ze.
'Waar?' vraagt Alex. Hij is nog niet wakker.
'In Neufchâteau, dat had ik toch gezegd? Ik ben heel vroeg uit Brussel vertrokken, gelukkig viel het verkeer reuze mee. Ik blijf minstens een dag of twee, drie. Je bent toch op tijd voor de ochtendmeeting met Roos, hé?'
'Ik ben in Oostende, Sara. Zeker voor een tijdje.'
Het wordt even stil.
'Ik neem aan dat je me nu zult uitleggen waarom.'
'Liever niet.'
Hij voelt haar boosheid door de stilte heen.
'Het ergste is niet eens dat je onze afspraak aan je laars lapt,' zegt Sara. Ze is echt pissig. 'Je loopt ook weg van je werk. Op het moment dat er weer een lichaam wordt gevonden in het woud, beslis jij doodleuk om ermee te kappen.'
Nog voor hij kan reageren, heeft ze de verbinding verbroken.
Alex kleedt zich aan, drinkt staande een kop koffie in de keuken en loopt naar buiten. Tien minuten later belt hij aan bij architect Marc Daniels.

Het is laat op de avond als hij in Gran Sasso aankomt. De oudste zoon van de boer loopt hem voor op het smalle pad naar boven. Hij houdt een sterke zaklamp vast waarvan de straal ritmisch op en neer danst bij elke stap die hij zet. Zijn vader is Alex anderhalf uur geleden komen oppikken aan de kleine luchthaven van Pescara. Zijn moeder heeft hem daarnet een pannetje meegegeven met daarin de resten van hun avondmaal. Ondanks Alex' beleefde protest draagt de zoon niet alleen een zaklamp, maar ook wat proviand voor de volgende dag.

De woning ligt stil en donker tegen een enorme sterrenhemel. Binnen gooit Alex zijn spullen in een hoek en hij bedankt de jongen voor zijn hulp. Als hij alleen is, loopt hij weer naar buiten en staart naar de donkere, majestueuze bergkam die zich voor hem uitstrekt. De lucht is koel en vochtig.

Hij heeft geen idee wat hem bezielt.

De volgende ochtend is Alex om zeven uur op pad. Hij is een uur eerder wakker geworden en heeft bij een kop koffie en wat brood geduldig zitten wachten tot hij het eerste licht over de berg zag vallen.

Na dik twee uur stappen bereikt hij de noordkant van het rotsmassief. Zijn positie is ideaal, tegen de wind in en met een bleke zon in zijn rug. Hij installeert zich met zijn verrekijker in het hoge gras en wacht af.

Volgens de rapporten van de natuurvereniging die de architect hem gisteren doorspeelde, is hier vier dagen geleden een vrouwtjeswolf gespot. Er is grote hoop dat de wolvin in de zomer geworpen heeft en er dus welpen zijn, maar niemand heeft ze tot nog toe gezien. Als het klopt, blijven ze in de buurt van het nest tot ergens in het najaar. Daarna trekken ze door hun territorium, tientallen kilometers per dag.

'Hoogstwaarschijnlijk zijn ze al weg,' heeft Marc Daniels hem gisteren op het hart gedrukt. 'Doe me een lol en ga er niet naar op zoek, Alex. Lees een boek of zo. Rust uit.'

Hij heeft de blik in Alex' ogen gezien toen hij in Oostende voor zijn deur stond en om de sleutel van de refuge vroeg.

Het is pal op de middag als het gebeurt.

Alex heeft net een homp brood met gedroogd vlees gegeten als hij honderd meter verderop beweging ziet in de struiken. Even later verschijnen er drie uit de kluiten gewassen welpen, gevolgd door de wolvin. De welpen oefenen aanvalsspelletjes en buitelen met ontblote tanden over elkaar heen terwijl hun moeder wat verderop in de najaarszon ligt en een oogje in het zeil houdt.

Alex is gelukkiger dan hij in lange tijd is geweest. Hij pakt zijn fototoestel en maakt een lange reeks beelden.

Aan het eind van de middag is hij een halfuur verwijderd van de refuge als hij tumult hoort achter een heuvel aan zijn linkerkant. Raven, gokt hij, en ze zijn talrijk, wat niet zo vaak gebeurt. Het is een opgewonden gekras en geschreeuw vanjewelste.

Hij sluipt behoedzaam naar de top van de heuvel en kijkt voorzichtig naar beneden. Een groep van wel twintig vogels heeft zich in een kring verzameld op een open stuk gras onderaan de heuvel. Ze maken onophoudelijk een hels kabaal. In het midden van de cirkel ligt een dode raaf.

Ze houden een wake voor een overleden soortgenoot.

Alex heeft al veel over dit soort bijeenkomsten gelezen en er ook opnames van gezien, maar het is de eerste keer dat hij het zelf mag meemaken.

Misschien heeft het niets met een mentaal concept van de dood te maken, weet hij. Het kan gewoon een vorm van communicatie zijn, vogels die andere vogels waarschuwen voor gevaar. Maar evengoed kan het echt om een wake gaan en rouwen ze om een soortgenoot, zoals giraffen en olifanten vaak doen. Niemand die het weet.

En terwijl er meer en meer raven verzamelen en het gekras steeds luider wordt, zakt Alex plots door zijn knieën, valt op het gras en begint schokkend te huilen.

Als de vogels al een tijdje vertrokken zijn, ligt hij er nog altijd, opgerold als een kind. Zijn hele lijf doet pijn. Terwijl het schokken langzaam minder wordt en hij met zijn mouw het vocht van zijn neus wrijft, voelt Alex haarscherp aan dat het rouwen hier en nu stopt, op deze bergkam in de Italiaanse Apennijnen.

Hij heeft jarenlang intens getreurd om Camille en de fundamentele onrechtvaardigheid van het leven. Te lang hoogstwaarschijnlijk, als hij naar de zijweg kijkt waarop hij zijn leven sindsdien heeft geparkeerd.

Hij heeft zichzelf ook veel te lang de schuld gegeven voor het drama alsof hij, mocht hij er die vrijdagavond bij geweest zijn op het terras van Le Carillon, eigenhandig enkele razende fanatici met een machinegeweer had kunnen tegenhouden. Maar hier houdt het op. Hier stopt het schuldgevoel. Hij komt overeind en veegt de aarde van zijn broek.

Als ik voortaan aan je denk, lieve Camille, mompelt hij met een dikke keel, dan is het hopelijk met dankbaarheid. En als het toch eens met verdriet is, dan komt het simpelweg door de leegte die je hebt achtergelaten. Door het gemis dat nooit overgaat.

Als hij wakker wordt in zijn bed in de refuge, na een nacht vol bizarre dromen, voelt hij zich fris en licht. Hij loopt meteen naar de boerderij beneden en belt Roos.

'Ben je in Oostende?' vraagt ze.

'Nee. In Gran Sasso.'

Als hij uitlegt dat hij in een herdershut in de Italiaanse bergen zit, wordt ze even stil.

'Maar ik kom naar huis,' zegt hij voor ze kan reageren. 'Ik loop niet meer weg. Voor de rest kan ik helemaal niets beloven, alleen maar dat ik echt mijn best zal doen. Is dat voorlopig oké voor jou?'

'Ja, dat is voorlopig oké,' zegt ze zacht.

Ze wacht even, gaat dan verder:

'Ik heb je gebeld. Twee keer. Hans Keyzer ook, trouwens. Maar je telefoon staat uit.'

'Nee, die staat niet uit, er is geen bereik in deze berghut. Net als in Suxy. Ik bel je van bij de buren, de boerderij beneden in het dal.'

Hij hoort haar zachtjes lachen.
'Waarom belde Hans?'
'Hij is naar je op zoek. Hij moet maandagochtend naar het ziekenhuis en wil graag dat je hem brengt.'
'Dat zal ik doen. En Roos? Zeg hem dat het allemaal goed komt.'
'Ook als jij en ik weten dat die kans niet heel groot is?'
'Ook dan,' zegt Alex.

25

De vondst van Marit Hofman brengt het onderzoek opnieuw in een stroomversnelling.
Op zaterdagochtend vervoegt een rechercheteam uit Arlon de ploeg van Neufchâteau. Er werken nu achttien voltijdse rechercheurs op de moorden in het Woud van Anlier. Tot haar eigen verbazing behoudt commissaris Roos Collignon de algemene leiding.
'Ik moet ergens toch iets goeds gedaan hebben,' grapt ze tussen twee meetings door, 'maar vraag me niet wat.'
Roos is gefocust en opgelaten, maar ze is ook erg zenuwachtig, merkt Alex. De hoofdcommissaris heeft haar duidelijk gemaakt dat er ook simpele territoriale aspecten meespelen bij het feit dat ze aan de leiding mag blijven.
'Het zou een verkeerd signaal zijn wanneer zo'n complex onderzoek naar misdaden in onze eigen achtertuin door een buitenstaander geleid zou worden,' vertelt hij haar net voor de ochtendmeeting. 'Maar als het moet, dan moet het natuurlijk. Iedereen staat op scherp, Collignon. Verknoei het niet.'
Er is diezelfde ochtend ook bezoek van Cécile Durand, een van de forensische analisten uit Brussel die het onderzoek al een maand vanop afstand volgen. De vrouw wordt door het team met gemengde gevoelens onthaald.
'Ik kom jullie niet op de vingers kijken,' zegt ze geroutineerd. 'Ik bemoei me op geen enkele manier met het onderzoek, laat dat duidelijk zijn. Ik leg vandaag onze voorlopige resultaten naast die van jullie en dan zien we wel.'
Didier is zichtbaar onder de indruk van haar zelfverzekerde optreden.

'Je bent de eerste profiler die ik in levenden lijve ontmoet,' zegt hij onbeholpen. 'Jullie werk boeit me enorm.'

'We noemen ons liever gedragsanalisten,' zegt Durand met een glimlach. 'En als het je interesseert, zou ik zeggen: solliciteren maar. Onze dienst telt slechts vier mensen, we kunnen best wat extra hulp gebruiken.'

Niet alleen het onderzoek schakelt een versnelling hoger. De vondst van de Nederlandse Marit Hofman zorgt voor een mediakoorts die Alex zelfs in zijn hoogdagen bij de Brusselse recherche nooit heeft gezien. De Nederlandse zender RTL4 heeft bijna de hele week lang in de buurt gefilmd en kondigt voor vanavond een documentaire van anderhalf uur aan onder de titel 'Het monster van het woud'. Er zijn ook opvallend veel Nederlandse perslui in de straten van Neufchâteau te zien. Daarnaast overtroeven binnen- en buitenlandse tv-zenders elkaar voortdurend in hun berichtgeving, iets waar hoofdinspecteur Adrienne Lavoisier ziedend van wordt.

'Ze speculeren er verdomme maar op los,' zegt ze als Roos en zij terugkomen van weer eens een persbriefing. 'Alsof het allemaal al niet spectaculair genoeg is.'

Alex begrijpt wat ze bedoelt. Iedere dag passeert er wel een cameraploeg in Suxy, soms meer dan een, en bewoners zijn bang om aangesproken te worden. Het is opvallend bij hoeveel huizen de rolluiken naar beneden zijn. Hijzelf is al twee keer staande gehouden door jonge freelancejournalisten die kamperen in hun auto en op zoek zijn naar quotes voor hun artikels.

Tot overmaat van ramp blijft de aandacht niet beperkt tot de media. Er zijn bijna dagelijks kleine incidenten met avonturiers en waaghalzen die uit sensatiezucht op eigen houtje het woud intrekken. *Garde forestier* Jean-Philippe Lamotte heeft op enkele dagen tijd een tiental pv's uitgedeeld aan mensen die met hun auto op verboden plaatsen staan of zich in jachtgebied ophouden.

'Het is echt wachten op het eerste drama,' zucht Roos als ze 's middags in een bistro een snelle hap eet met Sara en Alex. 'Alsof we nog niet genoeg op ons bord hebben.'

Als Roos zich terug naar kantoor heeft gehaast, blijven ze nog even zitten voor een koffie.

'Ze doet dat goed, hé?' zegt Sara langs haar neus weg.

Alex schuift zijn stoel dichterbij en kijkt zijn vriendin recht in de ogen.

'Niet doen,' zegt hij vriendelijk.

'Hoe bedoel je?'

'Dat weet je best. Zet me niet onder druk, Sara. Ik heb haar echt graag en dat gevoel is wederzijds, maar daar houdt het voorlopig op. Eerst kruipen, dan stappen, dan pas rennen. Oké?'

'Oké,' fluistert ze. Ze glimlacht ietwat onbeholpen. 'Ik gun het je gewoon zo, snap je dat?'

'Ja, natuurlijk snap ik dat.'

Alex is de avond ervoor laat teruggekomen uit Italië. Hij heeft in zijn flat in Oostende een koffer volgepropt met extra kleren en alle foto's van de plaatsen delict en info in een map gestoken. Dan, om elf uur 's avonds, heeft hij spontaan Roos gebeld.

Het gesprek duurde meer dan twee uur. Ze hebben over hun leven gepraat, over wie ze zijn, wat ze belangrijk vinden. Ze hebben het over zijn en haar vrienden gehad, maar evengoed over details uit hun kindertijd en over geuren, boeken en films. Roos praatte over haar ex-vriend, een toxische relatie die jaren heeft aangesleept en haar langzaam maar zeker uitholde. Alex vertelde haar over Camille, met veel warmte maar zonder drama.

Pas om halftwee wensten ze elkaar een goeienacht en dan nog alleen maar omdat Alex' batterij van zijn telefoon het elk moment zou begeven.

'Waar ben je?' vraagt Sara. 'Je was opeens mijlenver weg.'
Hij vertelt het haar en ze glimlacht.
'Dan hebben jullie allebei een heel korte nacht gehad,' zegt ze. 'Aan Roos was het alvast niet te zien. Aan jou daarentegen...'
Hij grinnikt, schuift dan zijn lege kopje aan de kant.
'Ik maal al enkele dagen ergens over, maar ik kan er de vinger niet op leggen,' zegt hij.
'O?'
'Het heeft te maken met de plek waar Carlo destijds gevonden is. Ik heb het gevoel dat ik die plek ken.'
'Hé? In welke zin dan? Dat je er ooit al eens bent geweest?'
Alex schudt het hoofd.
'Nee, dat is het niet, denk ik. Maar toen ik er aankwam, kwam ze me op een of andere manier bekend voor.' Hij haalt zijn schouders op. 'Ik zei het al, ik kan er de vinger niet op leggen.'
'Voor ik het vergeet,' zegt Sara, 'die twee studenten hebben een nieuwe podcast klaar. Ik heb er vanochtend in het hotel naar geluisterd.'
'En?'
Sara knikt.
'Ze doen dat lang niet slecht, moet ik toegeven. Hun samenvatting van de zaak is best oké. Ze brengen in hun nieuwe aflevering ook een interview met Roos, ik vraag me af hoe ze dat geflikt hebben.'
Alex vertelt haar dat het pasmunt was om Sam en Ada te beletten achter Stijn Verburgt aan te gaan.
'Ah, op die manier.'
'Ik hoop dat ze er geen last mee krijgt, ze kan bij haar chef niet echt op veel krediet rekenen.'
'Ze deed dat prima. En die baas zal wel niet naar een Nederlandstalige podcast luisteren, Alex. *No worries.*' Stilte. 'Ada en Sam hadden het ook even over jou, tussen haakjes.'
'Wat?'

'Heel even maar,' sust Sara. 'Een babbel tussen hen beiden over "de adviseur van Interpol die de politie van Neufchâteau helpt". Het was voorbij voor ik het wist.'
'Hebben ze mijn naam genoemd, Sara?'
'Eh... ja, nu je het zegt. Eén keer.'
Alex heeft zijn telefoon al gepakt. Hij is van plan Sam de mantel uit te vegen, maar dat lukt hem niet echt. Het opgewekte enthousiasme van de jongen is aanstekelijk en zijn verdediging snijdt hout.
'Je bent daar toch niet incognito? We hebben je niet geciteerd of zo, we hebben echt niks verkeerds verteld, alleen maar gezegd dat je in Suxy was om te helpen.'
'Dan nog, Sam.'
'De reacties zijn waanzinnig goed, het is echt ongelofelijk. Dit wordt de best beluisterde uitzending *ever* en dan moet het mooiste nog komen!'
'En wat mag dat zijn?'
Sam Hennes imiteert een trompetstoot en zegt: 'We zitten vanavond op de Nederlandse tv, bij RTL4!'
'In de documentaire?'
'Yep! Ze hebben Ada en mij uitgebreid geïnterviewd. Er zal hier en daar wel een ietsiepietsie geknipt worden, maar dan nog. Onze podcast gaat vanaf nu megahard scoren in Nederland, zeker weten!'
'Wat heb je hun verteld?'
'Wat we ondertussen over de zaak weten en da's best veel,' zegt de jongen en het klinkt zo ontwapenend dat Alex in de lach schiet.
'Spot er maar mee.'
'Ik was je niet aan het uitlachen, geloof me. Maar ik wil jullie nog eens op het hart drukken dat dit geen spelletje is, Sam.'
'Ja vader,' zegt hij en hij verbreekt de verbinding.

Laat op de middag is er een meeting over het daderprofiel gepland. Sara en Alex schuiven mee aan. Gedragsanalist Cécile Durand heeft mapjes mee voor iedereen met daarin haar voorlopige conclusies. Ze heeft een halve leesbril op de punt van haar neus gezet.

'Om te beginnen iets over zijn slachtoffers,' zegt Durand. 'Ik trap een open deur in als ik zeg dat er tot op vandaag geen duidelijke verbanden zijn. Caroline Bingenheim was een Luxemburgse die in Brugge woonde en Marit Hofman was een Nederlandse toeriste. Geen van beiden heeft een rechtstreekse of onrechtstreekse relatie tot de andere slachtoffers.'

'Er is wel een overeenkomst qua gender en leeftijd,' vult Roos aan. 'Het gaat om jonge vrouwen, hoewel de leeftijd toch varieert. De jongste was zeventien, de oudste eenentwintig.'

'Hun echte leeftijd is hier niet het belangrijkste,' komt Alex tussen. 'In de ogen van de dader gaat het om hetzelfde type.' Hij is blij dat de gedragsanaliste tot dezelfde conclusie is gekomen.

'Ja, dat is me ook opgevallen. Caroline zag er jonger uit dan ze was. Ze waren allen half meisje, half vrouw, op de rand van de volwassenheid in de ogen van de dader.'

Roos leest hardop voor uit het voorlopige rapport.

'Een duidelijke agressie tegen vrouwen.' Ze kijkt op van haar blad. 'Het misbruik bij Laura, Caroline en Anouk was hard, zelfs met interne verwondingen. Bij Marit en Anaïs hebben we dat uiteraard niet meer kunnen vaststellen.'

De gedragsanaliste neemt weer over.

'De moordenaar is tot in de kleinste details voorbereid en uitgerust voor zijn daden. Zelfs bij de moord op Anouk, die alle schijn heeft van een toevallige ontmoeting, ontbreekt ieder bewijs.' Ze gooit haar leesbrilletje op de tafel en kijkt haar gezelschap aan. 'Eerlijk gezegd hebben mijn collega's en ik dit nog nooit meegemaakt. Je slachtoffer brutaal verkrachten en wurgen en niets achterlaten. Geen zweet, geen sporen van sperma, niet het minste huidschilfertje. Het is ongezien.'

'Hij kan ook onwaarschijnlijk veel geluk hebben gehad,' zegt Sara. 'Laura hing dagen aan een boom in de regen, volgens het technisch rapport waren de sporen sowieso ernstig gecontamineerd. Marit en Anaïs waren al jaren overleden toen we ze vonden, daar vallen geen sporen meer te rapen. Er blijven alleen Caroline en Anouk over. Twee keer veel geluk hebben, dat kan toch?'

'Het zijn ook de twee meest recente slachtoffers,' voegt Roos eraan toe. 'Misschien wordt hij steeds beter en voorzichtiger.'

Cécile Durand knikt, niet bij wijze van instemming maar om aan te geven dat ze hun punt begrepen heeft.

'Hoe het ook zij, met zijn voorbereiding en zijn zorgvuldige uitvoering hangt ook een andere vaststelling samen: alles wijst op een psychopathie. Dit is geen woedende sociopaat met een kort lontje, dit is iemand die zichzelf goed in de hand heeft. Iemand die plannen maakt en die ook zorgvuldig uitvoert.'

Ze slaat haar eigen mapje dicht en glimlacht wrang.

'Samengevat, een slimme psychopaat die jonge vrouwen haat. Niks nieuws onder de zon, dus. Ik hoor het jullie al denken: moet ze daarvoor van Brussel komen.'

De rest glimlacht beleefd.

'En om heel eerlijk te zijn hebben we weinig andere aanknopingspunten,' zegt Durand terwijl ze haar handen spreidt. 'Behalve de geografie dan: het woud en het dorpje Suxy spelen een centrale rol. Dat is het enige dat deze dader van de gemiddelde vrouwen hatende psychopaat onderscheidt: de band met het woud en het dorp. Iedereen die *in the picture* komt als mogelijke dader, moet getoetst worden aan die twee parameters.'

De meeting kabbelt naar zijn einde als Durand opnieuw het woord neemt.

'Een vreemde vraag als afsluitertje, collega's. Het is een totaal onwetenschappelijke aanpak, maar dat boeit me niet. Wat voelen jullie bij deze moorden? Of beter, als jullie maar aan één woord mogen denken, welk woord is dat dan?'

'Ritueel,' zegt Sara. 'De manier waarop hij zijn slachtoffers achterlaat is niet willekeurig.'

'Angst,' zegt Roos.

De gedragsanaliste kijkt vragend.

'Hij is bang voor het woud. Om een of andere reden moet hij de vrouwen in het woud vermoorden, of in het geval van Anouk tenminste doen alsof, omdat het woud hem niet alleen in zijn ban heeft, maar hij er ook bang voor is.'

Nu kijken ze naar Alex. Hij heeft nog niet veel gezegd tijdens de meeting.

Misschien komt het door zijn nacht in het woud en wat hij er allemaal gezien heeft of meent te hebben gezien, maar er komt opeens een woord in hem naar boven en hij gooit het er zonder nadenken uit.

'Schuld,' zegt hij.

'En waar haal je dat?' vraagt Durand.

Hij denkt aan zijn recente nachtmerrie, aan het monster in zijn kamer dat zichzelf jarenlang kon vetmesten met zijn onzekerheid en zijn schuldgevoel.

'Geen idee,' antwoordt Alex. 'Nu nog niet.'

's Avonds zitten Alex en Sara bij Hans Keyzer op de bank. Sara wil absoluut de uitzending van RTL4 meepikken en dat lukt niet in haar hotelkamer.

Alex heeft Hans in de loop van de dag gebeld om zeker te zijn dat de zender in zijn schotelpakket zit. Dat blijkt zo te zijn.

'Ik heb de hele mik,' zegt Hans. 'Meer dan honderdvijftig zenders. Vraag me niet waarom, want ik kijk eigenlijk weinig. Misschien is het iets psychologisch, dat je vanuit dit gat van de wereld toch naar buiten kunt als je dat wilt.'

'Ik moet je waarschuwen, Hans: er worden zo goed als zeker reconstructies van de ontvoeringen getoond. Ook die van Laura.'

Het blijft even stil.

'Na vijf jaar is er niet veel dat me nog kan choqueren, Alex, maar het is vriendelijk dat je het vooraf even zegt.'

De documentaire is sensationeel van aanpak en legt veel nadruk op de 'duistere natuur van de moorden', zoals de commentaarstem het met veel pathos verwoordt. De cameraman houdt duidelijk van Scandinavische misdaadseries en toont een donker en luguber woud. Er zit geen enkel shot bij dat uitnodigt om uit vrije wil een voet in het bos te zetten. Het Woud van Anlier is in deze uitzending zonder uitzondering somber en dreigend, met beelden van eindeloze rijen bomen, donkere, verlaten boswegen en de herfstwind die door de takken blaast. De commentaarstem worden begeleid door onheilspellende muziek.

Maar los daarvan hebben ze hun huiswerk gedaan, moet Alex toegeven. En de reconstructies zijn opvallend sober gehouden, tot grote opluchting van Sara die Hans om de haverklap aankijkt. Bij de reconstructie van Laura's verdwijning zit hij er met een sombere blik en dichtgeknepen lippen bij. Hij is blij met de sereniteit waarmee het gebracht wordt, maar ook met de hernieuwde aandacht die de moord op zijn dochter daardoor krijgt.

Roos en enkele leden van het parket komen ook aan bod. Alex betrapt zich erop dat hij meer naar Roos' gezicht staart dan luistert naar wat ze in het interview vertelt en moet erom glimlachen. Zowel Hans als Sara lezen zijn reactie juist en kijken dan quasi geconcentreerd weer verder.

Nu is het tijd voor het dorp en enkele van zijn bewoners. De journalist staat op de hoek van Hans' straat en wijst naar de weiden en het woud achter hem.

'Als de sleutel tot deze gruwelijke misdaden ergens te vinden is, dan is het hier,' zegt hij theatraal. 'Een dorpje van enkele straten midden in het woud, afgesloten van de bewoonde wereld. Over één ding is zowat iedereen die we hebben gesproken het eens: hier ligt de sleutel tot het mysterie. De vraag is: geeft Suxy ooit haar geheimen prijs?'

Tot Alex' verbazing is Stijn Verburgt een van de eerste bewoners die wordt geïnterviewd. Hij staat aan de straatkant en zijn prachtige woning vult achter hem het beeld.

Verburgt vertelt enkele algemeenheden, maar komt op het einde van het korte gesprek opeens onverwacht hard uit de hoek.

'De moord op Laura Keyzer dateert al van vijf jaar geleden,' stelt de journalist. 'Ondertussen zijn er vijf meisjes vermoord en de dader loopt nog steeds vrij rond. Hoe kan dat volgens u?'

Stijn Verburgt kijkt onbewogen in de camera.

'Misschien hebben ze vijf jaar geleden niet hard genoeg hun best gedaan met het onderzoek naar de verdachten die ze toen hadden,' antwoordt hij.

Nu houdt Hans het niet meer.

'Hij bedoelt Thierry Deveux natuurlijk,' gromt Hans. 'Verburgt kent het dorp goed. Deveux kent hij ook al jaren, hij weet over wie hij spreekt.'

'Hans...' probeert Alex.

Keyzer ziet er opeens erg verbitterd uit. Met een grimas van pijn betast hij zijn buik, zegt dan somber: 'Ik ga binnenkort dood en die klootzak komt ermee weg, zo zal het gaan. Iedereen weet dat hij Laura heeft vermoord en toch komt hij ermee weg.'

'Je gaat nog lang niet dood, Hans, oké?' zegt Alex zacht.

Maar Keyzer is al moeizaam opgestaan en naar buiten gelopen.

'Zal ik gaan kijken?' vraagt Sara bezorgd.

'Laat hem maar even.'

Het einde van de documentaire is voor Ada en Sam. Ze komen in beeld aan de brug over de Vierre en staan naar het water te kijken. Een voice-over introduceert heel bondig hun podcast. Onderaan in beeld staat heel flatterend: 'Ada Fonteyn en Sam Hennes, onderzoeksjournalisten.'

Van het 'uitgebreide interview', zoals Sam het omschreef, blijft na de montage nog hooguit een tweetal minuten over. Het is de uitsmijter die Alex zachtjes doet sakkeren.

'Jullie volgen dit onderzoek nu al zo lang op de voet,' stelt de journalist. 'De podcastreeks heet niet voor niets "De verdwenen meisjes van Anlier".' Hij smeert het gevlei zo dik mogelijk uit. 'Als er iemand is die vrijuit kan spreken en ons kan vertellen hoe de vork in de steel zit, zijn jullie beiden dat wel. Heeft de politie iets gemist? Kunnen jullie helpen?'

'We hebben misschien een piste, ja,' zegt Sam zelfverzekerd.

'Een piste?'

'Een idee,' voegt Ada eraan toe.

'Om de moordenaar te vinden?'

'Ja,' antwoordt Sam. 'We werken eraan, het komt allemaal aan bod in onze volgende aflevering.'

Als Alex hem aan de lijn krijgt, hoort hij achtergrondrumoer. Lachende stemmen, gerinkel van glazen, muziek.

'Waar ben je?'

'In Gent,' zegt Sam luid. 'In de kroeg, we zijn aan het vieren.'

'Valt er iets te vieren dan?' vraagt Alex veel te scherp.

'Het is zaterdagavond, man,' antwoordt Sam met lichtjes dikke tong. 'Ben jij nooit jong geweest?'

'Ik heb net de uitzending gezien,' zegt Alex beheerst. 'Vooral jouw onthulling. Ik ben benieuwd naar je uitleg.'

'Er valt niets uit te leggen. Moet ik iets uitleggen dan?'

'Sam...'

'*Dude*, dat is gewoon marketing, dat heb je toch wel gesnapt!' lacht de jongen. 'Het is een teaser om ze naar onze volgende podcast te laten luisteren. Slim, hé? Ik wed dat we opnieuw records zullen breken!'
'Dus je hebt helemaal geen idee wie de moordenaar is.'
'Nee, natuurlijk niet. Maar je moet de luistercijfers zien, Alex, geweldig gewoon!'
'Het is geen spelletje, dat zei ik je al.'
'Dat weet ik toch? We nemen dit echt wel serieus, hoor. We komen volgende week drie dagen lang geluidsopnames maken in Suxy, we mogen een reportage maken voor de Nederlandse radio!'
Er klinkt opnieuw luid gelach en Sam valt even weg.
'Ik ben er weer. Het is hier een gekkenhuis. Was er nog iets, Alex?'
Alex probeert rustig te blijven, maar het lukt hem amper.
'Vergeet de luistercijfers en die radio even, wil je? Er zijn hier verdomme vijf jonge vrouwen vermoord. Ik heb de uitzending bekeken bij de vader van een van hen. Dit gebeurt echt, dit is geen film!'
'We spreken elkaar nog wel,' zegt Sam Hennes boos. Dan hangt hij op.

Om elf uur is Alex in het schuurtje.
Hans had gewacht tot Sara vertrokken was om naar bed te gaan. Bij het afscheid was hij zwijgzaam, in zichzelf gekeerd.
Alex is al uitgekleed als hij een *ping* hoort op zijn telefoon. Het is een berichtje van Eric.
Net terug van Duitsland, ben je in Oostende?
Alex besluit hem te bellen.
'Ik ben in de Ardennen, Eric.'
'Nog steeds?'
'Ja.'

'Manon is net naar huis,' zegt zijn vriend. 'Ze is afgepeigerd maar toch tevreden, denk ik.'

'Denk je?'

'Je kent haar, hé. Ze beschouwt ieder plastic flesje of elk stuk vuilnis dat ze opraapt als een persoonlijke belediging.'

'Tussen haakjes,' zegt Alex, 'als je af en toe wat woorden mist, ligt het niet aan jou.' Hij legt uit dat hij via wifi belt.

'Overdag lukt het nagenoeg niet, 's avonds af en toe wel.'

''s Avonds zijn er minder mensen wakker.'

'Zover was ik zelf ook al, Eric.'

'En wanneer kom je naar huis?'

'Ik blijf hier nog wel een tijdje,' antwoordt Alex.

'O.' Zucht. 'Spijtig, ik had gehoopt je morgen te zien. Ik heb zin om te koken en voor mij alleen...'

'Waarom kom je niet langs? Hier, in de Ardennen? Dan blijf je een nacht en rij je maandagochtend terug.'

'Eh...'

'Op maandag is de boekhandel toch dicht?'

'Ja. Ik heropen op dinsdag.'

'Wel dan. Morgenmiddag kunnen we samen lunchen en misschien een wandeling maken of zo,' improviseert Alex. 'En 's avonds kunnen we bij het eten uitgebreid bijpraten.'

'Heb je een extra bed dan?'

'Ik heb een slaapbank in de woonkamer. Het is niet veel, maar het kan ermee door.'

'Ga jij koken, nee toch?' vraagt zijn vriend bezorgd.

'Bedankt voor het vertrouwen maar nee, dat onderdeel wilde ik natuurlijk aan jou overlaten. Ik zal Sara ook vragen.'

'En Roos misschien?' vraagt Eric.

'En Roos, als ze vrij is.'

'Het is morgen zondag, dan is iedereen vrij.'

'Ze werkt, Eric, maar we zien wel.'

'Wat scheelt er?' vraagt Eric. 'Ik ken je, ik hoor dat er iets is. Je klinkt bezorgd, je piekert ergens over.'

Alex zucht.

'Het is de zaak. De moorden.'

'Dat geloof ik graag. Zelfs in Duitsland was het in het nieuws.'

'Het zit me dwars. Het gaat om het woud, altijd opnieuw dat verrekte woud. Er is iets mee en ik kan er de vinger niet op leggen.'

'We zullen het er morgen wel over hebben, vriend,' besluit Eric.

26

Zondagochtend rijdt Alex twintig kilometer heen en weer om een fatsoenlijke bakker te vinden. Op de terugweg moet hij opeens aan Murielle Croone denken. Hij heeft haar niet meer gezien of gesproken sinds hun gezamenlijke wandeling. Hij stopt voor haar huis en belt aan, maar ze is er niet. Als hij zich omdraait en terug naar zijn auto loopt, valt hem opeens weer op hoe stil en desolaat het dorp is. Er is geen mens buiten, er rijdt geen enkele auto, er is geen kind dat huilt. Het enige geluid dat Alex hoort, zijn de schrille kreten van een buizerd die hoog boven de rokende schoorstenen van de huizen vliegt.

Eric Machiels arriveert in het schuurtje met enkele boeken voor Alex en een indrukwekkende koelbox vol lekkers. Het is duidelijk dat hij het voorbereidende werk voor de lunch al in zijn keuken in Oostende heeft verricht.

Sara en Roos zijn er al. Vanaf de eerste blik die Eric op Roos Collignon werpt, weet Alex dat hij haar mag.

'Blij je te ontmoeten,' bromt zijn vriend terwijl hij Roos samenzweerderig aankijkt. 'Volgens Alex was de kans dat je zou komen heel klein, maar dat was onzin natuurlijk. Iedereen moet eten, zelfs commissarissen.'

'Het plezier is wederzijds,' antwoordt Roos plagend. 'Ik keek hier echt naar uit. Volgens Alex ben jij de slimste mens die hij kent.'

'Dat bewijst alleen hoe treurig het gesteld is met zijn sociale contacten, hoor.'

'Ik heb een uurtje om te lunchen,' glimlacht Roos, 'lukt dat voor jou?'

'Dat lukt prima.' Eric kijkt rond en knikt goedkeurend. 'De term "schuurtje" is toch lichtjes beledigend, vind ik.'

Ze schuiven met z'n vieren aan voor de lunch. Alex had nog geprobeerd om Hans over te halen om mee te eten, maar dat is hem niet gelukt.

'Ik heb geen trek, Alex, ik eet sowieso heel weinig. Maar toch bedankt.'

'Kom er dan gewoon bij zitten. Voor de gezelligheid.'

Keyzer had zijn hoofd geschud.

'Ik heb even geen zin in gezelschap. Ga maar, het is echt goed zo.'

Aan tafel springt het gesprek naar alle kanten, van koken en Oostende tot het vrijwilligerswerk van Eric en Manon. Alex geniet. Hij beseft hoezeer hij zijn vrienden heeft gemist. Tijdens hun nachtelijke marathongesprek heeft hij Roos veel verteld over Sara, maar ook over Eric en zijn zoon Kai. Hij merkt dat Roos met veel aandacht aan de conversatie deelneemt.

Als ze vertrekt, geeft ze Alex een zoen aan de deur en zegt: 'Wat een mooie mensen.'

Niet veel later vertrekt Sara naar Brussel.

'Kom,' zegt Eric, 'laten we een frisse neus gaan halen in dat woud van jou.'

Alex neemt hem mee op een route die hij ondertussen goed kent. Het is een tocht van een uur door een stuk loofbos dat er in zijn herfstkleuren prachtig bij ligt. Alex praat zijn vriend bij over de meisjes en de zoektocht naar de dader. Hij vertelt ook wat hem tijdens het onweer in het woud is overkomen.

'Ik zou ook bang geweest zijn, hoor,' zegt Eric.

Ze staan bij een grote eik vol tonderzwammen. Eric buigt achterover en probeert de bovenste takken te zien.

'Het was niet alleen dat. Ik was niet zomaar bang, het ging veel dieper. Ik kan het moeilijk uitleggen.'

'We zijn nu eenmaal onlosmakelijk verbonden met deze kolossen,' zegt Eric terwijl hij de bast van de eik streelt. 'Heel onze cultuur is ervan doordrenkt. Ken je Yggdrasil, de wereldboom?'

'Da's een domme vraag. Nee dus.'

Zijn vriend glimlacht. 'Noordse mythologie. Het betekent zoiets als "het paard van Odin". Het is het symbool van alles wat is. De boom die alle werelden draagt en ze met elkaar verbindt.' Hij geeft de eik enkele tikjes. 'Hij reikt van de onderwereld dwars door de mensenwereld naar de wereld van de goden en de helden.'

Alex moet opeens aan Laura denken en de foto's van de plaats delict. Het meisje dat met gebogen hoofd aan de boom hing. Toen kwam spontaan het woord 'eerbied' in hem op. Hij vertelt het aarzelend.

'Eerbied, ontzag, angst. Ja, natuurlijk, al die gevoelens. Maar ook rust en diepe schoonheid.' Eric kijkt om zich heen. 'Ik ben geen zielenknijper, maar ik denk dat het bos ons zo fascineert omdat het werkelijk alle intense emoties in ons losmaakt. Dus ook onze grootste angsten.'

Laat op de middag schuift Eric de slaapbank uit. Hij wil even plat voor een siësta, de lange treinreis vanuit Duitsland heeft zijn sporen nagelaten.

'Een extra kussen vind je in de slaapkamer,' zegt Alex. 'Rechts onderaan in de kast.'

Als Eric terugkomt, merkt Alex meteen dat er iets mis is.

'Sorry, ik heb de foto's gezien. Van de slachtoffers. Het was echt niet mijn bedoeling.'

Voor het bezoek arriveerde had Alex het prikbord met de foto's van de plaatsen delict en de onderzoeksinfo in de grote kleerkast gestopt.

'Mijn schuld,' zegt hij, 'ik was het helemaal vergeten. Gaat het?'

Eric knikt. Hij rilt, alsof hij letterlijk de beelden van zich af wil schudden.

'Sommige mensen zijn echt ziek.'

'Ik weet het,' zegt Alex.

Terwijl zijn vriend een dutje probeert te doen, loopt Alex aan bij Hans. Hij wil nog even precies afspreken met hem voor de volgende ochtend, want ze moeten vroeg vertrekken naar het ziekenhuis. Maar Hans is nergens te bespeuren, al staat zijn auto gewoon naast het huis.

Meteen gaan bij Alex enkele alarmbellen af. Hij snelt naar de woonkamer, kijkt boven op de kast.

Het jachtgeweer is weg.

Hij loopt aan het einde van de straat naar de grote weide en steekt het naaldbos door. Hij hoopt dat hij goed heeft gegokt.

Bij een van de laatste bomen, zowat op dezelfde plaats als waar Alex zich verborgen hield, zit Hans Keyzer naar de tuin van Deveux te staren.

'Wat doe je hier?' vraagt Alex, hoewel hij het antwoord natuurlijk al kent.

'Ik wacht hem op. Ik wacht tot hij thuiskomt.'

Hij heeft het jachtgeweer op schoot. Uit de verkrampte houding waarin hij zit, leest Alex af dat hij veel pijn heeft.

'Kom mee naar huis,' zegt hij.

'Ik kan het evengoed nu doen, Alex.' In zijn ogen ligt veel verdriet. 'Als ik dan toch leverkanker heb, kan ik hem evengoed nu doodschieten, wat maakt het dan nog uit. De eerste keer is het mislukt, maar dat zal me geen tweede keer overkomen.'

'Kom,' zegt Alex zacht.

Hij wacht geduldig tot Hans hem aankijkt.

'Kom, Hans, we gaan naar huis. En morgen breng ik je naar het ziekenhuis. Oké?'

'Ik ben zo moe,' fluistert Keyzer.

Alex helpt hem langzaam en voorzichtig overeind.
'Ik breng je naar bed,' zegt hij.
Als hij naar binnen loopt in het schuurtje, is zijn vriend net wakker. Alex heeft voor alle zekerheid het jachtgeweer meegebracht.
'Ben je iets van plan?'
'Laat maar. Te lang om uit te leggen.'
's Avonds zitten Alex en Eric op een stoel in de tuin. Ze hebben hun jas tot boven dichtgeknoopt en Alex heeft voor beiden een deken uit de voorraadkast van Hans geleend. Ze kijken naar de weiden, het woud, de sterrenhemel. De fles wijn staat naast hen in het gras.
Hun gesprek sluit aan bij dat van 's middags in het woud. Eric is in zijn element en Alex vindt het aangenaam om naar zijn vriend te luisteren.
'Die wereldboom van Odin kennen wij hier trouwens ook,' zegt Eric. 'In de christelijke cultuur heet die de levensboom. Stond in het aardse paradijs.'
'Nooit van gehoord.'
'De boom met de fameuze appel ken je toch?'
'Adam en Eva. Ja, natuurlijk. Is dat de levensboom?'
'Nee, da's de boom met de kennis van goed en kwaad. Maar God had ook een tweede boom geplant en dat was de levensboom. Geef je de wijn even door?'
'Ik zou het fijn vinden als je verder vertelt in plaats van altijd te stoppen,' zucht Alex. 'Dit is trouwens al de tweede fles en ze is bijna leeg.'
'Niet zeuren.' Eric schenkt zijn glas vol. 'De vruchten van de levensboom gaven eeuwig leven, maar we hebben er niet van kunnen eten omdat God boos was voor die appel en ons uit het aardse paradijs heeft gegooid. Was dat niet gebeurd, dan zouden we nooit moeten doodgaan.'

Ze staren beiden een tijdje naar boven.
'Daarom staan bomen bij ons voor eeuwig leven,' zegt Eric zacht. 'Voor wedergeboorte, ook. En daarom aanbidden we ze al eeuwen. Ze moeten ons troosten.'
'Waarvoor? Dat we doodgaan?'
'Natuurlijk. Ze helpen ons troost vinden voor onze sterfelijkheid.'

Ze gaan laat naar bed.
'Je zult me morgen niet meer zien, denk ik,' zegt Alex. 'Ik ben vroeg weg, ik breng Hans naar het ziekenhuis in Luik.'
'Oké. Moet ik je planten in Oostende geen water geven?'
Alex knikt. 'Verdorie, dat ben ik helemaal vergeten. Doe maar, misschien zijn ze nog te redden. En haal alsjeblieft de koelkast leeg, alles wat erin zit zal toch al over datum zijn.'
Hij neemt zijn sleutels en haalt die van zijn flat van het ringetje.
'Je blijft hier toch niet, hé?' vraagt Eric.
Hij doelt niet alleen op het schuurtje, hij doelt sinds deze middag ook op Roos.
'We zien wel, vriend,' zegt Alex zacht.

's Ochtends is het mistig en koud. Op de snelweg naar Luik is er druk en soms stilstaand verkeer. Er is een ongeval gebeurd en Alex verbaast zich meer dan ooit over de agressie van sommige chauffeurs. Er wordt heftig geclaxonneerd en veel gescholden, meestal vergezeld van woeste handgebaren. Alex krijgt twee keer een middelvinger omdat hij niet snel genoeg van de linkerrijstrook weg is. Ze doen er uiteindelijk bijna twee uur over, maar gelukkig is Alex ruim op tijd uit Suxy vertrokken.
Hans Keyzer houdt zich stoer tot ze voor de balie van het ziekenhuis staan. Hij heeft zijn documenten voor vertrek tot drie keer toe gecheckt, maar nu de vrouw aan de inschrijvingen

hem vragen begint te stellen, vindt hij opeens niets meer terug en moet Alex het overnemen.

Als de formaliteiten achter de rug zijn, helpt een verpleger Hans in een rolstoel en geeft hem zijn stok voorzichtig in de handen.

'U hebt eerst een MRI-scan, meneer,' zegt de verpleger. 'Ik breng u wel.'

'Ik haal je overmorgen op, oké?' zegt Alex.

Een aarzelend knikje.

Hij legt zijn hand op Hans' schouder en geeft er een bemoedigend kneepje in.

'Ik ben heel slecht in afscheid nemen,' bromt Keyzer. Hij slaat zijn ogen niet op. 'Ik heb te veel oefening gehad.'

Het is al middag als Alex in de recherchekamer in Neufchâteau aankomt. Het is er druk: er zitten te veel mensen opeen gepropt in een kleine ruimte, met te veel discussies en telefoongesprekken en nerveus getokkel op toetsenborden. Roos heeft ook het kantoor ernaast opgeëist om alle speurders een desk te kunnen geven, maar de indruk is er een van chaos en nerveuze improvisatie, van een *war room*.

'Roos is voor overleg bij het parket,' zegt Adrienne Lavoisier als ze in de kleine keuken staan.

Hij krijgt ongevraagd een kop koffie met suiker in zijn handen geduwd.

'Maar ik zou hier niet te lang rondhangen als ik jou was,' voegt ze eraan toe. 'De hoofdcommissaris en zijn collega uit Arlon zijn er. En iemand heeft zijn beklag gedaan over jou.'

'Over mij?'

De hoofdinspecteur maakt een wegwerpgebaar.

'Over jou, over Sara Cavani, maakt niet uit.' Ze zucht. 'Oké, vooral over jou. Er is geroddeld over de adviseur van Interpol en die roddels zijn tot bij de grote chef geraakt.'

'Wat wordt er dan zoal gezegd, Adrienne?'

'Dat je hier binnen en buiten loopt alsof je hier thuis bent. Alsof jij de boel hier runt in plaats van wij. De grote baas is allergisch voor bevoegdheidsconflicten, hij vindt zoiets niet echt grappig.'

Alex zet zijn koffie onaangeroerd op het aanrecht.

'Bedankt. Ik ga maar eens.'

'Het gaat niet eens om jou,' legt Adrienne uit. 'Het gaat eigenlijk om Roos. De meesten staan achter haar, maar er zijn er ook die nog steeds niet verteerd hebben dat een Vlaamse hier commissaris is geworden. Als ze haar positie via jou een beetje kunnen ondermijnen, zullen ze dat niet nalaten.'

Hij rijdt naar Suxy, naar het schuurtje. Het gesprek heeft hem neerslachtig gemaakt. Hij stuurt een berichtje naar Roos, maar moet drie keer proberen voor de wifi het aankan.

Heb het verhaal via Adrienne gehoord. Laat het niet aan je hart komen, je doet het uitstekend x

Hij kan zich niet herinneren wanneer hij nog eens een bericht met een kruisje heeft afgesloten.

Het duurt tot 's avonds laat voor hij een antwoord krijgt.

Nu pas naar huis, heksenketel. Heb even heel duidelijk gemaakt hier dat alleen idioten geen hulp willen in deze zaak. Ik laat me niet kisten, toch bedankt dat je geen olie op het vuur hebt gegooid x Zie je morgen, mis je.

In het midden van de nacht wordt Alex wakker van een geluid. Vrijwel meteen voelt hij zijn hartslag met sprongen de hoogte ingaan. Hij wacht bang op het hijgen, de raspende ademhaling en daarna, die vreselijke kop die boven het voeteneinde van het bed zal komen kijken.

De gele ogen vol haat die hem zullen aanstaren, zonder gevoel, zonder mededogen. Zonder ziel.

De sprong die daarna zal komen.

Alex ligt roerloos te wachten tot het gebeurt.

Dan hoort hij opnieuw iets en dit keer klinkt het als het geluid van hout op hout. Opeens beseft hij dat hij niet droomt, dat hij echt wakker is.

Er is iemand in zijn kamer.

Alex tuurt in het rond, maar alles is zwart. Tussen de gesloten overgordijnen is er nauwelijks een spleet van een centimeter, net genoeg voor een streepje flauw maanlicht dat tot aan zijn bed reikt.

Zijn hele lichaam spant zich op als een veer. Hij concentreert zich op geluiden. Hij probeert de minste zucht, het minste gerucht te detecteren. Tegelijkertijd durft hij zelf nauwelijks te ademen.

Een schoen, denkt hij. Een voet die uiterst voorzichtig neerkomt in afwachting van de volgende stap.

Een ademhaling, zo zacht dat ze bijna onhoorbaar is.

Alex is bang. Hij heeft geen idee hoe, maar hij weet dat op dit moment zijn leven in gevaar is. Dat het kwaad dit keer echt in zijn kamer is, niet in de vorm van het monster uit zijn nachtmerrie, maar in de vorm van een mens van vlees en bloed.

Het besef dat zijn leven in acuut gevaar is, pompt de adrenaline door zijn lichaam. Het maakt zijn hoofd ook opeens merkwaardig helder. Het is geen rationele beslissing, maar hij weet zeker dat hij zich dit keer niet zal laten verlammen door angst. Hij zal vechten.

Dat inzicht gaat nog door zijn hoofd als hij opnieuw een voetstap hoort, dit keer veel dichterbij.

Dan ziet hij een reflectie in het maanlicht, een flauwe flikkering van metaal. Alex geeft zich geen tijd om zich af te vragen wat het is. Met een oerschreeuw springt hij aan de andere kant uit het bed en zet het op een lopen.

Hij botst tegen de deurspijl van de slaapkamer aan, tast met zijn handen waar de deuropening zit en wil via de woonkamer naar buiten vluchten.

Plots voelt hij zo'n felle steek in zijn schouder dat hij het uitschreeuwt van de pijn en kokhalst. Een mes, flitst het door zijn hoofd.

Ik ben gestoken met een mes.

Hij strompelt kreunend in de richting van de buitendeur, gooit ze met al zijn resterende kracht open en rent naar buiten. De pijn is witheet en vertroebelt zijn denken. Hij ziet vlekken voor zijn ogen. Alex wil vluchten, hij wil zo snel mogelijk en zo ver mogelijk weg van de schuur. In een waas van pijn neemt hij impulsief de verkeerde beslissing. Hij moet zich verbergen, weg van het gevaar, maar in plaats van in het maanlicht te blijven, loopt hij naar het bos.

Zodra hij in het donker tussen de bomen staat uit te hijgen, beseft Alex welke fout hij heeft gemaakt. Hier, in het altijd groene stuk naaldbos achter de weide aan de Vierre, ziet hij helemaal geen hand voor ogen. Hij ruikt de hars, de naalden, de bijna zoete lucht die tussen de sparren hangt, maar hij ziet ze niet.

Dan hoort hij achter zich een geluid. Paniek golft door hem heen. Hij probeert stil te zijn, maar hij voelt de zure angst in zijn keel en moet hard slikken om niet over te geven.

De pijn in zijn linkerschouder is zo heftig dat Alex alle koelbloedigheid verliest. Hij is doodsbang nu, hij wil alleen maar vluchten. Met zijn rechterhand voor zich uit gestrekt loopt hij verder, steeds sneller en sneller. Telkens wanneer hij een stam raakt en zijn handen of armen openhaalt aan de bast, springt hij opzij. Dikwijls grijpt zijn hand in de zwarte leegte en schuurt hij met zijn hoofd langs het ruwe hout. Hij heeft een kloppende hoofdpijn en zijn voorhoofd en wangen schrijnen. Hij voelt het bloed over zijn gezicht lopen.

Het geluid achter hem komt steeds dichterbij. Alex beseft dat hij geen voorsprong neemt, maar steeds meer terrein verliest.

Opeens blijft hij staan. Het is een ingeving, een impuls. Bovendien is hij zo uitgeput dat hij het gevoel heeft ieder moment in elkaar te zullen storten. Hij krijgt met moeite adem, zijn borstkas pompt hevig op en neer. De pijn in zijn schouder is niet meer heet maar intussen koud geworden, een snerpende, ijskoude pijn die hem doet huiveren.

Hij hoort kleine twijgen breken. Een geruis tegen takken vol naalden. Een arm of een been? Een kledingstuk?

Alex wacht hijgend en gelaten op de plotse pijn, op de messteek die fataal zal zijn, die hem zal doden. Hij houdt zijn verkrampte vuisten dicht tegen zijn borstkas, als een laatste verdediging.

Maar er gebeurt niets.

In het bos is behalve het zachte ruisen van de wind geen ander geluid meer te horen.

Alex zakt door zijn knieën.

27

Hij wordt wakker in een kamer die hij niet kent. Het duurt even voor hij het bed en de rest van het meubilair kan thuisbrengen. Hij ligt in een ziekenhuis.
'Goedemiddag, meneer Berger,' zegt een verpleegster neutraal. 'Hoe voelt u zich?'
'Hoe... hoe kom ik hier terecht?'
'Antwoord eerst even op mijn vragen, alstublieft,' antwoordt de jonge vrouw vriendelijk maar kordaat. 'Heeft u pijn? Of beter, waar heeft u pijn?'
'Niet veel,' fluistert Alex. 'Mijn hoofd.' Hij scant zijn lichaam. 'Ik voel mijn voeten niet.'
'Uw voeten zijn flink beschadigd. U heeft lange tijd zonder schoenen gelopen, lijkt me. U heeft ook een steekwond in uw linkerschouder opgelopen. Was u betrokken in een gevecht? Enfin, u zal het zelf moeten uitleggen.'
'Wat?'
'Ik heb de opdracht commissaris Collignon van de recherche te waarschuwen zodra u wakker bent,' zegt ze, en ze benadrukt het woord 'recherche' om duidelijk te maken hoe ernstig de zaken zijn. 'Ze zit met haar collega beneden in de cafetaria te wachten. Ik zal haar meteen een seintje geven.'
Nog geen twee minuten later stuift Roos de kamer binnen. Als ze zich over Alex buigt en hem een kus op zijn wang geeft, loopt de verpleegster naar buiten, duidelijk in de war.
'Hoe voel je je?'
'Slecht.'

'Je ziet er eerlijk gezegd ook zo uit,' lacht Roos opgelucht. 'Je gezicht zit vol schrammen en builen en je hebt een lelijke snee boven je linkeroog. Je lijkt op een bokser na tien rondjes meppen.'
'Dank je wel.'
'Was hij het?' vraagt ze ernstig.
'Ik denk het.' Hij voelt voorzichtig aan zijn schouder. 'De messteek?'
'Gewone vleeswond. Een diepe snee, dat wel, maar er werd niets vitaals geraakt. Je hebt veel geluk gehad.' Ze kijkt hem aan. 'Je weet niks meer, hé?'
'Nee.'
'Je bent blijkbaar naar het huis van Hans gestrompeld en hebt daar het noodnummer gebeld. Dat was om halfvier vanochtend. Ze waren er heel snel, ze hebben je bewusteloos op de vloer aangetroffen. Volgens de dokter gebeurt dat vaker, door de shock. Heb je veel pijn?'
'Nee, eigenlijk niet. Ik voel me wat groggy, alsof ik een kater heb. En mijn voeten voel ik amper.'
'Dat komt door de verdoving, neem ik aan.'
Roos ademt diep in en uit, zegt dan een stuk formeler: 'Adrienne en Didier staan te wachten in de gang, Alex. Ze zullen je verhoren. Je begrijpt dat ik dat zelf niet kan doen. Denk goed na, probeer je iets te herinneren, hoe miniem ook. Alles kan helpen. We moeten hem vinden voor hij weer toeslaat.'
'Ik heb niks gezien,' zegt hij somber. 'Het was gewoon te donker, Roos, het spijt me. Ik ben beginnen rennen als opgejaagd wild, ik heb zelfs geen silhouet gezien.'
'Neem je tijd. Zoals ik zei, alles kan helpen. Het lab heeft vanochtend al het schuurtje uitgekamd. Ze zijn nu bezig met de omgeving. Binnen hebben ze niks gevonden, maar misschien hebben we buiten meer geluk.'
'Thierry Deveux?' vraagt hij.
'Adrienne is bij hem langsgegaan. Hij beweert dat hij gewoon thuis was en in zijn bed lag te slapen.'

'En Carlo?'
Roos zucht.
'Alex, we zijn ermee bezig. Concentreer je nu eerst op het verhoor.'
'Ik wil hier weg,' zegt hij.
Ze negeert zijn vraag.
'Sara heeft al twee keer gebeld,' zegt ze. 'Ze probeert in de loop van de dag wel opnieuw, moest ik meegeven. Ze wou je vooral laten slapen.'
'Ik wil hier weg, Roos.'
Nu knikt ze.
'Eerst het verhoor. Daarna kom ik terug en breng je naar Suxy. Je kunt niet eens stappen op die kapotte voetzolen van je. Met al het verband dat eromheen zit, pas je in geen enkele schoen.'
'Ik had verwacht een stuk harder te moeten onderhandelen,' glimlacht hij.

Het verhoor duurt amper een halfuur. Buiten zijn angst en de achtervolging in het bos kan Alex zich niets relevants herinneren.
Adrienne en Didier reageren beleefd en professioneel, maar Alex ziet de ontgoocheling in hun blik. Een ex-commissaris die oog in oog staat met een seriemoordenaar en hij kan hun nog geen morzel info geven waarmee ze aan de slag kunnen.
Hij baalt er zelf van.

Roos komt opnieuw zijn kamer binnen en steekt triomfantelijk een paar knalpaarse Crocs maat 46 in de lucht.
'De man van een vriendin van me is anesthesist hier in het ziekenhuis en hij leeft op grote voet, letterlijk dan. We moeten ze volgende week wel terugbrengen, het is zijn reservepaar.'
Alex verbijt de pijn terwijl hij aan haar arm naar de parking schuifelt.

Als Roos hem heeft helpen instappen, krijgt ze een oproep van het lab. De voorlopige resultaten van het sporenonderzoek zijn er.

'Helaas heel mager,' vat ze samen als ze achter het stuur zit, 'maar toch twee partiële voetstappen buiten, naast veel afdrukken van jouw blote voeten. Geen zekerheid over de maat omdat ze de ene keer alleen de punt en de tweede keer een halve zoolafdruk hebben.'

'Wat zeggen ze dan?'

'Niet groot, niet klein.'

'Zo kan ik het ook,' bromt hij. Hij glimlacht, zegt: 'Sorry. Gewoon frustratie.'

'Het merk en het model hebben we wel,' zegt Roos. 'Nike, model Air Force 1. Een schoen met luchtkussentjes. Heel populair bij horecamensen, kappers en iedereen die voor zijn werk de hele dag op zijn benen moet staan. Misschien moet ik ze ook maar aanschaffen.'

Onderweg naar het schuurtje haalt hij met wat moeite zijn telefoon tevoorschijn en belt Sara.

'Hey!' roept ze. 'Ik ben blij je te horen! Is het verhoor al achter de rug?'

'Ja.'

Sara heeft aan dat ene woord genoeg om te beseffen dat ze met het resultaat niks zullen opschieten.

Ze praten even over zijn gezondheidstoestand en dan zegt ze: 'Ik heb slecht nieuws, vriend. Het gaat over het werk.'

'Ik zit met Roos in de auto, ik zet je op speaker, wacht even.'

Sara's stem vult de auto.

'Roos is al op de hoogte, Alex.'

'Vertel.'

'Mijn chef heeft in haar grote wijsheid geoordeeld dat de inbreng van Interpol in de zaak Caroline Bingenheim is afgerond. Ik moet mijn eindrapport maken en *that's it*.'

'Oké.'
'Maar dat wil ook zeggen dat ik geen budget meer heb om aan deze zaak te besteden. Ik mag je ook niet langer betrekken als adviseur.'
'Da's niet erg, Sara.'
'Ik heb geargumenteerd tot ik blauw zag, maar ze geeft geen duimbreed toe. Ik...'
'Sara? Niet erg,' herhaalt Alex. 'Ik blijf sowieso nog een tijdje hier.'
Roos doet alsof ze geconcentreerd het stuur vasthoudt.
'Ook na wat er gisteren is gebeurd?'
'Je kent me toch?'
'Ik had eerlijk gezegd niks anders verwacht,' antwoordt Sara.
Nu verschijnt er een lichte krul in Roos' mondhoeken.

Alex ligt op de slaapbank in de woonkamer zodat hij naar de vogels en de natuur kan kijken. Roos heeft hem geïnstalleerd met water, knabbels en de stapel boeken van Eric binnen handbereik.
Zodra ze vertrokken is, schuifelt hij in de paarse Crocs voorzichtig naar zijn rugzakje en neemt er zijn laptop uit. Hij herinnert zich de beelden van de wildcamera en scrolt door zijn bestanden tot hij de foto's vindt die hij in de rechercherkamer gemaakt heeft. De kwaliteit is ondermaats, maar dat deert hem niet.
De schoenen zijn sneakers, als je het hem vraagt dezelfde die vannacht achter hem aan hebben gelopen. Een jeans, een regenjas met kap.
Een nogal modieuze regenjas, vindt hij opeens.
Hij vermant zich en waagt de oversteek door de tuin naar het huis van Hans. Het lijkt alsof hij over hete kolen loopt, zo branden de snijwonden op zijn voetzolen.
Hij belt Roos met de vaste telefoon.

'Gaat het niet?' vraagt ze ongerust. 'Ik moest eigenlijk al bij mijn baas zitten voor het zoveelste overleg. Moet ik een dokter sturen?'
'Nee, echt niet. Doe me een lol en kijk eens heel snel naar de beelden van de wildcamera.'
Hij hoort haar vingers over het toetsenbord gaan.
'Oké, ik heb ze hier voor me.'
'Wat vind jij van die regenjas?'
'Eh... sorry,' zegt ze gehaast, 'als je niet weet waarnaar je verwacht wordt te kijken...'
'Ik vind dat een modieuze regenjas,' oordeelt Alex. 'Ik ben geen kenner, maar ik zou zeggen dat hij getailleerd is. Vind je niet?'
'Ja, nu je het zegt, dat klopt.'
'Wat ik bedoel is: dit is toch niet het soort kleding dat een man als Deveux zou dragen?'
'Hm, nee, dat denk ik ook niet.'
'En Carlo?'
'Rust nu, lieve Alex. Ik moet echt hollen naar die vergadering, vraag het me straks nog eens.'

In de vooravond loopt hij opnieuw naar binnen bij Hans, dit keer om de heer des huizes zelf te spreken. Hij heeft het nummer van Hans' kamer in het UZ van Luik meegekregen en hij zet zich schrap, alsof hij zich wil wapenen tegen slecht nieuws.
Tot zijn grote opluchting blijkt dat nergens voor nodig.
'Ze hebben uiteraard nog geen definitief uitsluitsel, maar het ziet er waarschijnlijk goed uit,' zegt Keyzer. 'Ik zou een leverhemangioom hebben.'
'Een wat?'
'Een goedaardig gezwel in de lever. Het is een flinke knaap van maar liefst zeven centimeter. De arts denkt niet dat het kwaadaardig is omdat hij mooi begrensd en ingekapseld is.'

'Ik ben heel blij voor jou, Hans, dat is echt fantastisch nieuws.'
Alex denkt aan zijn kapotte voeten, zijn schouder en de twee uur durende rit naar Luik.
'Hans, wat morgen betreft...'
'Om me te komen halen, bedoel je? Dat is niet nodig. De verpleger hier is met mij door al mijn documenten gegaan. Ik heb blijkbaar zo'n goeie verzekering dat ik recht heb op gratis ziekenvervoer. Ze brengen me morgen met de taxi tot aan mijn voordeur. Ik heb je gisteren dus onnodig door die file gejaagd.'
'Er zijn ergere dingen dan dat, Hans,' lacht Alex opgelucht.

Terug in het schuurtje warmt hij een kop soep uit blik op en eet er een stuk brood bij. Hij vervangt zo goed en zo kwaad als hij kan de verbanden en checkt of alle deuren goed op slot zijn. Om negen uur 's avonds valt hij als een blok in slaap.

Het is hoofdinspecteur Adrienne Lavoisier die hem de volgende ochtend wakker maakt. Ze moet lang en hard aankloppen voor hij met een slaperig hoofd de deur opent.
'Scheelt er iets?' vraagt hij.
'Niet echt.'
'Hoe laat is het?'
'Negen uur voorbij.'
Hij heeft bijna de klok rond geslapen.
Ze wijst naar zijn schouder. 'Hoe gaat het?'
Alex maakt voorzichtig enkele bewegingen.
'Merkwaardig goed, eigenlijk. Het blijft nog wat zeuren, maar een stuk minder dan gisteren.'
'Goed zo. Carlo is weer verdwenen, Roos dacht dat je dat misschien wou weten. Ze heeft je proberen te bellen.'
Hij checkt zijn telefoon. Naast twee gemiste oproepen van Roos heeft hij er ook eentje van zijn vriend Eric.

'Je rijdt toch niet van Neufchâteau naar hier om me dat te komen vertellen, neem ik aan?'

'Nee, natuurlijk niet. Ik had een meeting met de lokale politie van Chiny, ik passeerde zo goed als voor je deur.'

'Ik luister, hoor,' geeuwt hij, 'maar ondertussen zet ik koffie, anders word ik nooit wakker.'

'Doe mij ook maar eentje.' Ze gaat zitten aan de keukentafel. 'Het is misschien niet belangrijk, maar toch een beetje vreemd. Met Carlo Simons, bedoel ik. Vanochtend om acht uur kwamen twee van zijn collega's hem oppikken voor een jaarlijkse uitstap. Ze gaan drie dagen naar het zusterdorp in Frankrijk, naar Saint-Lambert, nabij Laon. Het is traditie blijkbaar, jagen en trektochten in de natuur. Iedereen keek er al weken naar uit, ook Carlo, vertellen zijn collega's. Maar hij was er niet.'

'En ze hebben hem niet kunnen bereiken?'

Adrienne schudt van nee, neemt een slok koffie en zegt: 'Zijn auto staat voor de deur, maar hij is niet thuis en hij is niet op het werk. Een van zijn collega's is de schoonbroer van onze collega Didier, die heeft gebeld omdat hij zich zorgen maakt.'

'Zorgen dat hem iets kan overkomen zijn, of omdat hij op de vlucht is?'

'Gewoon zorgen. Blijkbaar hebben ze het gisteren nog gehad over de uitstap en reageerde Carlo heel enthousiast.'

Alex zoekt ondertussen in de voorraadkast naar iets wat eventueel als ontbijt zou kunnen dienen. Hij vindt een niet zo krokante Sultana in een aangebroken pakje.

'Ik wil er straks ook nog wel eens langslopen als je dat wil,' zegt hij.

'Het boeit me eerlijk gezegd niet echt,' antwoordt Adrienne terwijl ze opstaat. 'Zoals ik al zei, Roos wilde dat je het wist.'

'Heeft ze je ook verteld dat Sara's opdracht en de mijne afgelopen is?'

Ze knikt.

'Maar ik denk niet dat het je zal tegenhouden om overal je neus te blijven insteken,' zegt ze met een sarcastisch lachje. Desondanks heeft Alex het gevoel dat de oude vijandigheid echt weg is en Adrienne hem op een of andere manier heeft geaccepteerd, misschien meer als potentiële vriend van Roos dan als adviseur van Interpol.

Hans is nog niet thuis en Alex besluit een korte wandeling te maken om zijn voetzolen te trainen. De dokter heeft hem op het hart gedrukt zoveel mogelijk rond te stappen, want de druk zorgt voor een betere doorbloeding en dus een snellere genezing. Hij passeert het huis van Murielle Croone, maar ook nu is ze er niet. Hij begrijpt zelf niet goed waarom hij aandringt, waarom hij zo nodig een gesprek wil met de witte heks. Om een of andere reden voelt hij de behoefte om over Christophe Haller te praten, om iets af te sluiten. Hij herinnert zich dat ze een winkeltje in biologische voeding runt in Florenville en opeens wil Alex even weg uit dit stille, doodse dorp. Hij wil naar een leuke zaak voor een croissant en een goede kop koffie, hij wil mensen zien, stemmen horen.

Het autorijden gaat een stuk beter dan hij had gevreesd. Alex heeft nog één verband strak om zijn voeten gewikkeld en een paar ruime sneakers aangetrokken waarvan hij de veters heel los heeft laten zitten. Hij voelt een licht zeurende pijn, maar ook niet meer dan dat.

Door Adriennes verhaal van vanochtend moet hij weer de hele tijd aan Carlo denken. Altijd opnieuw Carlo, mompelt hij bij zichzelf terwijl hij door het woud richting Chiny rijdt. Als er één verhaal is dat dit vreemde dorp kenmerkt, één rode draad, dan is het de spectaculaire verdwijning van een vijfjarig kind.

En niet alleen zijn verdwijning in het Woud van Anlier, maar vooral ook zijn miraculeuze redding.

Hij parkeert in het centrum van Florenville, aan het gemeentehuis. Voor hij uitstapt, belt hij Sara.
'Waar ben je?' vraagt ze.
'In Florenville, in de auto. Ik wil Murielle Croone een bezoekje brengen in haar winkel.'
'Mag jij dan al rijden? Zit je niet meer onder de pijnstillers?'
'Technisch gesproken rij ik niet, ik sta net geparkeerd aan het gemeentehuis. En ik neem om de vier uur een lichte pijnstiller, van het sterkere spul word ik loom en ik wil een helder hoofd houden.'
'Alex…'
'Sorry. Ik heb een vraag voor je, over de verdwijning van Carlo Simons. Kan jij aan het oorspronkelijke dossier?'
'Ja, dat denk ik wel, ik heb nog altijd het wachtwoord van de server in Neufchâteau. Waarom, jij hebt dat toch ook? En je weet toch dat we niet meer aan de zaak mogen werken, hé?'
'Ik kan niets downloaden in het schuurtje, Sara, daarvoor is het signaal veel te zwak.'
'Je bent nu niet in Suxy,' zegt Sara. 'Je kunt er dus perfect zelf bij.' Ze aarzelt. 'Oké, geef me de echte reden waarom je het mij vraagt en misschien help ik je dan wel.'
'Er zijn mensen bij de recherche in Neufchâteau die Roos via mij een hak willen zetten. Ik wil ze dat plezier niet gunnen. Mijn opdracht is voorbij, als ik nu hun systeem consulteer, is dat traceerbaar. Dat kunnen ze tegen haar gebruiken.'
'Dat geldt voor mij toch ook?'
'Jij werkt nog aan je eindrapport voor Interpol, voor jou is het logisch dat je hun server nog gebruikt.'
'En wat wil je dan precies hebben?'
'Het volledige dossier. De pv's, getuigenverklaringen, alles. Ik had vorige week aan Didier moeten vragen om het voor mij te downloaden, maar ik heb er stomweg niet aan gedacht.'
'Ik zal het voor jou doen en het je doorsturen,' zegt ze.
'Je bent een schat.'

'En wat moet je in de winkel van Murielle Croone?'
'Vooral koffie en een croissant,' zegt hij ontwijkend. 'Dank je, lieve Sara, tot snel.'

Het centrum van Florenville beslaat nauwelijks enkele straten en de handelszaken liggen netjes rond de kerk gegroepeerd. Alex heeft geen moeite om het winkeltje van Murielle te vinden. Ze heeft rieten manden vol groenten op het trottoir uitgestald. Aan de overkant van de straat ziet hij tot zijn vreugde een café-restaurant dat al open is.

Hij neemt plaats aan een tafeltje bij het raam, geeft zijn bestelling door en herinnert zich dan dat Eric hem proberen te bereiken heeft.

'Hey, alles goed?'

'Jawel,' zegt Alex. 'Behalve dan dat ik nachtelijk bezoek heb gekregen.'

Hij brengt bondig verslag uit van de aanval en zijn kortstondige verblijf in het ziekenhuis. Eric reageert geschokt, maar Alex onderbreekt hem.

'Het is voorbij, vriend, laten we over iets anders praten. Hoe is het daar bij jou in Oostende?'

'Druk,' zegt Eric, 'vreemd genoeg. Ik heb voortdurend klanten over de vloer.'

'Dat is de definitie van een winkel, Eric, dat er klanten over de vloer komen. Wees blij.'

'En ze willen niet alleen boeken, ze willen ook allemaal gebakjes en cake.'

'Wees nog blijer dan, je marge op je cake is veel groter dan die op de boeken. Je had me gebeld?'

'Ja.' Een aarzeling. 'Het gaat over de foto's die ik in je kast heb gezien. Die foto's van de dode meisjes.'

'Nog eens sorry daarvoor, Eric.'

'Maakt niet uit. Wat ik wil zeggen is: ik heb lange tijd zitten piekeren over die eerste foto. Dat meisje dat opgehangen is. Ik kende het ergens van.'
'Dat meisje?'
'Nee, niet het meisje of de foto, maar het beeld, snap je?'
'Eh, nee, niet echt.'
'Het deed me heel sterk denken aan een beeld uit dat boek dat ik je heb gegeven, over het woud in de westerse cultuur. Het is misschien niet belangrijk, maar het trof me gewoon, meer niet.'
'Oké.'
'Ik denk dat ik gewoon een aanleiding zocht om even te kletsen.'
Alex lacht.
'Dat mag, hoor.'
'Heb je het boek ondertussen gelezen?'
'Gedeeltelijk, Eric, het is een pil van dik vierhonderd bladzijden. En ik kan het niet even pakken, mocht dat je volgende vraag zijn. Het ligt in de flat in Oostende. Vertel eens verder.'
'Ze noemen het "Het meisje van Yde". Een veenmummie, perfect bewaard en meer dan tweeduizend jaar oud. Ze ligt in een Nederlands museum, in Drenthe als ik het goed heb. Ze is teruggevonden met het touw nog om haar nek. Waarschijnlijk een mensenoffer voor de goden van toen.'

Op de achtergrond hoort Alex het getik van bestek en een vrouwenstem die 'o, dat ziet er heerlijk uit' zegt.

'En dat soort dingen vertel je terwijl je je klanten bosbessencake serveert?'
'Een millefeuille met mascarpone en frambozen,' zegt Eric. 'Nieuw op de kaart. Het wordt hoog tijd dat je langskomt om te proeven.'
'Dat doe ik, vriend,' zegt Alex, 'beloofd.'

Hij kijkt een poos afwezig door het raam naar de overkant, naar de winkel van Murielle, als hij een *ping* hoort en ziet dat hij een mailtje van Sara heeft. Het is het volledige dossier over de verdwijning van Carlo Simons uit 1997. Hij bestelt een tweede koffie en begint te lezen.

Er zijn de gebruikelijke processen-verbaal bij, zowel van meteen na de verdwijning als na het terugvinden van Carlo. Er zitten pagina's lange getuigenverklaringen tussen, van de boswachters die het kind destijds gevonden hebben tot die van een boer die Tina Simons en haar kinderen die dag zag picknicken. De getuigenis van Tina over de verdwijning zit er natuurlijk ook bij. Alex leest ze vluchtig door, tot zijn oog op een detail valt.

Carlo speelde met zijn plastic paardjes op de picknickdeken en Lily keek in een prentenboek. Ik was aan het lezen. Toen Lily zei dat ze dringend moest plassen, ben ik met haar achter een boom gegaan, maar dat wou ze niet. Ze deed moeilijk over de plek omdat ze dacht dat mensen haar daar zouden kunnen zien. Uiteindelijk plaste ze achter een struik iets verderop. Toen we terug bij de picknickdeken kwamen, was Carlo er niet meer. We waren hooguit vier, vijf minuten weggeweest, maar hij was verdwenen. Ik heb voordien of nadien niemand in de buurt van onze picknickplaats gezien.

Hij concentreert zich, probeert zich te herinneren wat Lily hem verteld heeft toen hij bij haar op bezoek was. Carlo en zijn paardjes. Het meisje en haar prentenboek. En Tina?

Volgens Lily sliep haar mama, herinnert hij zich. Het kind maakte haar wakker omdat ze Carlo nergens meer zag. Haar broertje was verdwenen terwijl haar mama na het eten een dutje deed en Lily aan het lezen was.

Alex weet uit ervaring dat getuigenissen over dezelfde gebeurtenis sterk kunnen verschillen. Omdat de herbeleving te pijnlijk is voor de betrokkenen, omdat het drama of de misdaad zo gewelddadig is geweest dat mensen in shock zijn en aan verdringing doen, noem maar op.

Het hoeft niets te betekenen, weet hij, en toch knaagt het. Hij belt Roos en ze neemt meteen op.

'Stoor ik je?' vraagt hij.

'Dat klopt, kan ik u misschien later terugbellen?' vraagt ze zakelijk. Meteen begrijpt hij dat ze niet alleen is en haar gezelschap niet mag weten dat ze met Alex aan de lijn hangt.

'Het is niet belangrijk,' zegt hij zacht, 'hou je taai.'

Hij rekent af en loopt naar de overkant van de straat.

Murielle Croone is een andere persoon geworden. Er is geen spoor meer van de mysterieuze wicca met de zelfverzekerde houding. Achter de toonbank staat een treurende vrouw met hangende schouders en een doffe blik in haar ogen.

'Dag Alex,' zegt ze. 'Wat brengt jou hier?'

Hij denkt na over een passend antwoord terwijl hij de houten rekken scant. Biologische levensmiddelen, grote, donkere broden, veel zuivel. Manden vol met groenten. Het ruikt er naar kruidenthee.

'Christophe Haller,' antwoordt hij.

Ze knikt alsof ze dat antwoord verwachtte.

'Hij was de liefde van mijn leven,' zegt ze, 'en ik heb hem aan zijn lot overgelaten.'

Ze zitten in het piepkleine kamertje achter in de zaak. Murielle heeft het metalen bordje met 'Gesloten' aan de deur gehangen.

'Ik was verliefd op hem vanaf de eerste dag dat ik hem ontmoette, de dag van zijn introductie in onze coven. Het duurde geen twee dagen of hij overnachtte al bij mij, in Suxy.' Ze kijkt Alex aan en zegt: 'Hij was toen ook al verslaafd, maar hield het nog binnen de perken.'

Alex knikt alleen maar, hij wil haar niet onderbreken.

'Maar het werd altijd erger. Hij probeerde wel af te bouwen, hij deed soms heel erg zijn best om clean te blijven, maar hij gleed altijd opnieuw af. Al die nachten dat ik hem ergens moest oppikken om hem uit de penarie te helpen... Ik heb drie jaar lang de andere kant op gekeken. Mezelf wijsgemaakt dat het wel goed zou komen, dat ik hem kon redden door hem een veilige haven te bieden. Maar sommige mensen willen niet gered worden, Alex. Dat is de trieste waarheid: sommige mensen zijn zo zelfdestructief dat ze gewoon niet gered willen worden.'

Hij hoort buiten iemand aan de deurhendel morrelen, maar Murielle schenkt er geen aandacht aan.

'En die zwarte magie dan?' vraagt hij.

'Daar kende hij niets van,' zegt ze zacht. 'Zwarte magie bestaat wel degelijk, geloof me vrij, maar voor Christophe was het meer stoerdoenerij dan wat anders. Hij verbeeldde zich van alles als hij weer eens gesnoven of gespoten had, dan werd alles groter en mysteriezer dan het was.'

'En die affaire met dat meisje?'

Ze is even stil.

'Ik had Christophe een paar maanden voordien de deur gewezen. Het kon gewoon niet meer, ik ging eraan ten onder. Die meid was een even grote junk als hij. Dat rituele mes was theater, ze waren zo stoned als wat.'

Murielle heeft tranen in haar ooghoeken.

'Het is altijd een zaak van "net niet" geweest in zijn leven. Maar ik hield van hem, zielsveel. En ik heb zoveel spijt dat ik hem de laatste keer niet geholpen heb.'

'Toen hij terugkwam uit Frankrijk, bedoel je?'

Ze knikt.

'Hij stond opeens voor mijn deur, na al die tijd. Hij was sterk vermagerd, hij zag er heel slecht uit. Ik heb hem weggestuurd.' Ze kijkt Alex aan. 'Ik kon het niet meer aan. Het lukte niet meer.'

Ze staart voor zich uit.

'Ik trok mijn handen van hem af en hij is gestorven. Ik had jaren geleden al moeten ingrijpen, echt ingrijpen in plaats van alles op zijn beloop te laten en te hopen dat het vanzelf wel goed zou komen.'

Alex wil iets troostends zeggen, haar uit gewoonte vertellen dat het niet haar schuld is, als hij aan de voorbije weken denkt.

'Weet je, Murielle,' zegt hij zacht, 'dat is precies waar ik het in het dorp zo moeilijk mee heb. Wat ik de mensen in Suxy verwijt.'

Ze kijkt hem verwonderd aan.

'Het dorp doet namelijk exact hetzelfde. Zwijgen. De andere kant op kijken. Over Carlo, bijvoorbeeld.'

'Vraag maar,' antwoordt ze zacht.

'Kende je de familie? Toen de kinderen klein waren, bedoel ik?'

'Ja, heel goed zelfs. Ze waren hier ieder weekend en alle vakanties. Ook na die affaire met Carlo zijn ze blijven komen. Dat lag heel moeilijk voor Tina en voor Lily.'

'Maar waarom bleef ze dan naar het dorp komen als ze er haar kind bijna was kwijtgeraakt?'

'Omdat Carlo dat wou en ze hem na het drama nooit meer iets heeft kunnen weigeren. Het woud trok aan de jongen en de moeder gaf toe. Hij wilde er liefst altijd zijn, maar dat ging niet met de school en zo natuurlijk, maar ze waren er zo goed als elke vrije dag. Dat was voor de beide anderen een echte beproeving.'

'Hij is trouwens weer verdwenen, wist je dat?'

'Nee. Maar hij komt wel terug. Ik zei het daarnet al, het woud trekt aan hem en dan moet hij ernaartoe.'

Hij ziet de zachte trekken in haar gezicht als ze het over Carlo heeft en zegt: 'En dat is nog zoiets. Iedereen beschouwt hem als een halve heilige. Hoe komt dat toch?'

Voor het eerst verschijnt er een glimlach om haar mond.

'Is hij dat niet ook een beetje? Een kind van vijf dat negen dagen en nachten overleeft in het woud… Mocht de Kerk

het hier nog voor het zeggen hebben, dan zouden ze het over goddelijke interventie hebben, toch?'
'En jij? Hoe zou jij het noemen?'
Ze denkt lang na, zegt dan: 'Hetzelfde. Voor ons in de coven is het duidelijk dat Carlo gered is door een kracht die groter is dan wij.'
'Door het woud?'
Ze knikt.
Alex denkt aan de nacht van het onweer en wat hij toen voelde. Murielle verrast hem door bijna woordelijk zijn gedachten te delen.
'Er zit een diepe kracht in het woud, zo simpel is het. Iets wat boven goed en kwaad staat. Carlo is gered en daarom...'
Ze aarzelt, merkt hij.
Misschien is dat het geheim, denkt Alex opeens. Misschien betaalt Carlo het woud terug voor zijn redding. Met offers aan de boomgoden.
Maar hij houdt die gedachte voor zich.
'Je zou niet meer zwijgen, *remember*,' zegt hij vriendelijk.
'Daarom wat?'
'Daarom is de plek waar hij gevonden is de meest sacrale plek in het woud. Dat is de reden waarom ik je toen niet wou meenemen. Op de plek waar Carlo heeft overleefd, komen wij samen. Dat kon ik je niet tonen, het spijt me.'

Als Alex in zijn auto stapt en voelt hoe de wond aan zijn schouder lichtjes schrijnt, is hij van plan meteen terug naar Suxy te rijden. Maar dan denkt hij aan het verhaal over de picknick. Hij merkt dat het nog maar vroeg in de middag is en zoekt op hoe ver het is naar Oudergem, naar de flat van Lily.
Een goed uur rijden, ziet hij, zo lang houdt hij het ondanks de pijn aan zijn schouder en voeten nog wel vol. Alex belt haar om zijn komst aan te kondigen, maar haar telefoon staat uit.

Als hij bij de flat aanbelt en geen antwoord krijgt, is hij boos om zijn impulsiviteit. Hij ziet op tegen de terugrit naar Suxy. Waarom is hij dan hier naartoe gereden?

Precies daarom, weet hij als hij heel eerlijk is. Omdat hij opziet tegen de terugrit, het lege schuurtje en vooral de lege dag. Tot voor kort wou Alex het liefst aan de zijlijn staan, maar dat is ondertussen anders. Is het Roos? Zijn het de vermoorde meisjes en het Woud van Anlier?

Waarschijnlijk allemaal samen, denkt hij. Het feit dat hij sinds gisteren officieel aan de kant is gezet en geen deel meer uitmaakt van het onderzoek, raakt Alex meer dan hij wil toegeven.

Lichtjes chagrijnig tikt hij 'Erasmus Hogeschool' in op Waze. Alle drie de voorgestelde routes beloven file, maar toch duwt Alex op de 'vertrek nu'-knop.

'Lily is vrij vandaag, ze was gisteren op museumbezoek met haar studenten,' zegt een schriele vijftiger met een veel te grote bril op zijn neus.

Aan zijn gezichtsuitdrukking te zien had hij er nog graag het woordje 'alweer' aan toegevoegd, denkt Alex.

De man heet Gunther Stans en net als Lily is hij docent Geschiedenis. Alex heeft hem aan de praat gekregen door een vaag verhaal op te hangen over Lily's broer in de Ardennen, maar het is duidelijk dat Stans het soort man is dat niet veel aanmoediging nodig heeft om over collega's te roddelen als hem dat zo uitkomt.

'Is er een probleem met haar broer dan?'

'Nee, helemaal niet. We hebben gewoon Lily's hulp nodig.'

Hij laat in het midden waarvoor die hulp moet dienen en Stans is niet echt geïnteresseerd.

'Heb je haar al proberen te bellen, ja zeker? En haar flat? Ze woont in Oudergem.'

Alex knikt.

'Wel, in ieder geval komt ze pas morgen weer naar school.'
'Was ze onlangs niet in Athene met haar studenten?' vraagt Alex.

Het blijkt de juiste olie om op het vuur te gooien. Stans laat zich even gaan.

'En daarvoor waren ze al twee dagen in de Westhoek voor de Eerste Wereldoorlog.'

'Hoeveel van die trips doet ze dan?'

'Toch vier à vijf per academiejaar, meestal naar dezelfde plekken.' Nu herpakt hij zich eventjes. 'Maar Lily is hoofddocente, zie je, het is haar volste recht om dat te doen.'

Alex denkt opeens ergens aan.

'Nog één vraag, meneer Stans. Zijn er bij die bestemmingen ook plaatsen in Nederland bij?'

De man is opeens niet meer zo loslippig.

'Dat kan ik niet zeggen. U loopt best even langs onze directie, ze zitten op de eerste verdieping voorbij de...'

Alex onderbreekt hem.

'Laat maar, het is echt niet belangrijk. Nog een prettige dag, meneer Stans.'

'Nederland doen ze steevast in januari,' zegt de man snel. 'Ieder jaar opnieuw, al zolang ik hier lesgeef en da's toch al tien jaar.'

'Drenthe?'

'Ja, hoe weet u dat? Het grootste hunebed van Nederland, het concentratiekamp Westerbork en het Drents Museum. Drie bezoeken op twee dagen en een overnachting in een leuk hotelletje. Naar het schijnt.'

Terug in de auto bezoekt hij de webpagina van het Drents Museum. Het meisje van Yde blijkt hun topstuk te zijn. Wat hij leest komt overeen met wat Eric hem al aan de telefoon vertelde, maar op de webstek staat nog een extraatje.

Waarom het meisje om het leven werd gebracht is zoveel jaren later uiteraard moeilijk vast te stellen. Archeologen gaan er wel van uit dat het meisje van Yde werd geofferd. Rond het begin van de jaartelling vonden er soms offers plaats op heilige plekken die als toegangspoort tot de geestenwereld dienden. Mogelijk had het meisje iets afkeurenswaardig gedaan en moest ze daarom sterven en aan de goden geofferd worden.

Terug op de autosnelweg belt hij Roos.

'Ha,' zegt ze warm, 'nu komt het goed uit, ik heb even tijd. Wat wou je vragen?'

'De moeder van Carlo, Tina Simons. Kun je haar even door het systeem halen?'

'Natuurlijk. Even kijken… Die is al jaren overleden. Ze is nauwelijks vierenvijftig geworden, de arme vrouw.'

'Wanneer is ze gestorven?'

'Februari 2017.'

Alex denkt hardop na.

'Dat is een maand na Drenthe en vier maanden voor de eerste moord op Laura.'

'Hé? Wat bazel je nu allemaal?'

'Roos,' zegt Alex, 'ik denk dat Hans gelijk heeft. Ze zijn met zijn tweeën, niet Carlo en Deveux maar Carlo en zijn zus Lily. Lily heeft haar broer ertoe aangezet. Ik denk dat ze hem heeft aangezet om die meisjes te offeren aan het woud.'

Haar reactie is fel en komt onmiddellijk.

'Alex, dat is van de pot gerukt, sorry. Je hebt te lang met Hans opgetrokken, je ziet spoken.'

'Luister naar me,' zegt hij. 'In het Drents Museum ligt een mummie. Het meisje van Yde, googel dat even. Lily heeft dat meisje gezien een maand voor haar moeder stierf en vier maanden voor de eerste moord in het Woud van Anlier plaatsvond. Het is een mummie van een jonge vrouw van zestien, zeventien, met de strop nog om haar nek. Ze werd geofferd aan de woudgoden.'

'Alex...'

'Ik wil dat je zo snel mogelijk een huiszoeking doet bij Carlo,' zegt hij.

'*No way.* Mijn chef vilt me levend, dat kan ik niet maken. Denk je nu echt dat ik mijn carrière op het spel zet omwille van een rituele moord van tweeduizend jaar geleden? Ik heb al echte lijken genoeg op mijn bord.'

'Ik wil dat je een huiszoeking doet bij Carlo,' herhaalt Alex ijzig kalm.

'En dat zeg je als adviseur die niet eens meer in dienst is?'

Hij schrikt even van haar venijnige opmerking. Tegelijk beseft hij beter dan wie ook hoe irrationeel zijn verzoek klinkt en hoe wanhopig Roos is met een onderzoek dat muurvast zit.

'Het moet, Roos,' zegt hij zacht maar nadrukkelijk. 'Ik weet niet hoe, maar je moet het voor elkaar krijgen. Je moet die huiszoeking doen.'

'Omdat zijn zus een mummie heeft gezien in een museum in het noorden van Nederland? Omdat hun moeder een maand later gestorven is? Wil je echt dat ik dat in een rapport zet?'

Omdat ik het je vraag, wil hij zeggen, maar hij beseft hoe vreemd dat zou klinken.

'Vertrouw me,' mompelt hij onbeholpen. 'Ik heb niets dan mijn buikgevoel en dat heeft me vroeger zelden bedrogen.'

Maar Roos neemt zijn uitlating ernstig.

'Vroeger?' vraagt ze zacht. 'Als in: vroeger, toen je nog commissaris bij de moord was?'

'Ja.'

'En hoelang is het geleden dat je dat gevoel nog hebt gehad?'

Hij slikt iets weg, zegt dan:

'Sinds mijn ontslag nooit meer.'

Er is een tijdje alleen maar ruis op de lijn te horen.

Dan hoort hij haar op haar toetsenbord tikken.

'Ze was erbij,' zegt ze. 'Alex?'

'Ja?'

'Lily was erbij. Ze was mee met Carlo toen hij de ochtend na Laura's verdwijning zijn verklaring kwam afleggen. Zijn zus heeft getolkt voor hem.' Ze denkt na. 'Niet Deveux, die perfect met hem kon praten en om de hoek woont, maar Lily die daarvoor speciaal vanuit het Brusselse naar hier is gekomen.'

'Dat hoeft op zich niks te betekenen.'

'Nee.'

Stilte.

'Laat me een paar telefoontjes doen,' besluit Roos. 'Ik hou je op de hoogte.'

'Bedankt,' zegt Alex.

De huiszoeking vindt diezelfde dag om zes uur 's avonds plaats. Roos en haar collega's arriveren in twee ongemarkeerde voertuigen en de technische recherche volgt met een bestelwagen. Het huis van Carlo baadt in het licht.

De lokale politie is ter plaatse en schermt de woning van Carlo af. Dat is geen overbodige luxe: er staat een tiental mensen onder de lantaarn aan de straatkant die hardop hun ongenoegen uiten over deze actie. Ook Thierry Deveux staat erbij. Hij zegt niets, maar de woedende blik in zijn ogen spreekt boekdelen.

Alex zit wat verderop in zijn auto. Hij vindt het een wonder dat het Roos is gelukt haar chef te overtuigen, hij begrijpt niet hoe ze het voor elkaar heeft gekregen. Voor de rest wil Alex door niemand gezien worden, ook niet door Deveux.

Een halfuur later ziet hij Roos en Adrienne naar buiten komen en in een van de auto's stappen. Adrienne neemt plaats achter het stuur.

Nog voor de auto goed en wel is vertrokken, belt Roos hem al.

'Bingo,' zegt ze.

'Vertel.'

'De collega's van het lab halen de boel nu nog grondig overhoop, maar het belangrijkste hebben we al. In het kastje onder de gootsteen lagen drie paar nitril huishoudhandschoenen, twee nog in de oorspronkelijke verpakking. Speciale latexvrije handschoenen, Alex!'

Hij houdt zijn adem in.

'In het medicijnenkistje in de badkamer zitten latexvrije pleisters en twee doosjes Reactine. Dat is een antihistaminicum, volgens de man van het lab. Het onderdrukt allergische reacties.'

28

De volgende ochtend is de zoektocht naar Carlo Simons al op kruissnelheid. Meteen na de eerste resultaten van de huiszoeking is zijn signalement verspreid en wordt zijn wagen opgespoord. Er is de hele nacht doorgewerkt om het opsporingsplan te perfectioneren en nu het opnieuw licht is, kunnen de grotere middelen worden ingezet.

'We krijgen de hulp van drie andere korpsen,' zegt Roos als Alex haar belt van bij Hans. 'Over een kwartier arriveert er ook een helikopter uit Arlon. Het wordt een logistieke nachtmerrie, om nog maar te zwijgen van de bevelvoering.'

'Jij bent de leidinggevende commissaris,' zegt Alex.

'Zeg dat tegen mijn baas als je hem nog eens ziet. Hij loopt hier te pronken als een pauw, alsof hij het allemaal zelf heeft bedacht.' Ze glimlacht. 'Maar dat maakt niet uit. Heb ik je al bedankt voor dat buikgevoel van je?'

'Bedank me maar als je Carlo gevonden hebt. Is er nieuws?'

'Nee. We zoeken met man en macht, maar het is niet makkelijk werken. De pers bivakkeert op dit moment aan de ingang van ons gebouw. Iedereen kijkt ons op de vingers.'

Alex lepelt ondertussen een potje yoghurt leeg dat Hans hem tijdens het gesprek in zijn handen heeft gestopt.

'De huisdokter van Carlo bevestigt dat hij een aantal jaren geleden een heftige allergische reactie heeft gehad na het eten van een avocado,' gaat Roos verder. 'Dat is vreemd genoeg dezelfde soort allergie als die voor latex.'

'Ik wil helpen,' zegt Alex. 'Ik kan hier echt niet zitten niksen, Roos, niet in deze fase.'

'Je hebt me al enorm geholpen, weet je nog?'

'Dat bedoel ik niet.'
'Dat weet ik,' zegt ze. Stilte. 'Voor ik het vergeet: in het kader van het gerechtelijk onderzoek hebben we toegang tot Carlo's medische dossier. Hij is jarenlang in behandeling geweest bij een psychiater.'
'Waarvoor?'
'Dat weet ik niet,' zegt ze lichtjes geïrriteerd, 'ik heb nog geen tijd gehad om hem te bellen. Het lijkt me nu niet meteen een prioriteit, hé, ik vertel het je gewoon.'
'Geef me zijn nummer en ik doe het,' stelt Alex voor. 'Kom, je hebt genoeg op je bord.'
'En het medische geheim, ga jij dat in je eentje even omzeilen, zonder dwangbevel? Laat het zo, Alex, ik bel je zodra ik nieuws heb.'
'Geef me alsjeblieft het nummer, Roos, ik word gek als ik niets omhanden heb.'
Roos zucht.

'Is het Carlo?' vraagt Hans even later. 'Het is Carlo, hé?'
'Daar ziet het wel naar uit, ja.'
De oude man knikt.
'En Deveux?'
In plaats van antwoord te geven, zegt Alex: 'Ik zal voor een tijdje je telefoon in beslag moeten nemen. Vind je dat erg?'
'Je doet maar,' antwoordt Hans.
'En jij,' antwoordt Alex vriendelijk, 'jij doet helemaal niets. Ik heb niets gezegd toen ik je met dat jachtgeweer in Deveux' tuin aantrof, maar dit keer ga je de politie haar werk laten doen.' Hij kijkt de man indringend aan. 'Je hebt geen kanker, je gaat niet dood en je gaat niet de rest van je leven brommen door een wraakactie. Eén domme zet en ik bel zelf de politie, begrijp je dat?'
'Ik doe niets,' mompelt hij. 'Dat beloof ik je.'

Er zit veel in de blik van Hans. Opluchting, angst, schuldgevoel. Hij heeft een onschuldige man door zijn hoofd proberen te schieten. Hij heeft het al die tijd fout gehad.

Alex heeft kort maar dwingend op de psychiater ingepraat. Hij heeft alle trucjes aangewend die hij in zijn carrière heeft geleerd om iemands weerstand te breken, niet alleen misdadigers maar ook ambtenaren en medici die iets te snel beginnen zwaaien met privacyregels en beroepsgeheimen. Toen Alex in zijn hoogdagen op jacht was naar informatie, was er weinig dat hem tegenhield, en iets van de opwinding en de focus uit die dagen voelt hij nu opnieuw.

De psychiater bevestigt dat hij Carlo in behandeling heeft gehad.

'Maar dat is heel lang geleden, hoor, waarom is dat nu opeens belangrijk?'

'Hoelang precies?'

'Eh, even kijken, ze moeten zo'n dertien en veertien jaar oud zijn geweest.'

'Ze, dokter?'

'Ja, ook zijn zus, had ik dat nog niet gezegd? Lily. Ik had ze allebei in behandeling, hier in mijn praktijk in Hasselt. Ze hadden het toen heel zwaar.'

'Ik begrijp het niet zo goed,' zegt Alex. 'Hoe ging dat dan, zijn ze beiden op een bepaald moment naar u verwezen?'

'Carlo kwam eerst, daar heeft zijn moeder voor gezorgd. Die jongen had vreselijke nachtmerries, dat herinner ik me nog. Zijn zus was later, als ik me niet vergis gebeurde die doorverwijzing via de school. Er was een rapport van het Centrum voor Leerlingenbegeleiding, maar het fijne weet ik daar niet meer van. Meer kan ik u helaas niet vertellen.'

'Waarom niet?'

'Omdat ze maar anderhalf jaar bij mij zijn geweest.' Hij raadpleegt het dossier. 'Lily is net voor haar zeventiende gestopt. Het gezin is toen verhuisd uit Hasselt, maar ik weet niet waar naartoe.'

Het duurt een halfuur voor Alex de verantwoordelijke van het CLB aan de lijn krijgt. De vrouw heet Linda Caesstecker en ze is op een jaar van haar pensioen. Ze herinnert zich Carlo nog goed en zijn zus Lily des te beter.

'Maar ik kan u helaas niets vertellen zolang ik geen schriftelijk juridisch bevel heb, het spijt me. De wet op de privacy verbiedt me dat.'

Alex vloekt binnensmonds om het tijdverlies, maar begrijpt dat de vrouw zich niet zal laten ompraten.

'Doe me een plezier, mevrouw Caesstecker, belt u even met commissaris Roos Collignon van de recherche van Neufchâteau. Ze zal u het nodige bevestigen.'

'Mijn Frans is helaas...'

'Ze is perfect tweetalig,' zegt Alex snel. 'Belt u me nadien meteen terug alstublieft? Hier is haar nummer.'

Nog geen tien minuten later heeft hij de vrouw opnieuw aan de lijn.

'Er waren klachten van een buurvrouw,' zegt Caesstecker. Ze heeft het dossier erbij genomen en vertelt nu vrijuit. 'De mama van Elsje Martens, Lily's vriendinnetje toen.'

'Welke klachten?'

'Het was heel triest allemaal, de moeder van Elsje kon het niet meer aanzien. Het kwam uiteindelijk allemaal neer op een extreme emotionele verwaarlozing. Blijkbaar moest Lily vanaf jonge leeftijd helemaal voor zichzelf zorgen. Ook de leerkrachten hadden al opmerkingen gemaakt, over haar kleding en ontbrekende lunchpakketten en dergelijke. We hebben de moeder daarop aangesproken, maar ze ontkende alles nadrukkelijk.'

'En is dat de reden geweest om een verwijzing te vragen naar een psychiater?'

'Nee, de aanleiding daarvoor was een gewelddadig incident in de klas van Carlo. Nogal gruwelijk, eerlijk gezegd. Lily was veertien, haar broer een jaar jonger. Een meisje uit Carlo's klas had opmerkingen over hem gemaakt, hem nogal hard gepest. Ze noemde hem een freak. Zo'n kind dat niet spreekt, die pikken ze eruit. Carlo heeft dat tijdens de speeltijd aan zijn zus gemeld.'

'En?'

'Lily stormde na de pauze Carlo's klas binnen en viel die leerlinge aan met een passer. Ze heeft haar minstens een keer of vijf gestoken voor de leerkracht tussenbeide kon komen. Het arme kind zat helemaal onder het bloed. Ze had blind kunnen zijn, zo erg ging Lily tekeer. En Carlo deed niets om zijn zus tegen te houden.'

Alex denkt na.

'Die vriendin van toen heette Elsje Martens, zei u? Staat er in dat dossier ook hoe Elsjes moeder heette, de vrouw die de melding over de verwaarlozing deed?'

'Nee, maar dat is ook niet nodig,' zegt Caesstecker. 'Ik ken dat meisje, ziet u. Els is intussen een collega, ze is lerares Wiskunde hier op onze school. Zal ik u haar nummer geven?'

Hans bivakkeert in de keuken. Van tijd tot tijd steekt hij zijn hoofd binnen in de woonkamer om te checken hoe het zit met Alex' proviand. Hij is ervan overtuigd dat Alex flink moet aansterken na zijn verblijf in het ziekenhuis en zorgt voor kippenbouillon, koekjes en rijkelijk belegde broodjes. Zijn eigen verblijf in het ziekenhuis, en vooral het goede nieuws dat hij er kreeg, heeft hem nieuwe energie gegeven. Toch loopt hij rond op kousenvoeten, bang om het onderzoek te verstoren nu ze zo dicht bij de moordenaar van zijn dochter zijn gekomen.

'Dus u kent het verhaal van de passer al?' vraagt Elsje Martens hem.

'Ja, dat ken ik.'

'Ik ben toen zo geschrokken, eerlijk, zo kende ik haar helemaal niet. Ze was normaal altijd lief en leuk... We waren destijds hartsvriendinnen,' zegt ze. 'Buurmeisjes, samen op de fiets naar school, samen in de klas, samen in de zwemclub. Waar ik was, vond je Lily en omgekeerd.'

'Hoe verklaar je dan wat er gebeurde?'

'Ik denk dat er die dag iets geknapt is in haar. Ze werd zelf ook wel eens gepest, hoor, met haar rare kleren en zo... Ze had het echt moeilijk thuis. Ik mag het nu na al die jaren wel zeggen, denk ik, maar dat was echt een geflipt gezin.'

'Klopt het wat ik hoorde, dat Lily thuis verwaarloosd werd?'

'Ja, dat is zo. Ze moest overal zelf voor instaan, wat vaak betekende dat het meeste altijd ontbrak. Geen dessert, lege brooddoos, geen sportkleding voor in de les enzovoort. Maar ik denk dat ze dat niet eens het ergste vond. Haar moeder negeerde haar gewoon, ze keek totaal niet naar Lily om. Het leek of ze altijd boos was op Lily. En we waren doodbraaf, geloof me. We gingen niet uit, rookten niet, eigenlijk waren we twee koormeisjes.' Ze denkt na. 'Het klinkt misschien raar, maar het leek alsof de mama boos was dat Lily bestond. En met Carlo was het precies omgekeerd. Alle aandacht ging naar hem, hij werd verwend en doodgeknuffeld. Ik herinner me dat hij welgeteld één keer straf heeft gekregen en dat was toen hij zijn fiets aan Lily had uitgeleend omdat die van haar een lekke band had.'

'Hoe komt het dat jullie uit elkaar zijn gegroeid?' vraagt Alex.

'We zijn niet uit elkaar gegroeid, meneer Berger. Op een dag heeft Lily's mama aangekondigd dat ze zouden verhuizen naar Tongeren. Lily wist nergens van. Ik herinner me die dag heel precies omdat Lily er zo verdrietig om was. Het was

namelijk niet zomaar een dag, het was haar verjaardag. We hebben die dag samen veel gehuild.' Ze is even stil. 'Ik heb haar nadien nog vaak geschreven, maar Lily is al snel gestopt met terugschrijven.'
'Je hebt nadien niets meer van haar vernomen?'
'Niet van haar, maar wel van Carlo. Ik wist via hem wel dat het bergafwaarts ging met haar, dat ze er echt heel slecht aan toe was, maar wat kon ik doen? Ik was zelf een puber.'
'Wat vertelde Carlo dan?'
'Dat ze een suïcidepoging had gedaan. Toen ze zeventien was heeft ze geprobeerd haar polsen door te snijden. Carlo vond dat ik dat moest weten.'

Alex is suf van het lange telefoneren. Hij loopt naar het schuurtje, neemt een douche en trekt andere kleren aan. Hij loopt een tijdje te ijsberen en stapt dan opnieuw binnen bij Hans.
'Heb jij stafkaarten?'
'Van de streek hier? Ja, zoveel je maar wilt. Toen Laura en Hannelore nog leefden, deden we in het weekend niets liever dan stevige wandelingen maken.' Hij wijst naar de kast waarop tot voor kort het jachtgeweer lag. 'Kijk eens rechtsboven, in die kartonnen doos.'

Tien minuten later zit Alex in de bestelwagen. Hij rijdt het dorp uit en zit meteen tussen de bomen. Hij heeft geen idee waar hij naartoe wil of waar hij de stafkaarten voor wil gebruiken, hij weet alleen maar dat hij niet werkeloos in het schuurtje kan blijven zitten.
Als hij na een halfuur door het woud het dorpje Léglise binnenrijdt, geeft zijn telefoon twee korte biepjes voor evenveel gemiste oproepen. Roos probeert hem te bereiken.
'Ik had geen ontvangst,' zegt Alex, 'heb je nieuws?'
'Ada is ontvoerd,' roept Roos. Ze klinkt alsof ze op instorten staat. 'Sam heeft twee messteken gekregen. Ze houden

hem in een kunstmatige coma, maar volgens de spoedartsen is hij buiten levensgevaar. De idioten!' roept ze opeens. 'Ik heb hen zo gewaarschuwd uit het bos te blijven!'

Alex stopt bruusk langs de kant van de weg en grijpt naar de stafkaarten.

'Waar is ze ontvoerd?'

'Ten oosten van Suxy, richting Les Fossés. Ze waren in het woud, opnames aan het maken. Sam heeft me een sms gestuurd met daarin het woord "Ada", niets meer. Toen we hem via zijn gsm hadden opgespoord, had hij al veel bloed verloren.'

'Ik weet waar hij Ada heen brengt,' zegt Alex. Hij staart naar de stafkaart en ziet alles opeens glashelder. De gigantische esdoorn, het riviertje, het mos. Het vijfjarige kind dat roerloos maar met open ogen omhoog ligt te staren.

'Hij brengt haar naar waar het allemaal begon. Naar de plek waar hij gevonden is. Dit is zijn sluitstuk, Roos. En hij is moe, anders had hij mij die aanval nooit laten overleven.'

'Ik waarschuw iedereen,' zegt ze. Meteen daarop is ze weg.

Alex bestudeert de stafkaart grondig. Als hij ziet waar hij naartoe moet om zijn auto zo dicht mogelijk kwijt te kunnen, drukt hij het gaspedaal in.

Hij is al meer dan een uur stevig aan het stappen als hij herkenningspunten begint op te merken. Een grote omgevallen boom over een droge bedding. Een zompig ven met wild gras, gevolgd door een langgerekt naaldbos.

Meteen na het bosje is er een bocht naar beneden, herinnert Alex zich, en daar staat de esdoorn. Hij loopt langs de laatste dikke spar en krijgt zo'n klap op zijn hoofd dat alles meteen zwart wordt.

Als Alex bijkomt, ligt hij op een meter of twintig van de plek. Ada hangt als een lappenpop vastgebonden tegen de esdoorn. Ze is naakt en haar ogen zijn gesloten. Ze bloedt tussen haar benen.

Voor haar staat Lily Simons.

Ze draagt een doorschijnend regenjasje met capuchon. Ze heeft het kapje zo strak tegen haar gezicht gebonden dat alleen haar ogen en neus vrij zijn. Ze draagt ook blauwe chirurgische handschoenen.

Alex geeft over. Zijn hoofd lijkt ieder moment uit elkaar te kunnen spatten en het bloed loopt over zijn voorhoofd in zijn ogen. Hij probeert te roepen, maar de woorden komen niet.

'Niet. Lily… doe niet…'

Lily Simons draait zich om en staart hem aan. Het is net alsof ze hem niet ziet, alsof ze door hem heen kijkt. Ze heeft niets meer van de zachte, wereldvreemde vrouw die hij in haar flat in Oudergem heeft ontmoet, maar lijkt een andere, hardere versie. Ze lijkt vreemd genoeg ook groter.

Er spoelt een golf van misselijkheid over hem heen en hij geeft opnieuw over.

Als hij voorzichtig het bloed uit zijn ogen wrijft, ziet hij hoe Lily een stap dichter bij Ada zet.

Dan klinkt er een oorverdovende knal en zakt Lily in elkaar.

Alex draait zich om. Vlak achter hem staat Carlo. Hij heeft het nog rokende jachtgeweer in zijn handen. Tranen stromen over zijn wangen.

Hij zet het wapen tegen zijn kin en kijkt Alex aan, en in zijn ogen ligt alleen maar bodemloos verdriet.

Alex kruipt langzaam en op handen en voeten dichterbij. Bloed druppelt onophoudelijk in zijn ogen, maar hij durft geen onverhoedse beweging te maken of iets te zeggen, alleen maar centimeter per centimeter vooruit te kruipen, als een dier in het woud. Ondertussen kijkt hij naar Carlo.

Hij heeft de ene hand om de loop en de andere om de trekker. De loop van het geweer drukt tegen zijn keel. Zijn handen trillen, zijn blik laat die van Alex niet los.

In een impuls draait Alex zich op zijn rug, zoals de vijfjarige Carlo destijds, en terwijl hij naar de hemel kijkt, brengt hij zijn handen bij elkaar.
Het is voorbij. Je hebt haar gevonden.
Hij smeekt en prevelt zonder ook maar één geluid te maken.

29

'Maar het gaat wel?' zegt Eric. 'Wil je niet dat ik kom?'
Het is de derde keer in vijf minuten tijd dat hij die vraag stelt.
'Blijf weg,' zegt Alex. 'Ik ben in uitstekende handen.'
Naast hem zitten Sara en Roos en beiden kijken bezorgd naar de man in het bed. Bij zijn vorige doortocht in het ziekenhuis zag hij er volgens Roos uit als een bokser na een fikse afstraffing, maar voor zijn huidige toestand vindt ze niet meteen de juiste omschrijving.
'Geef me Sara even, wil je,' zegt Eric.
'Hij lijkt op iets wat ze verkeerd in elkaar hebben gezet,' grapt Sara. 'En ook in de foute kleuren. Ik stuur je straks een foto. Maar toon die niet aan Manon of ze slaapt er niet van.'
Als het gesprek met Eric beëindigd is, fluistert Alex: 'Ik wil hier weg.'
'Ik dacht het niet,' zegt Roos ferm. 'Je hebt een zware hersenschudding. Ze heeft je zo hard ze kon met een tak op je hoofd geslagen. Je mag blij zijn dat je geen hersenbloeding hebt gekregen. Volgens de dokter moet je nog minstens enkele dagen platte rust houden.'
'Ik lig hier al drie dagen, Roos.'
'En dan zeggen ze dat vrouwen soms moeilijk doen,' zucht Sara.
'Ik heb je uiteindelijk geen dienst bewezen met de huiszoeking,' mompelt hij. 'Jouw team had gelijk, Carlo was onschuldig.'
Roos wimpelt hem af.

'Carlo en Lily zijn beiden zwaar allergisch. Dat hebben ze van hun moeder meegekregen. Het was normaal dat we niet meteen aan een erfelijk verband dachten, Alex.'

'Ada?' vraagt hij met vermoeide stem.

'Lichamelijk valt het min of meer mee. Mentaal is het een drama. Ze is zwaar getraumatiseerd, het wordt een werk van lange adem. Maar Sam is uit de coma gehaald, die komt er helemaal bovenop.'

Alex laat voorzichtig zijn hoofd op het kussen rusten.

'Misschien zou ik toch best een pilletje vragen,' zegt hij met schorre stem.

Rond diezelfde tijd is in de kantoren van de recherche in Neufchâteau alles in gereedheid gebracht voor een algemeen overleg. Gedragsanaliste Cécile Durand is van de partij, net als de psychiater die Lily destijds heeft behandeld. Adrienne en Didier vertegenwoordigen naast Roos het oorspronkelijke team. Sara is door haar bazen gesommeerd om de zaak tot het einde op te volgen.

Het overleg is niet alleen nodig om straks de pers te woord te staan: het is de derde dag na het drama en het getraumatiseerde team heeft behoefte aan uitleg, aan duiding. Het onderzoek is nog lang niet voorbij. De komende weken is het een kwestie van reconstrueren, begrijpen en leren, ook uit de fouten die de politie in de loop van het onderzoek maakte.

Stilaan worden ook de blinde vlekken in het verhaal ingevuld.

Lily was volgens de patholoog-anatoom op slag dood. Tijdens de huiszoeking in haar flat in Oudergem vonden de speurders niet alleen verscheidene dildo's en condooms van synthetische hars, maar ook een kast vol mannenkleren. Boven op de kast, in de doos waarin Lily het online had gekocht, lag een eenvoudige dubbele katrol, een lichtgewicht exemplaar van dertig euro. Je kunt er vrij gemakkelijk zware lasten mee tillen en ze, zoals het lichaam van Laura Keyzer, twee meter hoog aan een dikke tak ophangen.

Roos blijft tijdens het overleg piekeren over de mannenkleren in Lily's kast, maar de psychiater heeft zijn twijfels.

'Ik denk niet dat we in de richting van een meervoudige persoonlijkheidsstoornis moeten gaan, commissaris. Mevrouw Simons was niet nu eens een vrouw en dan weer een man. Maar ze voelde zich wel helemaal anders naargelang de situatie.'

'Heeft ze ooit beseft wat ze aanrichtte?' vraagt Roos.

'Uit alles wat we ondertussen weten,' antwoordt de profiler, 'blijkt dat ze een hyperintelligente vrouw was die wist wat ze deed. De zoekgeschiedenis op haar computer toont aan dat ze het onderzoek op de voet volgde. Ze had ook alle afleveringen van de podcast op haar telefoon gedownload, om maar te zeggen hoever het ging.'

'Maar hoe kan dat? Waarom dan? Dat doet een normaal mens toch niet?' zegt Sara. Ze had zich voorgenomen zich op de vlakte te houden, maar de zaak beroert haar te veel.

De psychiater valt in.

'Ze was zich bewust van haar daden en inderdaad heel intelligent, maar dat wil niet zeggen dat ze niet fundamenteel ziek was. De mannenkleren, de harde verkrachtingen met een dildo... dat wijst allemaal op een extreme vorm van borderline. En op een psychopathologie.'

De profiler beaamt dat met een hoofdknik.

'En in mensentermen?' vraagt hoofdinspecteur Adrienne Lavoisier. Ze heeft zware wallen onder haar ogen. Net als de rest zit ze op haar tandvlees en wil ze antwoorden op de vele vragen.

'Een vrouw met extreme gevoelsschommelingen en een totale afwezigheid van empathie voor haar slachtoffers. Laat ik het zo stellen: ze was wel degelijk Lily Simons op het moment dat ze die meisjes ombracht, maar dan een heel duistere en heel gemene versie van zichzelf.'

'En de oorzaak?' vraagt Roos.

'De extreme en langdurige verwaarlozing door haar moeder,' antwoordt de gedragsanaliste. 'Zelfhaat, geprojecteerd op het beeld van haarzelf toen ze suïcide wou plegen. Het is geen excuus en zeker geen verantwoording voor de gruwelijke feiten, Lily Simons was een heel zieke vrouw. Maar vaak genoeg creëert onze gebrekkige zorg voor kinderen later dit soort uitwassen.'

Alex slaapt. De pijnstillers en de uitputting doen hun werk.

'Ik moet stilaan vertrekken,' fluistert Roos. 'Er is straks een persconferentie. Zonder de stress van de voorbije weken, gelukkig, maar toch. Het wordt zonder twijfel pittig.'

'Ik heb net het verslag van dat gesprek met het buurmeisje gelezen,' zegt Sara. Ze fluistert eveneens. 'Daar gaan je haren toch rechtop van staan.'

Via het buurtonderzoek rond het adres van het gezin Simons in Tongeren hebben de collega's van Roos een tweede jeugdvriendin van Lily kunnen traceren. Cathy en Lily werden goeie vriendinnen vanaf het moment dat Tina en haar kinderen in hun wijk kwamen wonen, toen Lily bijna zestien was.

Volgens Cathy wilde haar moeder destijds ook al hulp zoeken voor Lily. Ze dacht eraan om de schooldirectie in te schakelen, maar zoals dat zo vaak gaat, heeft ze niets gedaan, wou ze zich niet bemoeien met andermans gezin.

Lily kreeg af en toe wat nieuwe kleren van Cathy's mama en ze bleef er ook vaak eten. 'Ze viel zelfs op de restjes aan als een uitgehongerd katje,' verklaarde Cathy's moeder, en ook dat had Sara naar adem doen happen toen ze het las.

Na de verhuizing naar Tongeren bleek Lily nog meer aan haar lot overgelaten te worden dan vroeger. Ze kreeg niets van wat een meisje van bijna zestien nodig heeft. Cathy verklaarde beschroomd dat ze niet eens een bh'tje had en zich bij ongesteldheid moest behelpen met ouderwets dik maandverband. Tina sprak zo goed als nooit met haar dochter. Ze schold haar uit of negeerde haar, een lief woord had ze eigenlijk nooit voor haar over. Volgens Cathy had Lily haar ooit verteld dat ze sinds het drama met Carlo geen enkele knuffel of aanraking meer had gekregen.

'Haar moeder gaf Lily de schuld van wat er gebeurd was met Carlo,' had Cathy als afsluiter nog verklaard, 'en Lily geloofde dat. Daarom heeft ze op haar zeventiende haar polsen doorgesneden. Dat weet ik gewoon. Ze haatte zichzelf soms zo ongelofelijk hard.'

Diezelfde avond zit Roos na kantoortijd weer aan Alex' ziekenhuisbed.

'Je hoeft hier niet de hele tijd te zijn,' zegt hij vriendelijk.

'Dat weet ik.'

Hij kijkt lange tijd naar buiten.

Roos heeft hem alles verteld wat ze ondertussen te weten kwam.

'Die opnames van de wildcamera,' zegt Alex. 'De regenjas. Getailleerd.'

'Ik weet het.'

'We wilden verdomme allemaal een man zien, dus we zagen een man. Ook al liep er een vrouw door het beeld.'

'Behalve Carlo dan,' zegt Roos, 'die zag zijn zus lopen.'

Bij de huiszoeking bij Carlo was ook een wildcamera gevonden, zonder beelden weliswaar. Maar de IT-deskundigen van de politie merkten achteraf dat de computermap waarin die beelden gedownload waren, gewist was. De map dateerde van de periode waarin Anouk was ontvoerd en vermoord. De collega's waren er wel in geslaagd de beelden terug te vinden.

'Op die opnames zie je Lily, zonder enige twijfel,' zegt Roos. 'Zelfs voor ons is het duidelijk, nu we onbevooroordeeld kijken. Carlo moet bij die beelden beseft hebben dat zijn zus in het woud was op het moment en rond de plek waar Anouk is achtergelaten.'

Alex is weer een tijdje stil.

'Heeft hij nog iets gezegd?'

Hij hoeft niet uit te leggen dat hij Carlo Simons bedoelt.

'Nee. Hij is in shock. Het verhoor verloopt moeizaam, hij kan amper de woorden in de juiste volgorde schrijven. Maar hij werkt mee, Alex. We zien wel waar we uitkomen.' Ze staart voor zich uit. 'Het enige dat hij opschrijft, is dat het niet haar schuld was dat hij verdwaalde. De dokters zeggen dat het nog een tijdje zal duren voor hij een echte verklaring kan afleggen.'

Alex knikt.

'Ze vermoordde telkens opnieuw dezelfde vrouwen,' zegt Roos. 'Haar moeder, natuurlijk. We zien het zo vaak, het slachtoffer dat dader wordt. De dood van haar moeder heeft alles in gang gezet. En ze vermoordde Laura omdat ze te dicht bij haar broertje kwam.'

'Ze probeerde ook telkens zichzelf te straffen,' zegt Alex. 'Bij elk nieuw slachtoffer vermoordde ze uiteindelijk Lily zoals ze was op haar zeventiende, toen ze een einde aan haar leven wou maken. Op de rand van de volwassenheid en diep ontgoocheld over het weinige dat het leven haar te bieden had.'

Twee dagen later stapt Alex opnieuw naar binnen in het schuurtje in Suxy. Roos heeft hem gebracht.

Hans staat hen op te wachten. Hij ziet er erg nerveus uit.

'Zijn we klaar?' vraagt hij.

'Waarvoor?'

Hans kijkt Roos aan.

'Heb je het hem niet gevraagd?'

'Nee, Hans, ik ben het vergeten, sorry. Ik had te veel aan mijn hoofd.'

'Kom,' zegt hij onzeker. Hij slikt, zegt dan: 'Ik heb een afspraak bij Thierry Deveux. Hij weet dat we komen.'
Hans loopt heel moeizaam, alsof zijn spieren hem vandaag extra veel last bezorgen.
Alex en Roos lopen een aantal meter achter hem.
'Hans wil dat ik het schuurtje krijg,' zegt hij, 'samen met het stuk grond eromheen. Hij duldt geen tegenspraak, zegt hij.'
'En?'
'Ik heb het aanvaard.'
'En wij?' vraagt Roos.
'Ik ben nu de trotse bezitter van een huisje in de Ardennen,' zegt Alex met een glimlach, 'ik zal hier dus wel vaker te vinden zijn.'
'Ik vind Oostende ook wel iets hebben, hoor.'
Nu lacht hij echt.

Deveux staat naast zijn houtvoorraad als ze arriveren. Hij lijkt niet echt blij met het bezoek, ook hij is zenuwachtig.
Hans stapt tot bij de andere man, laat zijn stok vallen en gaat met veel moeite op zijn knieën zitten.
'Doe dat nu niet,' zegt Deveux gegeneerd. 'Kom, laat me je overeind helpen.'
'Ik wil dat je me vergeeft,' zegt Hans. Hij huilt. 'Ik heb het je heel moeilijk gemaakt. Ik heb je godverdomme door je kop proberen te schieten, man.'
'Kom, sta op,' zegt Deveux. Hij helpt Hans overeind, slaat hem dan onhandig een paar keer op de schouders bij wijze van troost.
'Zeg het gewoon,' hijgt Hans.
'Ik vergeef je,' bromt Deveux, 'zo goed? En kom nu binnen een glas maitrank drinken.'
Alex en Roos laten beide mannen voorgaan.
Bij de deur aarzelt hij.

'Ik hou eigenlijk niet zo van dat heksendrankje, Roos. In het schuurtje staan nog twee Duvels koud. Wat denk je?'

'Dat je nog niet helemaal ingeburgerd bent. Maar ik wil wedden dat je volgend jaar in mei zelf op zoek gaat naar lievevrouwebedstro.'

'Ik bedoel…'

'Ik weet perfect wat je bedoelt,' lacht ze.

Coppers lezen is verslavend

Verschenen eerder in de Alex Berger-reeks

De zaak Magritte

Val

BORGERHOFF & LAMBERIGTS

Gent, België
info@borgerhoff-lamberigts.be
www.borgerhoff-lamberigts.be

www.tonicoppers.com
facebook: Toni Coppers schrijver
instagram: tonicoppers

ISBN 9789463938396
NUR 332
Thema FH
D2022/11.089/160

© 2022, Borgerhoff & Lamberigts nv
© 2022, Savant Books & Things bv

Auteur: **Toni Coppers**
Coauteur: **Annick Lambert**

Coördinatie: **Sam De Graeve, Nils De Malsche, Joni Verhulst**
Eindredactie: **Remco Houtman-Janssen**
Zetwerk binnenwerk: **Ellen Duchi**
Ontwerp cover: **Studio Wil Immink**
Auteursportret: **Patrick Lemineur**

Gedrukt in Europa
Eerste druk: oktober 2022

Niets uit deze uitgave mag worden verveelvoudigd en/of openbaar gemaakt door middel van druk, fotokopie, elektronische drager of op welke wijze dan ook, zonder voorafgaande schriftelijke toestemming van de uitgever.

Alle beschreven situaties en personages spruiten voort uit de fantasie van de auteur. Overeenkomsten met bestaande personen berusten op louter toeval.